Gena Showalter
EL ANHELO MÁS OSCURO

Editado por Harlequin Ibérica.
Una división de HarperCollins Ibérica, S.A.
Núñez de Balboa, 56
28001 Madrid

© 2013 Gena Showalter. Todos los derechos reservados.
EL ANHELO MÁS OSCURO, N° 42 - 1.9.13
Título original: The Darkest Craving
Publicada originalmente por HQN™ Books

Todos los derechos están reservados incluidos los de reproducción,
total o parcial. Esta edición ha sido publicada con permiso de
Harlequin Enterprises II BV.
Todos los personajes de este libro son ficticios. Cualquier parecido
con alguna persona, viva o muerta, es pura coincidencia.
® Harlequin y logotipo Harlequin son marcas registradas por
Harlequin Books S.A.
® y ™ son marcas registradas por Harlequin Enterprises Limited y
sus filiales, utilizadas con licencia. Las marcas que lleven ® están
registradas en la Oficina Española de Patentes y Marcas y en otros
países.

I.S.B.N.: 978-84-687-3204-6
Depósito legal: M-19597-2013

Lo primero, quiero dar las gracias a mi editora, Emily Ohanjanians. Tu perspicacia nunca deja de maravillarme. Muchísimas gracias por tu trabajo, tu constante esfuerzo y tu dedicación.

En segundo lugar, a mi agente, Deidre Knight. Es un privilegio contar contigo y que me ayudes siempre, te ponga en la situación que te ponga.

A Carla Gallway, por todo lo que haces. Eres tan generosa con tu tiempo y con tus recursos y tan increíblemente amable, que me siento muy agradecida de conocerte.

A Sabrina Collazo, Lizabel Rivera-Coriano, Charlayne Elizabeth Denney, Seemone Washington y Joni Payne, ganadoras del concurso del blog. Espero que la historia de Kane os guste tanto como a mí.

A Michelle Renaud y Lisa Wray, sois mis chicas y no podría pedir un equipo mejor.

A The Stuffed Olive, mi restaurante preferido, por alimentarme mientras trabajaba a contrarreloj.

Ningún agradecimiento estaría completo sin mencionar a mi amado Jill Monroe. ¡Te tengo atrapado y no te dejaré escapar!

«Dicen que soy casi tan peligroso como un tsunami»
Kane, Señor del Inframundo

«Dicen que soy un tsunami»
Josephina Aisling

Capítulo 1

Nueva York, en la actualidad

Josephina Aisling observó al hombre que había tendido en la cama de la habitación del motel, abierto de piernas y brazos. Era un guerrero inmortal con una belleza a la que jamás podría aspirar ningún mortal. El sedoso cabello de color negro azabache, castaño y dorado esparcido sobre la almohada formaba un precioso dibujo multicolor que atrapaba la mirada durante un minuto y luego otro... ¿por qué no para siempre?

Se llamaba Kane. Tenía las pestañas bastante largas, nariz contundente y mentón marcado. Debía de medir casi dos metros de estatura y tenía la clase de músculos que solo se obtenían en los campos de batalla más sangrientos. Aunque llevaba puestos unos pantalones llenos de manchas y polvo, sabía que tenía una gran mariposa tatuada en la cadera derecha, dibujada con gruesos trazos de tinta negra. Por la cinturilla del pantalón se asomaban las puntas de las alas y de vez en cuando algo parecía moverse bajo la tela, como si la mariposa intentase levantarse de la piel... o quizá enterrarse más en ella.

Cualquiera de las dos cosas era posible. Aquel tatuaje era la marca del mal absoluto, una señal visible del demonio que habitaba el cuerpo de Kane.

Un demonio... Josephina sintió un escalofrío. Los demonios eran los dueños del infierno. Mentirosos, ladrones, asesinos. Eran la oscuridad, sin el menor indicio de luz. Atrapaban a los demás con tentaciones y luego acababan con ellos, los torturaban hasta destrozarlos.

Pero Kane no era el demonio.

Al igual que todos los miembros de su raza, los poderosos fae, Josephina había pasado una buena parte de su vida observando a Kane y a sus amigos, los Señores del Inframundo. De hecho, el rey de los fae había ordenado hacía ya siglos que sus espías siguieran a los guerreros y lo informaran de todos sus movimientos. Se habían escrito libros con las historias y las ilustraciones de todo lo que habían presenciado dichos espías, libros que las madres habían comprado para leérselos a sus hijos. Después, cuando esos hijos habían crecido, habían seguido comprando libros para saber qué había sido de sus héroes.

Los Señores del Inframundo se habían convertido en protagonistas de las mejores y las peores telenovelas de Séduire, el reino de los fae.

Josephina conocía todos los detalles de aquellas historias, especialmente de las del sexy Paris y el solitario Torin. Y también de la hermosa tragedia de Kane, cuya vida conocía mejor que la suya propia.

Kane llevaba vivo miles de años y, en todo ese tiempo, solo había tenido tres relaciones serias, aunque durante un tiempo había tenido una serie de aventuras de una noche. Se había enfrentado con sus enemigos, los Cazadores, en una batalla tras otra y en tres ocasiones habían logrado capturarlo y torturarlo, momentos en los que Josephina había aguardado con impaciencia hasta enterarse de que había escapado.

Pero remontándose un poco más, hasta el comienzo, sus amigos y él habían robado y abierto la caja de Pandora, así había sido cómo habían liberado a todos los demonios que había dentro. En aquella época el mundo estaba en manos de los Griegos, que habían castigado a los guerreros convirtiendo sus cuerpos en el hogar de todo el mal que habían liberado. Kane portaba al demonio del Desastre. Los demás cargaban con Promiscuidad, Enfermedad, Desconfianza, Violencia, Muerte, Dolor, Ira, Duda, Mentiras, Tristeza, Secretos y Derrota. Cada una de esas criaturas conllevaba una maldición que debilitaba tremendamente a sus portadores.

Promiscuidad tenía que acostarse con una mujer diferente cada día, si no iba perdiendo fuerzas hasta morir.

Enfermedad no podía tocar a ningún otro ser sin provocar una verdadera plaga.

Desastre provocaba catástrofes allí donde iba Kane, algo que le rompía el corazón a Josephina y con lo que se sentía muy identificada porque su vida era un completo desastre.

—No me toques —murmuró Kane con una voz dura y despiadada al tiempo que apartaba las sábanas a patadas—. ¡Aparta las manos! ¡Para! ¡He dicho que pares!

Pobre Kane. Estaba teniendo otra pesadilla.

—Nadie te está tocando —le aseguró Josephina—. Estás a salvo.

Lo vio calmarse y respiró aliviada.

La primera vez que lo había visto lo había encontrado encadenado en el infierno, con el pecho abierto, las costillas a la vista y las manos y los pies colgando de unos frágiles tendones desgarrados.

Le había recordado a una ternera despedazada en una carnicería.

«Póngame un kilo de lomo y medio de carne picada».

«Qué desagradable. No sé cómo puedes pensar algo así». Pasaba tanto tiempo sola que, con el paso de los años, la única manera que había encontrado de entretenerse había sido hablar consigo misma, pues, lamentablemente, no tenía nadie más que le hiciera compañía. «Al menos podías pedir un buen solomillo».

A pesar de las condiciones en las que estaba, encontrar

a Kane era lo mejor que le había pasado. Él era su única posibilidad de alcanzar la libertad... o quizá la aprobación.

La princesa Synda, su hermanastra, la chica fae más maravillosamente maravillosa, no era precisamente un señor del Inframundo, sin embargo estaba poseída por el demonio de la Irresponsabilidad. Por lo visto en la caja había habido más demonios que guerreros, por lo que los sobrantes se los habían entregado a los reclusos del Tártaro, una prisión subterránea para inmortales. El primer marido de Synda había sido uno de esos reclusos y, al morir él, el demonio había encontrado la manera de meterse en el cuerpo de Synda.

Cuando el rey de los fae se había enterado, había ordenado que su gente averiguara todos los detalles de lo ocurrido, pero hasta el momento, nadie había conseguido descubrir nada.

«Podría llevar a Kane a una reunión del Alto Tribunal Fae, presumir de él y que conteste a todas las preguntas que quieran hacerle. Quizá así mi padre me vea de verdad por primera vez en toda su vida».

Enseguida dejó caer los hombros.

«No, no pienso volver jamás».

Josephina siempre había sido y siempre sería el chivo expiatorio de la familia real, siempre recibiendo los castigos que merecía Synda la Adorada.

Que solo Synda merecía.

La semana anterior la princesa se había dejado llevar por un ataque de genio y había quemado las cuadras reales con todos los animales dentro. ¿Cuál había sido la condena para Josephina? Un viaje a lo Interminable, un portal que conducía al infierno.

En aquel lugar un día era como mil años y mil años como un día, así que había caído y caído durante lo que le había parecido una eternidad. Había gritado con todas sus fuerzas, pero nadie la había oído. Había suplicado un poco de compasión, pero a nadie le había importado. Había llorado sin consuelo, pero no había encontrado apoyo alguno.

Después otra muchacha y ella habían aterrizado en el mismo corazón del infierno.

Jamás habría esperado descubrir que en realidad no estaba sola.

Aquella chica era una fénix, una raza que descendía de los Griegos. Como cualquier otro guerrero al que le corriera sangre por las venas, poseía la capacidad de resurgir de entre los muertos una y otra vez y con cada resurrección se volvía más fuerte, hasta que llegaba la muerte definitiva y entonces no cabía la posibilidad de que su cuerpo se recuperase.

Kane empezó a retorcerse y a gemir de nuevo.

–No voy a permitir que te ocurra nada –le dijo Josephina.

Él volvió a quedarse inmóvil.

Ojalá la fénix hubiera respondido tan bien. Al verla por primera vez, había llegado hasta ella una oleada de odio que excedía cualquier odio que pudieran sentir los hijos de los Titanes como Josephina. Sin embargo, la fénix no había intentado matarla, sino que le había permitido que la siguiera por la cueva en busca de la salida sin tener que emplear la poca energía que le quedaba. Igual que Josephina, solo había querido salir de allí.

Habían pasado por paredes salpicadas de sangre, habían tenido que inhalar el fétido olor del azufre. El sonido de los gritos y gemidos de dolor les había retumbado en los oídos con una sinfonía para la que no estaban preparadas. Y entonces se habían topado con aquel guerrero mutilado al que Josephina había reconocido de inmediato a pesar del estado en el que se encontraba y se había detenido.

Se había quedado impresionada. ¡Tenía delante a uno de los implacables Señores del Inframundo! En aquel momento no había sabido cómo iba a poder ayudarlo, puesto que ni siquiera podía ayudarse a sí misma, pero había decidido intentarlo a toda costa. Estaba dispuesta a hacer todo lo que fuese necesario.

Y había sido necesario hacer mucho.

Lo miró fijamente.

–Eras mi primera y única oportunidad de hacer realidad mi mayor deseo –admitió–. Algo que no podía hacer sola. Y en cuanto despiertes, voy a necesitar que cumplas tu promesa.

Respiró hondo y se quedó inmóvil un instante antes de pasarle la mano por la frente.

Él se estremeció a pesar de estar dormido y protestó:

–No. Acabaré contigo y con toda tu familia sin dudarlo.

No estaba alardeando, aquello no era una promesa vacía. Era obvio que haría lo que decía y seguramente no dejaría de sonreír mientras lo hacía.

¿Seguramente? No había duda de que sería así. Lo típico en un Señor del Inframundo.

–Kane –susurró ella y, una vez más, él se calmó–. Puede que haya llegado el momento de despertarte. Mi familia quiere que vuelva. Aunque para mí hayan pasado mil años en este agujero, para ellos solo ha sido un día y, al ver que no volvía a Séduire, probablemente me estén buscando los soldados fae.

Y para añadir algo más a sus desgracias, también estaría buscándola la fénix con la intención de convertirla en su esclava y vengarse así de los inconvenientes que le había ocasionado Josephina durante la huida.

–Kane –le movió el codo suavemente. Tenía una piel sorprendentemente suave, pero también ardiendo y sus músculos estaban tensos, alerta–. Necesito que abras los ojos.

Sus párpados se abrieron de inmediato para revelar unos ojos de color esmeralda y oro. Un instante después, le echó una mano al cuello y la tiró hacia atrás sobre el colchón. Josephina no opuso resistencia cuando se sentó encima de ella. Pesaba mucho y la agarraba con tal fuerza que ni siquiera podía respirar, ni sentir el aroma a rosa que ya asociaba con él. Era una fragancia extraña para un hombre, algo que Josephina no comprendía.

—¿Quién eres? —le preguntó—. ¿Dónde estamos?

«¡Me está hablando a mí! ¡A mí!».

—Responde.

Intentó hacerlo, pero no podía.

Él aflojó un poco la mano.

Mejor así. Pudo tomar aire y soltarlo de nuevo.

—Para empezar, soy la maravillosa persona que te ha salvado —como los halagos dirigidos hacia ella habían acabado el mismo día que había muerto su madre, Josephina había decidido empezar a hacérselos a sí misma siempre que tuviera oportunidad—. Suéltame y te daré más detalles.

—Dilo —insistió él, apretándola con más fuerza.

A Josephina se le nubló la vista y sintió que le ardía el pecho por la necesidad de aire, pero, aun así, siguió sin ofrecer resistencia.

—Mujer —aflojó la mano de nuevo—. Responde. Ahora.

—Cavernícola. Suéltame. Ahora —replicó ella.

«Cuidado con lo que dices. No quieres asustarlo».

De pronto se apartó de ella y se quedó encogido a los pies de la cama, pero sin apartar la mirada de ella, observándola atentamente mientras se incorporaba. Josephina se fijó en que se le habían sonrojado las mejillas y se preguntó si se había avergonzado de lo que había hecho o simplemente trataba de ocultar lo débil que seguía estando.

—Tienes cinco segundos, mujer.

—¿Y qué harás entonces, guerrero? ¿Me torturarás?

—Sí —respondió sin titubear.

Qué tonto. ¿Sería muy horrible que le pidiera que le firmara la camiseta?

—¿No recuerdas lo que me prometiste?

—Yo no te he prometido nada —respondió y, aunque lo hizo con voz firme, su rostro mostró cierta confusión.

—Claro que lo hiciste. Acuérdate del último día que estuviste en el infierno. Estábamos tú y yo y varios miles de enemigos tuyos.

Él frunció el ceño y clavó la mirada en el vacío; recordó, comprendió... y se horrorizó. Después meneó la cabeza como si así pudiera apartar los pensamientos que le habían inundado la cabeza.

–No lo decías en serio. Es imposible que lo dijeras en serio.

–Claro que lo decía en serio.

Lo vio apretar los dientes y mirarla con frustración.

–¿Cómo te llamas?

–Es mejor que no lo sepas, así no habrá ningún tipo de vínculo entre nosotros y te resultará más fácil hacer lo que necesito que hagas.

–Nunca dije que fuera a hacerlo –protestó–. ¿Se puede saber por qué me miras así?

–¿Cómo?

–Como si fuera una enorme caja de bombones.

–He oído hablar de ti –se limitó a decirle. Era verdad, tampoco hacía falta explicar más.

–No lo creo. Si realmente hubieras oído hablar de mí, saldrías corriendo aterrorizada.

¿En serio?

–Sé que en todos los años que llevas luchando, tus amigos te han abandonado muchas veces por temor a que les ocasionaras algún problema. Sé que muchas veces te apartas por completo del mundo por el mismo temor. Sin embargo, a pesar de todo eso te las has arreglado para acabar con muchos.

Él se pasó la lengua por esos labios perfectos.

–¿Cómo sabes eso?

–Podemos decir que por... los chismorreos.

–Eso no siempre está bien –recorrió la habitación con la mirada y luego volvió a centrarla en ella.

Josephina también sabía que con los años había adquirido la costumbre de observarlo todo, lo que le permitía descubrir muchas cosas; accesos, salidas, armas que pudieran utilizar contra él o las que podría utilizar él.

Esa vez lo único que podría ver sería el papel amarillento de las paredes, la vieja mesilla de noche y la lámpara descascarillada, el renqueante aparato de aire acondicionado, la alfombra marrón y la papelera llena de gasas ensangrentadas y frascos de medicinas que Josephina había utilizado para curarlo.

—Ese día en el infierno —comenzó a decir— me dijiste lo que querías y luego cometiste el error de dar por hecho que a mí me parecía bien.

Daba la impresión de que la estaba rechazando, pero no podía ser. «No puede rechazarme. Ahora no».

—Tú asentiste y yo cumplí con mi parte. Ahora te toca a ti.

—No. Yo no te pedí que me ayudaras —su voz era como un látigo que la golpeaba, causándole un dolor innegable—. Nunca quise que lo hicieras.

—¡Claro que querías! Tus ojos me suplicaban que te ayudara y no puedes negarlo porque tú no podías verte los ojos.

Hubo una prolongada pausa tras la cual él afirmó:

—Es el argumento más ilógico que he escuchado en toda mi vida.

—No, es el más inteligente, lo que ocurre es que tienes el cerebro tan perjudicado que eres incapaz de asimilarlo.

—Yo no te supliqué nada con la mirada y no hay más que hablar.

—Sí que lo hiciste —insistió ella—. Y yo hice algo horrible para sacarte de allí —algo que, lamentablemente, no podría solucionar enviándole una disculpa formal a la fénix.

Estando Kane tan débil como había estado, Josephina había necesitado que alguien la ayudara con él, pero la fénix se había negado con tal vehemencia, le había dicho que se pudriera en el infierno y la había llamado zorra, que Josephina había sabido que no podría hacerle cambiar de opinión. Así pues, Josephina se había valido de un don que solo ella poseía, una maldición que la privaba de cualquier contacto físico. Con solo rozar a la fénix, le había arrebatado toda su fuerza y la había dejado reducida a un bulto sin vida y sin energía.

También era cierto que después se había echado al hombro a aquella guerrera y la había sacado del infierno igual que había hecho con Kane y para hacerlo había tenido que enfrentarse a todos los demonios que había encontrado a su paso, algo increíble teniendo en cuenta que nunca antes había luchado contra nadie. Por fin había encontrado la salida, pero eso no le importaría nada a la fénix. Había cometido un crimen y tendría que pagar un precio muy alto por ello.

–Yo no te pedí que hicieras esas cosas tan horribles –le dijo él a modo de advertencia.

Una advertencia que ella desoyó.

–Puede que no lo hicieras con palabras, pero de todas maneras estuve a punto de romperme la espalda para salvarte. Debes de pesar cien kilos, cien magníficos kilos –se apresuró a añadir.

Él la recorrió de arriba abajo con la mirada, pero no con la intensidad con la que antes había recorrido la habitación, aunque aun así tuvo la sensación de que pudiera tocarla. ¿Se habría dado cuenta de que le había erizado el vello de todo el cuerpo?

–¿Cómo pudo hacer algo así una chica como tú?

Una chica como ella. ¿Tan insignificante la veía? Lo miró a los ojos y levantó bien la cara.

–Esa información no es parte del trato.

–Por última vez te digo que no hay ningún trato.

El temor la sacudió por dentro, dejando de lado lo que Kane le había hecho sentir hasta el momento.

–Si no haces lo que me prometiste...

–¿Qué harás?

«Pasaré el resto de mi vida sufriendo».

–¿Qué tengo que hacer para que cambies de opinión y hagas lo que debes?

Siguió mirándola con una expresión misteriosa que ocultaba lo que estaba pensando.

—¿De qué especie eres?

La pregunta no venía en absoluto al caso, pero bueno. La mala reputación de los fae, cuyos hombres eran famosos por su falta de honor en la batalla y por su insaciable deseo de acostarse con todo lo que se moviera y a cuyas mujeres se las conocía por su costumbre de apuñalar a los demás por la espalda y sus escándalos, bueno, y porque eran magníficas costureras, sí, quizá pudiera hacerlo reaccionar.

—Soy mitad humana y mitad fae. ¿Lo ves? —se apartó el pelo para enseñarle que tenía las orejas de punta.

Él la miró fijamente.

—Los fae son descendientes de los Titanes, que son mitad ángeles caídos y mitad humanos. Ahora son ellos los que dirigen la parte más baja de los cielos —soltaba aquellos datos como si fueran balas.

—Gracias por la lección de historia.

Kane frunció el ceño.

—Eso te convierte en...

¿En mala? ¿En enemiga?

Meneó la cabeza como si no quisiera pensar lo que estaba pensando, después arrugó la nariz como si acabara de oler algo... no desagradable, pero tampoco agradable. Respiró hondo y frunció aún más el ceño.

—No te pareces en nada a la chica que me rescató... a las chicas... no, era solo una —corrigió con gesto de confusión—. No dejaba de cambiar de rasgos, pero ninguno de ellos se parecía a lo que ahora tengo delante. Sin embargo tu olor.

Era el mismo, sí.

—Tenía la capacidad de cambiar de aspecto.

—¿Tenías? ¿En pasado? —preguntó, enarcando una ceja.

—Así es. Ya no puedo hacerlo —podía disfrutar de la fuerza y los dones que robaba desde una hora hasta varias semanas, pero eso no dependía de ella. Todo lo que le había arrebatado a la fénix había desaparecido el día anterior.

–Mientes. Nadie tiene un poder un día y al siguiente no.

–Yo no miento, las pocas veces que lo hago no lo hago intencionadamente, pero ahora te estoy diciendo la verdad. Lo prometo.

Kane apretó los labios.

–¿Cuánto tiempo llevo aquí?

–Siete días.

–Siete días –repitió.

–Sí. La mayor parte del tiempo hemos estado jugando al médico incompetente y al paciente desagradecido.

Su mirada se oscureció de una manera escalofriante. Lo que había leído de él no le hacía justicia; en la realidad daba mucho más miedo.

–Siete días –dijo de nuevo.

–Te puedo asegurar que no me he equivocado al contarlos, he tachado un segundo tras otro en mi corazón.

Él le lanzó una mirada de reprobación.

–Eres muy lista, ¿no?

Josephina esbozó una enorme sonrisa.

–¿Tú crees? –era la primera vez que alguien le decía algo bueno desde la muerte de su madre, no lo olvidaría jamás–. Gracias. ¿Dirías que soy extremadamente inteligente, o solo un poco más de lo normal?

Él abrió la boca como si fuera a responder, pero no dijo nada. Empezó a abrir y cerrar los párpados y a tambalearse. Estaba a punto de venirse abajo y, si se caía al suelo, no podría volver a tumbarlo en la cama. Así pues, se lanzó sobre él para agarrarlo con las dos manos, cubiertas por guantes. Pero él se las apartó, huyendo de su contacto. Chico listo, ¿la consideraría a ella tan lista como lo era él?

Cayó a la alfombra con un sonido sordo.

Cuando estaba levantándose de la cama para acudir a su lado sin saber muy bien para qué, la puerta de la habitación saltó por los aires, lanzando astillas de madera por todas partes, y apareció un guerrero de cabello oscuro y mirada amenazante. El peligro era innegable... quizá por los dos puñales que llevaba en las manos, de cuyos filos goteaba ya la sangre.

Enseguida apareció un segundo guerrero, aquel era rubio y... «Dios, que alguien me ayude»... con tripas colgándole del pelo.

Los hombres de su padre la habían encontrado.

Capítulo 2

Kane luchó contra el dolor, la humillación y la sensación de fracaso que lo invadían. Había sido creado para ser un guerrero y, a lo largo de los siglos, había luchado en infinidad de guerras, había acabado con un enemigo tras otro y se había alejado con el cuerpo lleno de heridas sangrientas, pero siempre con una sonrisa en los labios. Había luchado y ganado y los demás habían sufrido por ir tras él. Sin embargo allí estaba ahora, en el suelo de una sucia habitación de motel, demasiado débil para moverse y a merced de una bella y frágil mujer que lo había visto en su peor momento: encadenado, violado y abierto en canal después de una nueva tortura.

Quería borrar aquellas imágenes de la mente de esa mujer, aunque para ello tuviera que entrar en ella y arrancárselas con un cuchillo.

Después las borraría también de su propia memoria. Los Cazadores, que lo culpaban de todos los desastres que habían sufrido. La bomba. El viaje al infierno. El ataque de una horda de siervas de los demonios que habían asesinado a los Cazadores y le habían encerrado para someterlo a un sinfín de torturas.

Los grilletes, la sangre goteando de su cuerpo, las sonrisas de satisfacción de sus torturadores, los dientes manchados de sangre. Las manos que lo sobaban por todas partes, sus bocas, sus lenguas.

Aún podía oír la banda sonora de su sufrimiento. Los gemidos de dolor que salían de su boca y los de placer que salían de todas las demás bocas. El chocar de la carne contra la carne. Las uñas que lo arañaban y se hundían en él. Las carcajadas.

Podía sentir todos aquellos terribles olores. El azufre, la excitación, el polvo, el cobre, el sudor y el hedor penetrante del miedo.

Se vio bombardeado por una dolorosa sucesión de emociones. Asco, rabia, indefensión, tristeza, humillación, pánico. Y más asco.

Gimió con un sentimiento trágico. Necesitaba huir desesperadamente, no podía derrumbarse, así que levantó un muro de piedra en su mente para frenar las peores emociones. «Ahora no puedo hacer frente a esto. No puedo». Al menos era libre. Eso no debía olvidarlo. Le habían rescatado.

Aunque en realidad los guerreros lo habían apartado de las siervas solo para someterlo a su propia tortura.

Después había aparecido la chica, exigiéndole que la ayudara de la manera más vil.

—¿Qué le has hecho? —preguntó una voz masculina—. ¿Qué hacían los soldados fae a punto de entrar en la habitación?

—Un momento. ¿Vosotros no sois fae? —preguntó ella.

—¿Quién eres tú, mujer?

Kane reconoció aquella voz masculina. Era Sabin, su líder, guardián del demonio de la Duda. Sabin era capaz de romperle el cuello a una mujer si creía que había hecho daño a cualquiera de sus soldados.

—¿Yo? —dijo la chica—. No soy nadie y no he hecho nada. De verdad.

—Mintiendo solo vas a conseguir empeorar tu situación —dijo una segunda voz.

Kane la reconoció de inmediato. Era Strider, guardián

del demonio de la Derrota. Al igual que Sabin, Strider no dudaría en atacar a una mujer si con ello defendía a un amigo.

La presencia de sus compañeros debería haberlo reconfortado, pues eran dos hermanos, la familia que tanto necesitaba; sabía que ellos lo protegerían y harían todo lo que estuviera en su mano para que se recuperase. Pero se sentía tan expuesto emocionalmente a causa de las heridas y las humillaciones que había sufrido, que lo único que sentía era que había dos testigos más de su vergüenza.

–Madre mía. ¿Por qué no os habéis puesto antes a la luz? Ya sé quién sois –la chica parecía asombrada–. Sois... sois... vosotros.

–Sí y también somos los que van a acabar contigo –dijo Sabin.

El guerrero había dado por hecho que aquella chica de pelo negro era la responsable de la situación de Kane. Se equivocaba. Kane intentó incorporarse, pero los músculos del estómago no le respondían, aún no estaban unidos del todo.

–No te lo tomes a mal, por favor –respondió la chica–, pero debe de ser la amenaza más pobre que he oído en toda mi vida, y eso que Kane también me ha dicho unas cuantas. Sois dos guerreros conocidos y temidos en todo el mundo por vuestra fuerza y astucia; seguro que puedes decir algo más aterrador.

No era la primera vez que, a pesar del incesante dolor que sentía, le daban ganas de sonreír al oír las cosas que podían salir de esa boquita. Y lo cierto era que no comprendía cómo podía tener ganas de sonreír.

–¿Es posible no tomarse eso a mal? –replicó Sabin–. Vigila la puerta –le dijo a Strider–. Voy a descuartizar a esta listilla.

–No, jefe, yo también quiero hacerlo.

–¿Eso quiere decir que vamos a luchar a muerte? –preguntó ella sin el menor atisbo de preocupación.

—Sí —respondieron los dos hombres al unísono.
—Está bien. Entonces vamos allá, ¿no?
Kane se puso en tensión.
—¿Lo dice en serio? —le preguntó Sabin a Strider.
—No puede ser.
—Claro que lo digo en serio —aclaró ella—. Muy en serio.
Era mucho decir para una chica tan pequeña.
Una chica que no dejaba de confundir a Kane.

Lo había atendido con suavidad y ternura, pero sus heridas no eran solo físicas. Tenía otro dolor que le recordaba que seguía vivo, una punzada que le comía las entrañas como una enfermedad, como un temor que lo devoraba y le pedía a gritos que se alejara de aquella mujer cuanto antes. Pero en lo más profundo de su ser, donde residían sus instintos más primarios, lo consumía la necesidad de aferrarse a ella y no dejarla escapar jamás.

Era hermosa, divertida y dulce. Cada vez que la miraba oía en su cabeza una palabra. «Mía. Mía. MÍA».

Era un grito constante, innegable, imparable. Pero no estaba bien. Cada vez que había intentado mantener una relación, el mal que llevaba dentro se había encargado de destrozarla... y también a la mujer en cuestión. Ahora, después de todo lo que le había ocurrido...

Sintió unas náuseas tan poderosas que tuvo que apretar los puños. No, no quería hacer suya a ninguna mujer.

—¿Tienes ganas de morir? —le preguntó Strider a la chica, paseando a su alrededor.

—¿Intentas buscar excusas para no pelear? —respondió ella—. ¿No crees que puedas conmigo?

El guerrero respiró hondo.

La muchacha acababa de retarlo, no sabía si consciente o inconscientemente, y el demonio del guerrero había aceptado el desafío. Strider haría todo lo que estuviese en su mano para vencer y Kane no podía culparlo por ello porque cada vez que perdía un desafío, se veía sometido a un dolor agonizante durante días.

Todos los demonios llevaban consigo una maldición.

«Tengo que detenerlo». Le perteneciera o no aquella chica, Kane no quería que sufriera ningún daño. Sabía que se volvería loco si veía una sola magulladura en aquella piel bronceada y perfecta, ya podía sentir cómo crecía la oscuridad en su interior y cómo se le escapaba el control de las manos, dejando paso a la violencia.

Mientras intentaba de nuevo incorporarse, oyó unos pasos que hicieron temblar el suelo. Oyó también el roce de la ropa, después el de la carne y más tarde el de los metales.

Strider y Sabin no tardarían en acabar con ella.

–¿Eso es todo lo que podéis hacer? –los provocó la chica entre jadeos de cansancio–. Vamos, chicos. ¡Vamos a hacer que sea una lucha memorable, digna de aparecer en los libros de Historia!

–¡No! –intentó gritar Kane, pero ni siquiera él mismo lo oyó.

Strider pasó por encima de él. Volvió a oírse el choque de los metales.

–¿Cómo vamos a hacer algo memorable? –dijo Sabin–. Lo único que estás haciendo es esquivar nuestros golpes.

–Lo siento. No es mi intención, es el instinto el que me obliga a hacerlo.

Cualquiera que no conociera el secreto deseo de la chica como lo conocía Kane habría pensado que era una conversación muy extraña.

La lucha continuó, los dos hombres perseguían a la chica por la habitación, saltando sobre los muebles, chocando contra las paredes, lanzándole sus armas y fallando cada golpe porque ella siempre conseguía esquivarlos.

Las ansias de violencia eran cada vez más fuertes.

–No le hagáis daño –consiguió decir–. Todo lo que le hagáis a ella, os lo haré yo después a vosotros –haría cualquier cosa para protegerla.

«¿Incluso en este estado tan lamentable?».

Hizo caso omiso a la humillante pregunta.

Esa era la cuestión, aún tenía muchas preguntas que hacerle a aquella chica y esa vez iba a asegurarse de que respondiera de un modo satisfactorio, si no... no sabía qué haría si no lo hacía. En aquella cueva había perdido cualquier sentimiento de compasión y misericordia.

La amenaza de Kane bastó para que Sabin se detuviera en seco y bajara las armas.

Strider, sin embargo, no parecía tan dispuesto a rendirse y por fin acababa de conseguir agarrar a la chica del pelo. Ella chilló con todas sus fuerzas mientras el guerrero la apretaba contra sí.

Kane logró ponerse en pie, con la intención de hacer pedazos a los otros dos guerreros. «Mía». Apenas dio un paso se tropezó con algo gracias al demonio y cayó de bruces al suelo. El dolor era inaguantable.

Antes de que la chica tuviese ocasión de gritar o de maldecir a Strider, el guerrero la tumbó boca abajo en el suelo y la inmovilizó poniéndole una rodilla entre los hombros. Ella no dejó de forcejear, pero le resultaba imposible librarse del fuerte guerrero.

–He dicho que... no le hagáis daño –gritó Kane con la poca fuerza de la que disponía.

–Oye, que apenas la he tocado. Pero he ganado –anunció Strider con una enorme sonrisa en los labios.

Sabin se acercó hasta Kane, se arrodilló junto a él y lo ayudó a sentarse con increíble delicadeza, aunque aun así el dolor era desgarrador.

–No sabes cuánto tiempo llevamos buscándote –le dijo su amigo en un tono con el que pretendía hacerle sentir mejor, pero nada podría conseguirlo–. No pensábamos rendirnos hasta encontrarte.

–¿Cómo? –fue todo lo que consiguió decir mientras le suplicaba en silencio que lo soltara.

Sabin comprendió la pregunta, aunque no la súplica.

–Un periódico sensacionalista publicó que había una

mujer llevando a hombros a un tipo enorme por las calles de Nueva York. Torin se sirvió de su magia para ver lo que habían grabado las cámaras de seguridad de la zona y ahí estabas tú.

La chica lo miró desde el suelo.

—Oye, ¿no te das cuenta de que no le está gustando que lo tengas agarrado? —le dijo a Sabin con la respiración entrecortada—. Suéltalo.

¿Cómo había podido darse cuenta ella y no uno de sus mejores amigos?

—Kane está bien —aseguró Strider—. ¿Por qué llevas guantes, mujer?

Pero ella no respondió a la pregunta, sino que hizo una ella:

—¿Vas a matarme ahora?

—¡No! —rugió Kane. «¡MÍA! ¡MÍA!

Strider se guardó los dos puñales y se puso en pie. La chica se levantó también en cuanto pudo. El pelo le caía sobre la frente y las mejillas, pero ella se lo apartó de inmediato y se puso los mechones detrás de las puntiagudas orejas.

La mayoría de los fae preferían no salir de su reino. No eran una raza muy querida y los inmortales primero atacaban y luego hacían preguntas. No obstante, Kane había conocido a algunos fae a lo largo de los siglos. Todos ellos habían tenido el cabello blanco y la piel pálida. Sin embargo aquella tenía una melena negra como el azabache, sin una sola ondulación, y la piel bronceada. ¿Sería porque era mitad humana?

Pero sus ojos sí eran los típicos de los fae. Grandes y azules como una extraña piedra preciosa cuyo color se aclaraba y oscurecía dependiendo de su estado de ánimo. En aquel momento eran cristalinos, casi sin color. ¿Estaría asustada?

Al demonio del Desastre parecía gustarle la idea, a juzgar por sus ronroneos de aprobación.

«Calla», le ordenó Kane. «Te mataré si no lo haces».

El ronroneo se convirtió en una carcajada. Kane tuvo que hacer un esfuerzo por seguir respirando, con calma y control. Habría deseado arrancarse las orejas para no escuchar aquella risa. Quería hacer pedazos la habitación, destrozar los muebles y tirar abajo las paredes. Quería... agarrar a la chica y llevársela de aquel terrible lugar.

La miró a los ojos y de pronto encontró en su rostro la sonrisa más dulce del mundo. Una sonrisa que parecía decirle que todo iba a salir bien.

Su furia disminuyó de golpe.

Así de simple.

¿Cómo lo había hecho?

De todas las imágenes que había adoptado, aquella era sin duda la más bella. Tenía las pestañas más largas que había visto nunca, los pómulos marcados, la nariz perfecta, los labios en forma de corazón y la barbilla ligeramente puntiaguda.

Era como una muñeca que hubiese cobrado vida. Olía a romero y hierbabuena, como un pan recién hecho tras el que se disfrutaba de un licor de menta. En otras palabras, olía a hogar.

«Mía».

«Jamás», el demonio se revolvió de golpe y empezó a temblar el suelo.

Estúpido demonio. Como cualquier otra criatura, Desastre sentía hambre de vez en cuando, pero a diferencia de cualquier otro ser, sus alimentos preferidos eran el miedo y la ira. Así pues, cuando deseaba comer algo, provocaba alguna catástrofe que siempre sufría Kane y aquel que se encontrase cerca de él.

A veces se trataba de pequeñas catástrofes, una bombilla que explotaba o un suelo que se abría bajo sus pies. Pero la mayoría de las veces, eran de proporciones mucho mayores; ramas que se desprendían de los árboles, coches que chocaban, edificios que se derrumbaban.

Sintió las garras del odio clavándosele en el pecho.

«Algún día me libraré de ti. Algún día conseguiré acabar contigo».

El demonio se echó a reír.

«Formo parte de ti, así que no podrás librarte de mí. Jamás».

Kane pegó un puñetazo al suelo. Hacía mucho tiempo le habían dicho los Griegos que solo la muerte lo apartaría de su demonio, su muerte, porque Desastre seguiría viviendo eternamente. Quizá fuera cierto. Pero quizá no. Los Griegos eran famosos por sus mentiras. En cualquier caso, Kane no quería arriesgarse a morir. Era tan retorcido que quería ver cómo Desastre caía derrotado y tan frío que quería ser él el que le asestara el último golpe.

Tenía que haber una manera de conseguirlo.

—¿Verdad? —estaba diciendo la chica.

Su voz lo llevó de vuelta al presente.

—Kane, ¿tú le has prometido eso? —le preguntó Sabin.

La chica le había estado hablando a él, así que podía imaginar lo que le había dicho.

—No, no le he prometido nada —respondió, negando con la cabeza a pesar de que el cuello apenas tenía fuerzas para sostenerla.

—Pero... pero... debe de fallarle la memoria —la chica miró a Strider con los ojos inundados de un intenso color azul cobalto que los convertía en dos océanos de furia—. ¿Y tú, qué? ¿Vas a cumplir tu parte del trato?

—¿Yo? —preguntó Strider.

—Sí, tú.

—¿Y qué es lo que quieres que haga?

Estaba visiblemente asustada, pero habló de todos modos:

—Quiero que... que agarres el puñal y... me lo claves en el corazón.

El guerrero parpadeó y meneó la cabeza.

—Lo dices en serio, ¿verdad? Realmente quieres morir.

—No, no quiero, pero necesito morir —susurró ella con gesto de fracaso más que de furia.

Kane se tragó las ganas de rugir al recordar lo que la chica le había dicho en la cueva:

«Te sacaré de aquí y te llevaré al mundo de los humanos, pero a cambio tú me matarás. Quiero que me lo prometas».

Quizá entonces no la hubiera creído, quizá había estado demasiado centrado en su propio dolor como para prestarle atención. Sin embargo, ahora no soportaba la idea de que quisiera morir... No, no. Antes moriría él.

—¿Entonces por qué has esquivado los golpes? —quiso saber Strider.

—Ya te lo he dicho. El instinto. Pero la próxima vez lo haré mejor, te lo prometo.

«Mía», Kane sintió de nuevo el rugido que crecía más y más en su interior... hasta escapar.

—¡Es mía! Si la tocas, te mataré.

Sabin y Strider lo miraron con asombro. Kane siempre había sido el guerrero tranquilo, jamás les había levantado la voz a sus amigos. Pero ya no era como antes, jamás volvería a ser ese hombre.

—Por favor —le suplicó ella al guerrero mientras sus ojos adquirían un tono más suave. Parecía muy desesperada.

La rabia de Kane crecía al mismo tiempo que la desesperación de ella.

Debía de haberle ocurrido algo terrible para que hubiese llegado a la conclusión de que la única opción que tenía era morir. ¿Acaso alguien la había...? ¿La habían forzado...? No podía ni pensarlo. Si lo hacía, estallaría. O se acurrucaría contra ella y se echaría a llorar.

Levantó la mirada hasta Strider. El corpulento y rubio guerrero, con sus ojos azules oscuros y su retorcido sentido del humor.

—Átala con suavidad y nos la llevaremos —así podría ayudarla.

–¿Qué? –preguntó ella levantando las manos–. De eso nada. A menos que pretendas llevarme a un lugar apartado donde nadie pueda ver la sangre.

Podría haberle mentido, pero lo que hizo fue quedarse callado mientras Sabin lo ayudaba a ponerse en pie. Los huesos rotos protestaron a gritos y las rodillas estuvieron a punto de fallarle, pero se mantuvo firme. No iba a derrumbarse otra vez. No delante de su... de la chica.

–Lo siento, guapa –dijo Strider–. Pero me temo que no eres tú la que decides. Vas a seguir viva, no a morir. Eso es todo.

–Pero... –la chica miró a Kane con gesto de súplica–. He perdido mucho tiempo contigo y no puedo pedir ayuda a nadie más.

–Mejor –cualquiera que intentase hacer lo que ella pedía sufriría una muerte muy dolorosa.

–¿Bien? ¡Pero bueno! –la ira pudo más que la desesperación–. ¡Eres un desalmado y un bruto!

–¿Porque no quiere matarte? Eso sí que es bueno –comentó Strider meneando la cabeza mientras la agarraba.

De pronto, la chica le pegó una patada entre las piernas y, cuando Strider se encogió de dolor, salió corriendo de la habitación, gritando.

–¡No sabes cuánto me has decepcionado, Kane!

Y desapareció en medio de la noche.

Kane intentó ir tras ella, pero fue entonces cuando le fallaron las rodillas.

–¡Vuelve aquí, mujer!

Pero no lo hizo.

Kane experimentó una furia que nada tenía que ver con lo que había sentido antes. Iba a encontrarla fuera como fuera. La buscaría por todas partes, hablaría con todos los que la hubiesen visto y aquel que no supiera decirle hacia dónde había ido, moriría entre sus manos. Dejaría un rastro de sangre a su paso y ella sería la única culpable. Iba a...

«No harás nada», dijo Desastre con una carcajada.

Una carcajada que dolía aún más porque Kane no podía levantarse del suelo.

—Tráemela —le gritó a Strider.

Pero el guerrero estaba sufriendo su propia agonía. Acababa de poder con él una chiquilla enclenque; su demonio iba a causarle mucho dolor durante días.

—¡Ve tú! —le ordenó Kane a Sabin.

—No, no pienso perderte de vista.

—¡Ve! —insistió él.

—No vas a conseguir que cambie de opinión por mucho que grites.

Kane intentó arrastrarse hasta la puerta, pero ni siquiera tenía fuerzas para eso. Soltó una retahíla de maldiciones.

¿Por qué nada podía salirle bien aunque fuera una vez?

Desastre se echó a reír de nuevo.

Capítulo 3

Reino de la Sangre y de las Sombras
Una semana después

Kane se levantó de la enorme cama y fue hasta el cuarto de baño, desnudo. Se metió en la ducha y dejó que el agua caliente cayera sobre su piel recién curada. Las magulladuras y contusiones habían desaparecido por fin, pero aún tenía los músculos agarrotados.

Todavía no se había disipado la furia que había sentido al perder a su salvadora y el odio que sentía hacia Desastre seguía consumiéndolo por dentro. Y los recuerdos... eso era lo peor.

Lo asediaban día y noche. A veces estaba en la cama, mirando al techo y de pronto se sentía transportado al infierno, volvía a estar encadenado de pies y manos. Otras veces estaba en la ducha, como ahora, con el agua cayéndole por el cuerpo y de repente volvía a ver la suciedad, la sangre y... las demás cosas que habían cubierto su piel después de la tortura y, por mucho que se frotara, no lograba limpiarse.

Tenía la clara impresión de que durante dicha tortura había ocurrido algo que le había cortado las conexiones del cerebro y, mientras se curaba físicamente, esas conexiones se habían unido de manera errónea. La oscuridad se había convertido en un perfume que expulsaba por todos los poros y la rabia habitaba dentro de él, ansiosa por encontrar un objetivo con el que estallar.

Nadie estaba a salvo.

Había perdido el apetito. Era incapaz de dormir porque cualquier ruido hacía que se sobresaltara y buscara rápidamente un arma.

En otro tiempo había hecho frente a todos los golpes que le daba la vida, amoldándose a la situación y era un tipo más amable. Pero ya no se amoldaría a nada, ahora era un animal herido y rabioso que a veces no podía contener tanta violencia. Tenía que castigar cualquier agravio de inmediato para que nadie volviera a creer nunca más que podía desafiarlo.

El desorden de su habitación era prueba de ello.

Se duchó rápidamente y luego se secó con movimientos rígidos y forzados. Después estudió la imagen que le ofrecía el espejo. Tenía la piel pálida y el agua del pelo le goteaba sobre los hombros y el pecho. Había perdido tanto peso que tenía la cara demacrada. Apretaba los labios como si jamás hubiera sonreído y quizá fuera así porque los pocos momentos de diversión que recordaba haber vivido ahora le resultaban ajenos, como si no le pertenecieran. Todo lo positivo le había sucedido a otro. No había duda.

Pero lo que más le preocupaba de su aspecto era que sus ojos ya no eran una mezcla de verde y marrón, sino de verde, marrón... y rojo. Rojo como el demonio.

Sintió repugnancia. Desastre trataba de controlarlo y lo cierto era que estaba consiguiéndolo a base de recordarle lo que había ocurrido en aquella cueva.

«Esas manos... esas bocas... y tú, completamente indefenso».

Se sentía tan sucio, tan contaminado.

«Un látigo en las piernas. Un puñal en las costillas».

Era un fracaso.

«El aliento caliente sobre la piel... los besos... las lenguas».

Mientras luchaba por respirar, Kane apoyó las manos en el lavabo y le dio igual sentir que se resquebrajaba la porcelana bajo su peso. Quería arrancarse a Desastre del pecho y estrangularlo con sus propias manos.

Sí. Así sería como moriría el culpable de su tormento.

Y sería pronto.

Si lograba pensar con claridad aunque solo fuera un momento, encontraría la manera de poder hacerlo. El problema era que las pocas veces que no estaba invadido por los recuerdos de la cueva, no podía dejar de pensar en la chica del motel. La fae. Sintió de pronto la misma tensión que cuando ella lo había tocado. Maldijo entre dientes.

Era deseo.

Recordó la adoración que había en su rostro mientras lo miraba, como si pensara que era especial. Una mirada que aún no comprendía... pero que quería volver a ver.

Recordó también las absurdas palabras que le había dicho:

«Yo no miento, las pocas veces que lo hago no lo hago intencionadamente, pero ahora te estoy diciendo la verdad. Lo prometo».

«Debes de pesar cien kilos, cien magníficos kilos».

«He tachado un segundo tras otro en mi corazón».

Tenía curiosidad por saber qué otras cosas le diría. ¿Quién era? ¿Dónde estaba?

¿Se vería atormentada por recuerdos que preferiría olvidar? ¿Estaría herida? ¿Sola? ¿Asustada?

Unas cuantas veces había visto en su rostro que el temor conseguía borrar su adoración y su descaro hasta hacerla estremecer.

Él comprendía perfectamente lo difícil y desesperante que era no poder escapar del pasado.

¿Habría encontrado a alguien que acabara con ella? ¿Lo habría hecho ella misma?

¿O seguiría viva?

Dejó caer los brazos, todavía con los puños apretados. Esa mujer era suya. No... no lo era.

De todos modos, sabía que no iba a ocuparse de su problema hasta que se hubiese ocupado de ella. No podía dejarla sola sabiendo que estaba desesperada, asustada y, probablemente, en peligro. Esa chica lo había salvado cuando se encontraba en la situación más horrible que había vivido nunca. Por mucho que hubiese salido huyendo, tenía que ir en su busca y salvarla, pues seguramente también ella estaba en la situación más horrible de su vida.

En realidad tenía razón. Estaba en deuda con ella e iba a pagar dicha deuda. Aunque no como ella esperaba. Lo que haría sería ayudarla como no podía ayudarse a sí mismo, así al menos uno de los dos podría ser feliz.

Ella merecía ser feliz.

Si es que seguía viva.

Respiró hondo. Más valía que siguiera vida, si no... Sin llegar a terminar el pensamiento, le pegó un puñetazo al espejo que lo rompió en mil pedazos. El ruido de cristales rotos retumbó en el diminuto cuarto de baño. Se le clavaron varios trozos en el muslo; seguro que era un regalo de Desastre. Apretó los dientes y se los quitó uno por uno.

Después de ayudar a la chica podría concentrarse en matar al demonio y no pensaba rendirse hasta conseguirlo. No podía aguantarlo más, ni quería que sus amigos tuvieran que seguir soportándolo también porque suponía un peligro demasiado grave para todos los que le rodeaban, entre los cuales había muchos inocentes.

Decidió que se iría ese mismo día y no volvería.

Sintió el peso de la tristeza sobre los hombros, aplastándolo. No podía contarles a sus amigos lo que había decidido porque no lo entenderían e intentarían convencerlo de que no lo hiciera. Quizá incluso intentaran encerrarlo por «su propio bien».

No sería la primera vez.

Kane no iba a esconderse, pero tampoco iba a decirles

la verdad. Se despediría de ellos como si tuviera intención de volver después de ayudar a su salvadora. Solo él sabría que no sería así. En realidad estaría despidiéndose para siempre.

Con las mandíbulas apretadas, Kane se ató todas las armas al cuerpo. Llevaba varios puñales, dos pistolas Sig y varios cargadores. Se puso una camiseta negra, pantalones de camuflaje y sus botas militares y, ya vestido, salió del baño pisando los cristales mientras su mente se llenaba de risas perversas.

Ese estúpido demonio.

Durante su ausencia, los amigos de Kane se habían trasladado a una fortaleza situada en el Reino de Sangre y Sombras, un recóndito lugar entre la tierra y el nivel más bajo de los cielos. Recorrió el pasillo sin poder dejar de mirar las imágenes que llenaban las paredes y en las que se veía a una bella rubia en todo tipo de poses; reclinada sobre un sofá, de pie en medio de una rosaleda, bailando encima de una mesa, tirando un beso, guiñando un ojo.

Se llamaba Viola y era una diosa menor de algo, además de ser la portadora del Narcisismo. Kane no pudo evitar pensar que era como el esperma: tenía aproximadamente una posibilidad entre tres millones de convertirse en un ser humano con sentimientos. Esa mujer lo ponía tremendamente nervioso.

Bajó las escaleras y recorrió un nuevo pasillo, aquel lleno de absurdos retratos de los guerreros ataviados con lazos, encajes y sonrisas... y nada más. Los había pintado un muerto al que se los había encargado sin permiso Anya, prometida de Lucien y diosa de la anarquía.

Por fin llegó a su destino, la habitación de Maddox y Ashlyn. Primera parada del recorrido de despedida.

Maddox era el guardián de la Violencia y Ashlyn había dado a luz hacía poco a los hijos gemelos del guerrero.

Se quedó un rato observando a Ashlyn en silencio. Era una mujer de belleza delicada, con la piel y el cabello del color de la miel. Estaba sentada en una mecedora, cantando al pequeño que tenía en brazos. A su lado, Maddox ocupaba una segunda mecedora. Ver a un hombre tan bruto, de pelo negro y ojos violetas, besarle los deditos a un bebé le provocó una extraña sensación a Kane. Algo se le movió por dentro, como si se le hiciera un nudo, y sintió un dolor parecido al que le había provocado la chica de orejas puntiagudas.

¿Qué era?

Allí estaba también William el Cachondo, también conocido como el Caliente o Derrite Bragas, pensó Kane meneando la cabeza. Estaba sentado a los pies de la cama, con un edredón rosa alrededor de su cuerpo curtido en mil batallas. Ni siquiera algo tan femenino como aquel edredón conseguía restar intensidad a su fuerza. William no estaba poseído por ningún demonio, pero nadie comprendía bien su comportamiento. Lo único que sabían era que tenía un temperamento al que pocos eran capaces de enfrentarse y una crueldad que Kane no había visto en ningún otro ser. William sonreía cuando mataba a sus enemigos y se reía cuando apuñalaba a sus amigos.

–¿Cuándo me toca a mí? –protestó William–. Quiero agarrar a mis preciosidades. ¿He dicho preciosidades? Bueno, da igual. ¡Los quiero!

Vaya. Eso sí que era nuevo.

–No son tuyos –espetó Maddox tratando de no levantar la voz para no despertar a los pequeños.

–En cierto modo, sí. Yo los traje al mundo –le recordó William.

–Pero yo los engendré.

–Menudo mérito. La mayoría de los hombres son capaces de eso, pero no muchos saben abrir a una mujer de lado a lado para sacarle dos pequeños de... de donde sea –dijo William mientras Maddox empezaba a resoplar.

Kane entró en la habitación para agarrar al pequeño, seguro de que se avecinaba una pelea.

Fue en ese momento cuando William se percató de su presencia.

–Desastre. ¿No podrías haberte mantenido alejado de los bebés más bonitos del mundo? –miró a los pequeños–. Sí, sí, eso es lo que sois.

Era repugnante.

Se sorprendió a sí mismo al reaccionar de una manera tan negativa. En otro tiempo habría estado al lado de William, diciendo esas mismas cosas a los bebés. Por las noches solía soñar que también él tenía ese final feliz. Una mujer que lo quisiera y unos hijos preciosos. Hasta que las siervas habían intentado robarle la semilla y...

–No me llames por el nombre del demonio –dijo con una furia que sobresaltó a los pequeños y los hizo llorar. Se maldijo a sí mismo–. Lo siento. Pero yo no soy ese asqueroso... –volvió a gritar–. Perdón. Ten cuidado con lo que dices, ¿de acuerdo?

–Baja la voz –le dijo William en tono severo.

Todo el mundo guardó silencio.

Ashlyn miró a Kane y le dio la bienvenida con la mirada. No se parecía en nada a su chica, no, no era su chica, se corrigió de inmediato; sin embargo le recordó a ella. Quizá por la delicadeza de su rostro, o por el modo en que se preocupaba por los demás.

–¿Quieres agarrar a Urban?

–No, gracias –respondió Kane al mismo tiempo que Maddox decía:

–No, no quiere.

Kate prefirió no pensar en lo duro que era oír esas palabras, sabía que estaban justificadas porque era un peligro para todos los que estuvieran cerca de él.

–Solamente quería verlos un momento antes de... Me marcho dentro de unas horas, tengo que ayudar a una mujer –trató de tragar el nudo de emoción que tenía en la garganta.

–Entonces acércate –le pidió Ashlyn–. Sabin y Strider

mencionaron a la mujer de orejas puntiagudas que estaba contigo en Nueva York. Me gustó lo que dijeron de ella.

—Es... —magnífica, preciosa, aguda—. Distinta —se le tensaron los músculos al acercarse a las mecedoras.

William se puso en pie y se acercó también para después quedarse junto a él, con la mano sobre la empuñadura del cuchillo. Probablemente quería proteger de Kane a los bebés.

No podía culparlo por ello.

—¿Te acercas tanto a mí porque quieres saber qué sabor tengo? —le preguntó al guerrero. Siempre era mejor bromear que ponerse furioso o, lo que sería mucho peor, llorar.

—Es posible —dio un paso atrás para darle un poco más de espacio—. Aunque la verdad es que, si hablas de sabores, debo decirte que me gusta tener amantes más maduros.

—Soy muy maduro. Tengo edad suficiente para tirarme a tu madre.

—Vamos, mi madre se comería tu hígado para desayunar y tus riñones para cenar.

—No podéis ser más desagradables —les pidió Ashlyn.

—Sí podemos —respondieron los dos al unísono.

Urban soltó una risilla como si entendiera lo que decían. El pequeño tenía la cabeza cubierta de pelo negro y los ojos del mismo color violeta que su padre, aunque tenía una mirada más seria e inteligente de lo que se podría esperar en un recién nacido. Mientras lo miraba, Kane vio que le aparecían dos cuernos en la cabeza y se le cubrían las manos de escamas negras.

—¿Un mecanismo de protección? —dedujo.

—Eso creemos —respondió Ashlyn, algo avergonzada—. No pretende ofenderte.

—Lo sé —apartó la mirada del pequeño.

Su hermana gemela, Ever, tenía el pelo de color miel como su madre, unos brillantes ojos casi dorados y una boca de la que asomaban unos dientes afilados.

Hacía poco más de un mes que habían nacido, pero parecían bastante más mayores.

La niña lo miró de arriba abajo y luego centró la mirada en William, a quien le echó los brazos de inmediato. El guerrero, encantado, agarró a la pequeña de los brazos de su padre y dejó que apoyara la cabecita en su hombro, tan satisfecha como él.

–¿No es la mejor? –dijo William con fascinación–. Nació con garras, pero han ido disminuyendo, ¿verdad, princesa? Seguro que vuelven a aparecer si algún imbécil intenta quitarte algo que no quieras darle, ¿a que sí?

Kane volvió a sentir ese dolor en el pecho.

–Son los dos preciosos –les dijo a los orgullosos padres con total sinceridad antes de sacar un puñal con el mango adornado con piedras preciosas–. Esto es para Ever –le dijo a Maddox–, de su tío Kane.

Maddox recibió el regalo con gesto de agradecimiento. Kane sacó el otro puñal gemelo y lo dejó en la mesa junto a Ashlyn.

–Y este es para Urban.

–Es un detalle precioso –respondió ella con una dulce sonrisa en los labios–. Seguro que les va a encantar.

–Pues a mí no me hace ninguna gracia –soltó William–. Aleja esas armas tan peligrosas. Mis niños no pueden jugar con cuchillos hasta dentro de un par de meses. ¿A qué viene darles ahora regalos? ¿Por qué no esperas hasta el momento adecuado y...? –de pronto clavó la mirada en Kane y apretó los labios.

¿Acaso sospechaba la verdad... que se iba para siempre?

No importaba. Kane hizo caso omiso a sus palabras y se dirigió a Maddox, poniéndole una mano en el hombro.

–Quería darte las gracias por todo lo que has hecho por mí. No sé cómo decirte con palabras lo importante que eres para mí –no esperó a que su amigo respondiera; no podía hacerlo. Le ardían los ojos. Seguramente se le había metido una mota de polvo.

Salió de la habitación con la intención de ir en busca de los demás guerreros, a los que quería más que a su propia vida. Torin, Lucien, Reyes, Paris, Aeron, Gideon, Amun, Sabin, Strider y Cameo. Llevaban siglos luchando juntos, salvándose los unos a los otros y vengándose de cualquier afrenta que sufriera alguno de ellos. Era cierto que durante muchos años se habían dividido en dos grupos, uno que luchaba contra los Cazadores y otro que pretendía vivir en paz. Pero en el fondo siempre habían estado juntos y cuando había estallado la guerra, habían vuelto a unirse con un solo propósito. Sobrevivir.

Sabía que todos los guerreros se quedarían destrozados con su marcha, porque en otra ocasión habían perdido a un compañero y lo habían llorado durante siglos. Ninguno de ellos se había recuperado aún de la muerte de Baden, guardián de la Desconfianza.

Pero Kane no tuvo oportunidad de encontrar a ninguno de ellos porque William se interpuso en su camino.

—Te marchas —le dijo el guerrero.

—Sí —eso ya se lo había dicho.

—Para siempre —era una afirmación, no una pregunta.

Quería mentir, pues sabía que William podría intentar detenerlo o decírselo a los demás y entonces ellos sin duda intentarían detenerlo. Sin embargo no lo hizo.

—Sí —dijo. A los demonios les encantaba mentir y, aunque solo fuera para negarle ese placer a Desastre, dijo la verdad.

—Entonces me voy contigo —anunció William.

Kane se detuvo en seco y miró al otro guerrero sin disimular su tensión.

«Respira».

—¿Por qué? —le preguntó con más fuerza de la que habría querido—. Ni siquiera sabes dónde voy ni lo que pretendo hacer.

—Puede que necesite un poco de distracción —respondió, encogiéndose de hombros—. Últimamente he estado persiguiendo a un Enviado, un pequeño matón llamado Axel, pero ha resultado ser muy astuto y está empezando a molestarme.

Los Enviados patrullaban por los cielos matando demonios. Tenían alas como los ángeles, pero eran tan vulnerables a las emociones como los humanos. En aquel momento los Señores y los Enviados estaban en el mismo equipo, pero todo el mundo sabía que podía dejar de ser así en cualquier instante.

Kane lo miró a los ojos fijamente.

–Puede que creas que necesito una niñera.

–Sí, eso también –como de costumbre, William hizo gala de no sentir la menor vergüenza.

–No te necesito y desde luego no quiero tenerte cerca, molestando.

William se llevó la mano al pecho como si lo hubiera ofendido.

–¿Qué te ha pasado? Antes eras mucho más amable.

–La gente cambia.

–Yo no. Yo nunca he sido amable, ni lo seré. Me da igual lo que tú necesitas o prefieras, lo que quiero es proteger a mis pequeños y para ello tengo que asegurarme de que cumples tu palabra y no te acercas a la fortaleza. ¿Se te ha olvidado que estás condenado a empezar el apocalipsis?

Capítulo 4

Los Ángeles

Apocalipsis. Aquella palabra estuvo retumbando en la mente de Kane durante días. Por mucho que se esforzara, no podría escapar de su destino.

Justo antes de que lo capturaran los Cazadores y lo llevaran al infierno, las Moiras lo habían hecho ir al reino que habitaban en el nivel inferior de los cielos.

Las tres guardianas del destino no eran ni griegas ni Titanes. Kane creía que podrían ser brujas, pero no estaba seguro. Una vez en el reino, las Moiras le habían dicho tres cosas, una por cada bruja: podría casarse con la guardiana de la Irresponsabilidad, podría casarse con otra... con la hija de William, y por último, que provocaría el apocalipsis.

Kane no dudaba de que fuera cierto porque, por lo que él sabía, nunca habían errado en sus predicciones.

Sabía que la palabra tenía dos posibles definiciones. La primera: descubrimiento o revelación, especialmente sobre un cataclismo en el que las fuerzas del bien triunfan sobre las del mal.

Esa acepción le gustaba.

La segunda no tanto. El apocalipsis era una catástrofe que podía ser universal.

Llevando dentro el demonio del Desastre, era lógico pensar que sería el causante de una gran catástrofe.

—Verás como no te arrepientes de haber parado aquí –le aseguró William al tiempo que se abría paso entre la multitud que llenaba el club. Tenía que gritar para que pudiera oírle con el ruido atronador de la música rock que salía de los altavoces–. Es justo lo que te recomendó el médico... esto y unos testículos, pero solo puedo garantizarte lo primero.

—Veremos qué puedo hacer –respondió secamente.

Kane había cometido el error de compartir la habitación del motel con William y por lo visto mientras dormía se había retorcido en la cama y había gemido, lo que había bastado para que el detective William se hiciera una idea de lo que había ocurrido en el infierno y llegara a la conclusión de que la única manera de curarse realmente era pasando la noche con una mujer que le gustara.

—Por cierto –añadió William–, puedes llamarme doctor Amor.

—Antes te clavo un cuchillo en el corazón que llamarte así –continuó siguiéndolo a pesar de que no dejaba de lamentarse de haber aceptado semejante locura.

Debería estar buscando a su fae, pero lo cierto era que estaba tan desesperado que estaba dispuesto a probar cualquier cosa.

En cierto sentido, uno muy retorcido y enfermo, tenía lógica lo que William le había dicho esa mañana. Si conseguía estar con una mujer que él hubiese elegido, si podía controlar lo que ocurría y utilizar a alguien como lo habían utilizado a él, quizá se disipara por fin la oscura nube de recuerdos que llevaba encima. Quizá así ya no le doliera el pecho cuando se acercara a la fae y, sin ese dolor, sería más fuerte y podría estar más alerta. Estaría más preparado para ayudarla a resolver sus problemas.

Por el momento no tenía que preocuparse por ella, al menos esa noche. Sabía que estaba viva y a salvo. Torin había conseguido encontrarla gracias a un complicado, e ilegal, proceso informático. Kane solo tenía que ir a Montana y agarrarla.

«Muy pronto estaré preparado».

Desastre empezó a golpearle la cabeza desde dentro y, un segundo después, el cielo se abrió bajo sus pies.

Parecía que al demonio no le gustaba la naturaleza de sus emociones. Desde que había salido de la fortaleza, cada vez que pensaba en ayudar a la fae, Desastre explotaba dentro de él.

«La odio», dijo el demonio.

Una persona que pasaba junto a él se tropezó con el suelo y cayó, se oyó el ruido de un hueso que se rompía y un grito de dolor que se fundió con la música.

Kane apretó los dientes y fue tras William por una escalera que los alejaba de la barra y de la pista de baile. Casi habían llegado arriba cuando se hundió un escalón y Kane cayó de rodillas al suelo.

Desastre se echó a reír, orgulloso.

Kane dejó la mente en blanco antes de explotar, se puso en pie y terminó de subir la escalera. Una vez arriba, vio una puerta roja al final de un largo pasillo custodiada por un hombre armado. Era un tipo alto y fuerte, pero humano, por lo que apenas suponía peligro, a pesar de que fuera armado.

El guardia sonrió alegremente al ver a William.

—¡Willy! Nuestro mejor espectáculo.

William sonrió también mientras le explicaba a Kane:

—A veces cuando estoy aburrido, hago el espectáculo de Magic Mike para las chicas. Te conseguiré entradas —volvió a dirigirse al guardia—. Mi amigo necesita la habitación privada.

—Claro, lo que me pidas —el tipo abrió la puerta, pero Kane no vio nada en el interior.

Lo que sí hizo fue oír jadeos, gemidos y luego varias maldiciones cuando el guardia «ayudó» a la pareja a dejar lo que estaban haciendo y a vestirse. Un segundo después salieron de allí con el rostro sonrojado y la ropa todavía a medio poner.

—Todo tuyo, Willy –anunció el guardia.

William empujó a Kane para que entrara.

—¿Has visto a alguien que te interese?

—Cualquiera me vale –por lo que a él respectaba, una mujer era una mujer.

Apenas había pensado aquello cuando su mente protestó con fuerza. La fae no era... No, nada de pensar en ella. Cualquiera sería mejor que una sierva, eso era lo único que le importaba.

—Dame cinco minutos –le dijo William–. Conozco a todas las chicas que trabajan aquí. Te encontraré alguna que te dejará hacerle todo lo que quieras.

Grosero, pero práctico.

Kane se quedó a solas en la habitación. El ambiente estaba cargado de un olor a sexo tan intenso que se le revolvió el estómago. No soportaba la oscuridad, así que encendió la luz. Delante de él había una pequeña barra de bar y un sofá con los almohadones descolocados. En la mesita que había frente al sofá había una caja de preservativos. Al otro lado de la habitación había un pequeño aseo con inodoro y lavabo. Junto a la puerta del aseo, una cama grande con las sábanas revueltas. Y, encima de dichas sábanas, un preservativo.

Después de tomarse un trago de whisky y luego otro y otro, decidió agarrar la botella y sentarse en el sofá.

Cuando por fin volvió a abrirse la puerta, la botella estaba ya vacía. El alcohol no le afectaba tanto como a los humanos, solo le servía para aplacar un poco sus emociones, algo que necesitaba desesperadamente. Le temblaban las piernas y tenía el cuerpo entero empapado en sudor. Tenía la sensación de ir a derretirse... o a romperse en pedazos en cualquier momento.

William apareció con una rubia agarrada del brazo. Llevaba un cortísimo vestido rojo y un pintalabios a juego, era guapa y estaba sonriendo por algo que había dicho William.

—Aquí está mi amigo —anunció William señalando a Kane—. El tipo del que te hablaba. Te pagará lo que le pidas, pero tienes que asegurarte de hacer lo que él te pida.

Kane dejó la botella en el suelo, como si no estuviera a punto de vomitar.

—Claro —dijo ella mientras observaba a Kane con interés—. Será un placer.

—Estupendo —respondió William, riéndose—. No tienes nada de que preocuparte. No te morderá... a menos que se lo pidas amablemente.

Dicho eso, el guerrero salió de la habitación dejándolo a solas con la chica. Con la desconocida.

Apenas podía respirar.

Hubo un momento de silencio.

—Eres aún más guapo de lo que dijo William —admitió con cierta excitación.

¿Por qué hablaba? No quería charlar con ella porque entonces empezaría a preguntarse qué clase de vida había tenido para acabar donde estaba y acabaría sintiendo lástima por ella.

Desastre empezó a canturrear de satisfacción.

¿Por qué?

«Mejor acabar con esto cuanto antes».

—Ven aquí —le dijo a la chica.

La muchacha obedeció y, al sentarse a su lado, lo inundó con su perfume. Kane arrugó la nariz con desagrado. Era una fragancia tremendamente empalagosa, mezclado además con el olor a tabaco. Nada comparado con la fae, que olía como si hubiera pasado el día en la cocina. Olía a esposa.

Quizá no debiera hacer lo que estaba haciendo.

De pronto se levantó dentro de la habitación una ráfaga de aire tan fuerte que levantó la botella de whisky vacía y la estrelló contra el pecho de la mujer.

—¡Ay! —gritó.

Kane maldijo el día en que había robado la caja Pandora.

–¿Qué ha sido eso? –preguntó ella, frotándose el pecho.
–Ha debido de ser una corriente de aire –también era posible.
–¿Qué tal si mejor nos besamos? –se acercó a él.
–No quiero besos –sus palabras eran duras, pero el tono lo era aún más.
–¿Y qué me dices de chupar? Se me da muy bien –se inclinó para desabrocharle los pantalones, pero Kane la apartó de inmediato.
No quería sentir encima los labios de nadie.
–Vamos a hacerlo a mi manera.
Sintió el amargor de la bilis en la garganta desde el momento en que se acercó a ella. Le subió la falda y le quitó las braguitas. Aunque habría preferido cortarse un brazo, se desabrochó los pantalones. Cada vez le temblaban más las manos y ya tenía la bilis en la garganta, quemándolo por dentro. Se detuvo un momento.
¿Qué le ocurría? No era la primera vez que lo hacía. Después de llegar a la conclusión de que no le sería posible mantener una relación, se había resignado a vivir teniendo aventuras de una sola noche. Pero ninguna de ellas le había provocado semejante efecto.
–¿Estoy haciendo algo mal? –le preguntó la mujer.
Kane apretó los dientes mientras se ponía un preservativo y luego...
«¡Hazlo!», le ordenó Desastre.
La tomó.
Fue brusco, sin una pizca de sensualidad o de ambición carnal. No tenía ningún objetivo, ningún deseo de verla llegar al orgasmo. Su mente despreciaba lo que estaba haciendo y, sin embargo, su cuerpo lo disfrutaba. Pero claro, su cuerpo siempre lo había traicionado; también había disfrutado de lo que le habían hecho las siervas y eso era lo que más lo atormentaba, que una parte de él hubiera disfrutado de que lo violaran.
Había sido un error ir a aquel club.

No deseaba a aquella mujer, no la conocía y seguramente tampoco le habría gustado aunque la conociera. No era... ella, la fae a la que deseaba de manera instintiva y con desesperación.

Desastre maldijo a gritos para protestar por el rumbo que habían tomado sus pensamientos.

Y, cuando la mujer empezó a gemir para animarlo, se le llenó la cabeza de imágenes. Manos... bocas... siervas por todas partes.

Al borde de un ataque de pánico, Kane consiguió de algún modo terminar. No estaba seguro de haberla llevado al clímax, pero tampoco le importaba.

Las maldiciones de Desastre se convirtieron en palabras de aprobación.

Se quitó el preservativo mientras luchaba contra el asco que sentía hacia sí mismo y se colocó la ropa, después tiró unos cuantos billetes sobre el sofá y abrió la puerta. Lo primero que vio fue a William poseyendo a una mujer, de pie, contra la pared. No se veía al guardia por ninguna parte.

Hizo un gesto a la mujer para que se fuera.

–Pero... ¿no quieres mi número de teléfono? –le preguntó la rubia–. Por si vuelves a tener otra necesidad. Estoy disponible para ti siempre que quieras, en cualquier momento.

–No –se limitó a decir, siendo brusco para ser amable. Jamás la llamaría y no quería que se hiciese falsas expectativas.

–¿No soy lo que buscabas?

–No y ahora vete.

La mujer suspiró, se colocó el vestido y salió por la puerta.

–¿Ya está? –le preguntó William sin salir de la mujer con la que estaba, pero sin moverse.

«Más», dijo Desastre.

A pesar del asco que le daba decir lo que iba a decir, lo hizo de todos modos:

—Tráeme otra —el sexo no había tenido el efecto que esperaba, los recuerdos y todo lo le provocaban seguían ahí, pero Desastre estaba contento, así que estaría con una segunda mujer. Y con una tercera. Con todas las que fueran necesarias para que el demonio estuviese tan saturado de satisfacción que olvidara lo que había ocurrido en la cueva.

Kane vio a William levantar el dedo pulgar en señal de aprobación, después cerró la puerta, fue corriendo al baño y vomitó. Una vez hubo terminado, se limpió la boca con otro litro de whisky.

Enseguida apareció William, esa vez acompañado de una mujer castaña.

—¿Qué te parece esta? —le preguntó el guerrero.

—Cualquiera me vale.

Antes de que acabara la noche, Kane estuvo con doce mujeres. En distintas posturas y con distintos tipos de mujeres; jóvenes de veintitantos años, mujeres de cuarenta y tantos, rubias, morenas e incluso un par de pelirrojas. En ningún momento dejó de sentir asco y odio hacia sí mismo y vomitó todas las veces.

A Desastre le encantó, pero no dejó de lanzarle imágenes de la tortura.

Y Kane cada vez odiaba más y más al demonio.

«El momento se acercaba...».

Montañas de Montana

Kane se abrió paso entre la vegetación. Las ramas le golpeaban la cara y el cuerpo por obra de Desastre. La satisfacción que le había reportado el maratón sexual no había durado mucho. Ahora se divertía haciendo que le cayeran piedras encima, que se tropezara y que le picaran los mosquitos.

Tenía que encontrar a la fae antes de que el demonio

provocase algún daño importante... o le estallara la cabeza de una vez por todas.

Porque su mente era para él un terreno tan desconocido como el que estaba atravesando en esos momentos; tenía valles oscuros y montañas con cimas inalcanzables. O quizá sí pudiera llegar a ellas. Al salir del club se había dado cuenta de que la fae había iluminado su vida. Era la única luz de su existencia. Ella había hecho que quisiera sonreír aun estando en el peor momento de su vida. Solo por eso, era un milagro.

Y la verdad era que necesitaba desesperadamente un milagro.

Quizá ella pudiera hacer lo que no habían podido todas las mujeres del club: borrar sus recuerdos y darle un poco de paz, aunque solo fuera un poco.

Quizá, o quizá no.

En cualquier caso, tenía que averiguarlo. Tenía que verla, hablar con ella. Salvarla.

En el fondo, en el mismo lugar donde el instinto seguía diciéndole que aquella mujer le pertenecía, tenía la sensación de que ella era su única esperanza de sobrevivir.

Tenía que encontrarla.

¿Podría sentir el olor a tabaco y a perfume que no había conseguido borrar de su cuerpo? ¿Le pediría que la dejara en paz?

Probablemente.

¿Y él le haría caso?

No.

«Soy repugnante. Cruel. Un enfermo y un promiscuo».

«Yo antes no era así», quería gritar.

¿Cómo se llamaba la fae? Empezaba a molestarle seriamente no saber su nombre. La llamaría... Campanilla. Era una criatura delicada de orejas puntiagudas que iba revoloteando de un lado a otro, siempre fuera de alcance.

Según la investigación que había llevado a cabo Torin, se encontraba en una casita que había en aquel bosque. Hacía ya una hora que Kane había encontrado la casita, pero no a la chica. Aunque sí había visto huellas recientes. De humano, de una mujer de aproximadamente un metro ochenta de estatura. No le llevaba demasiada ventaja y no creía que se pudiera mover muy rápido porque, a juzgar por la profundidad de las huellas, iba cargada. Además, ya era de noche.

La media luna que había en el cielo no brillaba con la intensidad habitual por lo que reinaba una oscuridad casi asfixiante. El aire era frío porque la brisa procedía de las cimas nevadas. Los árboles se alzaban como puñales hacia el cielo.

—¿A qué viene ese mal humor? Yo no tengo la culpa de que la sobredosis de sexo no te haya funcionado —protestó William—. Debe de ser que no lo has hecho bien.

Kane no prestó la menor atención a las palabras de Kane.

—¿Se puede saber qué tiene esa chica que la haga tan importante? No, en serio.

Otra vez respondió con el silencio.

—¿Es que hace magia con la...?

Kane se dio media vuelta y le pegó un puñetazo en la mandíbula.

—¡Ya está bien! —gritó con toda la furia que estaba haciendo que le hirviera la sangre—. No se te ocurra volver a decir algo así sobre ella.

William se frotó la mandíbula.

—¿Por qué la perseguimos? —dijo como si Kane no acabara de pegarle.

¿Nada conseguía hacerle callar? Kane echó a andar de nuevo.

—Dice que se lo debo —era verdad, pero no era toda la verdad.

—¿Y siempre pagas tus deudas? ¿Qué clase de locura es esa?

—Mucha gente diría que es una cuestión de honor —el único honor que le quedaba.

—Mucha gente es estúpida.

–Por eso, entre otras cosas, nunca haré nada por ti.

–¿Porque eres tan estúpido como todos los demás? ¿No crees que estás siendo un poco duro contigo mismo? Es cierto que si alguna vez se te ocurriera una idea brillante, diría que es la suerte del principiante, pero tienes tus momentos.

«Puedo comportarme como si fuera un ser racional y tranquilo». En ese momento llegó a un claro del bosque. Kane se detuvo y respiró hondo. El aire allí era limpio. Puro. Lo cual era también muy frustrante. Deseaba sentir el olor del romero y de la menta, algo que indicara que Campanilla estaba cerca.

Por fin podría agarrarla. Seguramente ella se resistiría, pero eso no le preocupaba porque no tenía la habilidad ni la fuerza suficientes. Probablemente estaría cansada. «Pero tiene espíritu», pensó mientras volvía a sentir ese dolor en el pecho que ya le resultaba familiar.

–¿Y bien? –preguntó William.

–Vamos a montar el campamento –no porque no hubieran parado desde que habían salido del club, que también era cierto, sino porque se había dado cuenta de que los estaban siguiendo y no quería conducir a nadie hasta Campanilla.

No creía que fueran los Cazadores. Por lo visto mientras él había estado en el infierno, en los cielos se había librado una batalla entre los Cazadores y los Señores, entre los Titanes y los Enviados.

Los Señores y los Enviados habían resultado ganadores, lo que había destruido por completo a los Cazadores y había debilitado mucho a los Titanes.

Kane reunió algunas piedras, ramas y hojas secas para hacer un fuego. No le importaba tanto entrar en calor como que el que los seguía viera el humo y pensara que estaba relajado y desprevenido. ¿Sería un inmortal el que iba tras él? En tal caso, ¿de qué raza? ¿Y por qué lo perseguía?

«Da igual». Sacó uno de sus puñales y lo afiló con una

piedra. Se vio reflejado en el filo, cada vez había más rojo en su mirada.

Desastre estaba más fuerte y él mucho más débil. Volvió a guardar el arma, asqueado.

—Sabes que te está siguiendo una fénix, ¿verdad? —le preguntó William.

¿Una fénix? Nunca había tenido ningún problema con aquella raza.

—Sí, claro que lo sé —«ahora que me lo has dicho»—. ¿Cómo lo has sabido tú?

—La he olido. ¿Cómo si no iba a saberlo?

—Claro.

—¿Cuál es el plan?

—Esperar.

—Y la mataremos en nuestro propio terreno —dedujo William—. Me gusta. Un plan sencillo, pero elegante.

Se sentó en la única roca que había frente a la hoguera que no había ayudado a encender y empezó a buscar algo en su mochila. Por fin sacó una barra de cereales que le había robado a Kane, le quitó el envoltorio y se comió hasta el último pedazo sin ofrecer a Kane.

Típico de él.

—Muy rico. Deberías haberte traído algo para ti —dijo frotándose las manos.

Llevaba una camiseta que ponía *Soy un «jenio»* y eso resumía su personalidad. Tonto, despreocupado, irreverente. Muy engañoso».

Kane también sacó algo de su mochila. Tres puñales, dos pistolas y las piezas de un rifle de largo alcance. ¿Qué querría de él una fénix? Sabía que aquella raza se dedicaba a esclavizar a todos los que podían y que estaban al borde de la extinción. Sabía también que siempre estaban sedientos de sangre y de pelea... pero normalmente solo buscaban pelea con aquellos a los que pudieran vencer.

«Estás muy seguro de ti mismo», dijo Desastre entre carcajadas. «Y muy equivocado».

Kane no le hizo caso. Había intentado responder a sus comentarios y a sus amenazas, pero era evidente que no lo había llevado a ninguna parte. No iba a seguir malgastando tiempo y energía. ¿Por qué habría de hacerlo? Era demonio muerto.

De pronto el fuego empezó a soltar chispas por todas partes, una de ellas encendió la hierba del suelo y Kane sintió el calor en las piernas.

Tuvo que levantarse a apagar las llamas.

–Eres un peligro. Lo sabes, ¿verdad? Allá donde vamos, siempre sucede algo terrible.

–Lo sé –y lo peor estaba aún por llegar–. ¿Sabes si las Moiras se han equivocado alguna vez en sus vaticinios?

–Sí –respondió William–. Desde luego.

Dentro de Kane se encendió la llama de la esperanza.

–¿Cuándo? –preguntó mientras montaba el rifle–. ¿Por qué?

–Muchas veces. Por el libre albedrío. Lo que determina el futuro son las decisiones que tomamos, solo eso.

Sabias palabras para un *jenio*. Quién lo habría imaginado.

–Dicen que mi destino es casarme con la guardiana de la Irresponsabilidad.

–Entonces búscala y cásate con ella.

William hacía que pareciera fácil. Como si fuera cuestión de chasquear los dedos y ya estaba. Solo había un pequeño problema, aún no conocía a la guardiana de la Irresponsabilidad.

–No puedo condenar a una mujer a que pase conmigo el resto de la eternidad –reconoció mientras colocaba el rifle sobre el tocón de un árbol.

–¿Y qué me dices de Blanca? –murmuró William–. Creo que acabarás con ella, aunque a mí no me guste la idea.

Blanca era la única hija de William y, a juicio de Kane, uno de los motivos por los que el guerrero había decidido seguirlo hasta allí. Quería que se mantuviese alejado de su hija.

—Sé que piensas eso —dijo él—. Lo que no sé es por qué.

—Muy sencillo, porque una vez me dijeron que su marido provocaría un apocalipsis.

—¿Te lo dijeron las Moiras?

—Una de ellas. Me acosté con Klotho. Y con sus dos hermanas.

—Prefería que no me lo hubieses dicho. Tío, son viejísimas.

—Entonces no lo eran —respondió William con su típica sonrisa.

—Da igual. ¿Qué hay entonces de ese rollo del libre albedrío?

—Creo que serás tú el que la elija.

—La odio —la recordó allí de pie, en el infierno, frente a su cuerpo mutilado. Callada, insensible. Antes de marcharse y dejarlo sufriendo.

No, lo que sentía hacia ella era mucho más que odio.

—Puede que sea mejor que huya de las dos —decidió—, así me ahorraré problemas.

—¿Tú, ahorrarte problemas? ¡Ja!

Kane apretó los dientes.

—Podría intentarlo. ¿Qué harás tú si Blanca y yo acabamos juntos? No te parezco lo bastante bueno para ella.

—Desde luego que no. Acabas de acostarte con una docena de mujeres.

—Siguiendo tus consejos.

—No creo haber tenido que apuntarte con una pistola para que lo hicieras.

En cierto modo, había sido Desastre el que le había apuntado.

—Si acabáis juntos, regresaré al infierno. No quiero estar cerca para tener que arreglar el desaguisado —dijo William—. Y sé que Blanca provocará alguno porque no puede evitarlo, es parte de su naturaleza.

William, hermano adoptivo de Lucifer, el rey del Inframundo, había vivido en el infierno. Con el tiempo, el odio, la codicia, la envidia y la maldad que habitaban en su alma se habían unido a la sed de venganza de su corazón. Blanca y sus hermanos, Rojo, Negro y Verde, habían salido de él.

Kane había oído a los demonios referirse a ellos como los Cuatro Jinetes del Apocalipsis. Pero, en realidad, aquellos cuatro no eran más que sombras de los originales.

De hecho, eso era precisamente lo que eran. Sombras guerreras.

Habían nacido del mal y la profecía afirmaba que tenían un futuro acorde a dicho nacimiento. Blanca debía conquistar a todo el que se encontraba antes de esclavizarse de algún modo a él. Rojo provocaría la guerra, Negro el hambre y Verde la muerte.

No era de extrañar, pues, que Kane no quisiera tener nada que ver con Blanca. Ya tenía suficientes problemas.

Sabía que el hecho de que hubiera nacido del mal no tenía por qué ser determinante, pues había muchos que sabían encontrar el camino desde la oscuridad a la luz y que de algo terrible podía nacer algo bello. Después de todo, los diamantes nacían de la tierra a base de calor y presión.

Lo sabía, pero no le importaba.

No era a Blanca a la que deseaba ver. No era a ella a la que deseaba oler.

No era Blanca la que aparecía en su cabeza, ni a la que respondía su cuerpo llenándose de deseo. Era a Campanilla. La dulce y sexy Campanilla, con sus...

Manos que lo sobaban... alientos que recorrían su cuerpo... gemidos, jadeos...

Frunció el ceño y tiró un puñado de tierra al fuego para apagar las llamas.

–No tienes que preocuparte por mí. Ya te he dicho que no quiero casarme con nadie.

–¡Serías muy afortunado si acabaras con Blanca! –gritó William, ofendido.

Aquellas palabras se colaron en la mente de Kane y consiguieron calmarlo.

—¿Ahora quieres que esté con ella? —preguntó, enarcando una ceja.

—No. Pero deberías querer que lo quisiera. Es muy atractiva.

—Pues yo no la deseo, ni la desearé nunca.

—¿Por qué? ¿Es que estás con el periodo?

Para su propia sorpresa, Kane estuvo a punto de echarse a reír.

—¿Cómo es posible que nadie te haya matado todavía?

Hubo una breve pausa mientras William abría otra barrita de cereales y se metía la mitad en la boca.

—Nadie querría verme muerto. Soy demasiado guapo.

—¿Con cuántas mujeres has estado?

—Con una infinidad. ¿Y tú?

—No con tantas que no pueda contarlas.

—Porque tienes mucho que aprender.

—Es posible, pero al menos yo puedo controlar mis deseos. Tú tienes tanta lujuria y tan poco autocontrol que eres incapaz de decir que no a cualquiera que se mueva.

—No digas tonterías. He estado con mucha gente que no se movía. Y a Gilly le digo que no todos los días.

Gilly era su mejor amiga, una chica humana a la que había rescatado Reyes, el guardián del dolor. Solo tenía diecisiete años y, por algún extraño motivo, estaba completamente loca por William. Un amor que se había intensificado cada vez que el guerrero había ido a visitar a los Señores, con los que ella vivía. Le había atendido cada vez que lo habían herido en la batalla y él la había consolado siempre que ella había tenido una pesadilla provocada por los horrores que le había hecho vivir un padre adoptivo que la había maltratado durante años.

Ahora llamaba a William todos los días a las ocho de la mañana para asegurarse de que estaba bien. Traducción, para saber si estaba solo.

Siempre lo estaba.

William se acostaba con una mujer distinta, o con diez, cada vez que tenía ganas, pero nunca dejaba que ninguna pasara la noche con él. No quería herir los sentimientos de su querida Gilly.

Kane no comprendía por qué se preocupaba tanto por aquella muchacha sin haber tenido nunca nada sexual con ella, al menos que él supiera.

Más le valía que fuera así.

—Acabo de acordarme de algo —dijo William, tirando las últimas migas al fuego—. Cuando estaba preparando el equipaje, vino Danika y me pidió que te diera el cuadro más importante de tu vida —metió la mano en la mochila y sacó un pequeño lienzo.

Danika, la esposa de Reyes, tenía el don de ver lo que ocurría tanto en el cielo como en el infierno, veía imágenes del pasado, del presente y del futuro. Al igual que las Moiras, nunca se había equivocado en sus predicciones... que él supiera.

A pocos metros de ellos se oyó crujir una ramita.

Parecía que la fénix había decidido acercarse.

Kane agarró el cuadro y lo guardó en la mochila, se la puso a la espalda y se tumbó en el suelo. Cerró un ojo y con el otro miró por el visor nocturno del rifle. En un instante, se tiñó todo de un color verde chillón.

Ahí estaba la fénix. Se había subido a uno de los árboles más altos y caminaba por una rama... no, estaba saltando de una rama a otra y de un árbol a otro, acercándose más y más.

«Mía», rugió Desastre, posesivo. Kane frunció el ceño.

¿Otra?

La fénix debía de medir por lo menos un metro setenta y cinco y llevaba muy poca ropa para el tiempo que hacía: una camiseta que más bien parecía un sostén y unos diminutos pantalones cortos, dos puñales atados a las caderas y otros dos en las botas de militar.

Kane la observó unos segundos mientras se detenía a agarrar uno de los cuchillos. «Nunca te enfrentes a un arma de fuego con un cuchillo, preciosa. Es una pérdida de tiempo». Apretó el gatillo.

¡Bum!

Tenía muy buena puntería, por lo que supo que le había rozado el muslo antes incluso de oír el grito de dolor. Apenas cayó al suelo, Kane estaba ya delante de ella. Era guapa. Rubia y llamativa. Habría preferido sumergirse en una bañera llena de ácido, pero le puso un brazo contra la garganta y la cacheó para quitarle todas las armas.

Eran bastantes más de las que había visto en un primer momento. Once cuchillos, dos pistolas, tres estrellas ninja, dos frascos de veneno, otro de pastillas, unas garras metálicas y, escondido en las botas, todo lo necesario para hacer una bomba.

Intentó no dejarse impresionar.

La ató a un árbol con una cadena que llevaba de cinturón y, en cuanto terminó, se apartó de ella para cortar cualquier tipo de contacto lo más rápido posible porque ya sentía la bilis en la garganta. Al menos no sentía el dolor que le había provocado Campanilla.

De pronto sintió un zumbido de abejas y cientos de ellas que se acercaban a su cabeza. Desastre se echó a reír.

–¿Quién eres? –le preguntó.

La chica intentó darle una patada con la pierna que no tenía herida.

–¡Suéltame!

–No creo que te llames así. Inténtalo otra vez.

–No tenía intención de hacerte daño –respondió, forcejeando cada vez con más fuerza. Desprendía mucho calor, cada vez más; en cualquier momento se prendería fuego y derretiría la cadena con la que la había inmovilizado–. Solo quiero hacer daño a Josephina, pero ahora tendré que matarte y convertirla a ella en mi esclava.

–¿Josephina? –sintió un picotazo en el cuello y al acercar la mano para espantar a la abeja, el animal le picó la mano.

—Como si no supieras a quién estás siguiendo. La fae.

Se llamaba Josephina. Era bonito, pero le gustaba más campanilla.

—Tú también quieres que sea tu esclava, ¿verdad?

¿Por eso querría morir? ¿Sabría lo que quería hacerle la fénix?

Un nuevo zumbido.

Más picotazos.

—¡Ahh! —la chica volvió a soltar la pierna, pero tampoco acertó—. No pienso responder más preguntas. ¡Suéltame o haré que lo lamentes antes de matarte!

—¿Alguien está hablando de sexo salvaje? Si me lo pedís como es debido, estoy dispuesto a participar —William se acercó a ellos con paso relajado, comiéndose otra barrita de cereales—. ¿Crees que se referirá a la fae que acaba de pasar corriendo por nuestro campamento?

—¿Qué? —Kane clavó la mirada en el guerrero—. ¿Cuándo?

—Hace un instante.

—¿Y has dejado que se escapara? —rugió.

Zumbidos. Picotazos.

—Sí. No habríamos podido seguir persiguiéndola y aún no quiero volver a casa. Pero me ha pedido que te saludara. O quizá me haya pedido que te diga que, si no vas a cumplir tu promesa, la dejes en paz, porque estás atrayendo la atención sobre ella. Es difícil saber lo que le dicen a uno cuando no está prestando atención.

Kane contuvo las ganas de hacer pedazos a William porque no quería perder el tiempo.

—¡A esta no la dejes escapar! —se limitó a ordenarle antes de salir corriendo.

Capítulo 5

Josephina siguió corriendo sin importarle los golpes de las ramas y las hojas. Movía las piernas y los brazos tan a prisa como podía y respiraba con tanta fuerza que sentía que el aire le quemaba la nariz y la garganta. Todos sus enemigos la habían alcanzado de golpe... y sin embargo ninguno parecía querer matarla.

El ejército fae quería llevarla a casa.

La fénix estaba empeñada en convertirla en su esclava.

Y Kane también estaba allí, con la intención de... ¿cumplir por fin con lo que le había prometido? ¿O acaso pensaba entregarla a su familia para cobrar la recompensa?

Lo más probable era que fuera en busca de la recompensa. Algunos de los Señores eran así de taimados.

¿Qué error había cometido? ¿Cómo habían podido encontrarla? Había tenido mucho cuidado. Solo había hablado con dos hombres y solo para pedirles que la atropellaran con sus coches.

En las dos ocasiones, los hombres en cuestión la habían mirado como si estuviera loca.

Quizá lo estaba.

Lo único que sabía era que prefería la muerte, cualquier muerte, a tener que vivir con su familia. El dolor y el sufrimiento que implicaban los castigos de Synda no eran nada apetecibles, pero la agonía de no saber nunca cuál sería el siguiente castigo era mucho peor.

Su padre la odiaba y la rechazaba constantemente. Lo único que deseaba desde hacía siglos era alguien que la quisiera. Alguien que pensara que valía algo.

Después estaba Leopold, su propio medio hermano quería acostarse con ella y no pararía de acosarla hasta conseguirlo.

Cada día había una nueva dificultad. Josephina despertaba con la sensación de encontrarse al borde de un precipicio, pidiendo ayuda a gritos sin que nadie le prestara la menor atención. Estaba constantemente en tensión; tenía los nervios tan alterados que temía venirse abajo en cualquier momento.

No podía más. Estaba agotada. Necesitaba acabar con todo de una vez y para siempre.

Por desgracia no podía suicidarse. Había otros fae que sí podían, pero ella no. Cuando se provocaba alguna lesión intencionadamente, lo único que hacía era sufrir el dolor durante semanas, a veces meses, pero después siempre acababa curándose. Incluso de una decapitación. Sí, volvía a crecerle el cuerpo. Su padre se había asegurado de que así fuese, valiéndose de una habilidad que a ella le encantaría robarle. Pero no podía hacerlo porque sus hombres lo protegían con ahínco.

Sintió un golpe en la cabeza que la tiró al suelo. El impacto le cortó la respiración por un momento. Aún estaba intentando recuperar el aliento cuando alguien le dio la vuelta. El pánico se apoderó de ella, sintió frío y calor al mismo tiempo y empezó a ver puntos negros a través de los cuales distinguió una figura masculina.

–Josephina –le dijo.

Kane. Reconoció aquella voz de inmediato y el pánico desapareció.

–¡Imbécil! El que seas una estrella no te da derecho a actuar así. Habría bastado con que me pidieras que me detuviese.

–Lo he hecho, pero no me has hecho caso.

Kane se levantó y ella pudo incorporarse. Al respirar hondo volvió a ver con claridad.

El guerrero estaba agachado junto a ella. Tenía el pelo alborotado, pero le brillaba como si lo hubieran rociado con polvo de estrellas. Los mechones más claros le recordaban al oro al que solo podían acceder los opulens, la clase alta de los fae, y los más oscuros se fundían con la noche. La miraba fijamente con esos ojos de brillo rojizo, con furia y también con cierto... ¿nerviosismo?

–Tus ojos –dijo sin saber qué pensar. Reconocía ese color sangre porque lo había visto brillar en la mirada de Synda numerosas veces, pero la princesa nunca había hecho que se le acelerara el pulso.

Él apartó la mirada como si se avergonzara.

–Están rojos, lo sé.

Pobre Kane.

–¿Qué ha pasado? ¿Qué es lo que le ha dado tanta fuerza al demonio?

Sin pararse a pensarlo, levantó la mano para tocarlo aunque fuera a través de los guantes. Al darse cuenta, él se puso en tensión. Era cierto, no le gustaba el contacto físico, pero al menos no se había estremecido como había hecho con Sabin.

–¿Puedo? –le susurró.

Kane asintió levemente.

Tragó saliva y acercó la mano un poco más.

Vio como se le dilataron las pupilas al sentir el contacto, invadiéndolo todo, incluso el color rojo. Cambió el ritmo de su respiración, haciéndose más superficial, y de pronto el aire parecía haberse cargado de electricidad, de chispas que flotaban a su alrededor.

«¿Me gusta?». No, no puede ser. No sería la primera vez que se encaprichaba de alguien, pero aquello era completamente distinto. Mucho más intenso, casi incontenible.

–Ya es suficiente –la agarró de la mano sin darse cuenta

de que al hacerlo le permitía notar que estaba temblando–. Olvídate de mis ojos –le apartó la mano–. Siempre que estoy cerca de ti siento dolor. ¿Por qué?

Una parte de ella lamentaba no poder seguir tocándolo, otra quería llorar porque la hubiese rechazado.

«Estás enfadada con él. Es absurdo».

–¿Cómo voy a saberlo? Eres la primera persona que me dice algo así.

–¿No me estás haciendo nada?

–Por supuesto que no. Pero, ¿cómo me has encontrado? ¿Por qué sabes cómo me llamo?

–Eso da igual. He venido a ayudarte.

–¿A ayudarme? –la esperanza floreció dentro de ella como una rosa bajo el sol–. ¿De verdad?

Él asintió.

–¡Muchas gracias, Kane! –por fin alguien iba a matarla, qué amor de hombre. El miedo dejaría de ser su fiel compañero, dejaría de sufrir los castigos de su hermana y el acoso de Leopold–. ¿Cómo quieres hacerlo? ¿Con un cuchillo? ¿Con tus propias manos? ¿Con veneno? Yo voto por algo rápido y sin dolor, pero aceptaré lo que elijas. De verdad. No recibirás ni una queja por mi parte.

Kane frunció el ceño.

–No voy a matarte, Campanilla.

¿Qué?

–Pero acabas de decir que ibas a ayudarme –¿acababa de llamarla Campanilla? «¡No soy una hadita de dos centímetros de alto, maldita sea!».

–Y lo voy a hacer. Voy a solucionar tus problemas y así querrás seguir con vida.

Toda la esperanza se desvaneció de pronto. No tenía la menor idea de lo que estaba diciendo, ni sospechaba que lo que se proponía era del todo imposible.

–¿Dónde has estado? –le preguntó, haciendo caso omiso a su ofrecimiento. ¿Se habría ido a ver a alguna novia? Lo último que había leído sobre él afirmaba que era soltero, pero había pasado un año desde entonces. O, en su caso, mil y un años. ¿Habría estado mimando a aquella mujer sin rostro y sin nombre?

«Yo soy la que lo salvó. Es a mí a quien tiene que mimar».

—Responde a lo que te he dicho —gruñó él.

Josephina soltó un suspiro.

—¿Por qué quieres ayudarme, Kane? —hermoso Kane.

—No puedo no ayudarte.

—Pero... ¿Por qué?

—Eres mí... —le palpitó un músculo debajo del ojo—. Te lo debo.

Solo serviría para que lo mataran y ella no quería que eso ocurriera.

—Entonces te libero de la deuda que tienes conmigo. ¿Qué te parece?

Él meneó la cabeza.

—A partir de ahora seré tu acompañante, Campanilla, así que será mejor que te hagas a la idea.

Kane... a su lado todo el tiempo...

Sería una bendición y una condena, igual que su habilidad para robarle la fuerza a los demás.

—Mátame, sácame del bosque o piérdete. Esas son tus opciones.

—Te sacaré del bosque —le dijo, acompañando sus palabras de una mirada tan intensa como la de un depredador a punto de lanzarse sobre su presa—. Por el camino quiero que me digas a cuántas personas voy a tener que matar para que sientas que merece la pena vivir.

Josephina se echó ambos brazos alrededor de la cintura para no caer en la tentación de volver a tocarlo.

—Demasiadas.

—Entonces ese es el problema —se detuvo frente a ella—. Ciertas personas.

—Sí, pero creo que no me has escuchado. Son demasiadas.

–Esa es mi especialidad –aunque con cierto recelo, le tendió una mano para ayudarla a levantarse.

¿Más contacto? ¿Y lo había hecho voluntariamente?

Josephina se pasó la lengua por los labios y aceptó su mano.

Él se echó atrás, sobresaltado, a pesar de que había sido idea suya. Apretó el puño mientras en sus ojos brillaba una oscura necesidad. ¿De qué?

Ella se levantó con sus propias fuerzas, que eran bastante escasas. Se sentía temblorosa.

–Lo siento –dijo Kane en voz baja–. Debería haberte ayudado.

Era evidente que no había superado su rechazo al contacto físico. Especialmente con ella.

–No te preocupes. No voy a irme contigo y no quiero que mates a mis problemas porque solo con intentarlo me ocasionarías más problemas.

–Me temo que ya no eres tú la que toma las decisiones. Tengo mis propios problemas y no puedo ocuparme de ellos hasta que me haya ocupado de los tuyos.

Josephina dio un paso atrás.

Él meneó la cabeza.

–Ni se te ocurra salir corriendo, Campanilla. Esta vez puedo perseguirte y no creo que te gustaran los resultados.

Su estúpido cuerpo se estremeció al oír aquello. ¿Acaso poseía una habilidad que ella desconocía?

«¡Deja de pensar y muévete!». Hizo amago de dar un paso hacia la derecha y luego salió corriendo hacia la izquierda tan rápido como le daban las piernas.

Él se abalanzó sobre ella y la tiró al suelo.

–Considéralo la última advertencia –le dijo, acariciándole la nuca con su respiración.

«Ay...». Volvió a sentir su peso, aplastándola, pero como ahora sabía quién era, no se sintió amenazada. Sintió... otra cosa.

–Suéltame o te haré daño.

Él se puso en pie y tiró de ella para levantarla también. La apretó contra sí con unos brazos que parecían de acero, pero sin dejar de temblar como si tocarla le resultara aún más doloroso que estar cerca de ella. No debería ser así. Al menos todavía.

–Kane –le dijo–. Lo digo en serio. No quiero hacerte daño.

–Preciosa –respondió, rompiéndole el corazón con la repentina ternura de su voz–. Lo hago por tu propio bien. Te lo prometo.

No era cierto. Él no entendía nada. Se quitó uno de los guantes. Sus manos eran su única arma; sabía que Kane la odiaría por lo que estaba a punto de hacer y jamás volvería a acercarse a ella, pero no le había dejado otra opción.

–Es tu última oportunidad.

–Te lo he dicho. No voy a permitir que te escapes otra vez –se la echó al hombro y comenzó a abrirse paso entre los árboles, que le abofeteaban con sus ramas–. Voy a salvarte.

–No puedes salvarme –luchando contra el sentimiento de culpa, Josephina lo agarró del brazo–. No me obligues a hacer esto, por favor.

–¿Y qué es lo que se supone que vas a hacer?

«Dejarte sin fuerzas». Se le llenaron los ojos de lágrimas. No tenía elección. Le apretó el brazo y, automáticamente, los poros de su piel se convirtieron en aspiradoras que absorbían toda su fuerza.

Él se quedó inmóvil, sin aliento.

–¿Qué haces, Campanilla? No sigas.

–Lo siento –la invadió una sensación cálida y la luz de su energía, aunque... no, no era luz, era oscuridad, se dio cuenta de pronto. Se hundió en un pozo negro de desesperación.

Kane la dejó en el suelo.

De los labios de Josephina salió un grito desgarrador. Le fallaron las rodillas y cayó al suelo, pero él ya no podía sujetarla. ¿Qué estaba pasando? ¿Qué le ocurría? Los gritos, los suyos y los de alguien más, alguien tremendamente siniestro, se hacían más y más fuertes.

Pero a pesar de los gritos, escuchó con claridad un susurro.

«Te odio. Te odio con todas mis fuerzas. Quiero matarte y lo haré pronto. Muy, muy pronto».

«No lo comprendo», pensó ella, aterrada.

«Mereces todo este dolor y me voy a asegurar de que lo sufras si vuelves a acercarte a él. Es mío. Mío. No pienso compartirlo contigo. Jamás».

Al borde de la histeria, Josephina consiguió ponerse de rodillas y alejarse de él arrastrándose. Sí, tenía que huir de Kane. Todo lo que estaba sintiendo le pertenecía a él. Cuanto más lejos estuviera, mejor.

Las piedras del suelo le cortaban las manos y las rodillas, pero no le importaba. Oyó a lo lejos el chasquido de unas ramas, una ráfaga de aire y de pronto algo la golpeó e hizo que diera con la cara en el suelo.

Tardó un rato en darse cuenta de que esa vez el culpable no había sido Kane sino un árbol, un árbol que la aplastaba, inmovilizándola por completo.

–Josephina –la llamó él–. ¿Campanilla... qué me has hecho? –su voz era débil, apenas un susurro.

Empezó a ver cierta luz y luego aparecieron también los colores y las formas. Matorrales, raíces de árboles, troncos, hojas, un coyote que le enseñaba los dientes, preparándose para atacarla. Pero entonces cayó otro árbol y espantó al animal.

«Te odio. Te odio, te odio, te odio».

El dolor la mantenía inmóvil. Tenía la sensación de que se le había roto la espalda.

Y entonces aparecieron unas botas frente a ella, unas botas que reconoció enseguida.

Se tragó el grito que tenía en la garganta. ¡No! Cualquiera menos él.

—Vaya, vaya —dijo el dueño de las botas—. ¿Qué tenemos aquí?

También reconoció la voz. Leopold, su hermanastro, la había encontrado. Querría asegurarse de que volvía a casa... a su infierno particular.

Kane oyó gritar a Campanilla y luchó contra una furia que no se parecía a nada que hubiera sentido antes.

«Mía», pensó. Nadie podía hacerle daño, ni siquiera él, aunque estuviera enfadado por lo que le había hecho. ¿Qué era lo que le había hecho?

Quería ponerse en pie para ayudarla y lo hizo, pero estaba demasiado débil.

Había jurado que no volvería a estar débil y, si eso ocurría, que acabaría con el causante de tal debilidad.

Esa vez la causante era Campanilla, pero a ella no iba a matarla, iba a... No sabía qué hacerle y no le gustaba no saberlo.

La había tenido cargada al hombro, después había sentido la suavidad de su mano en el hombro y de pronto había empezado a debilitarse. Nada más dejarla en el suelo, habían empezado a temblarle las extremidades y se había derrumbado.

Pero ella también.

La oscuridad que tanto tiempo llevaba cargando a cuestas había disminuido, pero en lugar de sentir fuerza, había sentido un profundo cansancio.

La había observado impotente mientras ella se quedaba hecha un ovillo. Se había quedado pálida y el horror había invadido su rostro. Parecía... embrujada. Había intentado agarrarla, pero había conseguido alejarse arrastrándose y no había podido seguirla. Después había desaparecido entre los árboles.

Tenía que ayudarla.

—Supongo que podría decir que la noche no está saliendo según lo previsto.

Oyó la voz de William mientras intentaba incorporarse.

–La chica –susurró.

–Se ha escapado. A mí también me ha quemado, la muy...

–La fénix, no. La fae. Ve tras ella.

–Tengo mucha hambre para correr.

La rabia le dio las fuerzas que necesitaba para tirarle una piedra a la cabezota al guerrero.

–¡Corre!

–Está bien –se oyeron sus pasos–. Pero me debes una.

Oyó crujido de hojas y luego nada.

Trató de respirar con normalidad. Le estaba ocurriendo algo más aparte de aquella repentina debilidad y necesitaba saber de qué se trataba. Por primera vez desde hacía siglos había silencio en su cabeza. No le costaba pensar, no había ningún oscuro filtro. Las emociones eran puras. Estaba...

Solo, pensó.

El descubrimiento lo tumbó al suelo. Ni rastro de la presencia del demonio. No sentía ese amargor en la boca del estómago, ni las heladas garras del miedo, ni esos terribles susurros en la cabeza.

Pero... ¿cómo era posible? Estaba vivo y, si estaba vivo, el demonio tenía que estar dentro de él. ¿No?

¿Acaso les habían mentido los Griegos a sus amigos y a él el día en que los habían poseído? Una vez Gideon había conseguido sobrevivir durante varios minutos sin su demonio, pero la criatura había seguido atada a él y al final había vuelto.

Kane trató de recordar. En realidad nunca había visto morir a ningún guerrero poseído solo porque el demonio hubiera abandonado su cuerpo. Su amigo Baden había muerto decapitado, igual que Cronos y Rhea, antiguos dioses de los Titanes.

¿Y si Desastre se había ido... para siempre? Pero, ¿dónde podría haber ido? ¿Con Campanilla?

¿Sería por eso por lo que había gritado de ese modo?

¿O acaso había matado ella a la criatura?

¿Sería posible que por fin le hubiese ocurrido algo bueno?

Movió los hombros, todos sus músculos protestaron como si fuera la primera vez que los utilizaba. Campanilla y él iban a tener una larga conversación. Iba a tener que responder muchas preguntas y, si titubeaba, la obligaría a hablar de algún modo. Sí, eso haría.

Una parte de él deseaba que titubeara.

Jamás habría pensado que volvería a sentir deseo sexual, pero cuando se había abalanzado sobre ella y había sentido su aroma y su respiración acelerada, había deseado desnudarla para poder verla bien y hacer suyo todo lo que ella quisiera darle.

Quizá le hubiera permitido hacerlo. Pero, ¿cómo habría reaccionado su cuerpo, y su mente?

No le gustaba que ella hubiera despertado semejante necesidad. Tenía que acabar con ello.

En ese momento volvió William... sin la chica.

–¿Qué ha pasado? –le preguntó con una especie de rugido.

–No había ni rastro de ella –dijo el guerrero–. Y no te pongas nervioso, pero he encontrado indicios de una pelea.

Capítulo 6

Reino de Sangre y Sombras

Hacía ya mucho tiempo que había caído sobre Cameo la maldición de cargar con el demonio de la Tristeza y lo cierto era que la presencia de tan terrible criatura nunca había sido tan evidente como en ese momento. Sentía el peso de la desolación oprimiéndole el pecho, su voz susurrándole al oído:

«No hay esperanza...».

«Las cosas no mejorarán nunca».

«Nunca conseguirás nada de lo que te propongas, así que mejor ríndete ya».

Odiaba al demonio de la Tristeza con todas las fuerzas de su ser. Era la esencia del mal, la oscuridad absoluta, pero sin él no podría sobrevivir. El problema era que tampoco podía sobrevivir con él.

¿Qué podía hacer?

Nada. Ni ahora ni nunca.

Siempre sentiría el ardor de las lágrimas en los ojos. Si alguna vez había reído, no lo recordaba. Sus amigos decían que en alguna ocasión había sonreído, pero ella no recordaba ninguno de esos momentos y nunca los recordaría.

Pero, si bien no podía solucionar su vida, sí que podía mejorar la de Kane. Tenía que poder. Seguro que sí.

Hacía unos días había ido a verlo a su habitación y,

aunque había intentado ocultarlo, había visto la angustia en su mirada y en todo su cuerpo. Probablemente cualquier otro no se habría dado cuenta, pero ella sí porque el demonio disfrutaba terriblemente con la tristeza de los demás.

Por un momento, solo por un instante, se había sentido mejor. Más libre. Pero después había sido mucho peor porque su tristeza se había unido a la de Kane.

Él no parecía haberse dado cuenta. Distraído, se había puesto a jugar con el pelo de Cameo.

–Ojos plateados –le había dicho, utilizando el sobrenombre que él mismo le había puesto–. No sé cómo explicarte lo mucho que te he echado de menos.

Cameo sabía que aquellas palabras además de bonitas eran ciertas porque siempre se echaban mucho de menos cuando no estaban juntos. Pero entonces él se había puesto en pie sin darle ocasión de responder y se había encerrado en el cuarto de baño sin mirar atrás.

Siempre se volvía a mirarla cuando se alejaba de ella.

Siempre le hacía un guiño.

Después se había ido de la fortaleza sin despedirse de ella. Y él siempre se despedía.

Llevaban siglos peleando juntos y siempre, absolutamente siempre, habían respetado las costumbres. Unas costumbres que habían comenzado nada más conocerse, cuando habían salido juntos durante un tiempo. Habían tenido que romper porque sus demonios habían ocasionado demasiados problemas. Desde entonces Kane era su mejor amigo, su confidente. Esas costumbres eran todo lo que tenían.

Pero algo había cambiado desde que él había regresado.

Él había cambiado.

Cameo debería haberlo previsto. Había pasado varias semanas encadenado en el infierno, sufriendo todo tipo de torturas. No le había dado muchos detalles, pero ella tampoco los necesitaba; podía imaginárselo, aunque seguramente habría sido mucho peor de lo que jamás pudiera imaginar. Solo había querido hacerle sentir mejor, aunque solo fuera un instante.

«Como si pudieras hacer algo para ayudar a alguien».

Apretó los dientes y cerró la mente a las palabras del demonio.

«Claro que puedo ayudarlo y voy a hacerlo».

Cameo se encontraba en medio de una habitación completamente vacía y con las paredes llenas de cámaras. Torin estaba obsesionado con la seguridad. El suelo de mármol estaba agrietado desde la última visita de Kane. El aire era frío y seco, cargado de polvo.

Miró los tres objetos que tenía delante. La de guerras que habían provocado, la gente había matado por encontrarlos, por protegerlos o por robarlos. Sus amigos y ella habían hecho todo eso y mucho más para poder por fin tenerlos en su poder.

Por algún motivo, aquellos objetos aparentemente inútiles los conducirían hasta la caja de Pandora y, por tanto, a la libertad. Hasta su destino.

La Jaula de la Coacción era una celda oxidada, pero cuando alguien estaba encerrado en ella se veía obligado a hacer todo lo que le ordenase el dueño de la jaula.

Después estaba la Capa de la Invisibilidad, un simple trozo de tela que, cuando uno se lo echaba encima, lo hacía invisible a los demás.

La Vara Cortadora era una lanza larga y fina con un cristal en un extremo. Servía para robar el espíritu de cualquier cuerpo que la tocara, que quedaba reducido a una carcasa vacía.

Y por último estaba el cuadro del Ojo Que Todo lo Ve, que Cameo había recibido esa misma mañana.

Danika, el Ojo, a veces veía lo que ocurría en los cielos y otras veces en el abismo. A veces en el pasado y otras, como regalo de lo Más Alto, el futuro. Danika había retratado en aquel cuadro a un hombre en su despacho, parecía una imagen del presente. En el extremo derecho de la imagen había varios tesoros en una urna de cristal y uno de ellos era una pequeña caja hecha con huesos.

¿Sería la caja de Pandora? Llevaba siglos escondida y se suponía que era un arma muy peligrosa construida con los huesos de la encarnación de la opresión. Cuando la abrieran, la caja absorbería los demonios que llevaban dentro Cameo y los demás Señores, y el mal quedaría atrapado dentro.

Y pondrían fin a sus vidas.

Cameo había sentido el odio que sentía Kane hacia Desastre y su deseo de librarse de la influencia del demonio fuera como fuera. Lo había sentido porque era un reflejo de sus propios deseos. Si no encontraba la manera de hacerlo, era posible que Kane decidiera ir en busca de la caja y abrirla.

No podía permitir que muriera.

Por lo tanto, tendría que acabar con esa posibilidad de encontrar la liberación. Sí, así era cómo iba a ayudarlo.

Pero... ¿cómo podía utilizar todos los artefactos al mismo tiempo? Esa era la clave para encontrar la casa. ¿Tendría que subirse a la jaula con la capa puesta y sujetando la vara y el cuadro?

—¿Qué haces? —le preguntó una voz a su lado.

Cameo estuvo a punto de gritar al volverse y ver a Viola, la guardiana del Narcisismo y su más reciente pesadilla. De verdad. Habría sido más fácil enfrentarse a una manada de lobos hambrientos que solo se alimentaran de hembras de pelo oscuro y ojos plateados.

Viola llevaba un ajustadísimo vestido con tantos lazos y volantes que parecía un árbol de Navidad. El cabello rubio le caía sobre los hombros y sus ojos color canela brillaban con fuerza. Llevaba en brazos al demonio de Tasmania que tenía como mascota, la princesa Fluffy... algo.

Pero resultaba que la princesa era macho.

—Quería estar un rato sola —respondió por fin Cameo, a modo de indirecta.

—Siento ser portadora de malas noticias casi tanto como me gusta hacerlo, pero debo decirte que no te sienta bien estar sola porque tienes toda la cara arrugada. Da un poco de miedo. Deberías intentar ser como yo y cuidar de tu imagen en todo momento.

—Te agradezco el consejo.

—¡De nada! Soy tan lista que debería ser delito.

«Tengo que encontrar esa caja». Pero no la destruiría inmediatamente, antes haría una prueba, una sola, y la abriría delante de Viola para comprobar qué era exactamente lo que ocurriría cuando un inmortal poseído por el demonio se acercaba a ella. Quizá Viola pudiera sobrevivir, aunque esperaba que no fuera así.

Como si hubiese adivinado lo que estaba pensando, la princesa Fluffynoséque se lanzó sobre Cameo y le clavó los dientes en la muñeca. Viola siguió diciendo tonterías como si nada, mientras Cameo sangraba.

Se agachó y miró a ese pequeño monstruo a los ojos, tal y como había tenido que hacer muchas veces con algunos hombres.

—Si vuelves a hacer eso, voy a desayunar princesa frita. No creo que sepas muy bien, seguro que eres demasiado amargo, pero para eso está la mostaza.

La demoniaca criatura pegó un salto y salió corriendo de la habitación.

—No sé qué le pasa —comentó Viola.

Eso sí que era tener atención selectiva. Si la conversación no giraba en torno a ella, Viola ni siquiera se enteraba.

—¿Reconoces alguno de estos objetos? —le preguntó Cameo. Ya que estaba allí, mejor aprovecharlo.

—Claro que lo reconozco. Soy muy inteligente.

«Tengo que encontrar la caja como sea y pronto».

—Cuéntame qué sabes de ellos.

—Bueno, son todas cosas bastante viejas y feas, excepto el cuadro, que es feo, pero nuevo —pasó la mano por el lienzo y de su rostro desapareció ese gesto de enamorada de sí misma–. Ten cuidado –dijo en un tono repentinamente serio y funesto–. Si no usas adecuadamente estos artefactos, quedarás atrapada. Para siempre –después pasó un dedo por la capa, arrugó el ceño y volvió a ser la misma persona insoportable de siempre–. No es muy suave, ¿verdad? Yo prefiero los tejidos más suaves porque tengo la piel delicada. Y perfecta.

–¿Cómo se usan adecuadamente? –insistió Cameo.

–¿De qué hablas? ¿Cómo quieres que lo sepa? Nunca los he utilizado. Es cierto que lo sé todo, pero a veces me gusta que me valoren por algo que no sea mi magnífico cerebro –mientras hablaba, se inclinó para mirar de cerca el cristal de la Vara–. Soy toda una belleza –susurró, completamente fascinada con su propia imagen.

Entonces estiró la mano y tocó el cristal. Desapareció de pronto.

La habitación quedó en completo silencio.

–Viola –dijo Cameo, buscándola a su alrededor, pero no había ni rastro de ella.

Cameo miró a la cámara que había más cerca.

–¿Lo has visto? –preguntó, con el corazón acelerado–. ¿De verdad ha pasado lo que yo creo que ha pasado?

Se oyó una ligera interferencia antes de que sonara la voz de Torin por los altavoces camuflados.

–Sí. Ha desaparecido en cuanto ha tocado la Vara.

–¿Qué hago? –le preguntó.

–Nada. Voy a recabar información, a ver qué encuentro.

Pero a Cameo no le parecía bien no hacer nada. Además, llevaba intentando encontrar información desde que se habían hecho con la Vara, y no había dado con nada.

Se acercó rápidamente a la capa y la desplegó.

–¡Oye! ¿Qué haces? –le dijo Torin–. Estate quieta ahora mismo.

–Oblígame –Torin estaba poseído por la Enfermedad, con solo tocar a otra persona provocaba una epidemia. El pobre pasaba la mayor parte del tiempo a solas en su habitación, observando el mundo de lejos.

En un momento de debilidad habían comenzado una relación platónica, pero, al igual que le había ocurrido con Kane, no habían tardado en darse cuenta de que estarían mejor siendo solo amigos.

–No lo hagas, Cameo.

Sabía que estaba preocupado por ella. También sabía que a él le gustaba pensar antes de actuar. Planearlo todo y hacer distintas pruebas. Así eran la mayoría de los guerreros que vivían en la fortaleza. Pero Cameo no. Cuanto más esperaba a hacer algo, menos podía hacer porque la tristeza del demonio la invadía y acababa consumiéndola.

Además, Viola podría estar sufriendo y, aunque no le tenía la menor simpatía, tampoco iba a permitir que lo pasara mal... al margen de lo que hubiese pensado hacerle. Tenía que intentar sacarla de donde estuviese.

Cameo alargó una mano temblorosa.

–¡No se te ocurra hacer lo que ha hecho ella! –le gritó Torin.

Se detuvo un instante. Quizá hubiera otra manera. Quizá...

–¡Maddox! –se oyó la voz de Torin–. ¡Tienes que ir a la sala de los artefactos ahora mismo! ¡Y tú también, Reyes! Cameo está a punto de cometer un error que podría ser fatal.

No había tiempo para pensar.

Cameo dejó el cuadro en la jaula, agarró la capa y entró. El cerrojo se cerró solo y, al oírlo, fue como si le hubieran puesto una cadena al cuello, a las muñecas y a los tobillos. Bajó la mirada y comprobó que no tenía nada.

–Te ordeno que pares, Cameo –dijo Torin.

Era evidente que la jaula no consideraba que Torin fuera el dueño porque Cameo no sintió impulso alguno de obedecerlo.

Se echó la capa sobre los hombros y metió el brazo entre los barrotes para agarrar la vara, pero antes de llegar a rozarla, clavó la mirada en el cuadro y se quedó helada. De pronto dejó de ver todo lo que carecía de importancia. Vio la caja y, entre las sombras que había detrás, un hombre. Era delgado y de estatura media.

No distinguía los rasgos, solo veía el brillo rojizo que tenía en los ojos. ¿Quién era? ¿O qué era? ¿Sería amigo o enemigo? ¿Estaría protegiendo la caja de Pandora? ¿Intentando evitar que la destruyera?

No podría conseguirlo con tan pocos músculos.

«Encuentra a Viola. Encuéntralo a él».

Oyó pasos y una puerta que se abría.

Maddox entró como un torbellino y fue corriendo hacia ella diciendo:

—No se te ocurra...

Pero antes de que pudiera terminar la frase, Cameo agarró la vara y sintió el frío del cristal en la piel.

Después no sintió nada más.

Capítulo 7

Séduire

En aquel momento Josephina se sentía como si fuera el jamón de un sándwich. Dos guardias del palacio la apretaban como una prensa para evitar que saliera corriendo. Eran dos hombres muy guapos, altos y fuertes, aunque no tanto como Kane, con los rasgos típicos de los fae. Cabello blanco, ojos azules, piel pálida y labios rojos. Los dos llevaban abrigo violeta y varias condecoraciones en los hombros, pantalones de un blanco inmaculado tan ajustados que parecía que los llevaran pintados y botas negras hasta las rodillas.

Sí, eran muy guapos, pero se enorgullecían de tener un corazón frío como el hielo. Sabían lo que le iba a ocurrir a Josephina y aun así se negaban a soltarla. De hecho la agarraban cada vez con más fuerza.

«He estado tan cerca de la libertad», pensó con desesperación. «Pero aquí estoy ahora».

Al menos el odio y el mal que le había robado a Kane habían vuelto a él.

El rey Tiberius estaba frente a ella, tranquilamente sentado en su trono de oro puro, con el cetro en la mano. A su derecha había otro trono más pequeño, ocupado por la reina Penelope y un tercero a su izquierda, el de la perfecta princesa Synda.

Detrás del trío había un segundo nivel situado a más altura, aunque parecía algo secundario. Era allí donde se encontraba el príncipe Leopold. A pesar de lo mucho que decía desearla, su hermanastro no había perdido un segundo para dejarla en manos de los guardias y abandonarla a su suerte.

Los opulens estaban detrás de ella, vestidos con sus mejores ropas. Se habían congregado allí para presenciar el nuevo castigo. Las mujeres llevaban el rostro maquillado con llamativos colores y polvo de diamante y el pelo adornado con tocados en forma de media luna con numerosas joyas. También llevaban collares metálicos. Los hombres vestían chaquetas de terciopelo de todos los colores que uno pudiera imaginar, con adornos metálicos en los hombros y en los codos. Los pantalones eran más holgados que los de los guardias, pero también les permitían presumir de unos músculos ganados a pulso.

En Séduire, la belleza era más importante que la inteligencia y la ropa se valoraba más que la comida. Había constantes intrigas políticas. Cualquiera que abriera la boca mentía sin parar y el poder era tan valioso como el dinero. La codicia, la avaricia y la tortura estaban a la orden del día.

Josephina odiaba aquel lugar.

Todos los fae tenían alguna habilidad extraordinaria, aunque en realidad ella tenía dos, pero unas eran mejores que otras. El rey, al igual que Josephina, tenía la capacidad de robar los poderes a otros y podía también proteger su cuerpo con un escudo defensivo. La reina tenía el don de conocer toda la historia de cualquier objeto con solo tocarlo. Leopold apenas necesitaba decir una palabra para causar dolor a los demás.

Las habilidades que hubiera tenido Synda habían quedado inutilizadas cuando la había poseído el demonio. Josephina había oído algunas historias que decían que en otro tiempo su hermanastra había tenido el don de convertir en oro cualquier objeto inanimado.

El rey miró a Josephina de arriba abajo con sus fríos ojos azules. Cómo detestaba aquel color. Prefería mil veces los ojos de Kane, con esos tonos de jade y ámbar... tenía que dejar de pensar en él. No volvería a verlo nunca más. Seguro que él no quería volver a verla después de lo que le había hecho.

Sintió la repentina amargura del arrepentimiento. Ya lloraba su pérdida. Del fuerte y bello guerrero que había acudido a salvarla.

De sus labios salió un grito ahogado.

—¿No tienes nada que decir en tu defensa, sirvienta Josephina? —le preguntó el rey Tiberius—. Nos has ocasionado todo tipo de problemas.

—Ahora mismo deberías arrodillarte ante nosotros —añadió la reina Penelope mientras se colocaba la falda del vestido—. Suplicándonos que te perdonáramos.

Josephina no apartó la mirada de su padre, tratando de luchar contra el doloroso rechazo de su familia. Aunque tenía cientos de años parecía casi tan joven como ella. Tenía el cabello plateado, la piel perfecta y los músculos suficientes para vencer a cualquier hombre.

—Estoy muy enfadado contigo, muchacha. No has vuelto voluntariamente, sino que hemos tenido que ir en tu busca, malgastando tiempo, energía y recursos.

—Me perseguían unos demonios —era la verdad.

El rey se pasó la lengua por los dientes.

—No tolero excusas.

Josephina tomó aire y decidió cerrar la boca.

—No obstante, me siento benevolente, por eso no voy a castigarte. Por esta vez, pero si vuelves a intentar privar a mi adorada hija de lo que le corresponde por derecho, sea por el motivo que sea, me veré obligado a encerrarte para siempre.

«Yo también soy tu adorada hija», gritaba su corazón. La única diferencia era que la reina no era su madre.

A su espalda se levantaron un sinfín de murmullos. La gente quería verla encerrada.

La reina se tocó el lazo de piel que colgaba del cuello del vestido.

—Enviamos unos guardias a esperarte a la salida del infierno. ¿Los has matado?

—No. Debieron de hacerlo los demonios porque allí no había nadie esperándome.

—Ay, demonios —murmuró Synda.

Josephina miró a su hermana a los ojos. Ella parpadeó inocentemente, sin rastro de remordimiento.

Synda era la quintaesencia de los fae, los tirabuzones blancos formando un tocado con adornos de cristal, sus luminosos ojos maquillados con sombra color zafiro y sin rastro del brillo rojo del demonio que llevaba dentro. En las mejillas llevaba polvo de rubíes y en los labios destellos de diamantes.

Tenía momentos de absoluta dulzura, como ahora, seguidos de otros larguísimos de completa maldad. No respetaba ninguna regla, ni siquiera las que ella misma dictaba, y actuaba siempre sin pensar ni preocuparse por nadie.

Josephina era cientos de años más joven que su hermana, que ya llevaba dentro el demonio cuando ella había nacido, por eso le había sorprendido tanto escuchar las historias que se contaban sobre su pasado, de antes de que el demonio la poseyera. Por lo visto no había habido ser más amable, considerado y alegre.

¿Cuánto habría cambiado Desastre a Kane?

«Otra vez estás pensando en él».

Tiberius golpeó el suelo con el cetro y el ruido retumbó en toda la sala.

—Concéntrate en el asunto que nos ha traído aquí, Josephina, o tendré que darte un escarmiento que sirva de ejemplo.

—Puede que le guste que la castigues —dijo la reina con malicia—. Quizá por eso te provoca para que lo hagas.

Josephina se estremeció.

—Soltadme... por favor.

El rey apoyó los codos en las rodillas.

–¿Es que no he sido bueno contigo? ¿No te he dado un hogar y una ocupación digna?

La reina sonrió son satisfacción.

Synda agarró un pastel de la bandeja que tenía al lado.

Leopold meneó la cabeza con lástima.

«No voy a llorar», otra vez, no.

Tiberius suspiró.

–Llevadla a las mazmorras. Muchacha, puedo ver en tus ojos que estás deseando salir corriendo. Estarás encerrada hasta que te des cuenta de lo bien que te he tratado... y de que las cosas podrían irte mucho peor.

Los opulens vitorearon a su rey.

Josephina abrió la boca para protestar, pero volvió a cerrarla inmediatamente porque si hablaba después de que su padre hubiese dictado sentencia, solo conseguiría que le recayese una pena aún mayor.

Mientras la sacaban de allí, oyó que otro guardia le decía al rey.

–Había dos guerreros inmortales siguiendo a Josephina. Los dejamos en el bosque, pero colocamos un rastreador entre sus cosas. ¿Qué quiere que hagamos con ellos?

Aunque no oyó la respuesta del rey, Josephina sabía que tenía motivos de sobra para preocuparse.

Se oyó un latigazo seguido de gritos de dolor. Josephina se estremecía con cada golpe que le daban al hombre que había al otro lado del muro.

Tenía los brazos encadenados por encima de la cabeza y los dedos helados porque no le llegaba la sangre hasta ellos. Una vez más se encontraba apretada entre dos hombres, pero ahora no eran guardias sino prisioneros como ella, dos personas que habían cometido el grave error de ser los dueños de unas tierras que deseaba el rey.

También ellos tenían los brazos encadenados por encima de la cabeza, pero estaban inconscientes o muertos. Llevaban tanto tiempo sin comer, que estaban demacrados. También los habían privado de cualquier tipo de higiene personal, con lo cual el hedor era insoportable.

Se oyeron unos pasos que anunciaron la llegada del carcelero. El príncipe Leopold la miró con sincero cariño. Igual que la princesa Synda, Leopold tenía el pelo rizado y blanco, pero él era muy alto, más que su padre, y estaba muy fuerte. Las opulens solteras babeaban y suspiraban por él.

Se detuvo delante de Josephina y le retiró un mechón de pelo de la cara con los dedos manchados de sangre.

—¿Me has echado de menos, pequeña? —le preguntó, acariciándole la cara con su aliento.

—En absoluto —respondió ella con sinceridad—. Si quieres saber la verdad, albergaba la esperanza de no tener que volver a verte nunca más.

Lo vio apretar la mandíbula, prueba de que estaba furioso. Primer punto para ella.

—Entrégate a mí y el rey dejará de utilizarte como sustituta de Synda.

«Antes prefiero morir».

—Aunque eso fuera cierto, que no lo es, mi respuesta seguiría siendo la misma. Jamás. ¿Queda claro?

Leopold la miró fijamente.

—¿Por qué no me deseas? Soy un tipo atractivo.

¿Por dónde empezar? Ah, sí.

—Eres mi hermano.

—Solo de sangre.

¿Eso era todo?

—Me das asco. ¿Qué me dices de eso?

Se inclinó sobre ella.

—Te trataría muy bien. Increíblemente bien.

Josephina puso todo el cuerpo rígido.

—Déjalo. No me interesa.

—Dame solo una oportunidad.

Apartó la cara de él. Le dolía todo el cuerpo y el hambre no le permitía pensar con claridad. No tenía fuerzas para lidiar con él.

Pero Leopoldo la agarró por la barbilla y la obligó a mirarlo.

—Podría obligarte, supongo que lo sabes.

Si hubiera querido hacerlo, lo habría hecho ya hacía mucho tiempo.

Recordó el primer contacto que había tenido con él. Ella había estado recogiendo flores del jardín para su madre, que entonces era la concubina preferida del rey, y ella había gozado de libertad para hacer lo que quisiera... cuando no la estaban castigando por los errores de Synda, claro.

Sí, ya entonces el rey la utilizaba para eso, a pesar de las continuas protestas de su madre.

Leopold acababa de alcanzar la inmortalidad, lo que quería decir que no seguiría envejeciendo, y había estado celebrándolo en el jardín con dos esclavas. Josephina se había encontrado con ellos, los había visto haciendo cosas que aún la hacían sonrojar y, al oír su exclamación de sorpresa, Leopold había levantado la mirada y la había visto. Ella se había alejado por miedo a que el príncipe le dijera a su madre que la había sorprendido espiando y a que la reina la azotase. Otra vez.

Pero Leopold había sonreído y le había pedido a Josephina que se quedara donde estaba mientras se colocaba la ropa y despedía a las esclavas. El príncipe había bromeado sobre el rubor de sus mejillas, había recogido las flores que se le habían caído al verlos y se las había devuelto amablemente, como si ella fuera un buen partido que mereciese su atención.

Durante los siguientes años la había buscado a menudo para charlar con ella y reírse juntos; por primera vez en su vida, Josephina había sentido afinidad con alguien que no fuera su madre.

Pero el día que Josephina se había convertido también

en inmortal, aunque con una fragilidad mucho mayor que aquellos que tenían la sangre más pura, la actitud de Leopold había cambiado de golpe. Había pasado de fraternal a amoroso, de amable a insistente, e incluso había intentado besarla. En ese momento, Josephina había empezado a huir de él.

Y Leopold llevaba persiguiéndola desde entonces.

Nada había vuelto a ser igual entre ellos, ni lo sería nunca.

—No harás algo así —dijo ella con certeza.

El prisionero de al lado se rio de sus continuas negativas.

A Leopold se le enrojecieron las mejillas. Soltó a Josephina y se acercó al que se había atrevido a ofenderle, pero en lugar de golpearlo, inclinó la cabeza y dijo:

—Agonía.

El hombre comenzó a gritar y a sufrir sacudidas. Muy pronto empezó a salirle sangre por los ojos, la nariz y la boca.

—¡Para! —gritó Josephina—. ¡Para, Leopold! Por favor.

Lo hizo. Cuando el hombre ya estaba muerto.

Josephina sintió el amargor de la bilis en el estómago y en la garganta.

Leopold se giró para dirigirse a todos los demás prisioneros.

—¿Alguien más tiene algo que decir?

Solo se oyó el ruido de las cadenas.

El príncipe clavó la mirada en los ojos de Josephina y escupió junto a sus pies.

—Solo es cuestión de tiempo que Synda cometa otro crimen y tú vuelvas a recibir los azotes que le corresponden a ella. O algo peor. Déjame que te proteja.

—Aunque pudieras salvarme, nunca te vería como la mejor opción —le respondió con la voz entrecortada.

—Eso ya lo veremos. Te dejo porque voy a apresar a los hombres que te seguían. Quedas a cargo de uno de los guardias imperiales y no creo que sea tan amable como yo.

Dicho eso, salió de las mazmorras.

Josephina soltó una amarga carcajada. Kane se había preguntado por qué quería morir y había querido saber qué podía hacer para ayudarla. Ahí tenía el motivo y estaba claro que no podría hacer nada por ella. Algo que ella ya sabía.

Nadie podía hacer nada.

«Pero yo sí puedo ayudarlo a él», pensó. Podría servirse de su segundo don y avisar a Kane del rastreador que habían colocado entre sus cosas. Así, cuando lo encontraran, estaría preparado para luchar. O podría salir huyendo.

Era lo menos que podía hacer. Y no tenía nada que ver con que quisiera volver a verlo. De verdad.

Capítulo 8

Texas,
Club The Teaze

La música rock retumbaba en toda la sala del club, hacía temblar el suelo y las paredes. Las luces estroboscópicas lo inundaban todo con los colores del arcoíris y giraban sin parar, creando un efecto mareante que, por algún motivo, hacía que la gente se olvidase de sus inhibiciones. Los inmortales, tanto hombres como mujeres, bailaban en la pista, paseaban por el local en busca de una nueva presa u ocupaban las mesas coqueteando con unos y con otros entre trago y trago del líquido que hacía que todo fuera hermoso.

Por muy horrible que fuera el mundo, después de tomar un trago de whisky de ambrosía, todo se volvía bello. Al menos durante un rato.

Kane quería irse, no dejaban de atormentarle los recuerdos de la última vez que había estado en un club y tenía el estómago revuelto, pero le había pedido a Torin información sobre Campanilla y el guerrero lo había enviado allí por alguna razón.

Como de costumbre, William estaba por ahí con alguna mujer.

Kane echó a un vampiro del taburete que quería y se sentó frente a la barra. El otro no protestó; apenas lo miró, salió corriendo. Kane pidió un trago del mágico brebaje. Cualquier cosa que calmara un poco sus emociones.

¿Dónde estaba Campanilla?

—¿Estaría bien?

Desastre ya no estaba con ella, si era eso lo que había pasado, como él sospechaba. No había otra explicación. El demonio había vuelto con él unas horas después de que saliera del bosque. Aunque para él era una decepción, se alegraba por ella; no le gustaba la idea de que un ser medio inmortal tan delicado como Campanilla tuviera que cargar con semejante mal.

Claro que al menos ahora tenía la respuesta a una de sus preguntas. Los Griegos le habían mentido. En realidad el demonio no era una parte inherente a él como los pulmones o el corazón. Kane no podría sobrevivir sin aquellos órganos, pero lo había hecho sin desastre durante unas horas. Quizá pudiera estar más tiempo.

«Te odio», rugió Desastre.

«Te aseguro que el sentimiento es mutuo».

De pronto se rompió una de las patas del taburete en el que estaba sentado y a punto estuvo de caer al suelo. Apartó el taburete de una violenta patada y optó por quedarse de pie.

—Ya era hora de que llegaras —dijo una mujer.

Kane miró hacia el lugar de donde procedía la voz. Era una rubia alta, de cuerpo exquisito, con una melena larga que le caía hasta la cintura, la piel blanca como la nieve y unos ojos azules que lo miraban fijamente sin el menor atisbo de temor.

«Es mía», gritó Desastre. «Toda mía».

Kane apretó los dientes. ¿Cuántas «mías» podía tener?

—Taliyah Shyhawk —Kane la reconoció de inmediato. Era la cuñada de Sabin y Strider, además de una arpía conocida por su frialdad—. ¿Sabías que iba a venir?

—Me lo dijo Torin.

—¿Tienes información para mí?

Taliyah le hizo un gesto al camarero y esperó hasta que le dio una botella de vodka. Como sabía que las arpías no podían comer o beber nada que no fuera robado o que no se hubiesen ganado de algún modo, Kane dejó unos billetes sobre la barra.

—Estoy esperando —le recordó con impaciencia.

Bebió directamente, después se limpió la boca con la mano y por fin lo miró con gesto impasible.

—A tu fae la persigue una fénix. Se llama Petra y es un ser tremendamente despiadado.

Menuda noticia.

—¿Cómo lo sabes?

—¿Recuerdas cuando mi amiga Neeka la No deseada acabó en manos del fénix a pesar de ser una arpía, para salvar a mi hermana? Bueno, pues resulta que la pequeña Neeka no deja de sufrir secuestros; todo el mundo quiere algo de ella, lo que resulta irónico teniendo en cuenta su nombre. Está aburrida de tanto viaje y se dedica a espiar para mí. Sabía que te interesaría la información sobre Petra porque mis hermanas me hablaron del encuentro que habías tenido con la fae.

Sabin y Strider eran un par de bocazas.

—Pero el resto de la información tendrás que pagarla —anunció Taliyah.

Kane enarcó una ceja.

—¿Cuánto quieres? —estaba dispuesto a pagar lo que hiciera falta.

—Quiero la fortaleza del Reino de Sangre y Sombras.

¿Una monstruosidad de mil metros cuadrados a cambio de unas cuantas palabras? En su opinión era un intercambio justo, pero no estaba seguro de que sus amigos estuvieran de acuerdo.

—El problema es que esa fortaleza no es mía y, por lo tanto, no puedo dártela.

Taliyah se tomó el último trago de la botella con una elegancia de la que pocos podían presumir.

—Es una lástima. Habría estado bien hacer negocios contigo, Kane. Bueno, ya nos veremos —se alejó sin decir nada más.

Tan fría como de costumbre.

Kane fue tras ella y la arrastró de nuevo hasta el bar, ella se dejó, lo que quería decir que se jugaba más de lo que quería que él supiese.

—Es tuya —le dijo Kane—. La fortaleza es tuya. ¿Cuándo la quieres?

Sus ojos azules adquirieron un brillo triunfal.

—Dentro de tres meses y dos días. Ni un día antes, ni un día después.

—De acuerdo. Yo mismo echaré de allí a mis amigos.

—¿Y a mis hermanas?

—No —dijo, creyendo que sería eso lo que Taliyah querría oír—. Ellas pueden...

—Entonces no hay trato. Lo siento —volvió a alejarse y Kane volvió a ir tras ella.

—Está bien —le dijo impacientemente—. Las echaré a ellas también —en realidad querrían acompañar a sus esposos, así que no habría problema.

Taliyah asintió, satisfecha.

—¿Por qué no puedes vivir allí con todos los demás? —como había hecho en otra época.

—No le dirás a nadie que estoy aquí. Si lo haces, iré en tu busca y los inmortales relatarán durante siglos todas las atrocidades que te haré.

Ay, las arpías. Tenían la fuerza y la falta de escrúpulos necesarios para cumplir cualquier amenaza, lo cual era una seria desventaja si uno no las tenía de su lado.

—¿Para qué quieres la fortaleza?

—No es asunto tuyo. Bueno, ¿quieres la información o no?

—Sí.

—De acuerdo. Parece ser que hace unas semanas apareció de pronto un Enviado... creo que se llama Thane, en un campamento fénix y mató a muchos guerreros. Entre ellos estaba el rey. Finalmente consiguieron dominarlo y ha ocupado el trono otro rey. Ese nuevo rey pudo por fin hacer suya a la mujer que deseaba desde hacía siglos, que era la esposa del difunto rey.

–¿Qué tiene que ver todo eso conmigo?

–Ahí voy. El nuevo rey convirtió a la viuda en su concubina, pero solo unos días después, murió a manos de Petra. Como castigo, Petra fue enviada a lo Interminable. Ahora que está suelta, el rey quiere atraparla como sea y quién sabe lo que le hará cuando la encuentre... va a ser algo legendario. Por cierto, la concubina era la hermana de Petra, para que te hagas una idea de la clase de criatura que es; no respeta nada. Así que, si va tras tu fae, está en un serio peligro.

Tendría que encontrarla antes que ella.

Apretó tanto el vaso que tenía en la mano que lo hizo pedazos. Los cristales se le clavaron y le cortaron la piel.

Maldito demonio.

Se limpió las heridas con una servilleta y siguió esperando. Pero Taliyah no dijo nada.

–¿Eso es todo lo que tienes?

–Neeka no es tan mala espía. Solo estaba esperando a que lo asimilaras. Ahí va más. Han visto a Petra comprando una llave para entrar en Séduire.

Séduire. El reino de los fae, situado en un reino entre reinos. Allí vivían muchos humanos y algunos inmortales podían transportarse hasta allí con el pensamiento. Pero la mayoría no podían hacerlo. Kane estaba entre los que no podían, por lo que necesitaba una llave especial para abrir las puertas invisibles que conducían a dicho reino.

–Si Petra está siguiendo el rastro de Campanilla y ha comprado una llave para entrar a Séduire, es que Campanilla ha vuelto allí –dedujo Kane, pensando en voz alta.

–¿Campanilla?

Desastre protestó a gritos dentro de su cabeza.

La llegada de William le evitó tener que responder. El

guerrero iba acompañado por unas cuantas mujeres y tenía cara de pocos amigos.

–¿Qué haces aquí, Bruja de Hielo? ¿Cómo nos has encontrado? Estas vacaciones son solo para chicos.

Taliyah meneó la cabeza.

–Ya he respondido a las preguntas de Kane, pero a ti no pienso decirte nada. Por cierto, vaya manera de saludar, Prostituto.

Parecía que ahora se odiaban el uno al otro. Interesante.

William lo miró y Kane pudo ver la excitación que había en sus ojos.

–¿Vas a dejar que me hable así? Debería hacer el equipaje y dejarte solo.

–Me parece muy buena idea –Kane pidió otro whisky, pero el vaso se rompió mientras bebía y se tragó un cristal que se le clavó en la garganta. Se puso en pie mientras tosía sangre–. Tengo que encontrar una llave. No me llames si me necesitas.

«¿Qué haces?», preguntó Desastre. «No te alejes de la arpía. Es mía. La quiero».

Taliyah fue tras él y lo agarró de la muñeca. Kane se dio cuenta de que no sintió dolor alguno, ni tampoco deseo. Parecía que nadie le causaba el mismo efecto que Campanilla.

–Recuerda lo que te he dicho.

Sí, lo recordaría. Nadie debía saber que quería la fortaleza.

¿Qué le has dicho? –quiso saber William.

–Más vale que me lo digas porque acabaré sacándotelo de algún modo.

Kane meneó la cabeza, consciente de que tendría que soportar las constantes preguntas de William durante días, pero se marchó antes de que la arpía pudiera responder.

En cuanto salió, sacó el teléfono para mirar la foto que le había hecho el día anterior al cuadro de Danika.

Aparecía en él arrodillado, con lágrimas en los ojos y con las manos levantadas hacia los cielos. Junto a él había una rubia tumbada en el suelo, tenía en el pecho un agujero del tamaño de un puño. No se le veía la cara, así que no tenía ni idea de quién era... y no estaba seguro de querer saberlo.

Pero el misterio del cuadro tendría que esperar.

Llamó a todos los contactos que tenía en el mercado negro para intentar hacerse con una llave que le diese acceso a Séduire. También iba a necesitar alguien que lo guiara hasta una de las puertas del reino. Pero todas y cada una de las llamadas fueron infructuosas. Nadie era capaz de ayudarlo.

Caminaba con impaciencia hacia los callejones más oscuros de la ciudad, donde los inmortales comerciaban con todo tipo de cosas. Drogas, sexo y cualquier otra mercancía. Si no encontraba a nadie que le vendiera una llave, al menos podría dar con alguien que conociera a alguien que tuviera los contactos necesarios para ayudarlo.

De pronto se tendió sobre la ciudad una densa niebla a través de la que vio la forma de... ¿una mujer? Sí, sin duda era una mujer. Iba hacia él. Llevaba un vestido blanco y le caía sobre los hombros una larga melena negra que le recordó a...

–¿Campanilla? –preguntó, casi sin aliento.

Desastre le golpeó la cabeza por dentro.

Kane corrió hacia ella e intentó agarrarla a pesar del dolor que sabía que le provocaría, a pesar del deseo que no quería sentir y a pesar de lo que le había hecho en el bosque, pero sus manos solo agarraron la niebla.

Tenía los ojos tan blancos como la niebla y tan brillantes como dos diamantes.

–¿Podrías dejar de llamarme así? –le dijo, exasperada.

Le sorprendió que su voz sonara tan normal teniendo ese aspecto tan sobrenatural.

–¿Qué ocurre? ¿Estás... muerta? –apenas podía decirlo sin querer matar a alguien.

–No, no estoy muerta. Solo estoy proyectando mi imagen en tu cabeza.

Sintió un profundo alivio al oír aquello, un alivio que borró su ira y una tristeza sobrecogedora que preferiría no analizar.

–¿Cuántos dones tienes, mujer? ¿Y qué fue lo que me hiciste en el bosque?

–No hay tiempo para hablar de eso. Estoy muy débil y tengo que darme prisa.

¿Débil? La furia volvió de golpe.

–¿Por qué?

–No importa. Escucha, Señor Kane, sé que en estos momentos no soy tu persona preferida y que seguramente no te fíes de mí, pero te ruego que me creas si te digo que estás en un grave peligro.

Él. Era él el que estaba en peligro, no ella. Mejor así.

–¿Más de lo habitual? Y no me llames Señor Kane, no necesito ningún título –y menos viniendo de ella–. Solo soy un hombre –su hombre.

La idea lo golpeó con la fuerza de un tsunami y, sin darse cuenta, apretó los puños. De pronto estaba preparado para demostrarle lo que decía; a desnudarla y poseerla tal y como había deseado hacer en el bosque. Una tentación que le resultaba tan emocionante como aterradora.

«No puedo tocarla».

Pero si pudiera...

¿Qué haría si pudiera? ¿Cómo reaccionaría ella?

¿Y él?

¿Tendría la piel tan suave como parecía a simple vista? ¿Se amoldarían a él aquellas curvas perfectas?

De repente saltó por los aires un cubo de basura que había a pocos metros de él y el viento le hizo llegar el contenido del mismo, seguramente por cortesía de Desastre.

Campanilla golpeó el suelo con el pie.

–¡No puedo concentrarme cuando me miras así! –dijo.

–¿Cómo?

—No sé cómo describirlo. Es como si quisieras estrangularme o algo así.

O ponerle las manos encima de otro modo. Kane comprendió lo que decía, sabía que el deseo estaba teñido de oscuridad.

Asintió, avergonzado.

—Dejaré de hacerlo.

—Mi familia sabe que me estás buscando y vienen a por ti.

—¿Los fae o los humanos?

—Los fae.

—¿Estás con ellos ahora? –le preguntó para confirmar la información que le había proporcionado Taliyah.

—Sí. No sé qué habrás oído de los fae, pero debo advertirte de que pueden ser brutales, sanguinarios y sin una pizca de compasión. Te llevarán frente al rey, que te condenará a muerte solo por haberme mirado. ¡Por muy impresionado que se quede de estar ante una estrella!

No comprendía ese último comentario, pero no iba a perder el tiempo en preguntárselo.

—¿Por qué querría matarme? –la única respuesta que se le ocurrió despertó sus instintos de depredador–. ¿Eres su amante?

Ella volvió a golpear el suelo con el pie.

—¿Lo dices en serio?

—Contéstame –insistió sin la menor suavidad.

—¡Claro que no soy su amante! ¡Qué desagradable!

Kane volvió a relajarse, aunque no quería pensar en por qué le molestaba tanto que pudiera estar con otro hombre, si no podía hacerla suya.

—No sería la primera vez que soy prisionero de unos seres brutales y sanguinarios.

—Lo sé, pero los fae tienen unos dones muy especiales. Como causarte dolor con solo decir una palabra.

¿Como el dolor que le causaba ella? Claro que ella no tenía que decir nada para hacerle sentir dicho dolor.

—¿Tú puedes hacer eso?

—No, mi hermano —respondió ella.

—Tú puedes proyectar tu imagen y arrancar los demonios de otros cuerpos.

Eso la dejó boquiabierta un instante.

—Así que es eso lo que pasó. ¿Me llevé tu demonio?

—¿Quieres decir que no lo sabías?

Se puso un mechón de pelo detrás de la oreja, un gesto tan femenino, tan dulce y, misteriosamente, más erótico de lo que sería un striptease de cualquier otra mujer. Tenía que controlar sus pensamientos y su cuerpo de una vez por todas si no quería acabar mal.

—Lo que hago es robar la fuerza y los dones de los demás durante unas horas, a veces días o semanas —le explicó—. Pero lo del demonio... nunca lo había hecho.

—Pues está claro que puedes hacerlo. Y también debes de robar la debilidad —que era precisamente lo que era el demonio—. No vuelvas a hacerlo —le ordenó. Su vida ya era tan horrible como para que quisiera morir, quién sabía qué le ocurriría si además tenía que cargar con Desastre. ¿Y si el demonio se quedaba atrapado en ella para siempre? ¿Sería posible?

Kane no quería correr el riesgo. Aquella chica era... no sabía lo que era para él, pero sí que no soportaba la idea de que sufriera.

—Que no se te pase por la cabeza el venir a rescatarme. Hago lo que quiero y cuando quiero —declaró ella con gesto desafiante.

Era adorable.

El suelo se agrietó bajo sus pies, pero no le importó.

—¿Puedes controlar tus dones? —le preguntó.

—No lo sé —reconoció ella—. Nunca he puesto a prueba mis límites con alguien a quien no quisiera robar —bajó la mirada hasta sus labios y cambió de postura con inquietud.

«No puede estar pensando en besarme. No puede ser».

—¿Necesitas tocar a alguien para hacerlo?

–Sí.

–En eso también puedo ayudarte.

Ella lo miró con los ojos brillantes, convertidos en dos océanos sin fondo. Pero no duró mucho, enseguida se cubrieron de nubes.

–No puedes ayudarme, Kane. Al menos sin ponerte en peligro. Quiero que me escuches y te prepares para luchar o para huir. ¿Lo harás?

–No. ¿Por qué iba a querer matarme el rey de los fae solo por mirarte?

Estaba claro que no quería hablar de ello, pero debía de haberse dado cuenta de que era tan obstinado como ella y que haría lo que fuese necesario para obtener las respuestas que esperaba.

No quería ni pensar en lo que ocurriría la próxima vez que estuvieran juntos de verdad.

–Cree que debe deshacerse de todo aquel que amenace con alejarme del reino.

–¿Crees que me llevará hasta allí, o me ejecutará donde me encuentren?

–Te llevará hasta él. Le gusta mirar.

Bien.

–Entonces me alegro de que vengan a por mí.

–¿Te alegras?

–Así me ayudarán.

–¿A qué?

–A encontrarte. Porque te voy a encontrar –era una promesa.

Una promesa cargada de deseo.

Las grietas del suelo se hicieron más grandes. Kane estaba a punto de caer por alguna de ellas.

–Kane, no seas tonto. Por favor.

El sonido de unos pasos atrajo su atención. Se llevó la mano al cuchillo y miró a su alrededor, pero solo vio niebla... Luego aparecieron tres... no, cinco... no, ocho hombres a pocos metros de él.

–Lo encontré –anunció uno de ellos.

No parecía que pudieran ver a Campanilla.

–Pero si es el Señor Kane, el guerrero del Inframundo –dijo otro.

Se oyeron murmullos.

–Es increíble. No puedo creer que esté delante del Señor Kane –comentó un tercero con fascinación.

Y de pronto empezaron a hacerle preguntas.

–¿Podrías contarnos cómo fue la batalla de los cielos? Nuestros hombres no pudieron ir, así que no conocemos los detalles.

–¿Es cierto que le cortaste el pie a un Cazador y luego se lo metiste en la boca, solo porque dijo que Cameo era una abominación de la naturaleza?

En ese momento, Campanilla se quedó pálida y dio un paso atrás.

–Te han encontrado, Kane. Lo siento mucho –dijo y desapareció.

Capítulo 9

«¿Brutales?», pensó Kane. ¿Sanguinarios? No demasiado.

–Siento hacer esto, Señor Kane, pero me temo que debo atarle, me lo han ordenado –el soldado parecía realmente apesadumbrado de tener que hacerlo–. Si no lo hago, me matarán.

–Hazlo ya y no te molestes en ser delicado –espetó el más alto del grupo–. Y tú –le dijo a Kane–. ¿Dónde está el otro que viaja contigo?

–Es bastante probable que lo haya matado.

Los guardias asintieron, como si lo conocieran y no esperaran menos de él. Todos menos el que le había hecho la pregunta, que debía de ser el cabecilla. De otro modo no se explicaba el aire de superioridad que se daba. «Lo llamaré Jefe Maligno».

–¡Los grilletes! –exclamó el Jefe Maligno y uno de los soldados lo obedeció de inmediato.

Kane odiaba que lo esposaran y habría preferido morir a tener que volver a pasar por ello. Sin embargo dejó que el fae le atara las manos a la espalda sin protestar.

Manos por todas partes...

Bocas que lo mordían...

Uñas que lo arañaban...

A medida que los recuerdos se le agolpaban en la cabeza sintió como si se le clavaran miles de diminutas agujas en la piel. Oyó un fuerte pitido y se le aceleró el corazón hasta alcanzar un ritmo peligroso. Se le comprimieron los pulmones y empezó a tener la impresión de que algo lo quemaba por dentro.

«Respira. Despacio, despacio. Bien». Mucho mejor así. Debía recordar que lo que estaba haciendo era necesario. Tenía que llegar hasta Campanilla y aquella era la manera más rápida.

El Jefe Maligno se echó a un lado y agitó una mano en el aire.

Así de simple, solo con un movimiento de mano apareció la puerta que comunicaba un reino con otro. Al otro lado de la estrecha abertura, Kane vio un paisaje oscuro con un camino adoquinado flanqueado por multitud de antorchas que lo iluminaban. El camino conducía hasta un palacio de una altura imponente y una fachada de mármol y diamantes.

Los soldados rodearon a Kane y lo obligaron a avanzar. Un segundo estaba en la ciudad de los vaqueros y al siguiente en el reino de los fae. Era una noche fría y húmeda y las antorchas apenas desprendían calor. El aire estaba cargado hasta la saturación de una intensa fragancia floral que le provocó arcadas, y por todas partes revoloteaban más luciérnagas de las que había visto en toda su vida, creando una especie de lluvia luminosa.

–¿Dónde estoy? –preguntó para cumplir con su papel de prisionero–. ¿Quiénes sois vosotros?

–Silencio, Señor Kane –el Jefe Maligno no era tan alto como Kane, ni tan fuerte. Ninguno de ellos lo era–. ¿Qué pensabas hacer con la sirvienta Josephina?

¿Sirvienta? Por algún motivo le molestó que la llamara así.

–¿Quieres que guarde silencio o que te responda? Puedo intentar hacer las dos cosas, pero no creo que te guste el resultado.

El otro le miró frunciendo el ceño.
Desastre rugió dentro de su cabeza.
«Márchate de aquí».
«Que te den».
«Odio a esa chica, Josephina. Quiero matarla».
«Como la toques, te...».
«¿Qué?». Uno de los puñales se le cayó repentinamente de la bota y el demonio se echó a reír. «¿Quieres quedarte aquí? Muy bien, pero tendrás que hacerlo sin tus armas». Mientras hablaba, cayó un segundo cuchillo.

–Tengo la impresión de que sabéis mucho de mí, teniendo en cuenta que no nos conocemos –dijo Kane, sin prestar atención al demonio. Le bastaba con las manos como armas.

El Jefe Maligno esbozó una sonrisa de satisfacción.

–Así es. Eres uno de los Señores del Inframundo. Desastre. Supuestamente invencible. Malvado. El peor de los enemigos que se puede tener.

–Y yo lo he tocado –dijo con entusiasmo el tipo que tenía detrás–. Mi mujer se va a volver loca cuando se lo cuente.

–Pues tu mujer es tonta. Ya ves que no es para tanto. Este tipo no vale nada. Mira lo fácil que nos ha resultado traerlo hasta aquí.

Jefe Maligno pensaba que había derrotado a Kane, que era precisamente lo que él había querido que pensaran, pero el tono de sus palabras lo ofendió profundamente. ¿Cuántas veces había tenido que quedarse atrás durante la guerra con los Cazadores porque sus amigos no podían permitirse correr el riesgo de que Desastre hiciera una de las suyas? Más de las que podía recordar.

Kane siempre se había sentido el eslabón más débil, siempre lo había sido, y estaba harto.

De pronto pegó un salto para pasar por el círculo que formaban sus brazos y, cuando tuvo las manos delante, le rompió la nariz al cabecilla del grupo. Después le pegó un cabezazo al que tenía a un lado y una patada al que tenía al otro lado; los dos cayeron al suelo.

Mientras los demás soldados intentaban agarrarlo, agarró a uno del pelo y lo tiró también y, una vez en el suelo, pasó por encima de él para llegar al que estaba el primero. Le pasó los brazos por encima de la cabeza y lo ahogó. Todo había ocurrido tan deprisa que los demás tardaron en reaccionar y, cuando lo hicieron, Kane fue ocupándose de ellos uno a uno.

–Dolor –oyó decir a uno.

Y solo con decirlo, Kane se vio invadido por el dolor más agudo que había sentido nunca. Iba desde lo alto de la cabeza hasta los pies. Se le aflojaron las rodillas y cayó al suelo redondo.

¿Sería el hermano de Campanilla? se preguntó, recordando lo que ella le había contado.

–¿Eso es todo lo que puedes hacer? –dijo entre dientes.

Eso hizo que se ganara un golpe seco con la empuñadura del puñal del Jefe Maligno.

Lo agarraron dos soldados por las axilas y lo arrastraron por el suelo.

–El Señor Kane me ha pegado una paliza –dijo uno, sonriendo a pesar de tener la boca llena de sangre–. ¿Lo has visto?

–Es la mejor noche de mi vida.

El Jefe Maligno, que sin duda tenía que ser el hermano de Campanilla, clavó en él sus ojos azules, ligeramente más oscuros que los de su hermana.

–El rey no dudará en ordenar tu muerte sin importarle quién seas, y yo estaré encantado de ejecutar la condena.

–¿Por qué querría matarme vuestro rey?

–Porque te has atrevido a desear a la esclava de sangre de la princesa.

¿Campanilla era una esclava de sangre además de sirvienta? ¿Qué significaba eso exactamente?

Kane fue conducido al interior del palacio, al que se accedía por una escalinata de marfil con una barandilla en forma de dragón tras la que había unas enormes puertas de madera oscura y hierro forjado. El suelo del vestíbulo era un gigantesco mosaico sobre el que había varias estatuas de tamaño real. Las paredes de terciopelo estaban cubiertas de imágenes de elegantes fae.

Subieron una escalera y recorrieron un largo y estrecho pasillo que los llevó por fin hasta lo que debía de ser la sala del trono.

Allí había más guardias, mezclados con chicas jóvenes y hombres mayores. Todos los presentes tenían el pelo blanco y los ojos azules, y todos esos ojos se clavaron en Kane en cuanto entró. Lo miraron boquiabiertos, como extasiados.

Se aproximaron a él las damas más valientes y parecían tener la intención de tocarlo porque extendían los brazos y las manos hacia él.

Manos, lenguas, dientes por todas partes...

Se le revolvió el estómago. Apenas podía contener la angustia.

«Mía», dijo el demonio.

«Muérete».

Se le cayó un nuevo cuchillo.

Les mostró los dientes a modo de advertencia, pero las mujeres lanzaron exclamaciones de emoción.

—¡Casi me muerde el Señor Kane!
—¡Qué suerte tienes!
—Es aún más guapo de lo que decían los escribientes.

¿Escribientes?

El Jefe Maligno se abrió paso entre todos los que se atrevieron a interponerse en su camino e hizo un gesto a sus hombres para que hicieran lo mismo.

Por fin llegaron frente a la tarima que había al final de la enorme sala y, desde allí, Kane pudo observarlo todo con detalle. Las paredes estaban adornadas con oro y, en puertas y ventanas, había tapices que parecían tejidos con pétalos de rosas. En la bóveda del techo crecían enredaderas plagadas de flores doradas.

En la tarima había dos niveles, solo un pequeño trono ocupaba el nivel más alto mientras que en el inferior había otros tres más grandes.

El Jefe Maligno abandonó a sus hombres para sentarse en el trono más pequeño. Kane tardó unos segundos en comprender el motivo por el que podía ocupar dicho lugar.

Era el príncipe.

Entonces... no podía ser el hermano de Campanilla. ¿No?

El tipo lo miró con una petulante sonrisa. Parecía creer que tenía a Kane comiendo de la palma de su mano.

Qué equivocado estaba.

Kane dejó de prestarle atención al ver que entraban en la sala un hombre y dos mujeres que enseguida ocuparon los otros tres tronos. No hacía falta ser un genio para saber que se trataba del rey, la reina y la princesa.

El rey era una especie de bestia sorprendentemente joven. La reina era pequeña y delicada, pero parecía tener algunos años más que su marido. Y la princesa tenía el pelo típico de los fae, blanco sin la menor nota de color y unos profundos ojos azules. Llevaba el cuerpo embutido en un atrevido vestido rojo, con un escote tan pronunciado que dejaba a la vista el tatuaje que tenía entre los senos, una... Kane se quedó sin respiración.

Una mariposa. Exacta a la suya.

Eso quería decir que... «No puede ser. ¿Cómo es posible?».

Estaba poseída por uno de los demonios de la caja de Pandora. ¿Por cuál? ¿Cómo habría llegado a albergarlo?

De pronto tuvo un mal pálpito.

Antes de la posesión, Kane había formado parte del ejército del rey Zeus. Durante ese tiempo había encerrado a muchos de los prisioneros del Tártaro y se había pegado con los demás. No era posible que la princesa hubiera estado en la prisión cuando habían liberado a los demonios de la caja de Pandora y algunos se habían repartido entre los reclusos. Entonces, ¿cómo habría acabado poseída? ¿Qué demonio llevaría dentro?

Se abrió de nuevo la puerta por la que había entrado la familia real, pero esa vez apareció una joven de cabello negro, escoltada por guardias. En cuanto sintió el aroma a romero y menta, Kane dejó de mirar a la princesa para intentar resolver el misterio, y su cuerpo reaccionó como si lo hubieran desnudado y estuvieran acariciándolo.

Solo una mujer tenía aquel aroma... y ese poder sobre él.

Se fijó en ella con más atención. Estaba sucia, magullada y agotada.

La necesidad de ir junto a ella era tan fuerte que llegó a dar un paso adelante, pero un guardia le impidió que hiciera nada más. Podría haberse zafado de él, pero no lo hizo.

Allí estaba Campanilla. Viva. No debía luchar sin antes tener toda la información que necesitaba; podría hacerle más daño del que sin duda había sufrido ya.

Siguió observándola. Tenía el pelo enmarañado alrededor de los brazos y en la cintura. Llevaba un delantal del mismo color que el vestido y no levantaba la mirada del suelo, sin duda por temor.

Alguien iba a pagar por lo que le habían hecho.

Tuvo que concentrarse para no dar otro paso y agarrarse la ropa con fuerza para no empezar a lanzar puñetazos a todas partes.

Campanilla estaba tan débil que cayó al suelo en cuanto la soltaron los guardias. Ni siquiera era capaz de soportar su propio peso, a pesar de ser tan escaso. Gimió de dolor al estampar las rodillas en el suelo y tuvo que apoyar las manos para no caer aún más. Al hacerlo, quedaron a la vista las muñecas y las marcas rojas que evidenciaban que la habían tenido encadenada.

Campanilla. Encadenada.

Alguien iba a pagarlo muy caro.

Se olvidó de golpe de la información y dio un paso adelante, directo hacia el rey. Pero esa vez recibió un golpe en la nuca.

—Lo siento, Señor Kane —murmuró alguien.

Respondió con un gruñido y dándole un golpe con las dos manos al culpable. Oyó crujir un hueso y no era suyo.

Un grito de agonía rompió el silencio.

El resto del regimiento entró en acción. «Adelante», pensó. Tenía violencia suficiente como para enfrentarse a una jauría de bestias rabiosas.

—¡Ya está bien! —exclamó una voz.

Todo el mundo se detuvo de golpe y la sala volvió a quedar en completo silencio.

—Decidme qué está pasando.

Kane miró al hombre que acababa de hablar. El rey. Tenía la furia dibujada en un rostro que amenazaba con provocar muertes y destrucción.

Bueno. Kane esperaría a obtener la información que necesitaba.

—Mi señor —dijo el guardia que tenía a su izquierda, acompañando sus palabras de una reverencia—, este es Kane, uno de los Señores del Inframundo y guardián de Desastre. Era él el que perseguía a la sirvienta Josephina.

Detrás de él se levantaron murmullos. Campanilla levantó la mirada y la clavó en él. Abrió los ojos de par en par y meneó la cabeza al tiempo que le decía, sin hablar:

—Huye.

Kane siguió mirándola sin parpadear.

«Estoy aquí y no voy a irme a ninguna parte sin ti. Ve haciéndote a la idea, preciosa».

El rey puso cara de interés.

—No sabéis las ganas que teníamos de conocerle, Señor Kane —dijo antes de dirigirse al guardia que había más cerca de él—. Soltad ahora mismo a nuestro invitado.

Las cadenas desaparecieron inmediatamente de sus muñecas.

—Debo preguntarle qué quiere de la sirvienta Josephina, Señor Kane —el rey siguió hablando con cierto recelo—. Es... una de nuestras posesiones más especiales.

—Puede que me interese comprarla —si era una esclava, estaría a la venta, por muy especial que fuera. Si de esa manera podía sacarla de allí, sería una suerte.

—Le daremos lo que desee... excepto ella —aseguró el rey—. Jamás vendería a mi propia hija.

La reina resopló con desprecio.

—Solo un tonto querría a una hembra tan fea y desdichada.

Kane clavó una feroz mirada en la reina.

Desastre estaba de acuerdo con ella.

Un momento. ¿Campanilla era hija del rey? ¿Era una princesa? ¿Entonces por qué vestía y la trataban como si fuera...?

Una esclava de sangre. Las palabras aparecieron de pronto en su mente y automáticamente encajaron algunas piezas más del rompecabezas, pequeños datos que había ido recabando a lo largo de los siglos y que ahora adquirirían sentido. Campanilla tenía sangre real, pero no toda, lo que la convertía en la persona ideal para sufrir los castigos que se les imponía a los miembros de su familia.

Siempre que la «verdadera» princesa había cometido alguna ofensa, había sido Josephina la que había recibido el castigo correspondiente. Habría tenido que soportar latigazos, palizas, apedreamientos y muchas otras cosas más que ni siquiera a él se le ocurrían. Por eso había acabado en el infierno.

«Mi pobre Campanilla, mi dulce Campanilla». Lo que él había sufrido durante las peores semanas de su vida, ella llevaba soportándolo desde su nacimiento. No le extrañaba que quisiera morir.

Kane apretó los dientes y gracias a eso no soltó todas

las maldiciones que se le agolpaban en la boca. No, el rey jamás la dejaría escapar. Le ofreciera lo que le ofreciera.

«Yo tampoco voy a renunciar a ella».

«¿En serio?», preguntó Desastre, burlón.

—Es tan guapo, mucho más de lo que imaginaba. ¡Y es igual que yo! —la princesa aplaudía mientras exclamaba—: ¡Lo quiero, papá! Por favor, por favor. Regálamelo.

El rey se puso en tensión, pero enseguida volvió a relajarse. Miró a Kane con curiosidad, maquinando algo que Kane sabía que no le iba a gustar.

—Debo admitir que me atrae la idea de emparentar con el Señor Kane.

No. No le gustaba nada. En cualquier otra situación, la simple insinuación lo habría hecho enfurecer y habría explotado allí mismo.

—Será un gran honor que se case con nuestra hija, la princesa Synda —dijo el rey, afirmando, no preguntando.

Eso le gustó todavía menos.

Pero bueno, necesitaba quedarse allí el tiempo suficiente para preparar la huida de Campanilla. Si aceptaba el compromiso, quizá pudiera moverse libremente por el palacio, pero si no lo hacía, tendría que enfrentarse al ejército a cada segundo.

—Muy bien —asintió—. De acuerdo, me casaré con vuestra hija —no iba a casarse con nadie—. Pero, mientras yo esté aquí, Cam... Josephina no sufrirá ningún daño.

Eso volvió a levantar murmullos en la sala. Kane intentó entender lo que decían, pero no pudo.

El rey aflojó la mano con la que agarraba el cetro y luego volvió a apretarlo.

—Nada me gustaría más que hacer lo que me pide, Señor Kane, pero anoche ocurrió algo por lo que debe pagar alguien. Para eso hemos hecho venir a la sirvienta Josephina.

—¿Qué ocurrió?

—Sorprendieron a la princesa Synda con el hijo del carnicero, un hombre de una posición social muy inferior a la de ella y, lo que es aún peor, humano.

—Entonces castigue a la princesa Synda —así de sencillo.

El rey meneó la cabeza.

—No es así como hacemos las cosas aquí. Desde el comienzo de nuestra raza, los esclavos de sangre nos han permitido preservar el bienestar de la familia real.

—Comprendo —también habían permitido aumentar la maldad de dicha familia—. ¿Y qué castigo va a sufrir Josephina por la ofensa de Synda?

—La sirvienta Josephina pasará un mes repudiada por todos. Cualquiera que le dirija la palabra morirá.

Era mejor de lo que habría esperado. No obstante, Kane se cuadró de hombros y se preparó para la batalla.

—Entonces me temo que tenemos un problema porque yo voy a hablar con ella y no estoy dispuesto a negociar.

El rey lo miró fijamente unos segundos.

—De acuerdo —dijo por fin—, pero recibiréis un latigazo por cada palabra que le digáis.

—¿Qué? —gritó alguien entre la multitud.

—¡No! ¡No pueden azotar al Señor Kane! —exclamó otro.

—No —sollozó Campanilla.

Kane la miró fijamente. «Calla».

Ella meneó la cabeza.

—No lo hagas —dijo.

Seguía protegiéndolo a pesar de las veces que él le había fallado. Eso hizo que se sintiese más seguro de su decisión. Se dirigió al rey:

—Jamás me someteré voluntariamente a semejante castigo —eso lo debilitaría y necesitaba todas las fuerzas posibles—. Dudo mucho que nadie pueda obligarme... —excepto el Jefe Maligno con su don, pero Kane podría cortarle la lengua y se acabaría el problema—. Y el que lo intente, pagará un alto precio.

A su espalda, oyó caer una mujer al suelo, desmayada.

La princesa se llevó la mano al corazón y sonrió.

–Es tan fiero, me encanta. ¿Cuándo podríamos casarnos?

–Buena pregunta. Nos aseguraremos de que sea a finales de mes. Lo que nos deja diez días –el rey golpeó el suelo con el cetro con tal fuerza que resquebrajó el mármol–. Que todo el mundo vuelva a sus quehaceres. Usted –clavó la mirada en Kane–, reúnase conmigo en mis aposentos.

Capítulo 10

Josephina frotó una y otra vez la limpísima barandilla de la escalera, sorprendida de no haberle quitado ya el brillo. Parecía hecha de nubes y estrellas. Justo encima colgaba una enorme lámpara de araña cuyos cristales eran en realidad ópalos, zafiros y esmeraldas que proyectaban luces de colores en todas direcciones, incluso al suelo del piso inferior, muy por debajo de aquí.

«Cómo me gustaría saltar desde aquí».

Ese tonto de Kane. Debería haberla matado cuando había tenido la oportunidad. Iba a hacerle lamentar no haberlo hecho. Sí, le gustaba el plan.

¿Cómo se atrevía a aceptar la boda con la princesa Synda?

Synda le mentiría y lo engañaría sin parar porque su deseo era tan intenso como fugaz. Lo devoraría y después lo escupiría sin dejar de él más que los huesos. Unos huesos por los que ella había puesto en peligro su vida.

¿Cómo podía desear a alguien así? ¿Acaso no veía lo que se escondía detrás de su belleza?

¡Qué hombre tan estúpido! Josephina pateó el suelo con fuerza. Era más fácil sentir rabia que dolor.

Cuando le había oído decir que se casaría con Synda, algo se había roto dentro de ella y la habían invadido las más oscuras emociones. A punto había estado de venirse abajo y echarse a llorar. Habría querido gritar: «¡Es mío! ¡De nadie más!».

Pero no era cierto, no era suyo y nunca lo sería.

Sin embargo ella sí que iba a pertenecerle.

Quizá Tiberius la entregara a Kane, pensando que el guerrero la castigaría a ella en lugar de a su bella esposa, cuando lo engañara. ¿Sería eso lo que haría Kane? Clavó las uñas en el trapo con el que estaba limpiando.

«No solo voy a hacer que lamente no haberme matado, ¡acabará deseando morir él también!».

Notó que se le llenaban los ojos de lágrimas y tragó aire para contenerlas.

—Quiero hablar contigo, Campanilla —anunció una voz de hombre.

Después del sobresalto inicial, Josephina se dio cuenta de que Kane estaba a su lado. Iba acompañado de dos guardias que no se dignaban a mirarla siquiera, pero que escucharían sin el menor reparo.

Kane acababa de dirigirle cuatro palabras, lo que quería decir que recibiría cuatro latigazos. Josephina quería hacerle sufrir, pero no así.

—Vete —le dijo, secándose los ojos con la mano.

—Dejadnos solos —les ordenó él a los guardias.

—Como quiera, Señor Kane.

Los dos se alejaron hasta el otro extremo del pasillo.

—Sabes que no puedes hablar conmigo —le recordó—. Nadie puede dirigirme la palabra.

—¿Quieres que malgaste las palabras diciéndote que hago lo que quiero y cuando quiero? Porque lo haré. No me importa.

Veinte palabras más. Y sin ninguna necesidad.

—Calla, tonto.

Le vio mover ligeramente las comisuras de los labios y se quedó confundida ante tal amago de sonrisa. Acababa de insultarle y a él le daban ganas de sonreír. «Nunca lo entenderé».

—Al menos vuelves a tener los ojos normales —le dijo ella.

—¿De verdad?

Ya iban veintiséis. Asintió en silencio con la esperanza de que él hiciera lo mismo.

Pero entonces la miró de arriba abajo, recorriendo todo su cuerpo con la mirada y haciéndola arder allí donde posaba sus ojos.

—El motivo por el que quieres morir es porque eres esclava de sangre, ¿no es cierto?

Josephina dejó de intentar contar las palabras que decía y se limitó a responder. Al fin y al cabo iba a ser él el que iba a sufrir los golpes y, si él no intentaba protegerse, tampoco iba a intentar hacerlo ella.

—Sí. Pero, ¿qué más te da? —«¡Estás prometido!».

—No quiero que te hagan daño.

Sin embargo en las últimas horas había sido él el que le había hecho más daño que cualquier paliza.

—Déjame en paz, por favor. No eres la estrella que yo creía.

Él hizo una mueca, como si le hubiera dolido.

—Siento haberte decepcionado, pero todo lo que he hecho desde que te encontré en el bosque lo he hecho por ti.

Bonitas palabras, pero nada más. Con solo ver a Synda había empezado a desearla, como les pasaba a todos los demás hombres. Eso no tenía nada que ver con ella.

Se quedaron mirándose el uno al otro sin decir nada. Él con una intensidad y una ferocidad que hicieron que se sintiera pequeña en comparación con semejante hombre. Atrapada.

Aunque en una bonita jaula.

Empezaron a temblarle las piernas y las manos. Se le aceleró la respiración y de pronto notó que olía como el bosque en el que él la había encontrado. A pino y rocío, limpio y puro, sin contaminar por las fragancias asfixiantes de los opulens. Ya no percibía el olor a rosas que había sentido en la habitación del motel.

¿Por qué estaba tan cerca?

¿Y por qué deseaba tanto tocarlo, ponerle las manos en el pecho y sentir su fuerza y su calor? Como si quisiera asegurarse de que realmente estaba allí, que era de verdad. Ay, sentía que le ardía la sangre en las venas, le hormigueaban los labios como si estuviesen preparándose para sus besos. Kane no era su amigo, ni su novio, ni siquiera su pretendiente.

Lo vio ponerse en tensión y cruzar los brazos sobre el pecho, esperando claramente que ella... ¿qué?

—No sé qué quieres de mí, Kane.

—Entonces ya somos dos —respondió él con aire apesadumbrado. Había en su mirada frustración y determinación. Dio un paso adelante y ella otro atrás, hasta que chocó con la barandilla—. ¿Sabes tú lo que quieres de mí?

—Sí —susurró ella—. Que te vayas —«antes de que me venga abajo».

—No te creo. Creo que quieres... creo que me deseas. A veces me miras de una manera...

—No —Josephina meneó la cabeza con fuerza—. Yo no te deseo.

—No es lo mismo no desear a alguien que no querer desearlo. ¿A cuál de las dos cosas te refieres, Campanilla?

Eso la dejó muda. No podía responder.

Kane puso una mano a su izquierda y la otra a su derecha, dejándola atrapada entre la barandilla y su cuerpo.

—Me haces sentir... me haces sentir —repitió en voz baja pero feroz—. Y no me gusta. Quiero que dejes de hacerlo.

Por primera vez desde que lo conocía le tuvo miedo. Había en su voz y en su mirada una intensidad que no había notado antes, una sensación de peligro incontrolable.

—No sé a qué te refieres.

La miró a los ojos fijamente, atrayéndola a la vez que la apartaba.

—¿De verdad no lo sabes?

Su voz era la promesa de un millón de caricias en la oscuridad.

—Yo...

Pasó un segundo. Luego otro y otro más. Ninguno de los dos se movió, ni habló. Solo se miraron. Pero aquellos segundos fueron una experiencia más íntima que cualquiera otra que ella hubiera vivido. Y más emocionante.

Le puso las manos en el pecho y se quedó maravillada por la fuerza que transmitía.

—Apártate —consiguió decir a pesar de notar que tenía el corazón tan acelerado como ella. Fue una sorpresa. Una revelación.

Un placer.

Se alejó unos pasos de ella y, al hacerlo, acabó con la intimidad, con la emoción.

Era lo que quería, pensó Josephina, pero también se dio cuenta de que detestaba que lo hubiera hecho.

—¿De qué habéis hablado el rey y tú? —le preguntó, fingiendo que no le importaba tanto como le importaba realmente.

—¿Querrás decir tu padre?

Josephina se encogió de hombros con la mayor indiferencia que pudo.

—Soy quien él dice que soy.

Kane alargó el brazo como para acariciarla, pero justo antes de tocarla su mano se cerró en un puño y se retiró.

—Hemos tomado whisky, hemos fumado unos puros y hemos hablado de los detalles del baile de compromiso que se va a celebrar en mi honor. También hemos jugado al ajedrez. He ganado yo y él ha protestado.

Un baile. Un baile que Josephina pasaría trabajando porque tendría que prepararlo y luego servir a los invitados. Las mujeres harían como si no estuviese allí y los hombres se olvidarían por un rato del desprecio que sentían hacia ella para tocarle el trasero y quizá incluso intentaran llevársela a un rincón oscuro. Tendría que dibujar una sonrisa en sus labios y fingir que todo iba bien en su triste vida.

Mientras, Kane estaría mimando a la malcriada de la princesa Synda. Se le hizo un nudo en la garganta al pensar lo injusto que era todo, un nudo que casi no le dejaba respirar.

–Tienes suerte de seguir vivo –le dijo bruscamente–. Tiberius es la persona con peor perder del mundo.

Kane quitó importancia a sus palabras con un gesto y cambió de tema.

–Háblame de tu hermana.

Ya estaba obsesionado. Los celos le provocaron un dolor insoportable.

–¿Qué quieres saber?

–Está poseída, ¿verdad?

–Sí. Su marido era el guardián de la Irresponsabilidad y cuando murió...

De los labios de Kane salió un sonido parecido a un bufido.

–¿Qué ocurre? –le preguntó, molesta por no poder evitar preocuparse por él.

–¿Has dicho que su marido estaba poseído por el demonio de la Irresponsabilidad?

–Sí. Estuvo muchos siglos encerrado en el Tártaro. Murió mientras Synda y él... ya sabes, y, no sé cómo, ella acabó con el demonio. Ese es uno de los motivos por los que todos los fae os hemos estudiado tanto a ti y a tus amigos.

Kane se pasó una mano por el pelo.

–Las cosas no podrían ponerse peor. William intentó avisarme, me dijo que tendría que tomar decisiones, pero yo pensé que... esperaba... y es rubia, como la chica del cuadro. No importa. El caso es que ha ocurrido. Es quien es y voy a tener que solucionarlo de alguna manera.

Josephina no sabía cómo interpretar todo aquel parloteo.

–¿De qué hablas?

Una vez más, hizo caso omiso a sus palabras.

–¿Has dicho que nos habéis estudiado?

–Sí.
–Me refiero a mis amigos y a mí.
–Sí, claro, ¿a quién si no?
–¿Y cómo lo habéis hecho?
–¿Estás seguro de que quieres saberlo?
–Sí.
–Hace siglos que os siguen espías de los fae que informan al rey e incluso se han escrito libros que se venden en todo el reino.
–Espías –repitió–. Y libros.
–Libros ilustrados sobre los que se hacen debates. Incluso hay clubes de fans.

Aunque no apartó la mirada de sus ojos, bajó la cara hasta darse casi con la barbilla en el esternón.

–¿Y tú perteneces a alguno de sus clubes?
–Por supuesto.

Kane enarcó una ceja, en un gesto con el que parecía pedirle que le diera más detalles.

Josephina lo hizo encantada.

–Soy del club de fans de Torin –dijo con un suspiro–. Es tan amable y tan cariñoso, siempre protegiendo a todos los que tiene alrededor.

Kane la agarró por los brazos y la apretó contra sí, pero en cuanto se dio cuenta de lo que había hecho, la apartó de nuevo y retiró las manos al tiempo que murmuraba.

–Lo siento.

«Yo no», pensó ella, fascinada por su fuerza.

«Deja de desearlo de esa manera. Él no es para ti».

–No te acerques a Torin –le ordenó él.
–Conocerlo era lo único que quería hacer antes de morir.

Kane cerró los ojos como si tratara de tener paciencia.

Una de las piedras preciosas que colgaba de la araña del techo cayó de pronto sobre la cabeza de Kane. Él se limitó a quitarse los pedazos de entre el pelo.

–Es la primera vez que pasa algo así. ¿Estás bien?

—Sí —respondió secamente.
—¿Quieres saber cómo se llama tu club de fans?
—No si tú no perteneces a él.

No era miembro oficial, no.

—Para que lo sepas, Synda es aficionada a apuñalar a la gente por la espalda, a causar problemas y destrozar vidas. Nunca podrás ser feliz con ella.

—Fue ella la que hizo que te condenaran a lo Interminable, ¿verdad? —le preguntó—. A ti y no a ella, guardiana de la Irresponsabilidad —se frotó las sienes—. Por eso acabaste en el infierno.

Parecía estar hablando consigo mismo casi más que con ella.

—Sí. Hay muchos accesos a lo Interminable y uno de ellos está en Séduire. Me tiraron dentro y estuve cayendo mil años, aunque aquí solo pasó un día. El fondo es el centro del infierno, adonde por fin llegué.

—Mil años —repitió él con la voz ronca—. Otro motivo para querer morir. No quieres tener que volver a soportar semejante tortura.

Llamar tortura a lo que había pasado era quedarse muy corto.

—Todos hemos escuchado historias sobre ese lugar, pero ninguna alcanza a plasmar la realidad. Allí la oscuridad es absoluta, sin la menor esperanza de luz. Un lugar silencioso donde ni siquiera te oyes gritar a ti mismo cuando pides ayuda. Está todo vacío. No hay nada a lo que agarrarse —meneó la cabeza para espantar los recuerdos—. No, no quiero volver a pasar por eso.

Sintió que el cuerpo de Kane se veía sacudido por una extraña vibración, como si apenas pudiese contener toda la violencia que llevaba dentro. Se había quedado pálido.

—¿Kane?
—Estoy bien —murmuró.

De pronto le agarró la mano, entrelazó los dedos con los de ella y se aferró a ellos como si fueran su salvavidas.

Solo fueron unos segundos, pero bastaron para dejarla tambaleando.

Para ocultar la confusión que sentía... y la repentina incapacidad para respirar, Josephina volvió a centrar toda su atención en el trapo y se puso a limpiar de nuevo la barandilla.

–Tengo mucho trabajo, Kane. Lo siento, pero tengo que pedirte que te vayas.

–¿Por qué no te has suicidado? –le preguntó como si ella no hubiera dicho nada–. No te estoy sugiriendo que lo hagas. De hecho, haré que lo lamentes si se te ocurre intentarlo. Solo es curiosidad.

–No puedo.

–Explícate.

Josephina respiró hondo.

–Haga lo que me haga a mí misma, solo me provoco sufrimiento y dolor, nunca la muerte.

Kane arrugó el entrecejo.

–¿Pero si te cortaras la cabeza?

–El cuerpo me crecería de nuevo.

–No puede ser. A uno de mis amigos lo decapitaron y no pudimos hacer nada para salvarlo.

–Yo sin embargo siempre me recupero.

–Es imposible.

Josephina se asomó al hueco de la escalera por encima de la barandilla y volvió a respirar hondo.

–Te lo voy a demostrar –así aprovecharía para liberarse de lo que estaba sintiendo por él.

Se subió a la barandilla, disimulando el miedo que tenía.

Oyó que se acercaban los guardias.

Kane la agarró por los brazos y la obligó a bajar. Su cuerpo le transmitió aún más calor que antes, y era tan firme. De pronto se sentía la piel más sensible y sus oídos podían captar cualquier cambio en la respiración de Kane. Observó la pureza de sus rasgos y se dejó embriagar por su olor. Se le hacía la boca agua de pensar en saborearlo.

—No os acerquéis —ordenó a los guardias—. Ya la tengo yo.

Los hombres se retiraron de nuevo.

—No necesito que me demuestres nada —le aclaró—. Te creo, aunque parezca tan descabellado.

La araña del techo comenzó a temblar exageradamente y, unos segundos después, cayó entera hasta el piso inferior. Los cristales salieron disparados en todas direcciones y se oyó gente gritar y correr.

Kane maldijo entre dientes.

—Olvídate de lo que ha pasado y háblame de tu problema.

Josephina asintió, porque no quería pensar en lo que iba a tener que limpiar.

—Da igual cómo intente suicidarme, lo único que consigo es pasarme semanas o meses sufriendo de dolor; aunque me reviente contra el suelo y se me salgan los órganos, todo acaba volviendo a crecer o curándose.

—¿Cómo es posible?

Muy sencillo.

—Ya sabes que absorbo los dones de los demás con solo tocarlos. Bueno, pues Tiberius puede transmitir poderes a otros y decidió darme este a mí.

—Pero lo que absorbes no te dura demasiado.

—Lo que él me transmite, sí —le explicó.

Kane se llevó los dedos a la sien.

—¿Y qué hay de tu habilidad para invadir mi cerebro?

Josephina volvió a clavar la mirada en el trapo para que él no viera que se le habían llenado los ojos de lágrimas.

—Era algo que hacía mi madre y fue ella la que me dio el don poco antes de morir. Supongo que se quedó conmigo porque no tenía otro lugar al que ir.

—Pero tu madre era humana. ¿Cómo es que poseía un don de los fae?

Ella sintió una punzada en el pecho al hablar.

—Supongo que debería haberla descrito mejor. Uno de

sus antepasados era fae, pero tenía tanta mezcla que la consideraban humana.

Hubo una breve pausa.

—Tienes mucho por lo que vivir, Campanilla, y no quiero que vayas por ahí buscando un asesino mientras yo esté aquí. ¿Entendido?

No iba a prometer nada parecido y se lo hizo saber con su silencio.

Él se acercó y le susurró:

—Mataré al que se lo pidas y no seré nada amable con quien sea. Llorará y suplicará tal y como has dicho que hiciste tú en lo Interminable. Pero su sufrimiento no acabará tan deprisa como el tuyo. ¿Mil años, has dicho? Este se prolongará durante diez mil.

Josephina se agarró a la barandilla con mano temblorosa.

—Tienes que dejar que haga lo que crea que es mejor.

—¿Aunque en realidad esté mal? No. Eres mía y me encargaré de ti.

Ella levantó la mirada rápidamente hasta él.

Lo vio sonrojarse y ponerse en tensión.

—Quiero decir que ahora eres responsabilidad mía. Quiero que estés sana y salva.

«Eres mía». Aquellas palabras le habían devuelto la vida. Se le había acelerado el pulso y se le había estremecido el estómago. Todo su cuerpo había empezado a arder. Pero la sensación había desaparecido de golpe con las siguientes palabras. Solo era una responsabilidad, nada más.

—¿Qué ocurre? —le agarró un mechón de pelo.

—Nada —le apartó la mano. Un momento parecía arder y al siguiente se volvía frío como el hielo. Estaba volviéndola loca y no le gustaba nada.

Kane la miró con el ceño fruncido.

—Prométeme que no vas a hacer ninguna locura.

—No puedo. Esta conversación me parece una locura y sin embargo estoy participando en ella.

Él no se ofendió.

—Habrá algo que quieras hacer antes de morir... aparte de conocer a Torin —lo dijo con tal sequedad que fue como si hubiera meneado la cabeza y mirado al cielo.

Sí que había algo que quería hacer... Josephina bajó la mirada hasta sus labios. Quería besarlo. Lo deseaba tanto.

—¿Cómo qué? —le preguntó con un hilo de voz.

—Como... enamorarte.

Sí. Lo había deseado muchas veces, sobre todo en medio de la noche, cuando los hombres iban a llamar a la puerta de la habitación que compartía con otras siete sirvientas. Las mujeres se echaban a reír, encantadas de que fueran a buscarlas, a besarlas y a tocarlas.

—¿Alguna vez te has enamorado tú? —le preguntó.

—No —respondió Kane.

—Pero sí que te has acostado con mujeres. Con muchas —de pronto se dio cuenta de que no le hacía ninguna gracia que fuera así.

Él asintió.

—Supongo que los espías también os informan de eso.

—Sí —aunque solo habrían presenciado lo que hacía en público. No podía evitar preguntarse qué pasaría cuando estaba con una mujer en privado.

—¿Cuándo escuchaste la última historia?

—Hace alrededor de un año. Nos contaron que habías tenido una aventura de una noche.

Lo vio relajarse.

—Si esperas que te dé los detalles, debes saber que no voy a hacerlo.

—No espero ningún detalle. Aunque si fueras Paris, te los pediría de rodillas —dijo con una tierna sonrisa—. El dulce Paris.

—Estás poniendo a prueba mi paciencia, mujer. Paris ya tiene una mujer, una muy poderosa a la que no le harían ninguna gracia tus palabras —Kane se inclinó hacia ella hasta casi rozarle la nariz con la suya—. Y aunque no tuviera pareja, tú eres mía. No lo olvides.

Esa vez no añadió nada más y el calor volvió a invadir su cuerpo, a acelerarle el pulso y a derretirle el corazón.

–¿Tu responsabilidad? –le preguntó, temblorosa.

Kane le puso un dedo en la nariz, lo que le resultó irritante.

–Tengo muchas cosas en las que pensar. Cuando haya decidido algo, iré a buscarte y te lo diré.

–¿Decidido qué? –lo agarró por la pechera.

–Lo sabrás cuando lo sepa yo –se apartó de ella y se marchó sin mirar atrás ni una sola vez.

Los guardias se pusieron en marcha, probablemente con la intención de llevarlo ante el rey para que lo azotara. A punto estuvo de abrir la boca para decir que ella recibiría el castigo en su lugar. No habría sido la primera vez que la azotaban y sabía que podría sobrevivir a unos cuantos latigazos más. Pero al final no lo hizo. Ahora era el prometido de Synda y no podía permitirse olvidarlo.

Por mucho que sus palabras, «eres mía», no dejaran de retumbarle en la cabeza.

Demasiados problemas.

La cabeza le daba vueltas. Synda estaba poseída por el demonio de la Irresponsabilidad, pero Campanilla había estado en lo Interminable. Synda era rubia y podría ser perfectamente la chica que aparecía en el cuadro de Danika. Pero la postura con que lo había retratado a él hacía pensar que la chica le importaba y era Campanilla, una castaña, por la que suspiraban su cuerpo y su mente.

Su mirada triste y cristalina se clavaba en él y le rompía el corazón. Esos exuberantes labios rojos... ideales para lamerlos. Y ese cuerpo de curvas perfectas... y peligrosas.

Pero ella deseaba a Torin. O a Paris.

En otro tiempo no le habría importado. Campanilla no era el tipo de mujer a la que habría deseado; le habría parecido demasiado dulce, demasiado inocente para Desastre.

Pero se habría equivocado. Y se habría perdido algo magnífico. Era cierto que era dulce e inocente, sí. Pero también era fuerte, tenía resistencia.

Era perfecta.

Lo que sentía por ella era distinto a lo que había sentido por otras. Era más intenso, lo bastante para acallar los dolorosos recuerdos, el desprecio que sentía hacia sí mismo y llegar a consumirlo. Empezaba a gustarle tocarla, a pesar del dolor que le provocaba. Pero la idea de acostarse con ella... no.

No solo la decepcionaría, los recuerdos se apoderarían de él y acabaría humillándose al vomitar delante de ella. No podría satisfacerla, solo podría defraudarla. Campanilla ya había sufrido suficientes decepciones en su vida, suficientes humillaciones. No necesitaba ninguna más.

No podría tratarla como había tratado a las chicas del club. Ella merecía mucho más que eso. Algo mucho mejor. Y él no podría dárselo.

Además, ¿qué haría Desastre si alguna vez se metía en la cama con ella?

En cuanto se había acercado y le había puesto las manos encima, mientras deseaba besarla desesperadamente, el demonio había explotado y había empezado a darle golpes en la cabeza para intentar apartarlo de ella. Kane se había mantenido firme, ansioso por estar un segundo más con ella, por sentir su aroma y su mirada... y quizá el tacto de su piel. Había sido entonces cuando se había caído la lámpara.

Kane se metió en la habitación que le habían dado y cerró la puerta delante de las narices de sus acompañantes. Casi esperaba que entraran a pedirle un autógrafo, pero optaron por sobrevivir al menos unas horas más. No sabían que el rey había cambiado de opinión sobre lo de los latigazos. No sabían que Kane había ganado la partida de ajedrez y que el premio había sido el poder hablar con Campanilla siempre y donde quisiese.

Podría haberle contado la verdad a Campanilla, pero le había gustado ver que se preocupaba tanto por él. A pesar del enfado, no quería que sufriera.

¿Sabría el efecto que eso causaba en él?

Probablemente no.

¿Qué iba a hacer con esa chica?

¿Qué iba a hacer con la princesa?

Pero, ¿cómo se le ocurriría siquiera pensar en esas cosas? No estaba allí para buscar pareja. Se apoyó en la puerta y respiró hondo. Estaba allí para salvar a Campanilla y después acabar con Desastre. Entonces, y solo entonces, podría pensar en qué quería hacer con su futuro.

Pero, ¿cómo iba a salvar a Campanilla? Si se la llevaba de Séduire, la perseguirían el resto de su vida. Si mataba a la familia real, los fae lo atacarían y quizá intentaran vengarse matando a su familia, a los Señores del Inframundo. Estallaría una larga y sangrienta guerra y sus amigos ya tenían bastante con lo que tenían.

La frustración lo llevó a pegarle un puñetazo a la columna de la cama, sin darse cuenta de que era de oro macizo. Sintió que el hueso se le hacía pedazos y el dolor le recorría el brazo hasta el hombro. Soltó una amarga carcajada. La herida se curaría, su furia no.

Últimamente se quedaba demasiado a menudo sin respuestas, desorientado y sin saber qué hacer. La confusión empezaba a apoderarse de él y debía deshacerse de ella cuanto antes.

De pronto oyó chirriar la puerta del baño y adoptó de inmediato la posición de batalla. Pero no era un enemigo que fuera a atacarle. Era Synda... completamente desnuda.

Se apoyó sobre el marco de la puerta y empezó a juguetear con su pelo. Era bajita, de constitución delicada, pero con carnes más que suficientes; era la perfecta imagen de la carnalidad femenina. Un poco más de tono muscular y sería la clase de mujer que tanto le había gustado a Kane en otro tiempo.

«Mía», susurró Desastre, casi ronroneando.

–¿Qué haces? –le preguntó. Aquella era su habitación privada y quería que siguiera siendo así.

–Seducirte, claro –en sus labios se dibujó una suave sonrisa que lo invitaba a dejarse llevar por la diversión. Sus ojos no tenían ningún destello rojo, ni rastro del demonio–. En cuanto te vi supe que estábamos destinados a estar juntos. Eres todo lo que siempre he deseado en un hombre.

Destinados, lo había dicho ella.

–¿Has hablado con las Moiras?

–Nunca he tenido tal honor.

Kane no sabía qué pensar al respecto.

–¿Y qué es exactamente lo que deseas en un hombre?

–Fuerza, talento, un poco de agresividad cuando es necesario. Alguien poseído, como yo. Alguien bello.

Sí, pero no sospechaba el precio que tendría que pagar para estar con él, si alguna vez sentía el menor interés por ella.

Dio un paso hacia ella, que sonrió aún más. No había duda de que esperaba que la tirara sobre la cama y la poseyera. Pero lo que hizo Kane fue agarrarla y llevarla hasta la puerta sin ninguna ceremonia. Le sorprendió que no le causara dolor tocarla.

Le sorprendió y le irritó. ¿Por qué no sería así de fácil con Campanilla?

–Espera –le gritó ella–. Te has pasado la cama.

Kane no dijo nada.

–No me importa hacerlo en público, guerrero, pero esperaba tenerte para mí sola durante un rato.

Apenas hubo abierto la puerta una rendija, los dos guardias acudieron corriendo.

–¿Necesita algo, Señor Kane?

Campanilla estaba delante de ellos, algo que le sorprendió y le encantó. Ella lo miró a los ojos con evidente alivio.

–Kane, yo... –comenzó a decir hasta que posó la mirada sobre Synda y cerró la boca. El alivio desapareció de su rostro y dejó paso al mismo resentimiento y el mismo dolor que había experimentado él–. Olvídalo.

Estaba claro que la princesa era su enemiga. Kane lo sabía, pero no podía contarle que solo se había comprometido con Synda para poder ayudarla a ella. Si se enteraba la princesa, el plan no serviría de nada porque se lo diría a su padre y el rey haría lo que había prometido hacer durante la partida ajedrez, mandar que lo mataran.

–¿Ocurre algo? –le preguntó Kane.

Ella levantó bien la cabeza.

–No. Estoy bien.

No lo estaba. Kane dejó a Synda en el suelo y la empujó suavemente para que echara a andar.

–Princesa, voy a llevarte a tu habitación y voy a dejarte allí. Sola.

Synda se volvió a mirarlo con los ojos encendidos de rojo.

–¿Me estás rechazando?

–Por el momento –matizó Kane.

–¡Ah! –la princesa le dio un puñetazo en el pecho–. ¡Entonces tráeme una bata inmediatamente!

¿Y dejar de mirar a Campanilla? No, porque saldría corriendo.

Kane prefirió quitarse la camisa y cubrir con ella a la princesa.

–Aquí tienes. Bien tapada. Vamos.

El brillo rojo desapareció de los ojos de Synda mientras lo miraba boquiabierto, a punto de babear.

–Qué cantidad de músculos –estiró el brazo con la intención de tocarle el estómago, pero Kane dio un paso atrás para huir.

Campanilla clavó los ojos en el suelo, negándose a mirarlo.

–A tu habitación, princesa –insistió.

–Por aquí –anunció Synda sin molestarse en mirar a Campanilla.

Kane la siguió, arrastrando consigo a Campanilla.

–No te vas a apartar de mi lado hasta que no sepa por qué has venido a verme.

–Ya no importa. He cambiado de opinión –respondió ella.

–Pues vuelve a cambiar.

La oyó resoplar.

–Oblígame a hacerlo.

Unas palabras muy peligrosas. Se le ocurrían varias maneras de hacerlo.

Synda los condujo hasta el último piso del palacio, a unas habitaciones más lujosas que las de un sultán. Muebles antiguos, jarrones con diamantes, mármol, ónix, retratos enmarcados en oro, alfombras persas, una mesa hecha únicamente con rubíes y una cama en la que podrían dormir cómodamente doce personas.

La princesa se despojó de la camisa de camino al cuarto de baño.

–Es la hora de mi baño de burbujas –dijo, deteniéndose para volverse a mirar a Kane–. Aún estás a tiempo.

–No, gracias.

El brillo rojo volvió a sus ojos.

–Te puedo asegurar que lo pasarás bien.

No lo creía.

–¿Por qué no te reservas para la noche de bodas? –Kane miró a Campanilla, que seguía sin dignarse a mirarlo, pero que aun así era capaz de transmitir rencor–. ¿Dónde está tu habitación? Hablaremos allí.

Eso la dejó pálida y solo pudo murmurar:

–No pienso llevarte a mi habitación.

–La encontraré con o sin tu ayuda. Será mejor para ti que lo haga lo antes posible.

Campanilla lo miró fijamente unos segundos antes de resoplar con resignación.

–Está bien. Sígueme –dijo y lo sacó de los aposentos de la princesa.

Synda lo llamó. Kane no oyó lo que dijo y tampoco le importó.

Bajaron varios pisos, hasta una zona mucho más oscura y húmeda. Debían de ser las dependencias de los sirvientes y eso le enfureció. ¿Cómo era posible que la hija del rey recibiera semejante trato?

Campanilla se detuvo frente a una puerta abierta. Al otro lado, Kane vio un sinfín de camastros alineados y el mismo número de personas durmiendo en ellos. Eso era todo. No había más comodidades, ni adornos.

—Tú no duermes aquí —dijo.

—Sí, claro que duermo aquí.

¿Y saber lo incómoda que estaba mientras él dormía en un colchón tan cómodo como una nube? Jamás. No iba a perder el tiempo discutiendo con ella, así que se la echó al hombro. Pero, a diferencia de la princesa, Campanilla protestó, pataleó y le dio puñetazos en la espalda y rodillazos en el estómago.

—¿Eso es lo mejor que puedes hacer?

—¡Puedo ser tan fiera como un animal salvaje! —aseguró, ofendida.

—Será un gato recién nacido.

—¡Ahhh! —le pegó un mordisco en el trasero.

Por un instante, la sensación lo transportó rápidamente al infierno y lo hizo tropezar, pero consiguió recuperar el equilibrio antes de caer al suelo y, mientras intentaba respirar, se recordó dónde estaba y con quién.

«Estás con Campanilla. Tu fae. Estás a salvo».

—Olvida lo que te he dicho —dijo, retomando la conversación como si no hubiera ocurrido nada y esperando que Campanilla no notara el cambio que había experimentado su voz, de las bromas a la tensión—. Eres tan suave como un cachorrillo. A partir de ahora voy a llamarte Caniche.

—¡Tú... maldito seas! ¡Yo a ti te voy a llamar Cara de...!

Kane soltó una carcajada que le sorprendió hasta a él. ¿Cómo hacía para sacarlo siempre de la desesperación?

–Bueno, bueno. No hace falta que te manches la lengua con esa clase de vocabulario. Voy a tener que lavarte la boca con...

«Mi lengua», añadió para sí. Estaba coqueteando con ella, comportándose como si fuera algo normal. Como si pudiera hacer cosas normales.

–Olvídalo –murmuró.

Ella se quedó callada y él volvió a la seriedad habitual.

Al llegar a su habitación, no le sorprendió encontrar a los guardias todavía en sus puestos.

–¿Podemos traerle algo, Señor Kane? –le preguntó uno.

–Será un placer –dijo el otro.

Kane pasó por delante de ambos sin decir una palabra, se metió con Campanilla en la habitación y cerró la puerta. Tiró a Campanilla sobre la cama y, cuando dejó de pegar botes sobre el colchón, ella lo miró con cara de pocos amigos.

«¡Déjala!», le ordenó Desastre.

Se quitó una a una todas las armas que le había robado al rey y, mientras crujía el suelo bajo sus pies, se aseguró de tener los puñales al alcance de la mano.

–¿Qué haces? –le preguntó Campanilla.

–Preparándome para acostarme. Deberías hacer lo mismo –estaba demasiado cansado como para buscarle una habitación para ella sola. Al menos eso fue lo que se dijo porque no quería pensar que no era capaz de despedirse de ella.

Campanilla lo miró con la boca abierta de par en par y, al verla, Kane sintió el deseo irreprimible de besarla, de saborear aquellos labios. Aquel deseo le hacía enfurecer porque era todo emoción, sin acción.

Se quitó las botas, pero no los pantalones antes de subirse a la cama.

–No podemos dormir juntos –protestó ella, con temor–. Es muy inapropiado.

Y peligroso, seguramente. Para los dos.

—¿Te castigarán por ello?

Hubo un momento de silencio antes de que respondiera.

—¿Por estar a solas con el prometido de la princesa Synda? ¿Tú qué crees?

Kane respiró hondo.

—No voy a dejar que te pase nada.

—Eso ya lo veremos.

—¿Los fae parecéis muy abiertos sobre el sexo? ¿Por qué castigaron a Synda por acostarse con el hijo del carnicero?

—Porque es humano y ella fae. Esas uniones están prohibidas porque pueden destruir la estirpe.

—Pero yo no soy fae y sin embargo el rey parece dispuesto a permitirme que me case con su querida hija.

—Eres uno de los Señores del Inframundo, toda una celebridad. A ti no te afectan las leyes.

Bueno era saberlo.

—A tu madre la consideraban humana, lo que significa que el rey...

—Así es. ¿Y qué?

—¿Lo castigaron por estar con ella?

—¿Tú qué crees? Es el rey —Campanilla se pasó la lengua por los labios, dejando un rastro húmedo a su paso—. Tú también puedes estar con quien quieras sin preocuparte. Tiberius nunca castiga a los hombres de clase alta por sus infidelidades. Pueden acostarse con quien quieran cuando quieran. Solo deben tener cuidado.

Kane notó cierta amargura en su voz.

—¿Alguna vez alguien...? —«te ha forzado». No podía preguntárselo. No sabía cómo reaccionaría si alguien le hiciese a él esa misma pregunta.

—No —respondió ella de todos modos—. A mí los hombres solo me ven como objeto sexual en las fiestas, cuando han bebido, pero no suelen ir más allá de tocarme el trasero.

—Sí, claro. Te creo, es necesario beber para encontrarte atractiva.

–Tiene su lado bueno y su lado malo, lo sé. Pero, claro, yo solo soy una esclava de sangre.

Era tan inocente. Ni siquiera se había percatado de su sarcasmo.

–¿Y qué hay de eso de ser increíble y maravillosa? Creo recordar que así fue como te describiste una vez.

Campanilla meneó la cabeza para apartarse el pelo, con gesto de estar ofendida.

–Soy una persona que necesita algún cumplido de vez en cuando. Como nadie me los hace, me los hago yo.

Debía de ser una de las cosas más tristes que había oído.

–Yo creo que eres preciosa –admitió suavemente–. Y muy inteligente. Y valiente –y tan sexy que habría matado a mil hombres solo para ponerlos a sus pies para honrarla... si fuera todavía el hombre que había sido en otro tiempo.

Ella abrió los ojos de par en par.

–¿De verdad?

–¿Acaso tengo por costumbre mentirte?

–No.

–Entonces ya tienes la respuesta –Kane se obligó a relajarse sobre la cama.

Ella se apartó, como si tuviera miedo.

–No voy a intentar nada contigo, tienes mi palabra –con calma–. Quédate en tu lado de la cama y yo me quedaré en el mío; puedes estar tranquila, saldrás de aquí tal y como has entrado –sería la primera que podría decir eso después de compartir cama con él.

–Sigue sin estar bien –farfulló.

–Y el argumento sigue sin poder hacerme cambiar de opinión. Buenas noches, Campanilla –se acercó y apagó la lámpara, dejando que la oscuridad bañara la habitación.

Al principio, ella se quedó inmóvil, pero después de unos segundos, ahuecó la almohada y se acomodó sobre el colchón.

Kane soltó el aire que no se había dado cuenta que estaba conteniendo.

Miró al techo y respiró hondo la dulzura de su aroma. Por primera vez desde hacía semanas, se le empezaron a aflojar los músculos y pensó que quizá consiguiese conciliar el sueño y descansar de verdad. Pero se resistió a hacerlo. No quería que Campanilla fuera testigo de sus pesadillas.

Si explotaba y ella intentaba calmarlo, podría hacerle daño.

Y preferiría morir antes de hacerle daño a ella.

Volvieron a tensársele los músculos, pero esa vez no tenía que ver con el pasado sino con que Campanilla estuviera a su lado, en una cama. Al alcance de su mano. Solo tenía que alargar la mano y podría acariciarle el pecho. Después iría bajando poco a poco. No creía que ella fuese a reaccionar mal ante tan inofensivas caricias. Al fin y al cabo, estaba completamente vestida.

Claro que quizá respondiera. Quizá lo animara a seguir.

Quizá le pidiera más.

Respiró hondo.

Necesitaba distraerse.

—Dime... ¿cómo se llama mi club de fans?

—Pensé que no querías saberlo.

—He cambiado de opinión. Por lo visto está permitido entre nosotros.

Oyó las sábanas cuando ella se dio media vuelta hacia él.

—Cataclismo para Kane.

Se mandó callar a sí mismo.

—¿Has asistido a alguna reunión?

—Es posible que haya pasado por alguna... por casualidad.

—¿Cuántas veces?

—Die... ciséis. Hay casualidades que se repiten mucho.

Kane intentó no sonreír.

—Bueno, ¿qué ibas a decirme cuando has venido a mi habitación?

La oyó suspirar con cansancio.

—Ya no importa.

—Claro que importa. Por cierto, entre Synda y yo no ha pasado nada.

—Estaba desnuda —murmuró ella.

Quería contarle la verdad, pero, ¿qué pasaría si tenía que hacer algo que no le gustara para poder alcanzar su objetivo? Entonces la verdad se convertiría en mentira. Quizá fuera mejor mantener abiertas todas las posibilidades. Además, una parte de él quería mantener la distancia con Campanilla y el compromiso le ayudaba a hacerlo.

—Puede que, cuando he venido a tu habitación, fuera a decirte que nunca he conocido a nadie tan tonto como tú —dijo ella y Kane la imaginó con la cabeza bien alta, con cierto aire esnob—. Te va a doler mucho cuando te azoten por hablar conmigo.

«No te rías», se dijo.

—No me van a azotar. El rey y yo hemos llegado a un acuerdo.

—¿Qué? ¿Por qué no me lo has dicho antes?

—Parecías divertirte mucho contando las palabras que decía.

Campanilla farfulló unos cuantos insultos en su honor.

—Bueno, Synda será suficiente castigo. Ella vive para disfrutar del momento y no piensa en nada más. Olvida todas sus promesas. En pocas semanas aparecerá otro hombre que atraiga su atención y te romperá el corazón.

Kane podía sentir el rencor que empapaba su voz y tuvo que apretar la almohada con las dos manos para no tocarla.

—Puede que sea tonto, pero tengo la impresión de que Synda también te rompió el corazón a ti.

Campanilla resopló como si estuviera loco.

—¿No?

Debía de estar dibujando círculos en la sábana porque

le rozó el pecho levemente con el dedo. Aquel mínimo contacto le provocó un escalofrío que lo hizo botar.

—Es posible que lo hiciera —admitió Campanilla, ajena a lo que había provocado—. Hace mucho tiempo me prometió que me protegería de nuestro padre. Solo un día después la sorprendieron robándoles los caballos a unas arpías que estaban de visita. Aquello dio lugar a una guerra y se decretó un castigo, pero ella no dijo nada al ver que me llevaban a azotar.

La historia acabó de golpe con su excitación.

—Lo siento —respondió, sintiendo su dolor—. Lo siento mucho.

—Gracias.

¿Parecería tan cansada y triste como hacía pensar su voz?

—Voy a ayudarte a hacer que mejoren las cosas, Campanilla —prometió. Encontraría la manera de hacerlo.

—Lo creeré cuando lo vea —dijo ella con un suspiro.

—¿No crees en mí?

—No creo en nadie.

Capítulo 11

De pie junto a la cama, Kane observó a Campanilla. El sol se colaba por la ventana y, como si sintiese una atracción especial hacia ella, envolvía solo su cuerpo, iluminando y resaltando todos sus rasgos. Parecía increíble que su imagen pudiera transmitir semejante paz. Una paz que él ansiaba sentir.

Era la Bella Durmiente o, quizá mejor, Cenicienta, con madrastra y hermanastra malvadas incluidas.

Por desgracia para ella, Kane era su Príncipe Encantado.

No había sido su intención, pero en algún momento de la noche se había quedado dormido, hasta que lo había despertado una pesadilla y se había encontrado con Campanilla acurrucada junto a su pecho.

¿Habría acabado ahí ella sola o la habría agarrado él?

El contacto de su piel le había hecho daño en más de un sentido. El deseo había vuelto con fuerza.

Después de apartarla, había sido más responsable y se había quedado despierto, oyéndola respirar, esperando que se moviera y recordando cómo le había hecho sonreír, muriéndose de ganas de desnudarla, ponerse encima de ella y darle todo el placer que pudiera, aunque la mera idea de hacerlo le provocara un tremendo pavor.

No la merecía. Era demasiado voluble; estaba contento

un minuto y al siguiente profundamente contrariado. Un minuto estaba completamente decidido a hacer algo y al siguiente se veía sumido en la confusión. Ella necesitaba alguien estable. Digno de confianza. Alguien como Torin.

Le había dicho que no creía en nadie y eso era muy triste. La mereciera o no, él no iba a defraudarla.

«Mátala», le dijo Desastre. «Eso es lo que quiere».

Aunque lo quisiera, no era lo que necesitaba.

En ese momento la vio entreabrir los labios y suspirar y se le encogió el corazón. Era tan inocente.

«¡Mátala!».

Kane se dio media vuelta y salió de la habitación mientras oía al demonio maldecirle una y otra vez.

Josephina tenía muchas obligaciones y servir el desayuno a la familia real era una ellas. Una decisión decretada personalmente por la reina Penelope con la que se aseguraba de humillarla desde el primer momento del día.

Josephina esperó unos segundos con la jarra de zumo de granada recién hecho en la mano. Debería haber terminado hacía ya rato y haber regresado a sus tareas de limpieza, pero todavía no había llegado nadie. Probablemente estarían todos muy ocupados felicitando a Kane y a Synda por su inminente boda, y la feliz pareja estaría disfrutando de los constantes halagos.

«Ay, Kane. Todo el mundo tiene razón. Hacemos tan buena pareja», estaría diciendo Synda. «Somos los dos guapos y perfectos».

«Yo sería perfecto para cualquiera», le respondería Kane. «Pero me alegro de haber acabado contigo».

La jarra de zumo se hizo añicos en sus manos.

El líquido le empapó los guantes y tuvo que ir corriendo a la cocina a buscar algo para limpiar el desaguisado, huyendo de la mirada de reprobación del cocinero, que siempre aprovechaba cualquier excusa para atacarla. Una vez, para castigarla por algo que había hecho Synda, la habían condenado a no comer nada durante una semana. A los tres días el dolor había sido tan insoportable que se había colado en la cocina y había robado un mendrugo de pan.

El cocinero la había sorprendido y había jurado que no la delataría si se acostaba con él. Pero Josephina había optado por confesar lo que había hecho y él nunca se lo había perdonado.

Quizá no hubiera sido del todo sincera con Kane, quizá sí hubiera otros hombres al margen de su hermano que la vieran como algo más que una esclava de sangre.

–¿Qué has hecho ahora? –le dijo el cocinero justo antes de agarrarla de la muñeca–. Estás mojada.

–Y tú eres muy mal cocinero, ¿y qué?

–¡Cómo te atreves! No me importa quién seas, no voy a tolerar que me insultes.

–Pues acabo de hacerlo.

–Vuelve a hacerlo si te atreves.

Muy bien.

–Tus guisos no saben a nada y tus tartas están duras como piedras.

El cocinero respondió dándole una sonora bofetada que le dejó la cara roja. Josephina no dudó un instante y se la devolvió. Mientras él asimilaba la ofensa, ella le lanzó un beso y se retiró.

Limpió lo que había ensuciado en el comedor y se puso unos guantes limpios. No volvió a su puesto hasta que hubo preparado otra jarra de zumo.

La familia real seguía sin haber llegado.

«¡Cerdos desconsiderados!».

Le sorprendió aquel ataque de ira tan inusual en ella. La bofetada del cocinero debía de haberla puesto de mal humor. Bueno, también quizá el hecho de que Kane fuese a casarse con Synda después de haberla obligado a pasar la noche en su habitación. ¡Debería haber anulado la boda nada más salir el sol!

«Jamás debería haber ido a buscarlo a su dormitorio. Nunca debería haber aceptado su ofrecimiento con la esperanza de alejarlo de Synda».

El compromiso ya le había resultado molesto antes, pero allí de pie, recordando la noche anterior, se puso iracunda. Kane probablemente no lo recordaría, pero había sufrido unas pesadillas horribles durante la noche; había llorado y se había retorcido de desesperación hasta que había conseguido calmarlo.

Ella, no Synda.

Él la había estrechado en sus brazos durante un buen rato, apretándola contra su pecho como si no soportara la idea de soltarla, pero después la había apartado. Así pues, parecía haber superado la aversión al contacto físico. No obstante, no había intentado besarla ni tocarla.

Debía de estar reservando ese tipo de cosas para la princesa.

Un hombre prometido no debería compartir lecho con nadie más que con su futura esposa, cualquiera que lo hiciera debería... ¡ser castrado!

«Yo podría ayudarlo en eso», pensó. «No tengo demasiada experiencia en el manejo de cuchillos, pero no creo que me costara mucho».

«¡Estás pensando en mutilar a alguien! No te reconozco».

«Pues soy tú, estúpida».

¿Y si Kane se había enamorado ya de Synda?

«¿Qué más te da a ti?».

«Me da igual. Está bien, no me da igual».

Se había pasado horas despierta, intentando no disfrutar de ese primer contacto con el lujo y esperando poder escabullirse de la habitación cuando Kane se durmiera. Pero él también había pasado horas despierto y al final se había quedado dormida. Después la habían despertado sus patadas y su llanto, lo había abrazado y le había parecido más maravilloso de lo que habría debido. Incluso había sentido la tentación de pedirle algo más.

Si Synda se enterara...

Levantó bien la cara y se concentró en el presente. Observó la opulencia de aquella mesa cubierta con un mantel tejido en oro. Había tres ventanas que daban al jardín, cuya vista se atrevió a admirar durante unos segundos porque le encantaba aquel jardín. Fue entonces cuando vio a unos guardias armados que corrían hacia la puerta.

Estaba pasando algo. ¿Pero, qué?

El rey Tiberius apareció por fin acompañado de la amante de turno. Era una mujer muy bella, desde luego, pero solo tenía diecisiete años, seguramente si el rey no se hubiera fijado en ella, se habría casado con el hombre más rico del reino, habría formado una familia y nunca le habría faltado de nada.

Excepto, quizá, amor y fidelidad.

Pero ahora ningún hombre querría estar con ella, ni siquiera el más humilde de los sirvientes. Cuando el rey se aburriera de ella, cosa que haría, nadie querría correr el peligro de ofenderlo intentando conquistar lo que él había considerado indeseable.

El monarca parecía preocupado. Se sentó al frente de la mesa y ordenó a la joven que se sentara a su izquierda, en el lugar de la reina. Josephina respiró hondo. La reina Penelope estaba al corriente de las aventuras de su esposo, por supuesto, todo el mundo lo sabía; en público hacía como si no le preocupara, pero en privado, cuando solo Josephina podía verla, montaba en cólera.

—... no entiendo por qué nos ataca un ejército de fénix —decía el rey—. ¿De verdad quieren empezar otra guerra? Tienen mucha fuerza bruta, pero no cuentan con suficientes hombres.

No, no, no. Si los fénix estaban allí, era por ella. Y si su padre se enteraba del motivo del ataque, desplegaría su furia contra ella.

El temor la hizo echarse a temblar, lo que provocó que derramara un poco de zumo.

Tiberius le lanzó una mirada de reproche.

—No tienes nada que temer, querida —continuó diciendo él, acariciándole la mano a su amante—. Esos soldados estarán muertos antes de que acabe el día y enviaremos sus cabezas a sus familias.

—Gracias, majestad —respondió la muchacha suavemente, sin levantar la mirada—. Eres tan fuerte, completamente invencible.

Justo entonces entró Kane y Josephina volvió a temblar, pero esa vez por el recuerdo de su abrazo. Nunca lo había visto tan salvajemente bello como en ese instante, con la luz del sol acariciándole la piel. Los dos guardias se quedaron junto a la puerta. Él recorrió la habitación con la mirada, sin duda percatándose de todos y cada uno de los detalles con un solo vistazo. Josephina sintió una profunda decepción al ver que su mirada apenas se detenía en ella.

«Buenos días a ti también», pensó, tratando de no sentir dolor.

—Señor Kane, es un placer que se una a nosotros —el rey lo invitó a sentarse a su derecha. En el lugar de Synda.

Kane se sentó de espaldas a Josephina, levantó la mano y chasqueó los dedos. ¿Estaba llamándola a ella?

Sí, eso era lo que estaba haciendo. «¡Lo voy a matar!».

Ella apretó los dientes y fue a servirle una copa de zumo. Cuando intentó alejarse, él la agarró de la muñeca y a punto estuvo de hacerle tirar la jarra.

—Tienes una marca en la cara —le dijo con ese tono de voz que ella ya reconocía como peligroso.

—Sí —se limitó a decir Josephina.

—¿De qué?

—De una mano.

—Me lo imagino. Pero, ¿de quién?

Josephina se pasó la lengua por los labios, ante la atenta mirada de Kane.

—No importa. Ya me he encargado yo.

Pero él le apretó aún más la muñeca.

–¿Quién ha sido?
–¿Para qué quieres saberlo?
–Para poder matarlo... o matarla.

Josephina no sentía la menor lealtad hacia el cocinero, pero no podía permitir que muriera alguien por una ofensa tan nimia. Así que guardó silencio.

Kane la soltó y clavó la mirada en el rey.

–Si alguien vuelve a hacerle daño, me aseguraré de que lo lamenten todos los habitantes de este palacio.

Tiberius se quedó sin habla por un momento, sorprendido por tamaña irreverencia.

–La admiración que siento por usted no lo salvará de la muerte, Señor Kane. Le aconsejo que tenga cuidado.

–¿Está buscando un enemigo que no puede permitirse? Porque está a punto de traspasar la línea –replicó Kane–. Tiene unos cuantos fénix corriendo por ahí y sus hombres no serán capaces de hacerles frente porque usted ha permitido que la indolencia se apodere de su ejército, dormido en los laureles de éxitos pasados.

–¡Cómo se atreve! Mi ejército es tan fuerte como lo ha sido siempre.

Kane esbozó una sonrisa, pero no precisamente de amabilidad.

–Si saliera ahí ahora mismo, podría matar a todos y cada uno de los hombres que tiene a sus órdenes sin siquiera romper a sudar. ¿Quiere que se lo demuestre?

¿Qué estaba haciendo? Josephina habría querido pegar un salto y protegerlo de las maldiciones y castigos que sin duda estaban a punto de caer sobre él, pero su bienestar ya no era asunto suyo, así que volvió a su lugar, junto a la pared.

Tiberius se puso en pie, apoyó las manos en la mesa y clavó la mirada en Kane sin disimular su furia.

–Un hombre muerto no puede demostrar nada.

Kane se puso también en pie, empeñado en no recular ante el poderoso rey de los fae, algo que muy pocos habían intentado y a lo que ninguno había sobrevivido.

—Tengo cierta experiencia con los fénix y sé que pasarán las próximas semanas jugando con sus hombres, evaluando su capacidad y su fuerza. Luego desaparecerán durante unas semanas y ustedes se relajarán. Será entonces cuando volverán para atacar con furia y quemarán el palacio con todos los que haya dentro.

El rey lo miró fijamente.

—Si es así, es su problema tanto como mío porque el baile de compromiso tendrá lugar dentro de ocho días y la boda se celebrará nueve días después de eso.

El tiempo suficiente para organizar el banquete, pero no tanto como para no poder ocultar los defectos de Synda.

«No puedo presenciar todo eso. No puedo». De ahora en adelante debía mantenerse alejada de él. Quizá debiera marcharse. Ya lo había hecho antes. Era cierto que no habían tardado en capturarla y en castigarla severamente, y que después había prometido no volver a correr semejante riesgo.

Ahora se daba cuenta de que había sido una promesa estúpida.

Leopold entró en el comedor seguido de cerca por Synda.

Tiberius y Kane volvieron a ocupar sus respectivos asientos.

—Buenos días, guerrero —la princesa intentó darle un beso en la mejilla, pero él se retiró para impedírselo.

Quizá no hubiera superado la aversión, después de todo.

—¿Qué haces? —le preguntó él bruscamente.

—Hacer que tu mañana sea aún mejor, es obvio —respondió ella como si nada.

Josephina sentía arcadas.

—La próxima vez espera a que te dé permiso.

La reina fue la última en llegar. Al ver a la amante del rey, se puso en tensión.

Josephina le sirvió el zumo con las manos temblorosas.

La reina tomó un trago y se lo escupió en los zapatos.

—¡Qué brebaje tan repugnante! ¡Cómo te atreves a estropearme el día con algo así!

—Le traeré otra cosa —murmuró Josephina, sonrojada.

—Quédate donde estás —rugió Kane—. El zumo está perfectamente.

Penelope miró al rey, esperando que la defendiera, pero Tiberius hizo un gesto a Josephina para que continuara con sus obligaciones.

La reina iba a hacérselo pagar muy caro a Josephina.

El temblor aumentó al acercarse a Leopold, que le puso la mano en la parte inferior de la espalda, abriendo bien los dedos para abarcar la mayor superficie posible, llegando incluso a las nalgas.

Ella intentó apartarse.

De pronto Kane soltó una retahíla de maldiciones y todas las miradas se clavaron en él.

Una simple mirada del guerrero bastó para que Leopold retirara la mano.

¿Qué había sido eso? Era imposible que Kane hubiera visto la mano de su hermano y, aunque lo hubiera hecho, no le habría importado, ¿verdad? Josephina se marchó a la cocina a buscar la comida sin comprender nada.

—Date prisa, vaga —le espetó el cocinero.

Ella le sacó la lengua antes de volver al comedor.

—... me llevas de compras? ¡Por favor! —estaba diciéndole Synda a Kane.

—Buena idea —intervino Tiberius, como si la pregunta hubiera ido dirigida a él.

—Josephina vendrá con nosotros —anunció Kane.

Le resultó extraño oírle decir su nombre. No le gustaba que la llamara Campanilla, pero al mismo tiempo le había tomado cariño al sobrenombre. Era algo especial, solo suyo. A Synda no le había buscado ningún otro nombre.

El rey abrió la boca para responder, probablemente para negarse, a juzgar por el feroz brillo de sus ojos, pero Synda se puso a aplaudir de alegría y dijo.

–Claro que puede venir. ¡Vamos a pasarlo de maravilla!

Tiberius no llegó a decir nada.

–¿Qué hay de los fénix? –intervino Leopold con evidente tensión–. Una mujer de sangre real no debería andar por ahí con ese peligro acechándonos.

–El rey me ha asegurado que sus hombres podrán hacer frente a los fénix. Además, las damas estarán conmigo –le recordó Kane–. Así que estarán a salvo.

Después de quedarse pensando unos segundos, Tiberius asintió.

–Leopold, tú irás con la pareja y te asegurarás de que no les pase nada al Señor Kane y a la princesa Synda.

Se había referido a la pareja, en lugar de a los tres, como si Josephina no contara.

La verdad era que no contaba.

El príncipe parecía dispuesto a protestar, pero después se lo debió de pensar mejor.

–Como quiera, majestad.

Kane esbozó una fría sonrisa.

–Hasta mañana entonces.

Kane pasó el resto del día investigando, hablando con todos los sirvientes que pudo encontrar. En cuanto se enteró de que había sido el cocinero el que había pegado a Campanilla, lo encerró en la cocina para que no pudiera escapar y lo golpeó hasta dejarlo sin sentido.

Después salió de allí silbando de satisfacción en busca de Campanilla.

Capítulo 12

El primer sol de la mañana invadió el dormitorio de Kane llevándose consigo las sombras.

Al tiempo que se sacudía el horror de la última pesadilla, comenzó a sentir una nueva emoción.

La noche anterior no había conseguido hablar con Campanilla. La había encontrado en la sala de costura, pero, una vez más, había desaparecido en cuanto había intentado acercarse a ella. De nada había servido que la siguiera por todo el jardín, no había conseguido alcanzarla.

Pero ya no podría seguir huyendo porque, según las órdenes del rey, no debía separarse de su hermana, lo que significaba para Kane que estaría todo el tiempo a su alcance.

La lámpara de la mesilla de noche se le cayó de pronto encima de la cabeza.

Kane maldijo al demonio.

Alguien llamó a la puerta. Fue a abrir puñal en mano. Al otro lado esperaba el príncipe Leopold, relajado y confiado en que Kane se comportaría.

El muy tonto. Kane tenía una pelea pendiente con él. No por las provocaciones que le había lanzado el primer día, sino por haberse atrevido a ponerle la mano encima a Campanilla y haberla mirado con deseo. A Kane le había sorprendido ver aquella mirada, incluso había creído que lo estaba malinterpretando, pero Desastre se había echado a reír al ver algo que Kane no podía ver. Quizá una oscura nube de lujuria o un demonio sentado sobre el hombro de Leopold, dirigiendo sus actos. Kane había oído contar algo parecido a los Enviados.

El motivo no importaba, lo importante eran los actos.

–¿Qué? –preguntó Kane, apretando la empuñadura del cuchillo.

–La princesa está lista para salir. Lo acompañaré a buscarla y después a la ciudad, para proteger a todo el mundo.

Kane sabía que los fénix se habían retirado al bosque; había visto los restos de las hogueras que habían dejado por todas partes. Sin embargo aún no habían tenido suerte de apresar a ninguno, ni tampoco habían entrado en batalla.

Estaba seguro de que era Petra la que estaba al mando de los fénix. Quería a Campanilla y no se detendría ante nada para atraparla.

Kane tampoco se detendría ante nada para protegerla.

–¿Y la sirvienta? –le preguntó al príncipe.

–No vas ni a mirarla.

«Tú sueñas».

–O sufrirás más de lo que imaginas –añadió el príncipe.

–Comprendido –Kane forzó una sonrisa.

El príncipe se dio media vuelta con la misma confianza y Kane guardó el cuchillo, pero siguiéndolo muy de cerca.

–¿No pensarás que necesitas guardias yendo conmigo? –le preguntó Kane.

Leopold soltó una risilla petulante, la misma que le había oído el primer día.

–En absoluto. Con solo una palabra puedo hacerte caer de rodillas ante mí.

Bajaron un tramo de escaleras, luego otro y otro más. Cuando por fin llegaron al último piso y se acercaron a la puerta de un pequeño almacén, Kane empujó al príncipe contra la pared y, antes de que tuviera tiempo de reaccionar, le pegó un puñetazo en la garganta que le presionó la carótida y cortó el flujo de sangre al cerebro. En pocos segundos, el príncipe estaba inconsciente en el suelo.

—¿Tienes algo que decir ahora? —murmuró.

En ese momento apareció una doncella y, al ver al príncipe tendido en el suelo, se llevó la mano a la boca.

—Está bien —se apresuró a asegurarle Kane—. No tardará en despertar —o sí—. No lo molestes, ya sabes el mal humor que se le pone cuando no puede echarse una de sus siestas reparadoras.

La muchacha asintió con los ojos abiertos de par en par y se marchó corriendo.

Kane abrió la puerta del pequeño almacén y arrastró el cuerpo de Leopold hasta el interior. Después lo cerró con llave para estar seguro de que nadie pudiera abrir.

Misión cumplida.

Tal y como había dicho Leopold, la princesa y Campanilla esperaban ya.

La furia volvió a apoderarse de él al verlas. Synda llevaba un elegante vestido de terciopelo granate, femenino y sofisticado. Mientras que Campanilla se había puesto una prenda sin forma alguna que pretendía ser un vestido.

Un sombrero con lazos y encajes adornaba la cabeza de Synda.

Campanilla no solo no llevaba sombrero, además se había recogido el cabello en un triste moño.

Synda olía a perfume de flores.

Campanilla apestaba a jabón para suelos.

Sentía deseos de matar a alguien. Quería abrazar a Campanilla y no soltarla nunca.

Al verlo, Synda sonrió, se acercó y le plantó un beso en los labios. Kane se quedó inmóvil, en tensión, tratando de no explotar. Inmediatamente buscó con la mirada a Campanilla, la encontró con los ojos clavados en el suelo.

—¿Dónde está el príncipe Leopold? —preguntó Synda.

—Durmiendo. Podemos irnos.

–¿Durmiendo? Pero si estaba despierto hace cinco minutos –dijo Campanilla y, al darse cuenta de que había hablado, miró a Synda y apretó los labios.

¿A qué venía eso? ¿Acaso no iba a poder hablar en todo el día?

Kane apretó los puños con tanta fuerza que se le quedaron los nudillos blancos y se hizo daño en los dedos.

–Sí, pero ahora está durmiendo –insistió tajantemente.

De repente apareció un perro que iba corriendo directo hacia Campanilla, el demonio se echó a reír, dejando claro que estaba detrás del comportamiento del animal. Kane se interpuso en el camino del perro, poniéndole una pierna delante antes de que llegara a Campanilla. Sintió unos dientes que se le clavaban en el tobillo.

–Lo siento mucho –se disculpó un sirviente que iba persiguiendo al perro–. No sé cómo se me ha podido escapar.

Kane retiró los dientes del animal de su pierna y lo echó a un lado.

–Vamos –dijo Synda con alegría–. Llevo días esperando esta excursión.

Días. Pero si no lo habían hablado hasta el día anterior.

Campanilla salió detrás de la princesa y Kane detrás de ella. El sol brillaba en un cielo gris con algunas nubes negras que parecían anunciar tormenta. El palacio estaba rodeado por un alto muro transparente tras el cual se extendía un frondoso bosque donde se encontraba la mayor parte del ejército, persiguiendo a los fénix.

Mientras subían al coche de caballos pasó otro con varias damas tan elegantes como Synda que lo miraron sin ocultar su abyecto deseo.

–¿A que es guapo? –les dijo la princesa con orgullo–. ¡Pues es mío!

Kane estuvo a punto de gritar, pero se concentró en subir a Synda al carruaje. Ella le puso las manos en los hombros y él tuvo que apretar los dientes para soportar la desagradable sensación que le provocó tal contacto.

Manos por todas partes. Acariciándolo y arañándolo.

«Respira», se dijo. Tenía que respirar hondo.

Seguramente el demonio estaba castigándolo por despreciar a la princesa.

Cuando llegó el momento de ayudar a Campanilla, le tendió una mano que ella miró durante unos segundos antes de aceptar. Tal y como esperaba, sintió una punzada de dolor, aunque más leve que otras veces, pero... su mente estaba bien. Los recuerdos desagradables se esfumaron y Desastre no pudo hacerlos volver. ¿Por qué?

Porque, como había descubierto en el bosque, Campanilla era su luz. Los recuerdos eran su oscuridad, una oscuridad que se desvanecía en presencia de la luz.

Kane no soltó la mano de Campanilla ni siquiera cuando ya se había sentado; no quería perder el contacto con ella, maravillado una vez más por esa inexplicable necesidad que solo ella era capaz de despertarle.

—Kane —le dijo ella con la voz tensa.

No tuvo más remedio que soltarla y subirse también al carro. Las mujeres se habían sentado una a cada lado, pero Kane agarró a Campanilla, aprovechando la excusa para volver a tocarla, y la sentó al lado de la princesa, de modo que él pudo ocupar el asiento de enfrente.

—Hoy estás guapa —le dijo Synda a Campanilla y, sorprendentemente, parecía sincera.

Debía de ser uno de sus momentos de dulzura. Nunca había conocido a nadie que cambiara tanto de estado de ánimo, ni siquiera él mismo. Debía de ser porque aún no había aprendido a luchar contra el demonio que llevaba dentro. La oscuridad la controlaba y ella se dejaba llevar por los impulsos sin pararse a pensar si su comportamiento estaba bien o mal. No analizaba el origen de sus emociones.

Era obvio que necesitaba ayuda, pero también lo era que no estaba dispuesta a aceptarla. Él mismo se la había ofrecido la noche anterior durante la cena y la había rechazado.

–Quiero tu cuerpo, Señor Kane, no tu mente –le había dicho.

Él se había encogido de hombros, pero lo cierto era que había sentido cierto remordimiento por el hecho de que no le preocupara lo más mínimo. No debía olvidar que podría ser la mujer a la que estaba predestinado.

No. Imposible. Seguro que había entendido mal lo que le habían dicho las Moiras. ¿Qué había de la predicción que le había contado William? Se suponía que su hija, Blanca, se casaría con el hombre que provocaría el apocalipsis.

Kane no quería una compañera. Quería... necesitaba... sí, quizá una parte de él sí la necesitara.

Por primera vez desde hacía siglos tenía un motivo para albergar cierta esperanza.

Había visto el efecto que había tenido el amor sobre sus amigos. Todos ellos se habían vuelto más fuertes al enamorarse. Habían superado su ira y su desprecio por sí mismos solo para convertirse en los hombres que necesitaban sus mujeres. ¿Y si su compañera pudiera ayudarlo a vencer a Desastre? ¿Y si ella fuera la clave?

La mujer adecuada podría calmarlo, tranquilizarlo. Pero claro, ¿quién era esa mujer?

¿La princesa, poseída por la Irresponsabilidad? ¿Campanilla, que había estado en lo Interminable? ¿O Blanca? La decisión equivocada podría provocarle tantos tormentos como el demonio.

Lo que sentía por Synda era rabia y lástima.

Ella no hacía que deseara vivir solo para poder estar con ella.

No hacía que se olvidara de los suplicios del pasado.

No hacía que deseara algo mejor.

Lo que sentía por Campanilla era... muy intenso.

Ella hacía que estuviese impaciente por conseguir lo que ansiaba.

Despertaba un profundo deseo, tanto en su cuerpo como en su mente.

Y lo hacía sonreír.

Sí, la próxima vez que se acostara con alguien, sería con Campanilla.

¡Vaya!

¿De verdad acababa de pensar eso? Se había prometido a sí mismo que no lo haría con Campanilla porque lo único que conseguiría sería defraudarla y acabar con su inocencia. Y, sin embargo, de repente lo había visto como algo inevitable.

—Puedes hablar —oyó que Synda le decía a Campanilla—. No se lo diré a papá. Te lo juro.

—Más te vale hablar —matizó Kane. Si no lo hacía, no podría soportar aquella extraña excursión—. Yo me aseguraré de que nadie te castigue por ello.

El coche pegó un fuerte bote, pero Campanilla siguió callada.

—¡Mirad, ahí está la Veinticinco! —exclamó Synda unos minutos después, poniéndose en pie—. ¡Hola, Aos Sí Caroline! Mira... ¡ay!

El bache estuvo a punto de tirarla al suelo, pero Kane la agarró de la mano y la obligó a sentarse.

—No te muevas —le ordenó.

La princesa cruzó los brazos sobre el pecho e hizo un mohín.

—Eres muy aburrido.

—Lamento enormemente que pienses eso. Dime por qué has llamado a esa mujer por un número y qué quiere decir «aossí».

Synda se olvidó automáticamente del enfado y se echó a reír como una chiquilla.

—Veinticinco es su número, tonto, y Aos Sí es su título.

Decir que era superficial era quedarse muy corto. Kane miró a Campanilla.

Después de una larga pausa, por fin respiró hondo y habló:

—Todos los opulens que no pertenecen a la familia real

tienen un número. Caroline es la veinticinco porque ese es el puesto que ocupa en la línea de sucesión al trono y también es el vigésimo quinto miembro del alto tribunal, compuesto por cincuenta opulens. Todos los demás pertenecen al bajo tribunal y no tienen número.

¿Habría algo más importante para los fae que el estatus social?

–¿Y el título?

–Lo llevan todas las mujeres de la clase alta. El título de los hombres es Daoine Sídhe.

–¿Y tú, qué número y qué título tienes?

Campanilla se sonrojó y apretó los labios.

–Ella no es una opulens –aclaró Synda en tono práctico.

Entonces no tenía número ni título. A Kane no le gustó.

Pasó los quince minutos siguientes bombardeando a preguntas a las dos mujeres. ¿Cada cuánto tiempo había relevo en el trono? Respuesta: había cambiado ocho veces en toda la historia de los fae. ¿Cómo habían muerto los anteriores reyes? Respuesta: asesinados por sus sucesores. ¿Alguna vez habían funcionado sin rey? Respuesta: nunca.

La conversación llegó a su fin cuando el carruaje se detuvo frente a la primera tienda de una calle. Los edificios eran de piedra oscura y de un material brillante, los tejados y las ventanas estaban rodeadas de hiedra, lo que les daba una imagen que recordaba a los cuentos de hadas.

Y... ¿ese que estaba entrando en un local al final de la calle era William el Derrite Bragas? El local se llamaba La marmita del diablo y estaba claro que era una taberna.

Ayudó a las mujeres a bajar del carro, apretando los dientes para resistir el horror de los recuerdos que le evocaba el tacto de Synda y maravillándose una vez más de la paz mental que le transmitía el simple contacto con Campanilla.

Synda se disponía a entrar a una tienda de zapatos, pero Kane tiró de ella hacia la calle.

–Pero... –protestó.

–Vamos primero a la taberna.

–Haberlo dicho antes. A mí siempre me apetece una buena copa... o diez.

–No lo dirás en serio, Kane –gruñó Campanilla–. Mira la hora que es y tú quieres emborracharte con la princesa. Seguro que me echan la culpa a mí.

–Nadie te va a echar la culpa de nada –le aseguró Kane. Él no iba a permitirlo. Nunca más.

Finalmente entraron al local y Kane pudo echar un vistazo al interior. No tardó en ver al guerrero de pelo oscuro sentado a una mesa con unas cuantas cartas en la mano. Sí, no había duda de que era William el Cachondo.

¿Habría hablado con Taliyah y lo había seguido hasta allí?

Estaba acompañado por una mujer y tres hombres que Kane reconoció de inmediato. La mujer era Blanca y los hombres eran sus hermanos, Rojo, Negro y Verde. Rojo y Negro lo habían rescatado de las siervas de Desastre cuando estaba en el infierno, pero en lugar de dejarlo libre, lo habían atado con la intención de descubrir sus secretos y luego matarlo para evitar que acabara convirtiéndose en pareja de su hermana. Viviendo en el infierno y viendo todo tipo de horrores, los hermanos habían terminado odiando a los demonios con todas sus fuerzas y eso era algo que Kane compartía. Pero habían cometido el error de meterlo a él en la misma categoría que Desastre, eso era lo que le molestaba.

Por eso cuando lo habían encontrado Verde y Blanca, lo habían dejado allí, abandonado a su suerte hasta que había llegado Campanilla.

Tenía que vengarse de aquellos cuatro.

El grupo estaba fumando puros y bebiendo whisky mientras estudiaban sus cartas. Synda se dirigió a la barra.

–Lo de siempre –pidió la princesa.

Campanilla se quedó al lado de Kane, sin saber muy bien qué hacer.

–¿Qué estás haciendo aquí? –preguntó Kane.

–¿Cómo que qué hago aquí? Me has obligado tú –replicó ella, de mal humor.

–No me refería a ti, preciosa.

William levantó la mirada y sonrió al verlo, aunque sin atisbo de sorpresa.

–Kane, amigo. La partida está muy interesante, aunque veo que lo tuyo es mucho más. ¡Dos mujeres! No puedo creer que el mojigato de Kane pueda hacer frente a tantos estrógenos al mismo tiempo.

Blanca y sus hermanos lo miraron. Los tres hombres se pusieron de pie al unísono, clavando sobre él una mirada asesina. Blanca siguió observando las cartas.

–Sentaos –les ordenó William–. No es el momento para una pelea.

–¿Entonces cuándo? –preguntó Rojo.

–Cuando yo lo diga. Primero quiero terminar la partida.

Aunque a veces era difícil tomarse en serio a William, los tres obedecieron sin protestar. No obstante, Kane se mantuvo alerta.

–Hoy vas a morir, demonio –le amenazó Negro mientras se chascaba los nudillos.

–Lástima que no os pudrierais en el infierno –respondió Kane.

–Tengo la impresión de que no le gustamos –comentó Blanca–. Me da igual –añadió con tranquilidad.

En ese momento se acercó Synda y, sin esperar una invitación, se sentó sobre el regazo de Rojo, que en lugar de echarla o al menos protestar, la cambió de postura para estar más cómodo.

–¿A qué jugáis? –preguntó la princesa.

Rojo no tuvo reparo en explicarle el juego.

Kane supo en ese instante que era imposible que Synda fuera la mujer que estaba destinada para él, a pesar de que fuera la guardiana de la Irresponsabilidad o de lo que hubieran dicho las Moiras. Al verla con Rojo no sintió celos, ni el menor sentimiento de posesión hacia ella.

¿Habría alguna consecuencia negativa si ella era su destino y la rechazaba? Era posible.

Pero no le importaba.

La mujer que aparecía en el cuadro de Danika era rubia, como Blanca y, aunque era bella y fuerte, Kane la despreciaba profundamente y eso no iba a cambiar.

Campanilla, sin embargo, cada vez le despertaba más interés. Pero, si era ella la que estaba destinada para él, ¿por qué sentía aquel dolor cada vez que se acercaba? ¿Y quién era entonces la rubia del cuadro? ¿Qué relación tenía con él?

Kane se sentó al lado de William y obligó a Campanilla a sentarse en su regazo. Quería tenerla cerca y bien agarrada para asegurarse de que no escapaba y que todos los hombres supieran que no debían poner sus sucias manos sobre ella. No le importaba el dolor. Era cierto que ese día había sido más leve, pero en ese momento sencillamente no le importaba.

–¿Cómo consiguieron salir del infierno? –le preguntó a William mientras Desastre protestaba por la proximidad de Campanilla.

–Pensé que te vendría bien un poco de ayuda y, como no querías que tus amigos se enteraran de lo que estás haciendo, lo único que se me ocurrió fue recurrir a mi propia prole de víboras.

–No entiendo nada.

–Ni falta que hace –replicó William, encogiéndose de hombros–. El caso es que estamos aquí, es lo único que necesitas saber.

–Está bien. Pero al menos respóndeme a una pregunta, ¿por qué estáis aquí jugando a las cartas en lugar de ayudarme?

El otro guerrero volvió a encogerse de hombros.

–Nos enteramos de tu compromiso matrimonial y supusimos que todo iba bien.

–Podrías haberlo comprobado.

–Sí, podría haberlo hecho y lo cierto es que lo pensé. Pero bueno, lo que importa es la intención, ¿no?
–No.
William le quitó el puro a Blanca y pegó una calada.
–Es evidente que tengo más fe en ti que tú mismo –dijo, soltando una nube de humo.
El puro soltó unas cenizas encendidas que deberían haber caído al suelo, pero Desastre se aseguró de que aterrizaran sobre el brazo de Kane y que le quemaran la ropa y la piel.
–Es muy amable por su parte –oyó decir a Campanilla.
Kane la miró detenidamente. Lo decía en serio y miraba a William como si fuera el hombre de sus sueños. Los celos lo desgarraron por dentro y calmaron al demonio.
–¿También habías leído cosas sobre él? –le preguntó.
–No, pero es obvio que tienes mucha suerte de tenerlo por amigo.
–William no es amable –protestó–. He visto lo que hace cuando tiene una rabieta.
–Y yo he oído lo que haces tú –respondió Campanilla.
–Esta chica me gusta –decidió William, dedicándole una sonrisa de satisfacción.
–Me alegro, porque quiero proponerte algo.
–De eso nada –la interrumpió Kane al tiempo que la apretaba.
–Te escucho –respondió William.
Pero Kane se le adelantó.
–La noche que te dejé en el club, me fui a buscar una llave que me permitiera llegar a Séduir, pero está claro que tú ya la tenías.
–No. Me habría transportado hasta aquí, pero antes tenía que ayudar a uno de mis chicos –explicó el guerrero.
–Cuando dice ayudar quiere decir que tenía que matar por él –aclaró Rojo sin molestarse en mirarlo.
Eso daba una idea de lo duro que era el guerrero y de

hasta dónde estaban dispuestos a llegar aquellos hombres para conseguir lo que querían.

—¿Les ha parecido bien a tus hijos venir a ayudarme? —le preguntó Kane a pesar de lo raro que le resultaba hablar de hijos en relación con el feroz guerrero.

—No digas tonterías —replicó William riéndose—. Claro que no les parecía bien. ¿Ya has visto que estaban deseando enfrentarse a ti? Tuve que prometerles que disfrutarían de una buena lucha contigo, con sangre, huesos rotos y quizá incluso alguna amputación. ¡Va a ser genial!

Campanilla se apretó contra su pecho, como si pretendiera utilizar su cuerpo como escudo. La áspera tela de su vestido le irritó la piel, ¿cómo soportaba llevarlo puesto?

—¿Cuándo tendrá lugar esa lucha? —preguntó Kane.

—¿Es que no has escuchado nada de lo que he dicho? —le dijo William—. Después de la partida.

Se quedó pensando un segundo.

—Nada me gustaría más que enfrentarme a tu prole. Campanilla... quiero decir, Josephina y yo estaremos de vuelta para cuando acabéis la partida —lo cierto era que prefería llevarla de compras a cobrarse su venganza. No quería que siguiera llevando esos harapos.

Cualquiera que no conociera a Kane habría podido pensar que tenía intención de huir, pero William lo conocía lo bastante bien para creer eso.

—¿Campanilla? ¿Eso es lo mejor que se te ha ocurrido para ella? —William no iba a desaprovechar la ocasión de burlarse de él.

Kane prefirió no responder a la provocación.

—Dejo a la princesa a tu cargo hasta que volvamos —anunció—. No dejes que se meta en líos.

William consideró la idea detenidamente.

—Ya sabes que tengo por costumbre acostarme con las mujeres que dejan a mi cargo.

Claro que lo sabía.

—También sé que tendrás la tentación de lanzársela a los

lobos cuando la conozcas a fondo, pero no le hagas daño, ni dejes que se lo haga nadie –si le ocurría algo, la culpa recaería sobre Campanilla.

–¿Estás diciendo que no te molesta que seduzca a tu futura esposa?

–No me importaría, pero prefiero que no llegues tan lejos porque podría meterse en algún lío por el que castigarían a Campanilla. Puedes coquetear con ella, incluso besarla, si ella quiere, pero nada más –Synda estaría entretenida y a salvo.

William se llevó la mano al corazón.

–Creo que acabas de pasar a ocupar el número uno de mi lista de mejores amigos.

Kane meneó la cabeza, se puso en pie y alargó la mano.

–¿Tienes una pistola o una semiautomática que puedas prestarme?

–¿Prestarte? No. Puedo alquilártela temporalmente –el guerrero sacó un 44–. Ya te diré cuánto cuesta.

–Gracias –Kane se puso el arma a la espalda y salió del bar con Campanilla.

Oyó caer algunas sillas y supo que los tres hombres y quizá también Blanca se habían levantado con la intención de ir tras él.

Entonces oyó la voz de William que les decía:

–Sentaos. Volverá luego y será todo vuestro.

Capítulo 13

Josephina no comprendía qué estaba pasando.
–¿Dónde vamos?
–De compras.
–¿Sin Synda?
–Y luego a la pelea –continuó él como si no hubiera dicho nada.
–Pero son tres contra uno –chilló Josephina.
–Lo sé. No es justo para ellos, pero han insistido tanto que no puedo hacer otra cosa.
Se alejaron de aquel demonio de cabello oscuro y ojos tan fríos que seguramente asestaría un golpe mortal a una mujer sin molestarse en preguntar. Era la respuesta a sus problemas y acababa de guiñarle un ojo.
Josephina lo miró y frunció el ceño. Quería hacer daño a Kane y eso lo hacía inaceptable para ella.
Kane la sacó del local a la luz del día. La calle estaba llena de coches de caballos y opulens que charlaban animadamente mientras sus sirvientes los seguían a pocos pasos. Cada vez que alguien la miraba, retiraba enseguida la vista. Todo el mundo se apartaba de su camino como si fueran a sufrir alguna terrible enfermedad solo por rozarla.
–¿Qué está haciendo con ella un hombre tan increíble? –le comentó una opulens a su amiga.

—A veces a los hombres les gusta visitar los barrios bajos —explicó la otra.

Josephina trató de controlar a Kane y, a pesar de su debilidad, al menos consiguió frenarlo un poco.

—Cierren la boca si no quieren que yo les obligue a hacerlo —les advirtió el guerrero.

Las dos damas se pusieron a gritar y salieron corriendo.

Josephina parpadeó, sorprendida.

—¿Por qué nos vamos de compras sin Synda? —probó de nuevo.

Pero Kane volvió a hacer caso omiso a la pregunta.

—Las mataré por tratarte como a una furcia.

—Para ellas solo soy una sirvienta humana que no debería estar en esta parte de la ciudad con un hombre, a menos que me lo esté tirando.

Kane enarcó una ceja.

—¿Quién te ha enseñado a hablar así?

—¡Tú! Llevo años estudiándoos a tus amigos y a ti y he aprendido vuestra manera de hablar.

Lo vio llevarse la mano a la nuca y no habría sabido decir si estaba conteniendo una sonrisa o un gruñido.

—Odio la hipocresía que hay aquí. Esas mismas mujeres anoche se habrían desnudado para mí sin necesidad de que yo se lo pidiera.

Josephina lo miró boquiabierta.

—Creo que deberíamos buscar una bolsa bien grande para que te resulte más fácil llevar a cuestas tu ego.

Esa vez sí vio con claridad que Kane intentaba no sonreír.

—Será mejor que nos metamos en algún sitio antes de que me ponga a arrancar ojos y te haga un collar con ellos.

Josephina no dudaría en lucir tal joya.

Echaron a andar de nuevo. Pasaron de largo una zapatería, una tienda de sombreros, otra de lazos y por fin se detuvieron ante un taller de modistas.

Ya con la mano en la puerta, Kane se volvió a preguntarle:

–¿Qué utilizan los fae como dinero?

–Puede que te resulte difícil de creer, pero utilizamos... dinero.

Hubo otro amago de sonrisa antes de que frunciera el ceño.

–¿Qué pasa si alguien te toca la cara o los hombros? –le preguntó mirando esas dos partes de su cuerpo con cara de deseo–. ¿Lo mismo que cuando te tocan las manos?

Josephina se quedó sin respiración por un momento. ¿Estaría pensando en tocarla? Sintió un repentino calor y le flaquearon las rodillas.

–No. El único problema son las manos.

¿De verdad era suya esa voz de necesitada?

–¿Cómo lo sabes?

–Porque tuve una madre que me lo dijo. Entonces yo no podía controlar lo que hacía con las manos –y quizá tampoco pudiera hacerlo todavía–, pero nunca pasó nada cuando me ayudaba a vestirme.

Le vio levantar la mano hasta dejar los dedos a unos milímetros de su rostro. Sintió un escalofrío. En cualquier momento...

Entonces pasaron dos muchachas riéndose.

Kane retiró la mano con una maldición en los labios.

–Bueno, vamos –entró en la tienda tirando de ella.

Sonó la campanilla de la puerta y lo primero que notó Josephina fue el perfume de flores, la fragancia preferida de las opulens, un olor que ella detestaba. Kane debió de sentir lo mismo porque arrugó la nariz y apretó los labios en un gesto sencillamente encantador.

«Tengo que controlar esto».

Una mujer con cabello plateado y ojos típicamente fae salió de la trastienda. Tenía la cara cubierta de arrugas acumuladas a lo largo de una vida de trabajo duro. Al igual que Josephina, era mitad humana y mitad fae, pero a diferencia de ella, aquella mujer envejecería y moriría. Su parte humana era más fuerte que la fae.

—Buenos días, soy Rhoda, la propietaria –dijo con voz lenta pero precisa, hasta que vio a Kane y la expresión de su rostro se iluminó de pronto–. ¿En qué puedo ayudarlo, Señor Kane? Puede pedirme lo que desee.

—Quiero que ella... –comenzó a decir Kane al tiempo que agarraba a Josephina y la colocaba frente a la mujer sujetándola por los hombros– vaya mejor vestida.

Josephina sintió un escalofrío que recorrió el cuerpo de Kane y pasó hasta ella a través de sus manos.

Quizá fuera irracional, pero tras la sorpresa inicial, sintió ganas de llorar. No era lo bastante buena para él tal y como estaba. Ya se lo había dicho su padre. Y también la reina. El poderoso señor del Inframundo, admirado por todos, no quería que lo vieran con una sirvienta vestida con harapos.

Sus miradas se encontraron en el espejo que había al fondo del local.

—¿Qué ocurre? –le preguntó él, frunciendo el ceño.

«Sé fuerte», se dijo Josephina. Solo tenía que aguantar un poco más, después podría esconderse en algún rincón y llorar.

—No te preocupes. A partir de ahora caminaré a unos pasos de ti para que nadie te vea conmigo.

Sintió sus manos apretándole los hombros.

—Preciosa, no me gusta que la tela de este vestido te lastime la piel. Es demasiado bonita para llenarse de arañazos.

Vaya.

A Kane empezaron a temblarle las manos al agarrar a Campanilla con más fuerza.

Cómo la deseaba.

Le habría gustado seguir siendo el hombre que había

sido. Se habría reído con ella y habría coqueteado hasta hacer que se relajara. La habría fascinado y ella habría aceptado su interés, incluso lo habría agradecido. Pero en lugar de eso, había herido sus sentimientos con su torpeza.

–Permíteme que lo haga por ti –le pidió.

Ella se volvió a mirarlo con esos ojos de color azul eléctrico tan distintos a todos los demás.

Le gustaban porque cambiaban de tono según su estado de ánimo. En aquel momento tenían toda una gama de azules que parecían un caleidoscopio de belleza que nadie podría recrear jamás.

–Es un gesto maravilloso que te agradezco de verdad, pero no puedo aceptarlo. Solo puedo ponerme el uniforme. Si me pusiera otra cosa, cualquiera tendría derecho a arrancarme la ropa y daría igual dónde y con quién estuviera.

Y quedaría desnuda. Estaría deliciosamente bella, pero entonces los hombres babearían por ella y seguramente intentarían tocarla, o algo más.

Sintió que lo invadía la furia.

Respiró hondo y miró a Rhoda.

–Quiero que le haga un uniforme nuevo con una tela suave y de mejor calidad que esta. Y póngale bolsillos, muchos –quería que fuera siempre armada. Que estuviera preparada, más de lo que lo había estado él–. ¿Podrá tenerlo para dentro de un par de horas? Me gustaría que lo llevara puesto cuando nos fuéramos de aquí.

–Por supuesto, soy conocida por mi rapidez –respondió la mujer–. Siento tenerle que preguntar esto a alguien tan distinguido, pero... ¿cómo tiene intención de pagar, mi señor?

–Con esto –le mostró el fajo de billetes que había escondido en su bota antes de emprender el viaje.

Rhoda asintió.

–Muy bien. Me la llevaré y...

–No. No voy a separarme de ella en ningún momento.

Campanilla le puso las manos en el pecho y él reaccionó automáticamente. Se le aceleró el corazón de un modo que ya le resultaba familiar y su cuerpo se preparó para ella. Para todo lo que deseaba hacerle.

Era doloroso, bastante más que otras veces. Pero también placentero, mucho más de lo que estaba dispuesto a admitir.

El deseo que sentía por ella aumentaba cada día, a cada hora y, si no tenía cuidado, no tardaría en poder con él, con su buen juicio y con su precaución.

«¡La odio!», rugió Desastre. «¡Aléjate de ella!».

«Te voy a matar», respondió Kane.

De pronto cayeron varios rollos de tela del mostrador sobre los pies de Kane.

—Lo siento mucho —se disculpó Rhoda, avergonzada—. No entiendo qué ha pasado.

—No puedo desnudarme delante de ti —declaró Josephina con gesto inflexible.

—¿Por qué no? —preguntó él, aunque ya sabía la respuesta. No eran amantes, ni siquiera amigos. Ella se sentiría vulnerable y él no podía prometerle que no fuera a mirarla.

Debería avergonzarse. Según había oído chismorrear en palacio, la madre de Campanilla, considerada una humana de bajo nivel, había sido amante del rey, probablemente porque él la había tentado, o incluso obligado. No sería de extrañar que el más leve indicio de falta de decoro le recordara a Campanilla lo mucho que había sufrido su madre. Quizá hasta sintiera que merecía la crueldad con que habían hablado de ella aquellas opulens en la calle.

Pero no era así y tenía que hacer que dejara de pensar de ese modo.

—No puedo —insistió ella.

—Claro que puedes. Y vas a tener que hacerlo porque no quiero perderte de vista ni un segundo.

—Kane...

Estaba suplicándole. En otras circunstancias, quizá teniéndola debajo, habría hecho caso a sus súplicas.

—Sigue protestando y tendré que encontrar otra manera de convencerte... mucho más íntima.

Ella abrió los ojos de par en par.

—No puedes.

—Ponme a prueba, lo estoy deseando —se inclinó sobre ella hasta que prácticamente pudo rozarle la boca con los labios.

Se le tiñeron de rojo las mejillas al tiempo que se volvía a mirar a la dueña de la tienda.

¿Cómo había podido olvidarse de que no estaban solos?

—Donde ella vaya, voy yo —le dijo a Rhoda—. Y no es negociable.

La mujer se dio media vuelta y dijo:

—Por aquí, por favor.

Kane miró a Campanilla.

—Lo hago por tu bien, te lo prometo. No puedo arriesgarme a que alguien te haga daño mientras yo no estoy.

—Estupendo, pero esto va a acabar con mi reputación —murmuró—. Voy a estar peor de lo que ya estoy.

—Lo siento —pero tenía que hacerlo—. Pensaré una manera de arreglarlo.

—¿Antes o después de que los hombres empiecen a verme como algo más que una esclava de sangre?

Golpe directo. Los celos lo invadieron, barriéndolo como un tifón.

—Cualquiera que lo haga, morirá.

—Pero...

—Preciosa, no podemos entretenernos más —la empujó suavemente para obligarla a moverse.

Pasaron a una habitación más pequeña situada en la trastienda, allí había otra muchacha que enseguida les acercó una silla para Kane y un cajón al que debía subirse Campanilla.

Al sentarse, Kane se clavó un alfiler en el trasero y tuvo que morderse los labios para no quejarse.

Campanilla no tardó en quedarse en ropa interior, un

sujetador y unas braguitas de sencillo algodón blanco que le moldeaban el cuerpo ocultando los detalles de su feminidad... pero a la vez tentándolo a buscarlos. No pudo contener la reacción de su cuerpo, una excitación que habría podido ver cualquiera que lo mirara. Campanilla era toda una obra de arte, esbelta y curvilínea. Bronceada y fuerte por culpa del duro trabajo que estaba obligada a hacer día tras día.

Tuvo que agarrarse a la silla para no tocarla.

Era perfectamente capaz de controlarse. Tenía que serlo.

La modista intentó quitarle los guantes, pero Campanilla meneó la cabeza y la señora lo miró a él en busca de ayuda.

—Lo que ella diga —declaró él.

Seguro que era cierto que Campanilla podía decidir a quién le robaba la fuerza y a quién no, pero sería mejor no arriesgarse hasta que él lo comprobara personalmente.

Cosa que haría esa misma noche.

Esa noche le pediría que le pusiese las manos encima. Sobre la piel.

Apretó la silla con tal fuerza que hizo crujir los reposabrazos.

Después de medir a Campanilla, le probaron distintos tejidos para ver cuál le parecía mejor y, una vez decidido, las dos modistas comenzaron la ardua tarea de cortar y coser la tela.

Cuando ya estaban terminando, empezaron a sonarle las tripas a Campanilla.

—¿Tienes hambre? —le preguntó él, dándose cuenta de que debería haberla llevado a comer algo antes de meterla allí. Según la trataban, seguramente tampoco la alimentaran bien.

Desastre se rio encantado.

«No volverá a suceder», pensó Kane.

—Estoy muerta de hambre —reconoció ella, aunque sin atreverse a mirarlo.

—Trae algo de comer —le ordenó Rhoda a su ayudante.

La muchacha volvió pocos minutos después con un carrito cargado de sándwiches, galletas y una jarra de té.

Campanilla parecía atónita.

—¿Para mí? ¿De verdad?

Aquel era el trato que debería recibir cada día y sin embargo la asombraba que alguien la cuidara.

«Debería, debería, debería», Kane empezaba a hartarse de la palabra. De ahora en adelante iba a asegurarse personalmente de cuidar de ella.

Le acercó un sándwich y se quedó observándola mientras comía, deleitándose en el modo en que abría la boca y sonreía al apreciar el sabor de la comida, en cómo masticaba y saboreaba cada bocado.

Era encantadora y sensual sin siquiera pretenderlo. Era suya.

Sintió un escalofrío y debió de moverse o quizá decir algo porque ella lo miró y se quedó boquiabierta. ¿Habría visto la prueba de su deseo?

—Kane —susurró.

En ese momento dejaron de importarle los gritos del demonio. El pasado se desvaneció y solo quedó el presente... el futuro y el placer imparable que iban a compartir. Necesitaba estar dentro de ella. Allí mismo.

Sería una tortura.

Una deliciosa tortura.

Sintió la tensión en el vientre con tanto ímpetu que se puso de pie de un salto.

—Déjennos solos, por favor —ordenó con la voz ronca.

Así, sin preguntas, sin quejas, las dos modistas salieron de la habitación y cerraron la puerta tras de sí.

La tetera comenzó a temblar sobre la bandeja, derramando el té por todas partes.

Pero Campanilla no parecía haberse dado cuenta, estaba demasiado ocupada mirándolo a él.

—¿Ocurre algo?

Kane fue hacia ella en silencio, como un depredador que se acercara a su presa. Estaba harto de resistirse, de recordarse las razones por las que no debía hacerlo. Ya no podía más.

—Kane —volvió a decir ella, con la respiración acelerada y la mirada clavada en sus ojos.

—Dime que me detenga —estaba ya a pocos centímetros de ella, atrapado por su mirada, seguro de que nada podría parar aquella locura.

—Yo... no puedo.

Kane respiró hondo. El olor a detergente había desaparecido y volvía a oler a romero y menta, dulce e inocente. Quizá ella pudiera borrar de una vez el dolor que tenía dentro, o hacerlo desaparecer con su pasión. Podía sentir el calor que desprendía su cuerpo, un calor que quizá pudiera derretir la gélida frialdad que lo había invadido a él.

Quizá pudiera salvarlo.

La vio tragar saliva y humedecerse los labios con la lengua.

—Espera. Creo que tienes razón, debería decirte que te detuvieras. Esto no está bien.

—No, no está bien —admitió él.

«Voy a hacerle daño, te lo prometo».

Kane no hizo caso a las amenazas del demonio y siguió acercándose a ella.

—Para —dijo ella en voz muy baja cuando ya casi la tocaba.

—Demasiado tarde —a menos que...—. ¿Alguna vez has estado con un hombre?

Ella meneó la cabeza lentamente.

Eso debería haber sido el final.

Pero no lo fue.

Debería irse.

Pero no lo hizo.

El sentimiento de posesión lo agarró bruscamente, como si estuviera clavándole unas uñas hasta los huesos. Sabía que sentiría aquellas heridas toda la eternidad y aun así no lo lamentaría. Le pasó los dedos por la barbilla y comprobó por fin que era tan suave y electrizante como había imaginado. Por un momento sintió miedo al notar que se inclinaba hacia él, buscando más contacto, pero enseguida se lo dio al tiempo que le ponía la mano en la nuca para que no volviera a apartarse.

–Sé que no debo hacerte mía –al menos no en ese momento, ni ese lugar–, pero quiero algo de ti. Lo necesito.

La vio estremecerse.

–¿Qué es lo quieres?

Desastre le golpeaba la cabeza con fuerza.

«Le haré daño, mucho daño. La odio».

Kane apretó los dientes.

«¡Cállate! La odias porque sabes que es la única con la que podría tener una relación que no acabara siendo un desastre y eso...».

Ahí tenía la respuesta. El motivo por el que el demonio lo atacaba cada vez que se acercaba a Campanilla. Ella era una bendición, no una condena. Era lógico que el demonio quisiera librarse de ella.

Era la única de la que Kane podría decir «mía», tal y como le había dicho su instinto.

Suya, no del demonio.

Perdió la mirada en aquellos fascinantes ojos y sintió que el corazón le crecía dentro del pecho. Su mano se aferraba a ella como si fuera su salvavidas. No podía soltarla, no quería hacerlo. Quería que fuera suya, aunque fuera solo un poco, pasara lo que pasara después.

–Déjame que te bese, Campanilla.

Ella se pasó la lengua por los labios.

–¿Y Synda?

–Yo no quiero a Synda.

Ya estaba bien de hablar. Se acercó un poco más, sin molestarse en ser delicado o en ir poco a poco, y la besó apasionadamente, metiéndole la lengua en la boca, buscando la suya y dando rienda suelta a todo el deseo que llevaba dentro. Ella se derritió entre sus brazos a pesar de la ferocidad y lo aceptó sin reservas. La dulzura de su boca avivó el fuego que ardía dentro de Kane y lo transformó en algo imparable.

Ella se abrazó a él y se entregó por completo.

Kane no se hizo de rogar.

Su deseo era demasiado intenso, arrollador, aplastante. Innegable. Incontrolable. Todo su cuerpo se llenó de vida mientras le regalaba un beso tras otro.

Aun así, quería darle más que eso. Estaban tan pegados que entre ellos no había ni aire. Su pasión era insaciable, seguramente pedía más de lo que ella estaba dispuesta a darle, pero él seguía pidiéndoselo sin compasión, obligando a su lengua y a su cuerpo a seguirle el ritmo.

Quería unirse a ella en cuerpo y alma.

Bajó la mano por su brazo y de ahí pasó a su cintura y después al muslo. La levantó en brazos y dio varios pasos hasta dejarla con la espalda pegada a la pared. Tiró del vestido casi terminado para dejarle las piernas libres y poder sentir su piel.

La sensación estuvo a punto de matarlo.

Nunca había tenido más motivos para odiar la intimidad y sin embargo nunca la había deseado más.

Cuanto más se besaban, más se frotaba ella contra su cuerpo y más deseaba él acabar con el obstáculo de la ropa. Quería más. Su olor y su sabor le hacían sentir como si por fin hubiera encontrado su hogar. Suyo y de nadie más. Quería dejar su marca en cada centímetro de su cuerpo.

La oyó gemir y susurrar su nombre. Jadeaba con la misma ansiedad que él.

Tenía que hacerla suya. Le arrancaría el vestido y la ropa interior. La tumbaría en el suelo y no se molestaría en desnudarse.

Solo se quitaría los pantalones. La deseaba tanto que no podría perder el tiempo en desnudarse del todo, aunque ansiase el máximo contacto. Ya lo disfrutarían después, cuando hubieran saciado la necesidad más urgente.

Solo quería abrirla de piernas y sumergirse en ella.

«¡No, no!».

Los gritos de Desastre atrajeron su atención.

Se detuvo y se apartó lo justo para tomar aire.

—Kane —susurró ella, acariciándole la espalda.

Manos por todas partes...

De pronto se sintió como un animal enjaulado. En tensión. La dejó en el suelo. Seguramente no sospechaba lo cerca que había estado de perder la virginidad.

Pero el demonio había logrado echarle encima el pasado una vez más, pero en realidad le había hecho un favor.

—Lo siento —dijo Campanilla, pasándose un dedo por los labios—. ¿He hecho algo mal?

No quería explicárselo y tener que enfrentarse a la humillación, pero se lo debía y tenía que hacerlo por mucho que le costase.

—Cuando estaba en el infierno... los demonios me... obligaron a...

Campanilla parpadeó enseguida, pero no lo bastante rápido para ocultar su lástima.

Lástima.

Kane odiaba que le tuviesen lástima.

Era lo que más había temido. Hacer el ridículo.

—Siento mucho lo que tuviste que pasar —le dijo ella—. No le desearía algo así ni a mi peor enemigo.

Asintió para que supiera que la había oído, pero no dijo nada más.

—Pero... no podemos volver a hacerlo —siguió diciendo ella, temblorosa—. Quieras o no a Synda, eres su prometido y yo no quiero ser la otra. Jamás. Con nadie, ni siquiera contigo.

—Tienes razón —pero no por el compromiso, sino porque no tenía nada que ofrecerle. Siempre lo había sabido y ahora acababa de comprobarlo.

Odiaba que las cosas fueran así. Odiaba su propia debilidad, una debilidad que negaría hasta su último aliento.

—En serio, tenemos que... Tengo razón, ¿verdad? —meneó la cabeza como para quitarse alguna idea de la mente—. Olvídalo. Yo solo quiero besar al hombre que sea mío y tú no lo eres, así que...

—Tienes razón. No lo soy.

—Además, yo no quiero un hombre —añadió, sonrojada—. Porque haríamos... ya sabes, y tendría hijos y el rey querría usarlos como me usa a mí, y yo jamás permitiría que mis hijos pasasen por eso.

—Puede que sea un guerrero cruel, pero comprendo lo que dices —y le parecía admirable que fuera así.

Le habían robado hasta el más mínimo destello de esperanza, igual que le habían hecho a él. No concebía la idea de ser feliz o de sentirse segura.

Cada día le rompía el corazón un poco más.

Desastre dejó de gritar y empezó a aullar. El suelo empezó a resquebrajarse y el edificio entero comenzó a temblar. Kane se apartó de Campanilla y de la tentación que suponía para él.

—¿Qué pasa? —le preguntó ella, mirando a su alrededor—. Eres tú, ¿verdad?

Podría haberle mentido. Deseaba hacerlo, pero no lo hizo.

—Sí, soy yo.

—¿El demonio?

—Sí.

—Entonces no eres tú —matizó.

A Kane le sorprendió que distinguiera entre él y el demonio que llevaba dentro.

—No —reconoció.

—¿Y solo puede hacer eso? —Campanilla se echó a reír con una maravillosa dulzura—. Qué decepción.

Desastre se retorcía dentro de su cabeza y Kane sonrió también. Aquella mujer temía los castigos que podía infligirle su familia y sin embargo se atrevía a reírse de un demonio.

El deseo volvió a despertarse en su interior.

–Será mejor que dejemos que las modistas terminen el vestido y así podremos volver al bar –decidió, apartándose de ella–. Tengo una pelea pendiente.

–Sigo sin estar de acuerdo.

–Tarde o temprano tendrá que ocurrir. Esos tres quieren impedir que salga con su hermana.

El sentido del humor desapareció bruscamente del rostro de Campanilla.

–De acuerdo, entonces. Peléate para que puedas salir con quien quieras.

Capítulo 14

El nuevo uniforme de Josephina era perfecto, la tela era suave como una caricia en lugar de arañarla como el de antes. Le encantaba. Pero no sabía qué pensar del hombre que se lo había regalado.

Era frío, pero amable.

Cruel, pero dulce.

Si no tenía cuidado, acabaría enamorada de él... y con el corazón roto. No podía confiar en él. La había besado, pero no tenía intención alguna de romper su compromiso con Synda. La había besado, pero estaba pensando en salir con otra, con la rubia de la taberna.

¿Cuántas mujeres tenía en la lista?

Demasiadas, obviamente.

Y Josephina había estado a punto de convertirse en una de ellas.

«Voy a tener que levantar un muro de hielo para protegerme de él».

Había esperado que su primera experiencia con la pasión fuera algo tierno... si alguna vez era lo bastante débil como para sucumbir a los encantos de un hombre. Había esperado un juego titubeante y tranquilo, pero lo que había encontrado había sido un ardor inaguantable, un deseo que había convertido su cuerpo en algo salvaje, descontrolado. Pero tan emocionante.

Kane había hecho suya su boca, la había reclamado y había exigido una respuesta que ella había sido incapaz de negarle, incapaz de contener, porque no quería contenerse. Su boca le había sabido a whisky, aunque no le había visto beberlo, y había sido embriagador. Había sentido sus manos en el pelo... en los brazos... en la cintura, la había acariciado y apretado, dejando a su paso un rastro de necesidad.

Josephina se había sentido viva por primera vez en toda su vida. Había tenido algo que esperar, algo que compensaba las miserias que sufría. Pero entonces él se había retirado como si hubiera sentido asco y ella había tenido ganas de echarse a llorar.

Había sido un alivio saber que el asco que había percibido en él no tenía nada que ver con ella, pero también le había dado ganas de llorar. Kane estaba traumatizado por lo que había sufrido en el infierno y por eso necesitaba ir despacio, necesitaba comprender lo que sentía su cuerpo. Pero con ella no quería seguir yendo despacio, así que estupendo, que lo hiciera con las otras dos.

Josephina respiró hondo y siguió caminando al mismo paso que él. Se detuvo a la puerta de la taberna y la miró de frente.

—Los fae pueden hacer como si fueran mejores que tú, pero lo único que están haciendo es fingir. No hay nadie mejor que tú.

No esperó a que ella respondiera, se dio media vuelta y entró al local.

Josephina se quedó allí tambaleándose unos segundos antes de ir tras él. ¿Qué había sido eso? ¿De verdad acababa de alabarla después de no haber querido estar con ella? Estaba claro que había entendido algo mal.

—Quizá deberías olvidarte de la pelea para que pudiéramos hablar de lo que hemos... —«madre del amor hermoso». Allí estaba Synda bailando encima de una mesa en ropa interior y agitando su vestido por los aires. Los hombres que querían dejar a Kane en un charco de sangre estaban alrededor de ella, aplaudiéndola y animándola.

Al menos los demás clientes se habían marchado, por lo que no había más testigos del comportamiento de la princesa. Pero Josephina sería castigada por lo que estaba haciendo Synda. Los actos lascivos eran aplaudidos e incluso recompensados entre los opulens, pero aquello era un bar común y aquellos hombres eran... ni siquiera sabía muy bien lo que eran.

La rubia, con la que se suponía que Kane no debía salir, estaba sentada en un rincón al fondo del local, comiendo uvas, al margen del caos que la rodeaba.

Josephina sintió una automática antipatía hacia ella.

–Caballeros –dijo Kane con voz tranquila.

Los cuatro hombres se volvieron a mirarlo. Tres de ellos dejaron de sonreír. El otro, William, sonrió aún más.

Se hizo un silencio hasta que Synda lo vio también y protestó.

–¿Ya se ha acabado la diversión? –preguntó con un mohín.

El sonriente guerrero se acercó a ellos. Tenía el cabello oscuro y los ojos tan azules como los de los fae, aunque era evidente que no era fae. Su presencia transmitía un poder que no se parecía a ningún otro. Era el guerrero más fuerte que había visto. Seguramente si lo tocara, su energía la haría entrar en combustión.

–Has vuelto –le dijo William a Kane.

Kane asintió.

–Y aquí está Campanilla –el guerrero le tendió la mano con la intención de agarrarle la suya y quizá llevársela a los labios.

Kane le apartó el brazo con una fuerza que habría bastado para romperle algún hueso.

–No la toques –le advirtió y su voz retumbó en las paredes.

–Llevo los guantes puestos –aclaró ella–. No le habría hecho daño.

–No es él el que me preocupa.

¿Entonces era ella?

–Estás dispuesto a compartir a tu prometida, pero no a su sirvienta –dedujo el otro con buen humor–. Tiene mucha lógica –después se dirigió a los otros–. Haced espacio. La batalla va a comenzar.

Los hombres obedecieron de inmediato. Enseguida retiraron mesas y sillas para dejar un espacio bastante amplio. Después acompañaron a Synda hasta el lugar donde estaba la rubia que comía uvas. El hombre de pelo corto miró a Kane y se chascó los nudillos, mientras que el calvo movía la cabeza de un lado a otro para estirar el cuello y la espalda y el de cabello oscuro sacaba dos cuchillos.

Josephina, temblando ya, agarró con fuerza la falda del vestido nuevo.

–Primera norma de «Dale una lección a Kane»: nadie hablara de esto –explicó William después de colocarse frente a los que iban a pelear–. Segunda norma: si alguien se rinde, los demás siguen luchando. Tercera norma: no hay normas. ¿De acuerdo?

Kane carraspeó para que William le prestara atención.

–¿Puedo matarlos, o prefieres que sigan con vida?

El guerrero inclinó la cabeza a un lado, como si de verdad estuviera planteándose cuál de las dos cosas prefería.

–Quiero que vivan –respondió por fin–. Pero no pasaría nada si los dejaras al borde de la muerte.

Josephina no comprendía nada. ¿De parte de quién estaba?

Los tres hombres también estaban confundidos y empezaron a maldecir a Kane.

El guerrero se encogió de hombros sin culpa alguna.

–Los quiero y los odio –le explicó a Kane–. Son una alegría y una tortura. Nunca sé si quiero abrazarlos o estrangularlos. Ahora mismo necesitan que alguien les enseñe a comportarse y creo que eres la persona indicada para hacerlo.

Kane llevó a Josephina a la mesa donde esperaban Synda y la rubia.

—Blanca —le dijo a la rubia en tono de advertencia—. Lo que le he dicho a tu padre también sirve para ti. No la toques.

—Kane —dijo la mujer—. ¿Qué tienes tú que ver con esta chica?

Josephina sintió un escalofrío mientras aguardaba a oír la respuesta.

—No es asunto tuyo —respondió—. No se te ocurra tocarla o sufrirás las consecuencias.

La mujer se encogió de hombros.

—Está bien. El problema lo tengo contigo, no con ella —se pasó una uva por los labios antes de extraerle el jugo lentamente—. No voy a permitir que los hados dicten mi futuro y, si para ello tengo que librarme de ti, me parece bien.

Los hados eran las Moiras. Tres mujeres con un caso grave y eterno de verborragia. Josephina odiaba a aquellas tres brujas porque por su culpa ella había ayudado a destruir a su madre.

¿Y creían que Kane y esa tal Blanca iban a acabar juntos?

Josephina apretó los dientes. «No diré nada».

«No necesito hablar para pegar».

—Eres muy amable, Blanca —le dijo Kane en tono sarcástico.

Entonces miró a Josephina, se inclinó sobre ella y apoyó las manos en los reposabrazos de la silla en la que se había sentado, atrapándola y rodeándola.

—No te muevas de aquí, ¿de acuerdo?

Josephina levantó bien la cara y lo miró.

—¿Por qué habría de hacer lo que tú me digas? Esa actitud tuya tan cambiante no me afecta lo más mínimo.

Kane le frotó la nariz contra la suya.

—Claro que te afecta, pero respeto que luches contra ello.

—Querido Kane —lo llamó William mientras Josephina intentaba no estremecerse—. Los minutos pasan.

Pero Kane no se movió de donde estaba.

—Tienes razón, tenemos que hablar y aclarar algunas cosas.

Josephina asintió al tiempo que intentaba tragar el nudo que tenía en la garganta y de pronto se oyó decir:

—Ten cuidado, ¿de acuerdo?

—Claro —bajó la mirada hasta sus labios antes de añadir—: Ahora tengo algo que me hace ilusión.

Kane se incorporó, privándola de la sensualidad y el consuelo de su proximidad.

¿Qué era lo que le hacía ilusión? ¿La conversación? ¿O, como había dado a entender con esa última mirada, volver a besarla?

—¿Y yo? —protestó Synda—. ¿Qué tengo que hacer yo?

Él le lanzó una mirada de impaciencia.

—Tienes que portarte bien por primera vez en tu vida. Puede que después de la pelea le haga un favor al mundo, te tumbe encima de mis rodillas y te devuelva el buen juicio a base de azotes. Ya veremos.

Los ojos de la princesa se tiñeron de rojo y se endureció la expresión de su rostro.

—Vuelve a decir algo así y te cortaré la lengua mientras duermas.

Kane se acercó a ella y le dio unas palmaditas en la cabeza.

—Supongo que me darías miedo si fueras capaz de cumplir con tu palabra.

De pronto se oyó algo rugir en el pecho de Synda y de su boca salió un sonido más animal que fae. Josephina ya lo había presenciado otra vez, después de que la princesa prendiera fuego a la mesa.

—¡Kane! —insistió William—. Estaría bien que empezáramos antes de mañana.

Josephina levantó una mano para atraer su atención.

—¡Espera! No desprecies mi ayuda tan rápido. Yo podría... ya sabes.

—No —respondió él de inmediato—. De eso nada.

—Pero...

Volvió de nuevo frente a ella y esa vez no le habló con tanta amabilidad.

—No sigas. No pienso ponerte en peligro intencionadamente, ni ahora ni nunca. Además, no sé con qué podrías acabar.

Se refería a los poderes de aquellos tres.

—Sea lo sea, sería temporal —y esos hombres podrían hacer lo que Kane se había negado a hacer, matarla.

Por fin podría morir. No tendría que volver a enfrentarse a su padre, a la reina o a sus hermanos. No habría más latigazos, ni encierros, ni castigos de ningún tipo. Pero...

«No quiero morir».

El descubrimiento la dejó asombrada. Después de saber lo que se sentía cuando Kane la besaba, solo quería volver a experimentarlo. Quería volver a sentir sus manos, sus caricias... por todas partes. Y su voz susurrándole al oído todo lo que iba a hacerle. Y quería que lo cumpliese. Quería...

Todo lo que él pudiera darle.

—Quiero que estés a salvo —le dijo—. Cueste lo que cueste.

Se estaba derritiendo.

Se apartó de ella y miró a sus contendientes.

—¿Todo el mundo tiene claro las reglas?

—Desde hace horas —respondió el rubio.

—Desde luego —intervino el moreno—. No deberías haber salido del infierno, allí tu vida... y tu muerte habrían sido más fáciles.

El calvo asintió.

—Estoy deseando demostraros lo equivocados que estáis —afirmó Kane con una fría risilla.

—Ding, ding —dijo William.

Y ese sonido dio comienzo a la lucha. Los cuatro se convirtieron en una maraña de puños, piernas y armas.

—¡Vamos, Kane! —animó Synda como si no hubiera estado a punto de golpearlo hacía solo unos segundos.

Blanca le mostró los dientes a la princesa.

—Deberías animar a mis hermanos. Acabas de tener sexo con dos de ellos en el baño.

—No ha sido nada importante.

Josephina cerró los ojos, consciente de que sufriría el castigo correspondiente a semejante infracción. Pero podría soportarlo. En aquel momento lo más importante era Kane, que por cierto acababa de desaparecer de su vista, envuelto en una nube negra que los engulló a los cuatro. Se llevó la mano a la boca para contener un grito de horror. El aire se llenó de gritos, gruñidos y sonidos de metal. A ella se le heló la sangre en las venas. ¿Qué estaba pasando?

Se puso en pie y dio un paso adelante.

—Yo que tú no lo haría —le advirtió William al tiempo que se llevaba a la boca una uva.

—¿El qué? —preguntó Josephina, con la voz tan temblorosa como las piernas.

—Lo que sea que ibas a hacer. Los chicos atacaran a cualquiera que entre en su campo de fuerza y Kane los castigará por ello. Puede que no sobrevivan y, como ya le he explicado a Kane, una parte de mí quiere que sigan con vida.

—Deja que se una a la pelea —le pidió Blanca—. Así morirá y me dejará el campo libre.

—No tendrías el campo libre aunque fueras la última mujer que quedara en el mundo —espetó Josephina.

—Pensé que querías ver muerto a Kane —dijo William.

—Así era, pero si es el hombre destinado para mí, no debería desear a ninguna otra mujer.

—Dijiste que te daba igual el destino —le recordó el guerrero.

Josephina no oyó la respuesta de Blanca, ni tampoco le

interesaba. Estaba muy ocupada yendo hacia la pelea porque, aunque Kane no quisiese reconocerlo, la necesitaba. Podría hacer frente a aquellos hombres él solo, pero no podría con la nube.

Al llegar a la oscuridad, se quitó los guantes y estiró los brazos. Sintió una especie de rayo que caía cerca de ella y se quedó paralizada y asustada por un momento, pero enseguida volvió a ponerse en movimiento. Fue entonces cuando se disipó la nube y se dio cuenta de que estaba en medio de la batalla. Había sangre en el suelo y los enemigos de Kane... se habían transformado en monstruos.

Uno tenía cuernos, o lo que quedaba de ellos porque se los habían cortado y la base sangraba con profusión.

Otro tenía alas, o algo parecido porque estaban deformadas y sangrando.

Otro tenía escamas, o algo que debía de haber sido escamas, pero que le habían arrancado y ahora sangraban.

Los tres tenían garras y fauces.

Kane empuñaba dos cuchillos que movía con absoluta precisión y se contorsionaba y saltaba para esquivar los ataques de los adversarios. Iba ganando, a pesar de la nube y de la profunda grieta que se había abierto bajo sus pies.

Parecía que el demonio también estaba atacándolo otra vez. ¿Por qué? ¿Acaso quería que perdiera?

Claro, la derrota sería un desastre.

Menos mal que Kane sabía lo que estaba haciendo.

Josephina dio un paso atrás, aliviada.

Pero él debió de sentir su presencia porque la miró de lejos. Abrió los ojos de par en par y soltó un bramido. Abandonó el ataque para ir hacia ella. Craso error. Uno de los monstruos le asestó un golpe en la mandíbula, le clavó las garras y le desgarró la piel. Ahora era él el que sangraba.

Josephina no se paró a pensar, simplemente se abalanzó sobre el monstruo que tenía más cerca, que se derrumbó gritando en cuanto lo tocó. De pronto la invadió una fuerza impresionante, más de la que había sentido nunca su cuerpo. Aun así se dirigió al segundo monstruo, y luego al tercero.

Pero después de la fuerza llegó la oscuridad, una oscuridad horrible. Peor que la que le había transmitido Kane. Y luego silencio. Se tropezó con algo. ¿Qué estaba pasando? Estaba cayendo más y más. «¡No, no, no! Estoy otra vez en lo Interminable».

Sintió un dolor indescriptible en la cabeza justo antes de que la engullera la oscuridad.

Capítulo 15

Torin, guardián del demonio de la Enfermedad, iba de un lado a otro de la habitación donde había visto a Cameo por última vez. Hacía ya varios días que había desaparecido, dejando atrás todos los artefactos, pero Torin no podía dejar de pensar en lo ocurrido. Cameo había clavado la mirada en los ojos de Maddox, había alargado una mano y luego había desaparecido sin dejar rastro. ¿Dónde estaba? ¿Qué había pasado?

Los demás guerreros habían estado allí, registrando la habitación antes de salir en busca de alguien que pudiera saber cómo salvar a la mujer a la que Torin amaba con todo su corazón. No como amante, aunque lo habían intentado una vez, sino como amiga, su mejor amiga.

Si por sus amigos estaba dispuesto a morir, por su mejor amiga era capaz de matar.

Pero estaba allí atrapado, sin poder hacer otra cosa que esperar. Había estado mirando en Internet, pero allí no estaba la información que necesitaba. O, si estaba, aún no la había encontrado.

No podía salir de la fortaleza porque no podía arriesgarse a tocar a nadie. Si su piel se rozaba con la de otro inmortal, dicho inmortal tendría que cargar con su maldición; contagiaría la enfermedad a todo aquel que tocara. Si su piel rozaba la de un humano, ese humano enfermaría y moriría, no sin antes contagiar la enfermedad a otros. Así se propagaría la epidemia. Otra vez.

Sí, una vez había deseado a una mujer que no podía tener. La había salvado de las garras de su enemigo, que había descubierto lo importante que era para él. Después se había quitado los guantes y la había tocado, dejándose llevar por la desesperación. Había sentido su piel, su calor. Había llegado a creer que ella era una excepción, que el deseo que sentía por ella era tan fuerte como para superar cualquier obstáculo.

Ella había cerrado los ojos, en sus labios se había dibujado una sonrisa y él había quedado abrumado por el placer. Pero después había caído enferma y también habían enfermado su familia y sus amigos. Habían muerto todos, además de muchos otros.

Y ahora que Cameo lo necesitaba... No podía hacer nada. Era un auténtico fracaso. Había llegado a tiempo para salvarla, pero no había podido hacerlo. La frustración y la ira lo quemaban por dentro y le envenenaban aún más la sangre.

Se detuvo frente a la Jaula de la Coacción. Dentro se encontraban otros artefactos, en el mismo sitio en el que habían caído cuando había desaparecido Cameo. La Vara estaba apoyada fuera de la jaula. Si hacía lo mismo que había hecho Cameo, ¿llegaría al mismo sitio que ella? ¿Donde estaba Viola?

Era posible.

«Merece la pena arriesgarse», pensó.

Dio un paso adelante y estiró el brazo.

—¡Oye! ¿Qué crees que estás haciendo? —dijo una voz a su espalda.

—¿Tú qué crees que estoy haciendo?

Allí estaba Anya, encarnación de la Anarquía y novia del guardián de la Muerte, apoyada en el marco de la puerta con los brazos cruzados sobre el pecho. Era alta y rubia, una de las mujeres más guapas que habían existido, pero también era una de las más problemáticas, pues prefería el caos a la calma. Ese día llevaba puesto un ajustadísimo vestido azul que parecía... un momento, no, realmente lo llevaba pintado.

Por todos los demonios.

—La pregunta es, ¿vas a decírselo a Lucien?

—Esta mañana antes de irse a llevar unas almas al más allá no me ha dado un beso, ni me ha dicho que me amaba, así que no le dirijo la palabra.

Y Lucien estaría encantado con ello, pero Torin jamás diría algo así en voz alta.

—¿Has cambiado de estilo? –le preguntó, cambiando de tema.

—Es una forma nueva de torturar a Lucien, verás como no vuelve a irse sin darme un beso.

—Probablemente pensó que le pedirías algo más que un beso y no tenía tiempo para dártelo.

—Siempre hay tiempo para eso.

Sintió ganas de sonreír, cosa que le sorprendió enormemente. Pero ese era el efecto que tenía Anya en la gente.

—¿Quieres intentar convencerme de que no lo haga? –le preguntó Torin sin rodeos.

—No. Quiero que vuelva Cameo tanto como tú. Si mueres, me pido tu habitación. Estoy pensando hacerme con una mascota que se coma al demonio de Viola, además mi hija necesita un sitio para ella sola.

—Toda tuya.

Anya asintió, como si no esperara menos.

—Quiero que sepas que siempre me ha gustado mucho mirarte y que voy a echar de menos esa cara tan sexy.

La sonrisa volvió a aparecer en el rostro de Torin con todo su esplendor.

—A mí también me gusta mirarte.

Anya le tiró un beso.

Como llevaba dentro la Llave que Todo lo Abre, Torin podía abrir cualquier cosa con solo tocarla, incluida la jaula. Entró en ella y la puerta se cerró tras de sí.

—Creo que es el momento adecuado para confesar que soy la propietaria de la caja —anunció Anya—. Me la dio Cronos. Así que podría ordenarte que te desnudaras y no tendrías más remedio que obedecerme.

Torin no le prestó atención, estaba ocupado observando el cuadro. Un despacho. Una urna de cristal. Varios objetos, uno de los cuales era una caja hecha con huesos. ¿Sería la caja de Pandora? Quizá. ¿Por qué no se habría fijado antes en ella? Se echó la capa sobre los hombros, como le había visto hacer a Cameo, luego se quitó el guante, alargó la mano y agarró la Vara. Pero...

No ocurrió nada.

—Vaya, qué decepción —dijo Anya—. Hasta luego, Enfermedad.

De nuevo solo en la habitación, Torin lanzó unas cuantas maldiciones.

—¿Es que no quieres mi enfermedad? —le gritó a la Vara—. ¿Es eso? ¿Puedes elegir a quién aceptas y a quién no?

Tiró el objeto al suelo, salió de la jaula y se marchó por donde se había ido Anya.

Cameo se sentía como si estuviera atrapada en una lavadora, zarandeada y girando de un lado a otro sin parar. ¿Cuántos días, meses o años habían pasado desde que se había metido en la Jaula de la Coacción y había tocado la Vara Cortadora? No estaba segura. El tiempo había dejado de existir.

—¡Viola! —gritó.

Chocó con algo sólido... algo que protestó y maldijo. No podía ser Viola. ¿Había alguien que no era la diosa en aquel agujero oscuro?

Sintió algo en la cintura que tiró de ella hasta chocar de nuevo con un hombre... sí. Debía de medir por lo menos dos metros y medio y era ancho como un edificio. La envolvió con su calor y con su aroma a sándalo y a humo... e incluso hizo que dejara de girar.

–¿Quién eres? –le preguntó con una voz profunda.

–Cameo –consiguió responder. Habría deseado poder verlo, pero al mismo tiempo se alegraba de no hacerlo porque entonces tampoco él podía verla a ella y no podía darse cuenta de que estaba a punto de vomitar. Le dolía el estómago–. ¿Y tú?

–Lazarus.

Sintió el calor de su respiración en la cabeza.

–¿Dónde?

Él supo de inmediato a qué se refería.

–En la Vara Cortadora. Estamos atrapados en su interior. Te has precipitado por ella y tiran de ti desde algún lugar –hablaba con esfuerzo, como si necesitase todas sus energías para sujetarla–. Estoy tratando de retenerte y, créeme, soy muy fuerte, pero lo que sea que tira de ti te reclama desesperadamente porque está consiguiendo arrastrarme a mí también.

–Entonces suéltame –o lo que era lo mismo, «sálvate tú».

–No. Si vas a salir de aquí, soy capaz de matar a mi propia familia para poder ir contigo.

–Podría ser peligroso –respondió ella. «Respira. Solo tienes que respirar».

–Hay cientos de personas atrapadas aquí dentro y nadie ha conseguido escapar nunca. Si cabe la posibilidad de que sea eso lo que te está pasando, tengo que correr el riesgo.

No. Todavía no. Aún no había podido buscar a Viola.

–No puedo irme sin una rubia bajita enamorada de sí misma.

–Lo siento, pero me temo que no puedes elegir.

–Pero...

La apretó más fuerte, hasta aplastarle los pulmones.

–Necesito... aire.

–No soy yo –dijo él con la misma dificultad con la que había hablado ella–. Son las paredes... se están acercando.

De pronto desapareció la presión y Cameo chocó contra algo, quizá era el suelo. Sí, era un suelo, pensó al palpar lo que tenía alrededor. Era sólido y frío.

–¿Habremos llegado al fondo? –preguntó jadeando. Eso significaría que ahora ella era del tamaño de un dedal y eso no le gustaba nada.

Lazarus la soltó y se apartó de ella.

–He estado en todos los rincones de la Vara y nunca había estado aquí. Creo que hemos conseguido escapar –añadió con entusiasmo.

Quizá Viola hubiera podido escapar también, pensó Cameo con la misma alegría.

Se puso de rodillas mientras parpadeaba para adaptar la vista, pero al cambiar de postura aumentaron las ganas de vomitar. El mareo se hizo insoportable y... sí, echó todo lo que llevaba en el estómago en los zapatos de Lazarus.

–Estupendo –le oyó decir.

Al menos no le había pegado un golpe.

–Necesito que te apartes inmediatamente –le dijo él–. Quiero quitarme los zapatos.

«Toma aire. Muy bien. Ahora suéltalo».

Tardó varios minutos en poder levantar la cabeza lo suficiente para ver lo que había a su alrededor. Era un despacho. El mismo que aparecía en el cuadro. Había una mesa llena de papeles amontonados. Había una urna con varios objetos. Y ahí estaba la caja de Pandora.

Muy cerca de ella.

Por el momento se olvidó de Viola. Se puso en pie y se limpió la boca con la mano.

–¿Cómo hemos acabado aquí? –dio un paso adelante sin saber en realidad dónde estaban exactamente.

Lazarus tiró los zapatos lo más lejos que pudo. Se acercó a ella y la agarró del brazo con tanta fuerza que a Cameo no le quedó más remedio que volverse a mirarlo. Y se quedó boquiabierta. No era tan alto como lo había imaginado, pero seguía siendo enorme. Tenía más músculo de lo que había conseguido nunca el más fuerte de sus amigos. Pero lo que realmente atrajo la atención de Cameo fue su rostro.

Era guapísimo. No necesitaba hablar para despertar el interés de cualquier mujer, solo tenía que mirarla. Tenía el cabello negro y unos ojos negros e insondables. La nariz orgullosa y la mandíbula cuadrada. Los labios del color del rubí, el contraste perfecto con una piel deliciosamente bronceada.

—¿Estás bien? —le preguntó él.

—Sí —«eres un guerrero, compórtate como tal». La única razón por la que consiguió apartarse fue que él se lo permitió—. Yo te conozco.

Strider estaba saliendo, o algo así, con Kaia y había decapitado a Lazarus para protegerla. Él era pareja de otra arpía aún más molesta que Kaia que estaba desesperada por vengar su muerte.

—¿Cómo es posible que estés vivo? —le preguntó Cameo.

—Acabaron con mi cuerpo, pero no con mi espíritu. Llevo todo este tiempo atrapado en la Vara.

¿Realmente habrían conseguido salir?

—Pero, si acabaron con tu cuerpo, ¿cómo he podido tocarlo?

—Porque tu cuerpo también ha sido destruido al entrar a la Vara.

—No.

—No te preocupes. Puedo conseguirnos cuerpos nuevos en cuanto llegue a casa.

No iba a perder los nervios. Iba a creer lo que él decía porque no le gustaba nada la otra alternativa.

—¿Vas armada?

Cameo no lo recordaba. Buscó en su propio cuerpo, pero no encontró nada. Se quedó callada, negándose a admitirlo y por fin levantó bien la cabeza.

—¿Es que quieres que luchemos? Antes de que respondas deberías saber que carezco de toda clase de sentimiento y que puedo hacerte cosas que no le desearías ni a tu peor enemigo.

–Quiero luchar, pero no contigo, aunque ahora tengo cierta curiosidad por saber qué eres capaz de hacer. Con quien quiero luchar es con él –dijo mirando a algo que había detrás de ella–. Tendremos que unir nuestras fuerzas para derrotarlo. Soy muy buen luchador, probablemente el guerrero más fuerte que hayas tenido el placer de conocer, pero da la casualidad de que estamos frente al único ser que podría ser capaz de vencerme.

¿El tipo delgaducho de ojos rojos al que había visto después de echarse la Capa sobre la cabeza y mirar al cuadro? ¿Ese había podido vencer a Lazarus? Debía de tener poderes que el cuadro no había reflejado. El miedo se apoderó de ella mientras se giraba, pero... no vio nada.

–¿Está aquí? –preguntó–. ¿Quién es?

–¿No lo ves?

Cameo se humedeció los labios, una vez más no quería admitir sus carencias.

–Él decide quién puede verlo y quién no. Ha debido decidir que no merece la pena jugar contigo –Lazarus resopló con furia–. Así que supongo que tendré que hacerlo solo.

Capítulo 16

Desastre soltó una carcajada de diabólica alegría. Se reía más de lo que se había reído mientras violaban, golpeaban y humillaban a Kane. Y todo porque Campanilla estaba en el suelo, retorciéndose y gritando de dolor, como solo había visto hacer en el campo de batalla después de derrotar al único enemigo que quedaba en pie.

Rojo se apartó de ella al tiempo que sus cuernos disminuían hasta desaparecer por completo.

–¿Qué me ha pasado? Estoy muy débil y sin embargo...

Negro cayó arrodillado, sus alas se cerraron y desaparecieron.

–Y sin embargo me siento en paz.

Verde estaba paralizado, con los ojos abiertos de par en par mientras se le caían las escamas de la piel.

La bruma que los había envuelto se abrió en dos como un velo rasgado y de pronto Kane pudo ver a William, Synda y a Blanca, que se pusieron en pie de un salto al ver el resultado de la batalla.

–Le dije que no lo hiciera –se excusó William, levantando las manos en un gesto de inocencia.

–¿Podemos irnos ya? –preguntó Synda mirándose las uñas–. Estoy harta de esperar.

Blanca asintió con satisfacción... hasta que vio el estado

en el que habían quedado sus hermanos. Entonces miró a Campanilla con la ira reflejada en los ojos.

—¿Qué ha hecho?

Sin hacer caso a nadie, Kane fue corriendo hasta Campanilla y la levantó en sus brazos. Apenas notaba el peso de su cuerpo, pero sí sentía su aroma, dulce y fuerte, un maravilloso olor que conocía bien y que lo reconfortó. La tenía cerca e iba a ponerse bien. Él se aseguraría de que se pusiera bien.

—Les ha quitado sus poderes, eso es lo que hace —su secreto ya no era un secreto. Necesitaba respuestas—. ¿Qué es lo que les ha quitado a esos tres? —le preguntó a William—. Ellos no están poseídos por demonios.

Hubo una larga pausa.

—No, pero ya sabes que llevan dentro la esencia de la guerra, del hambre y de la muerte. Seguramente ahora ella tenga las tres cosas dentro.

Kane sintió el corazón golpeándole las costillas.

—Lleva a la princesa al palacio —salió del bar sin esperar a que William respondiera.

El sol estaba ya muy bajo, lo que hacía que el ambiente resultara sobrecogedor. ¿Cuánto tiempo habrían estado luchando? El carruaje de la princesa no estaba allí; seguramente estaría dando vueltas para que nadie supiera dónde estaba la princesa, ni qué estaba haciendo. Kane no pensó siquiera en la posibilidad de buscarlo.

La calle estaba plagada de gente y todos, hombres y mujeres, lo miraban e intentaban tocarlo.

—Vente conmigo —le dijo una mujer.

—¡Señor Kane, quiero tener un hijo tuyo! —le gritó otra.

Se abrió paso entre la multitud. Tenía que llevar a Campanilla al palacio cuanto antes. Tenía que llamar al mejor médico del reino y no iba lo bastante rápido. Miró a su alrededor. Vio un carruaje al final de la calle que avanzaba lentamente, pero sin obstáculos. Aceleró el paso hasta que por fin alcanzó al coche de caballos y se subió de un salto.

Dentro había dos mujeres que gritaron al verlo aparecer. Las dos llevaban la misma clase de vestidos recargados que usaba Synda, así que sin duda eran de la clase alta.

–Pueden cuidar de ella mientras yo me hago con las riendas o bajarse del coche –les dijo señalando a Campanilla–. Pero deben saber que si le hacen el menor daño, las mataré.

–¡Es usted el Señor Kane! –dijo una de ellas–. Estaba deseando conocerlo.

–Prométame que vendrá esta noche a mi fiesta –le suplicó la otra.

No parecían dispuestas a cooperar. Muy bien. Kane agarró a la que tenía más cerca y la «ayudó» a bajar del carruaje. Rodó por el suelo, gritando de dolor y de furia.

Al volverse hacia la otra, la mujer le tiró un beso y saltó del coche.

Después de echar un vistazo a Campanilla y comprobar que seguía igual, se subió al techo del vehículo para después bajar hasta el asiento del conductor. Lo primero que sintió fue el olor a sudor y a caballo.

El conductor se sobresaltó al percatarse de su presencia e intentó echar mano de un arma, pero Kane lo tiró de una patada y se hizo con las riendas. Bastaron dos golpes de fusta para que los caballos echaran a galopar. Decidió que se iría de allí en cuanto Campanilla se pusiese bien. Ella tenía razón; no podía ayudarla. De no ser por él, ahora no estaría como estaba.

Lo único que había hecho había sido empeorar las cosas.

Volvería a buscarla en cuanto se hubiese encargado de Desastre.

Sabía que en su ausencia podría aparecer un hombre que se enamorara de ella. Un hombre digno de ella que la tratase bien. Ese hombre movería cielo y tierra para salvarla. Se enfrentaría a su familia y después la cortejaría, sin duda. La mimaría y la emocionaría. Se la llevaría a otro lugar más seguro, lejos de allí. Se casarían, harían el amor y tendrían los hijos que ahora ella no podía tener por culpa del miedo. Por fin sería feliz. Maravillosamente feliz.

«Y después yo mataré a ese hombre por haberse atrevido a quedarse con lo que me pertenece».

De pronto los caballos se detuvieron y se pusieron a dos patas, relinchando.

Kane tardó unos segundos en ver a la causante de tanto sobresalto. Era la rubia del bosque, Petra, que se encontraba en medio del camino con las manos en las caderas.

–Me disparaste y te aseguró que me vengaré –anunció–. Pero ahora solo quiero a la chica.

«Ponte a la cola».

–Es una lástima porque es mía.

En sus ojos aparecieron diminutas llamas de fuego.

–¿Por qué no negociamos? Si me la das ahora mismo, la haré mi esclava y estaremos en paz. Te la devolveré dentro de unos mil años. ¿Qué te parece?

Kane prefería morir antes de permitir algo así.

–Ya te herí una vez, no me obligues a volver a hacerlo.

Petra soltó una sonora carcajada.

–Estoy deseando verte intentarlo, guerrero. No me pillarás por sorpresa dos veces.

«Mía», dijo Desastre.

Kane sacudió las riendas para hacer andar a los caballos. La fénix tuvo que pegar un salto para que no le pasaran por encima, pero en el último momento intentó agarrarse a la rueda de atrás para subirse al carro. Se levantó una nube de polvo que seguramente la dejó sin aire.

Qué tonta. ¿Qué pensaba que iba a...?

La nube era ahora de humo. Kane se puso a toser y, al mirar atrás, comprobó que la fénix había caído al suelo, pero había prendido fuego a una de las ruedas. Rápidamente sacó uno de los cuchillos que llevaba y cortó las riendas de los caballos. El carruaje ya empezaba a inclinarse, Kane bajó hasta la puerta y consiguió entrar cuando todo se vino abajo.

El impacto contra el suelo fue brutal. Por suerte había tenido tiempo de agarrar a Campanilla para amortiguar el golpe. Cuando todo se hubo parado y el humo apenas dejaba ver nada, se dio cuenta de que Campanilla estaba muy quieta. Demasiado.

Le buscó el pulso en el cuello y al sentir el tenue latido respiró aliviado. La levantó en brazos y la sacó del carruaje. A través del denso humo vio a la fénix corriendo hacia ellos envuelta en llamas.

Kane miró a su alrededor esperando ver a los demás fénix, pero por suerte no fue así. Rápidamente decidió que debía matarla. Aunque fuera un rato, porque después renacería de sus cenizas como hacían todos los fénix, y entonces sería más fuerte que nunca.

Con Campanilla al hombro, Kane empuñó el cuchillo y se lanzó sobre ella. La fénix esquivó el golpe, pero el arma que le había robado al rey fae tenía una habilidad que Kane desconocía y que lo dejó asombrado; cambiaba de trayectoria para seguir al objetivo. El cuchillo encontró el vientre de la fénix, que gruñó y cayó al suelo sin ninguna delicadeza.

Le lanzó un segundo puñal, pero no se quedó a comprobar si acertaba a aterrizar en la columna vertebral como debía. Se salió del camino y se adentró en el bosque, tratando de que Campanilla botara lo menos posible sobre su hombro, pero era difícil.

—Yo mismo me encargaré de esa fénix —le prometió a Campanilla. Si no podía hacer nada por ella antes de marcharse de Séduire, al menos acabaría con su enemiga.

En el bosque no había huellas de más fénix, solo de la chica.

¿Sería posible que estuviera sola y hubiera hecho creer que había más?

Kane se dio cuenta de que tenía mucho sentido. La fénix habría creído que los fae se sentirían intimidados por todo un ejército y así sería más fácil que entregaran a Campanilla para salvar a su reino de la guerra.

Abandonó la protección del bosque, giró a la izquierda y se dirigió al camino empedrado que conducía al palacio. La primera persona a la que vio fue a Leopold, cómo no. Iba al frente de un grupo de guardias armados.

–Vas a pagar por lo que has hecho –prometió.

–Ya me lo harás pagar más tarde –le recomendó Kane sin aminorar el paso.

Los ojos azules del príncipe se llenaron de preocupación al ver a Campanilla.

–¿Qué ha pasado? –preguntó, olvidándose de su sed de venganza–. ¿Qué le has hecho? –en cuanto estuvo cerca de ellos, le ordenó–. Dámela.

–¡Apártate de mi camino! –la furia de Kane era tan patente que el príncipe tuvo la sabiduría de apartarse. Kane pasó de largo y gritó–: ¡Que envíen un médico a mi habitación inmediatamente!

Leopold fue corriendo tras él.

–Le ha robado los poderes a alguien, ¿verdad? No te molestes en negarlo. La conozco y sé que lo ha hecho. También sé que nuestros doctores no pueden ayudarla. Llévala a mi habitación y yo...

Kane siguió avanzando a su dormitorio como si el príncipe no hubiese dicho nada y la tumbó sobre la cama. Seguía demasiado quieta.

Le apartó el pelo de la cara con mano temblorosa. Tenía la frente empapada en sudor y las mejillas encendidas.

Leopold se acercó a la cama.

–Podría hacer que te arrestasen por lo que me has hecho y por lo que has permitido que le ocurra a la esclava de sangre de la princesa.

–Pienso marcharme en cuanto se mejore. Si quieres que pase aquí el resto de mis días, que me case con Synda, mate a tu padre, me haga con el trono y ordene que te torturen, vuelve a amenazarme –lo cierto era que no era mal plan. Era fácil, rápido y eficaz, pero implicaba estar con una mujer que no era Campanilla–. Si no es eso lo que quieres, cierra la boca.

El príncipe cerró la boca.

Kane odiaba que ningún médico pudiera ayudarla, odiaba que solo el tiempo pudiera curar a la mujer que había traspasado todas sus defensas... si podía curarse. Pero lo que más odiaba era sentirse tan impotente y no poder hacer otra cosa que esperar a que despertara... o a que muriera.

Capítulo 17

Josephina deambulaba por un mundo de oscuridad en el que cada rincón era una nueva cámara de los horrores. Si en un sitio se oían gritos de agonía, en el siguiente había un silencio estremecedor. Estaba todo lleno de enormes insectos que zumbaban a su alrededor y la picaban constantemente. Sentía punzadas del hambre más intensa que había experimentado jamás, y una sensación de que la devoraban por dentro. Y estaba completamente invadida por la ira; quería pelearse con alguien, con quien fuera. Quería destruirlo todo, pero no sabía cómo podría hacerlo porque se había destruido a sí misma.

Le ardía la garganta y la piel, como si se la hubieran arrancado a tiras. Quizá ya no le quedara nada.

—Kane —intentó gritar, pero de su boca no salió sonido alguno.

¿Dónde estaba Kane? ¿Y ella? ¿Qué le había pasado?

Se veía bombardeada por recuerdos de una vida que no había vivido. Se veía empuñando una espada, cortándole la cabeza a un demonio, de pie junto al cuerpo moribundo de un ser humano y riéndose. Todo era muerte a su alrededor. Y dolor, sufrimiento y pesar. Mucho más de lo que nadie podría soportar.

De pronto sintió que algo suave le rozaba la mejilla.

—Estoy aquí, Campanilla. No me voy a apartar de ti.

La voz dulce y tranquilizadora de Kane tiraba de ella, alejándola de la oscuridad y del horror, hacia la luz, una luz cada vez más intensa.

—Muy bien, preciosa. Sigue así, tú puedes hacerlo.

Abrió ligeramente los párpados y un segundo después tenía delante el hermoso rostro de Kane.

«Ya estoy a salvo. Él cuidará de mí».

Se miraron el uno al otro, incapaces de mirar a otra parte y el alivio suavizó el gesto de Kane. Pero, a pesar del alivio, la tensión se reflejaba en todos y cada uno de sus rasgos. En sus ojos, en su boca y en la palidez de su piel.

—Has vuelto.

—¿Dónde iba a ir? —apenas tenía un hilo de voz. Intentó llevarse la mano a la garganta para aliviar un poco el dolor, pero le pesaba tanto el brazo que no podía levantarlo—. ¿Dónde estoy?

—En mi habitación.

Josephina reconoció el lugar de inmediato, el lujo y la comodidad de la cama con dosel, donde estaba acostada con una camiseta enorme, los guantes en las manos y una manta de terciopelo negro que la cubría hasta la cintura.

—¿Recuerdas el bar? —le preguntó Kane—. ¿La pelea y los tres guerreros a los que tocaste?

Lo recordaba... sí. Había tocado a aquellos tres monstruos y había sentido una fuerza impresionante. Pero después la había engullido la oscuridad y la había arrastrado hasta una cueva de desesperación e impotencia.

—Les sacaste el mal de dentro y lo metiste dentro de ti. Yo te traje a palacio y llevas cuatro días en cama.

¡Cuatro días!

La idea de haber pasado tanto tiempo allí le revolvió el estómago. Su padre estaría furioso con ella, seguramente hasta habría intentado obligarla a levantarse en algún momento. Tenía tareas que hacer y la castigarían por no haber cumplido con su obligación. Pero el verdadero motivo de su pánico era que la boda de Kane estaba ahora más cerca.

—No te preocupes —le dijo él—. Ya me he encargado yo de tu padre.

Seguía sin apartar los ojos de ella, como si quisiera aprenderse de memoria todos y cada uno de sus rasgos. Josephina apenas podía parpadear, atrapada en aquella intensidad que la cautivaba y confundida por sus numerosas heridas.

—¿Qué te ha pasado? —le preguntó—. ¿Ha sido mi padre? ¿O mi hermano?

Kane se pasó la mano por los cortes que tenía en la frente.

—Desastre.

Josephina siempre había odiado al demonio de Synda y también a los de los Señores. Hacían daño a aquellos que los albergaban y lo estropeaban todo. Pero lo que había sentido antes no se podía comparar a lo que sentía en ese momento hacia el demonio de Kane. Quería verlo muerto.

—Gracias por cuidar de mí —era la primera persona que lo hacía, además de su madre.

Él sonrió suavemente... con ternura.

—Pensé que me odiarías.

Eso, jamás.

—¿Por qué?

—No he olvidado tu deseo de morir, Campanilla —le dijo en voz baja.

—Pero así no —susurró ella. Jamás querría morir así porque el demonio que había albergado la habría arrastrado directa al infierno, condenándola a una existencia peor aún que la que soportaba ahora.

Kane se entretuvo jugando con un mechón de su pelo y aquel ligero contacto, aunque leve, despertó lo que ya había sentido en el taller de la modista. El deseo de él, la necesidad de sentirlo y la ansiedad de mucho más.

—¿Alguna vez has hablado con las Moiras? —le preguntó él.

La simple mención de su nombre cambió el ambiente.

−No.
−¿Has oído hablar de ellas?
−Por supuesto. Dicen que son las que tejen el destino.
−¿Dicen? −Kane apartó la mano de ella para agarrar un vaso de agua que había en la mesilla de noche−. ¿Acaso crees que es mentira?
−Desde luego.

Hasta ese momento, Josephina no se había dado cuenta de la sed que tenía. De pronto se olvidó de todo lo demás. Kane le acercó una pajita a los labios y bebió, bebió y bebió, dejando que el líquido le suavizara la garganta.

Mientras, Kane observaba su boca y su garganta.

Cuando hubo vaciado el vaso, se echó hacia atrás y se pasó la lengua por los labios.

Él observó también dicho movimiento.

−¿Más? −le preguntó, con los ojos oscuros de deseo.

−Sí, por favor −pero no estaba segura de qué era lo que quería, más agua, o más Kane.

Él llenó el vaso y en el momento en que le colocó la pajita sobre los labios, el vaso se rompió y se le cayó toda el agua encima.

−Lo siento −murmuró Kane, mientras se ponía en pie de un salto para buscar algo con que secarlo todo.

−No te preocupes, seguramente necesitaba un baño −bromeó ella y consiguió que sus labios se curvaran en un amago de sonrisa.

−Me he encargado de que siempre estuvieses limpia.

Al oír aquello empezaron a arderle las mejillas y por fin sintió que recuperaba las fuerzas y que los órganos volvían a la vida.

−¿Por qué crees que las Moiras son mentira? −le preguntó Kane.

−Para empezar, porque existe el libre albedrío. No es el destino lo que determina en qué dirección avanzamos.

Volvió a juguetear con su pelo.

−William dijo algo parecido.

—Porque es sabio.

Lo vio menear la cabeza.

—El destino presupone que todo está escrito, pero yo no puedo creer que estuviera escrito que mi madre debía soportar todo lo que soportó. O que yo estuviese destinada a ser esclava.

—Explícate.

Nunca una orden le había resultado tan... sexy.

—Mi padre decidió que deseaba a mi madre y la hizo suya. Mi madre decidió quedarse. A mí me dijeron que tenía un cometido en la vida, pero yo podía elegir si aceptarlo o rechazarlo.

Él se quedó mirándola en silencio, considerando quizá lo que acababa de escuchar.

—¿Qué hay de los matrimonios? ¿Crees que todo el mundo tiene una persona para la que está predestinado?

—Sí, pero no todos siguen dicho destino —esperaba que Kane comprendiese lo que le estaba diciendo; que debía tener cuidado con Synda y con Blanca—. Porque ahí está el libre albedrío.

—¿Lo que dices, entonces, es que lo que marca el curso de nuestras vidas es el destino, pero también las decisiones que tomamos?

—Eso creo, sí. Lo que ocurre es que es más fácil culpar al destino de los errores que cometemos.

Mientras ella hablaba, Kane le había soltado el mechón de pelo y había empezado a acariciarle la cara, dejando un rastro de escalofríos a su paso.

—A ti te han hecho mucho daño las decisiones de los demás.

Sin apenas darse cuenta, se inclinó hacia él, embelesada por la intimidad del momento.

—A ti también.

—Sí —hubo una pausa, como si Kane tuviera que luchar con las palabras que iba a decir—. Las Moiras afirman que en mi destino está escrito que empezaré el apocalipsis.

¿Aparte de que iba a casarse con esa chica, Blanca? ¿Y él lo creía?

Se rompió la magia del momento.

—Esas brujas no tienen poder absoluto, Kane —¿cómo podía hacérselo entender?—. Simplemente aprovechan el caos para meternos sus ideas en la cabeza, para que pensemos en ellas hasta obsesionarnos y al final acabemos actuando de un modo que encaje con lo que dijeron, de manera que provocan que ocurra lo que dijeron que estaba escrito.

—Una especie de efecto Pigmalión o profecía autocumplida —resumió Kane y luego enarcó una ceja—. ¿Sabes todo eso, pero nunca has hablado con ellas?

«Tócame otra vez. Estréchame en tus brazos y dime que no deseas a Blanca».

—Pero eso no significa que ellas no me hayan hablado a mí.

Eso lo hizo ponerse en tensión.

—¿Entonces sí que las conoces?

—Sí —y el encuentro la había enfurecido profundamente.

Hacía muchos años que las tres brujas le habían dicho que su destino era provocar la muerte de su propia madre y lo único que había podido hacer Josephina había sido quedarse boquiabierta y espantada, pero a partir de entonces le había aterrado la idea de hacer daño a su madre de un modo u otro, por lo que había empezado a analizar todo lo que decía o hacía.

Había dejado de comer y de dormir. Había dejado de ir a ver a su madre por miedo a causarle el menor perjuicio. Después de un tiempo el miedo se había vuelto contagioso y su madre había empezado a preocuparse por la salud de Josephina y había sufrido tremendamente porque sentía que su hija la había abandonado. Glorika había ido perdiendo peso, energía y vitalidad y, finalmente, el favor del rey, que la había expulsado de su dormitorio y la había hecho volver a los cuartos del servicio.

Allí la habían tratado peor que nunca; las mujeres la habían rechazado y los hombres la habían acosado en secreto. Mientras que la reina aprovechaba para humillarla siempre que tenía la menor oportunidad.

Al final Glorika se había suicidado y todo porque Josephina se había apartado de ella. Así que sí, había contribuido a la muerte de su madre, porque si no hubiese empezado a preocupar, no les habría ocurrido nada malo a ninguna de las dos y su madre seguiría con vida.

—Lo mejor que puedes hacer es olvidarte de lo que te hayan dicho las Moiras —le aseguró.

Kane meneó la cabeza.

—Llevo dentro el demonio del Desastre, así que parece lógico que provoque el apocalipsis.

Podía sentir el temor y el tormento que había en su voz.

—Piénsalo bien. Estás haciendo todo lo que está en tu mano para no provocar el apocalipsis, ¿verdad? Sin embargo, todo lo que has hecho no ha servido sino para empeorar el problema.

—¿Entonces no debería hacer nada?

—No. Deberías vivir. Vivir de verdad y dejar de mirar a tu alrededor esperando encontrarte con un desastre. Deja de planear lo que vas a hacer basándote en lo que haga el demonio.

Kane resopló con frustración.

—No sé si eres tan inteligente como pensé en un principio, o la mujer más boba del mundo.

La más boba, sin duda.

—Desde luego tú no eres el hombre más amable.

—Nunca he dicho que lo fuera.

—¡Porque nadie te habría creído!

Pero Kane seguía pensativo y no parecía haber prestado demasiada atención a su ataque de ira.

—Las Moiras me dijeron algo más. Afirmaron que mi destino es casarme con la guardiana de la Irresponsabilidad... o con Blanca, a la que conociste en la taberna.

Lo que no dijo, pero Josephina oyó, fue que debía apartarse de la esclava de sangre fae.

—No dejes que sean ellas las que elijan a tu pareja, eso debes hacerlo tú. Cásate por amor o no te cases.

Kane se inclinó hacia ella hasta estar nariz con nariz.

—Antes lo era, ¿sabes?

Su cuerpo desprendía un calor que la envolvió de inmediato y la hizo estremecer.

—¿Qué es lo que eras antes?

—Amable.

Josephina levantó la mano y le apartó el pelo de la frente, aunque a través del guante. Cuánto deseaba tocarlo de verdad, sentir su piel.

—¿Qué es lo que cambió?

—Yo. Todo —bajó la mirada hasta sus labios y la dejó allí—. No debería querer besarte otra vez, pero eso es precisamente lo que quiero. Y no es por las Moiras, sino por ti. ¿Qué me estás haciendo?

El corazón de Josephina dio un vuelco.

—Yo no te estoy haciendo nada.

—Claro que estás haciendo —él bajó lentamente la cabeza y fue acercándose más y más—. Ya te he robado el primer beso, no debería robarte también el segundo.

«¿Y si te lo regalo?».

—¿Es que tienes miedo?

—Sí —admitió él—. Nunca había deseado a una mujer como te deseo a ti.

—¿Ni siquiera a Synda? —consiguió preguntarle, casi sin voz.

—Comprendo que te sientas tan insegura respecto a ella porque tu familia siempre la ha puesto por delante de ti, pero yo no soy así. Te deseo desde el primer momento que te vi, pero nunca he deseado de verdad a Synda. Solo la utilizo para conseguir algo, nada más.

¿Entonces no iba a casarse con ella? ¿Y la deseaba a ella desde el primer momento?

La emoción la impulsó a echarle los brazos alrededor del cuello y besarle en la boca. Él gimió y automáticamente la buscó con la lengua, reclamando todo lo que ella ansiaba darle. Era un verdadero maestro que con cada movimiento hacía crecer su deseo y quizá a él le estuviese pasando lo mismo porque parecía estar perdiendo el control y cada vez la besaba con más ímpetu.

Entonces se puso recto y la miró mientras le pasaba un dedo por los labios.

–Me haces arder de pasión, Campanilla.

–Kane –le dijo, muy seria.

–Sí.

–No soy yo, es que estás ardiendo de verdad.

Él bajó la mirada y vio que tenía fuego en el pelo, unas llamas procedentes de la lámpara de la mesilla.

Josephina apagó el fuego con sus propias manos.

–Maldito Desastre.

–No le tengo miedo.

Le puso una mano en el cuello de la camiseta, provocándole un escalofrío.

–¿Entonces todavía me deseas?

–Más que nada en el mundo –reconoció ella.

Kane volvió a acercarse y le pasó la lengua por los labios cautelosamente. Al ver que no ocurría nada terrible, esbozó una pícara sonrisa.

–No sabes lo mucho que te vas a alegrar de haber dicho eso.

Apartó las sábanas hasta dejar el cuerpo de Josephina al aire, sin dejar de mirarla a los ojos, ni siquiera cuando le levantaba la camiseta. Se subió a la cama con ella con la elegancia de una pantera y se sentó sobre su cintura.

Josephina solo podía jadear, preparada para lo que él tuviese pensado. Dejó que le levantara la camiseta y que le mirara los pechos.

–Eres tan hermosa –dijo mientras le ponía una mano en un pecho–. Tan perfecta.

Ella temblaba demasiado como para poder responderle.

Kane bajó la mano por el vientre de Josephina y se detuvo al llegar a la cinturilla de las braguitas. Ella volvió a estremecerse.

De pronto, Kane se quedó inmóvil y frunció el ceño.

–Viene alguien.

«¡No! ¡Justo cuando empezaba a ponerse bien la cosa!».

Kane se puso en pie de un salto y Josephina se incorporó y volvió a taparse al tiempo que ocultaba también su decepción. Su guerrero ya no estaba excitado, sino alerta, preparado para atacar.

Cuatro guardias irrumpieron en la habitación con Leopold al mando. El príncipe arrugó el entrecejo al verlos.

–Josephina Aisling. Han acusado a la princesa de desnudarse ante desconocidos. Ahora que estás despierta, debes acompañarnos a la sala del trono a escuchar tu condena.

Capítulo 18

En cuanto los guardias se acercaron a la cama de Campanilla, Kane soltó un rugido que le salió de lo más profundo del alma. Un sonido salvaje, de un animal furibundo que advertía a su enemigo. Esos tipos no iban a acercarse a la chica. Si insistían en intentarlo, morirían allí mismo. Llevaba cuatro días cuidándola, cuatro días durante los que se había separado de ella solo una vez, para ir a hablar con el rey. La había bañado, le había dado de beber; él solo había hecho todo lo necesario para asegurarse de que sobreviviera.

Campanilla era suya y él siempre cuidaba de lo que le pertenecía. Aunque hubiese decidido abandonarla para protegerla de Desastre.

Y seguía teniendo el mismo plan. No podía tener otro. Pero se había despertado, lo había mirado con esos fascinantes ojos azules, con el rostro por fin libre del enrojecimiento provocado por la fiebre y el pelo alborotado, y su instinto de posesión se había disparado incontrolablemente.

«Mía», había pensado mientras Desastre lo negaba a gritos.

Kane sacó un cuchillo ya manchado de sangre.

Los guardias se detuvieron para mirar al príncipe, buscando sus indicaciones en silencio.

El príncipe lo observaba, retándolo a dar un paso más. Con solo una palabra podría hacer que Kane cayese al suelo, retorciéndose de dolor y completamente impotente. Eso debía de ser lo que querían los guardias; entonces podrían encerrar a Kane en las mazmorras y Campanilla tendría que afrontar sola su castigo.

Su único recurso era llevar el asunto ante el rey. Todos juntos.

La última vez que había hablado con el rey, le había pedido permiso para cuidar de Campanilla. Tiberius había accedido a regañadientes, pero a cambio Kane había tenido que prometerle que sus amigos asistirían a la boda.

–Yo la acompañaré –anunció Kane con toda la calma de la que era capaz. Tendría que arreglar la situación y luego podría marcharse. Había llegado el momento–. Pero dime una cosa, ¿cómo has sabido que se había despertado?

–Han oído voces.

–No voy a ir a ninguna parte –declaró Campanilla con los ojos encendidos por el miedo, igual que solo unos segundos antes los había encendido la pasión–. No voy a moverme de aquí.

–Josephina –comenzó a decir el príncipe, mirándola con un deseo que no tenía derecho a sentir–. De verdad lo siento, pero debo hacerlo.

Kane le tendió la mano a Campanilla.

–Confía en mí, preciosa. No voy a dejar que te pase nada.

El temblor de la joven hizo que se moviera toda la cama. Cerró los ojos, tomó aire, lo aguantó más y más y luego lo soltó. Cuando volvió a mirarlo, Kane vio que estaba conteniendo el llanto, aun así tuvo la valentía de poner la mano sobre la suya.

–Tengo que ponerme el uniforme –dijo.

Kane había pedido que lo lavaran y ahora estaba doblado junto a la cama. Él mismo le puso el vestido sobre la camiseta que también le había puesto él, sin dejar en ningún momento que nadie viera lo que no debía.

Después la puso en pie y la sujetó por la cintura porque apenas podía mantenerse sola.

–Seguidme –ordenó Leopold antes de darse media vuelta y salir de la habitación, seguido de los guardias.

Kane prácticamente tenía que llevar a Campanilla en volandas. Se preguntó dónde estaría William y si seguiría en la ciudad, porque lo cierto era que en aquel momento habría agradecido mucho su ayuda.

Synda había ido a ver a Kane un par de veces para preguntarle su opinión sobre telas, estampados y otras cosas que ya no recordaba. Él había aprovechado para preguntarle cómo la había llevado William a casa y qué le había dicho, pero la princesa había asegurado no acordarse.

Mientras recorrían el pasillo se fijó en que muchas doncellas habían salido a verlos pasar y lo saludaban con tímidas sonrisas y algunas no tan tímidas.

«Suelta a esa chica y elije a cualquiera de estas», le ordenó Desastre.

«Muérete», le respondió Kane.

De pronto se le desabrochó la bota y se tropezó.

Se detuvo antes de llegar a caerse y fue entonces cuando vio algo que lo dejó paralizado. No podía ser... pero sí, allí estaba él en un retrato, colgado junto a otro de Synda.

–¿Qué estás...? –Campanilla siguió su mirada y a punto estuvo de ahogarse de la risa–. Vaya, pareces muy...

–No lo digas –le pidió entre dientes.

–¿Qué no diga que pareces muy feliz?

Si no hubieran estado en una situación tan apremiante, Kane se habría tomado unos minutos para arrancarles los ojos a todos aquellos que pasaran por allí. Parecía que William había pasado algún tiempo en el palacio después de llevar a la princesa. Era la única manera en la que la familia real podría haber conseguido una de las monstruosidades que había encargado Anya.

Kane se mordió el labio. Quería que la gente de aquel reino temiera su fuerza, pues así habría menos posibilidades de que se atreviesen a enfrentarse a él. Pero cualquiera que viera ese cuadro en el que aparecía inclinado sobre una *chaise longue* tapizada en piel de cebra, cubierto tan solo por una boa de plumas azules y agarrando una rosa entre los dientes, pensaría que...

Debía de estar echando humo.

No era de extrañar que a Leopold no le hubiera preocupado que cuidara personalmente de Campanilla. No era de extrañar que el príncipe no hubiera tratado de vengarse de él por ahogarlo y encerrarlo. Aquel era castigo más que suficiente.

«Voy a hacer pedazos a William».

Cuando llegaron a la sala del trono, el ambiente estaba tan cargado como de costumbre de asfixiante olor a flores. Kane no conseguía acostumbrarse a aquel olor, ni creía poder hacerlo nunca.

El rey ocupaba su trono y, como otras veces, Synda estaba sentada a su izquierda. La reina, sin embargo, no estaba por ninguna parte.

—Señor Kane —lo saludó la princesa—. Sirviente Josephina, me alegro de ver que estás recuperada.

Campanilla se puso en tensión y guardó silencio.

Kane no dejaba de asombrarse de lo alejada de la realidad que estaba Synda y de su incapacidad para comprender los sentimientos de los demás o comprender por qué podría alguien estar enfadado con ella.

—Señor Kane —lo saludó también el rey—. Antes de comenzar, debemos decir que fue un placer conocer a tu SP.

—¿A mí qué?

—A tu secretario personal. El que trajo a la princesa a casa el día que salisteis de compras. Lo alojamos en una habitación situada en el mismo pasillo que la tuya.

Eso lo explicaba todo.

—Es muy... generoso por su parte.

—Queremos que estés a gusto aquí, Señor Kane.

—Entonces haga un decreto en el que se prohíba hacer daño alguno a Josephina.

El rey apretó los labios un instante.

–Como sabes, te permití que cuidaras de ella mientras estuviese enferma, pero ahora que se ha recuperado, debe ocuparse de sus obligaciones.

Campanilla se echó a temblar, Kane la apretó con más fuerza mientras examinaba la sala y al resto de los presentes para estar preparado para lo que fuera. Una huida o un ataque.

Fue entonces cuando encontró a Rojo, Negro y Verde sentados entre la clase alta fae. ¿Estarían allí para vengarse de Campanilla? ¿O de él?

–¿Sabe quién son esos hombres? –le preguntó al rey, señalando a los guerreros.

–Claro –respondió Tiberius–. Son tus sirvientes. Llegaron esta mañana.

Vaya.

–Mis hombres tienen un pequeño problema con la propiedad ajena, así que le aconsejo que haga que sus guardias los acompañen en todo momento.

El rey chasqueó los dedos para que varios hombres se colocaran tras los guerreros que, o no se enteraron, o no les importó que los vigilaran. Tenían la mirada clavada en Campanilla, observándola con absoluta fascinación. Kane se dio cuenta de repente de por qué la miraban así, y no tenía nada que ver con la venganza. Querían que les liberara de nuevo de la oscuridad, pero para siempre. Querían sentirse plenos, sin contaminar. Normales. Y ella era la única capaz de llevar a cabo tal hazaña.

La rabia comenzó a correrle por la venas, invadiéndolo todo. Estaba furioso con los guerreros... y consigo mismo porque había sido él el que le había ocasionado ese nuevo problema a Campanilla. Él y nadie más que él. Y ahora ella tenía que enfrentarse a otro desastre más.

–Ha llegado el momento de que la sirvienta Josephina escuche su sentencia –anunció el rey y golpeó el suelo con el cetro tres veces.

Kane se concentró en las palabras del monarca. Debía librar las batallas una a una.

–Dado que la princesa Synda fue sorprendida desnudándose en público, la sirvienta Josephina debería desnudarse aquí y será marcada en el pecho con un símbolo de vergüenza.

Al oírlo, Campanilla soltó un grito estremecedor.

Kane maldijo entre dientes.

–Pero... –comenzó a decir Leopold, pero volvió a cerrar la boca en cuanto Tiberius lo miró.

Se acercaron a ella cuatro guardias, pero Kane la colocó a su espalda, utilizando su cuerpo como escudo, y sacó dos puñales. Los hombres se detuvieron, sin saber muy bien qué hacer.

Los chicos de William estaban alerta, como si estuviesen preparándose para salir a ayudar a Kane a proteger a Campanilla, pero no se movieron y Kane comprendió por qué. Los guerreros querían a Campanilla sana y salva para obtener lo que deseaban de ella; el resultado de la inminente batalla no les importaba lo más mínimo. En realidad les sería más fácil sacarla de allí en medio del caos de la lucha. De hecho, a Kane no le habría sorprendido que hubieran sido ellos los que habían informado al rey del striptease de Synda para así garantizar el ambiente perfecto.

–Yo recibiré el castigo –anunció Kane. De ese modo, evitaría la batalla y se aseguraría de que Campanilla no se moviera de su lado.

Los guerreros no intentarían llevársela de manera tan llamativa.

–¡Tendrá que quitarse la camisa! –exclamó una mujer.

–¡Es verdad! Va a ser increíble –respondió otra.

Sintió las manos de Campanilla en la espalda.

–No, Kane. No puedes hacerlo –le dijo con una voz temblorosa que daba cuenta de su miedo y su indignación.

El rey meditó la idea durante unos segundos.

–Pero la princesa Synda no es sangre de tu sangre, así que no puedo aceptar el cambio.

–Entonces deme a Josephina para siempre. Ese vínculo es tan fuerte o más que el de sangre.

Los ojos del rey se clavaron sobre él como dos puñales.

–Te vas a casar con mi hija y con ninguna otra. Ella es la única mujer digna de ti.

«Algún día te cortaré la lengua».

–Si la princesa es mi mujer, pasa a ser responsabilidad mía y por tanto soy yo el que debe decidir qué castigo recibe, ¿no es cierto? Soy yo quien se encarga de que esos castigos se cumplan.

El rey se puso en tensión, consciente de que había quedado atrapado por sus propias reglas.

–Muy bien –dijo por fin–. Puedes quedarte también con la esclava de sangre y utilizarla como corresponde.

El saber que Campanilla iba a quedar a su cuidado le hizo sentir una satisfacción que jamás había experimentado. Tan grande que apenas pensó en el único inconveniente; la única manera de proteger a Campanilla era casándose con Synda.

–Gracias –dijo.

El rey asintió.

–Conozco bien lo que es sentirse atraído por la persona equivocada y eso es lo que tú sientes por la sirvienta Josephina, ¿no es cierto? Si te la quito, la desearás aún más y si le hago daño, me culparás a mí. Sin embargo si te la doy, el deseo no tardará en morir.

Kane contuvo una risotada provocada por la ignorancia del rey. Un deseo como el que él sentía por Campanilla no podría morir.

–¿Desea a una sirvienta? –preguntó Synda, ofendida y con los ojos encendidos por el demonio que llevaba dentro. Entonces se quitó un zapato y se lo lanzó a Kane, que lo esquivó por poco–. ¡Tú no me mereces!

Kane pensó que podría quedarse el tiempo suficiente

para casarse con Synda y luego dejar a Campanilla al cuidado de sus amigos, que, sabiendo lo que significaba para él, la protegerían con el mismo ahínco. Los fae la dejarían en paz y también lo haría la fénix en cuanto Kane se encargara de ella; todos los problemas de Campanilla quedarían resueltos de golpe.

Después de la boda, Campanilla no querría tener nada que ver con él y Kane no podría culparla por ello. Pero estaría a salvo.

Claro que también viviría bajo el mismo techo que Torin. Y que Paris.

Eso volvió a despertar su furia.

¿Y Synda? ¿Qué debía hacer con ella? Quería demasiado a sus amigos como para cargarlos con semejante malcriada, pero tampoco quería quedársela él.

—No lo hagas, por favor —le susurró Campanilla—. No quiero que te hagan daño por mi culpa.

—Te dije que no iba a permitir que volvieran a hacerte nada malo y lo decía en serio —le dijo, conmovido por su preocupación.

—Kane —insistió con tono de desesperación—. Me voy a enfadar contigo si lo haces.

—Pero me besarás de todos modos —al fin y al cabo, aún no estaba casado.

Kane dio un paso adelante y se quitó la camiseta. La sala se llenó de exclamaciones femeninas que le hicieron menear la cabeza. Dos hombres acercaron un brasero portátil y luego llegó un tercero empuñando un hierro de marcar que metió entre las brasas hasta que estuvo candente. Varios guardias se colocaron alrededor de Kane con la intención de sujetarlo, pero él se los quitó de encima.

—No voy a moverme —aseguró.

El rey dio su permiso con un gesto y después se inclinó hacia delante para observar con la misma atención con que lo hacían ya Synda y Leopold, impacientes por ver si mantendría su palabra.

—Kane —dijo Campanilla una vez más—. No lo hagas, por favor.

Sin decir nada, la colocó detrás de sí y la rodeó con sus brazos. Ella apoyó la frente en su espalda y Kane creyó sentir la humedad de una lágrima. La idea lo hizo estremecer porque significaba que lo que sentía por él era algo más que deseo.

«No sé si podré separarme de ella algún día».

El hombre levantó el hierro candente, la marca tenía forma de dragón. Se acercó a Kane con gesto dubitativo.

—Hazlo —le ordenó Kane.

—No —dijo Campanilla entre sollozos.

Un segundo después, el hombre puso el dragón en el centro del pecho de Kane y lo mantuvo allí. La piel y la carne se derritieron bajo el hierro y el olor a carne chamuscada eclipsó por completo el aroma floral. El dolor fue mucho más intenso de lo que había previsto Kane. Sintió ganas de vomitar, pero lo que hizo fue enfurecerse. No podía creer que hubieran pretendido hacer aquello en el delicado cuerpo de Campanilla. Lo habrían hecho sin dudarlo.

Desastre se rio a carcajadas mientras el hombre intentaba retirar el hierro... sin conseguirlo.

El metal le había llegado ya al esternón.

Por mucho que tirara el hombre, el dragón no se separaba de su cuerpo.

Kane agarró la barra de hierro y, apretando los dientes, tiró de ella con todas sus fuerzas. Por fin la había retirado, pero se había llevado consigo parte del hueso. Después de soltar el hierro, trató de respirar con calma. Lo primero que notó fue que había un silencio sepulcral en la sala. Todo el mundo estaba esperando a ver su reacción.

Tan acostumbrado estaba al peligro, que lo que hizo fue levantar bien la cabeza y decir:

—Pasemos a otra cosa. Quiero pasar algún tiempo con la princesa, para conocer mejor a mi futura... esposa —así se aseguraría de que no se metiese en líos.

—¡Papi, tenías razón! —exclamó Synda, entusiasmada, antes de que su padre pudiera decir nada y salió corriendo hacia Kane como si nunca se hubiera enfadado con él ni le hubiera lanzado un zapato.

Campanilla se apartó de él.

Pero Kane se volvió para agarrarla.

—Tú vienes con nosotros.

La miró a los ojos y vio en ellos tanto dolor que fue como volver a sentir el dragón quemándole el pecho.

—Campanilla...

—No. Te ruego que me disculpes —dijo y salió de la sala, abriéndose paso entre la multitud.

Kane trató de seguirla, pero Synda lo agarró de la muñeca.

—Deja que se vaya. No es más que una sirvienta.

La rabia le hizo darse la vuelta de nuevo y mostrarle los dientes a la princesa.

—No quiero que vuelvas a hablar así de ella, ¿comprendido?

Synda se quedó pálida.

El rey se puso en pie y Kane se dio cuenta de que tendría que tener cuidado, así que suavizó el tono.

—No quiero que mis... sirvientes se acerquen a Josephina.

El rey asintió levemente.

—Y yo no quiero que mi hija se disguste, Señor Kane.

—Vamos a dar un paseo por los jardines —le dijo a la princesa, apretando los puños—. Sin sirvientes.

Pero ella hizo un mohín.

—¿No quieres que vayamos a mi habitación?

—No —enseguida se dio cuenta de que había sonado muy brusco, especialmente después de todo lo que había dicho, así que añadió—: Ya he dicho que antes quiero conocerte mejor.

Synda esbozó una sonrisa que le iluminó la cara y Kane hizo un esfuerzo para no hacer una mueca de asco.

—Ve con ellos y protégelos —le ordenó el rey a uno de sus guardias.

La única que necesitaba que la protegieran era Synda... de Kane. Porque, sin saberlo, había ayudado a Campanilla a escabullirse de él y por eso merecía la muerte.

«Solo tienes que aguantar unas horas y luego podrás ir en busca de tu fae».

Después no permitiría que se alejara de su vista ni un momento. En ese momento supo que no podría abandonarla. No sabiendo que los hijos de William estaban allí.

Además, no soportaba la idea de estar sin ella.

Capítulo 19

Josephina salió de la sala del trono con lágrimas en los ojos. Kane quería pasar más tiempo con Synda, a quien se suponía que consideraba un mero instrumento para conseguir un objetivo. ¿Cuál sería ese objetivo exactamente? Él afirmaba que estaba allí para proteger a Josephina de... de acuerdo, cabía la posibilidad de que quisiera estar con la princesa por el bien de ella.

Quizá no debiera haber dejado que los celos se apoderasen de ella y la apartaran de Kane justo después de que él aceptara en su lugar un castigo tremendamente doloroso. Si había estado dispuesto a sufrir semejante dolor solo para evitárselo a ella, seguramente también sería capaz de casarse con Synda para protegerla.

De nuevo una bendición y una condena.

También era posible que en cierto modo deseara hacerlo. Después de todo, las Moiras le habían dicho que Synda podría ser la mujer para la que estaba predestinado.

De sus labios salió un sollozo. Kane era suyo. ¡Suyo! Y no quería compartirlo. Sus besos la habían transformado; habían hecho que anhelara el ardor, el dolor y la necesidad que solo él despertaba. Anhelaba... más.

De pronto sintió una mano que la agarraba del brazo y la obligaba a detenerse. Al darse la vuelta se encontró cara a cara con Leopold y la invadió el terror.

–¿Qué te ocurre? –le preguntó bruscamente al ver las lágrimas que aún mojaban sus mejillas–. Acabas de escapar de un duro castigo.

–Déjame, hermano –le pidió para recordarle quién era.

Pero no sirvió de nada.

–A mí me rechazas, pero por él lloras. Esa bestia poseída va a casarse con la princesa y a convertirte en su amante. Supongo que eres consciente de ello.

«No voy a ser la amante de nadie. Ni siquiera de Kane».

–¿Quién eres tú para juzgar a nadie?

El príncipe la observó durante unos segundos, buscando en su rostro alguna muestra de debilidad.

–Es evidente que seguirás deseándolo te diga lo que te diga yo –entonces la agarró y la llevó hasta la ventana que daba a los jardines–. Míralo. Intenta verlo como es realmente.

Kane y Synda estaban en el jardín que Josephina había cuidado con su madre en otro tiempo. Seguía llevando el torso descubierto, con la herida del pecho aún abierta. Lo vio agacharse a agarrar una piedra que luego tiró muy lejos. Synda echó a correr para recoger la piedra y volver a llevársela a Kane.

Él volvió a lanzarla y ella volvió a ir en su busca.

¿Por qué jugaba con Synda como si fuera un perro?

Ah... claro. Lo estaba haciendo por ella, que al darse cuenta esbozó una sonrisa que desapareció casi de inmediato porque aquel juego no cambiaba nada.

Leopold se colocó tras ella, apretándola contra el cristal. Josephina intentó alejarse, pero él se lo impidió con la presión de sus manos en las caderas. El miedo creció dentro de ella.

–Yo te trataré mejor de lo que nunca podría tratarte él –le susurró el príncipe.

–Suéltame, Leopold.

–No debería desearte –siguió hablando como si ella no hubiera dicho nada–. Si alguien lo supiera, se horrorizaría, pero es que cuando te miro, no puedo controlarme. No puede frenar el deseo.

–Tienes que hacerlo.

–¿Es que crees que no lo he intentado?

–Sigue intentándolo.

Leopold se echó a reír con amargura.

–No, ya estoy harto de intentarlo. No voy a seguir esperando. Tú eres lo único que necesito y sé que me comprendes como no podría hacerlo nadie. Te sientes sola, reconócelo; necesitas alguien en quien apoyarte y en quien puedas confiar, como yo. Sé que al final te decidirás a hacerme feliz, igual que yo te voy a hacer feliz a ti.

–¡No, no y no! –exclamó al tiempo que luchaba con más fuerza.

–Estate quieta. Solo quiero demostrarte cuánto puedes disfrutar.

A pesar de no tener la menor preparación, Josephina se dejó llevar por el instinto que la impulsó a darle un codazo en el estómago, un pisotón y un cabezazo en la barbilla. Pero Leopold era tan fuerte que ni se inmutó.

–Deja de resistirte –le susurró al tiempo que le besaba el cuello–. Acéptalo, va a ocurrir.

«No lo hagas. Por favor, no lo hagas».

Como si hubiera escuchado sus súplicas, Kane levantó la mirada justo en ese momento, la posó en la ventana y, al darse cuenta de lo que estaba pasando, la furia ensombreció su rostro. Echó a correr sin mirar atrás, tumbó de un puñetazo al guardia que los acompañaba y siguió corriendo hacia la puerta del palacio. La princesa intentó seguirlo, pero era demasiado rápido para ella, así que se detuvo a tomar aliento.

No parecía que Leopold se hubiese percatado de lo que había ocurrido en el jardín, pues seguía besándola y mordisqueándole la oreja.

–Te prometo que te va a gustar lo que te voy a hacer –dijo y le dio la vuelta.

Josephina apartó la cara cuando intentó besarla, intentó empujarlo, pero él la agarró de las muñecas y le bajó los brazos.

El pánico apenas la dejaba respirar, pero reunió fuerzas para levantar la pierna con la intención de pegarle una patada en la entrepierna. Por desgracia, Leopold se agachó ligeramente y lo único que consiguió fue rozarle las partes íntimas, lo que le hizo gemir de placer.

–¡No la toques! ¡No te atrevas a ponerle la mano encima nunca más! ¿Me has oído? –Kane le gritaba aquello entre puñetazo y puñetazo. La sangre salpicó las paredes y se oyeron huesos que se rompían. Un diente salió volando por los aires y aterrizó en el suelo–. No la toques a ella, no me toques a mí y no toques a nadie. ¿Comprendido?

Leopold ni siquiera pudo protegerse de los golpes porque había quedado inconsciente después del primero... o quizá estaba muerto.

Josephina no podía dejar de temblar.

–¡Kane!

Los golpes terminaron tan bruscamente como habían comenzado. Entonces Kane se dio media vuelta y la miró.

–¿Estás bien? –tenía los ojos completamente rojos y estaba jadeando.

Josephina asintió.

–Tienes que parar –a pesar de lo mucho que se había enfadado con él, no soportaba la idea de que Kane sufriera más dolor–. Cualquier agresión al príncipe será castigada con fuerza y tu única esclava de sangre...

–No. Eso jamás.

«Soy yo», terminó Josephina en silencio.

Kane fue hasta ella y le agarró el rostro con sus manos empapadas de sangre. Se sonrojó al darse cuenta de que la estaba manchando e intentó limpiarla con el uniforme.

–Lo siento –murmuró, avergonzado–. Ahora te he estropeado el vestido nuevo.

–No te preocupes, puedo...

—Lo he destrozado —insistió.

—De verdad, Kane, no pasa nada. No me importa el vestido.

—Te voy a comprar cien más. Serán más bonitos y suaves. Nada de uniformes. Ahora eres mía.

—Escúchame. Tienes que irte antes de que alguien vea lo que has hecho. ¿De acuerdo?

Kane la miró a los ojos, sumergiéndose en su mirada y lo que vio en ella hizo de algún modo que desapareciera el rojo de sus ojos y que se suavizara su gesto.

—No nos van a castigar a ninguno de los dos porque el príncipe no va a confesar a nadie lo que ha ocurrido. ¿Verdad? —le gritó al hombre que ahora se retorcía en el suelo, a punto de volver en sí—. Porque sabes que esto no ha sido más que una muestra de lo que puedo hacerte. Soy capaz de mucho más.

La única respuesta de Leopold fue un gemido de agonía.

Entonces se oyeron pasos que se acercaban y un segundo después apareció el guardia al que Kane había tumbado de un puñetazo. Al ver al príncipe en el suelo, se detuvo a sacar un arma.

Josephina se colocó delante de Kane para intentar protegerlo y dijo:

—Estaba así cuando lo encontramos.

—Se ha caído —afirmó Kane al mismo tiempo—. Llévalo a su dormitorio y llama al médico —le ordenó—. Cuando despierte, dígale al príncipe Leopold que tenga más cuidado la próxima vez porque el próximo accidente podría matarlo.

El guardia tragó saliva y asintió.

Kane agarró a Josephina en brazos y se la llevó de allí sin que ella protestara.

—Señor Kane —le dijo el guardia—, me parece que debo seguirlo.

—No es necesario. Voy a mi dormitorio.

Unos minutos después llegaron a la habitación y Kane fue directo al baño, donde la sentó a ella en el inodoro.

–Quédate ahí.

Josephina enarcó una ceja.

–¿Ahora me tratas a mí como a un perro?

Kane la miró con una sonrisa dulce, amable y quizá también algo triste.

–Seguramente sea mejor que la otra opción.

–¿Cuál es esa otra opción?

Apenas la miró antes de responder.

–Tratarte como a una amante.

El ardor que Leopold no había conseguido encender pese a sus esfuerzos surgió de inmediato con solo cinco palabras.

–Tengo que limpiarme toda esta sangre y no quiero perderte de vista –le explicó él–. Por eso te he pedido que te quedaras. Por favor.

Abrió el grifo de la ducha, se llevó las manos a la cinturilla del pantalón e hizo una pausa, como si estuviese decidiendo qué debía hacer. Finalmente respiró hondo y se bajó la prenda.

La belleza de su cuerpo la dejó sin respiración. Tenía las piernas largas y fuertes, cubiertas por una ligerísima capa de pelo. Sexy... perfecto.

Él no apartó la mirada de ella mientras se llevaba las manos a la ropa interior.

«Madre mía, al final voy a morir. Me va a dar un ataque al corazón, seguro».

–Dime, ¿por qué has mirado a la ventana? –«eso, habla como si no pasara nada. Puede que no sé dé cuenta de cómo lo miras».

Kane se paró a pensarlo un instante.

–Es curioso, pero he tenido la sensación de que un hilo invisible tirara de mí y me obligara a mirar.

–¿Alguna vez te había pasado algo parecido?

–No.

¿Acaso había entre ellos algún tipo de conexión?
Por fin se bajó la ropa interior.
«Vaya».
«Vaya, vaya».
Kane, guardián del Desastre, era absolutamente magnífico. Estaba bronceado y perfectamente esculpido de los pies a la cabeza. Las alas de la mariposa del tatuaje parecían más deshilachadas que antes, los extremos se acercaban más y más a... ahí.
«Ay, ay, ay».
Le ardían las mejillas y tenía la boca seca. No era un hombre, sino un guerrero. Hecho para la batalla, puro acero forjado a fuego. Con un poder que pocos conocían o alcanzarían a comprender.
—No sé si quiero saber lo que estás pensando —le dijo él con voz profunda.
Josephina se obligó a sí misma a levantar la mirada hasta sus ojos. El aire se cargó automáticamente con esa certeza de la que no conseguía escapar. Estaban los dos solos. Y él estaba desnudo.
«Deseo hacerle tantas cosas».
—No lo sé —respondió Josephina con un tono tan seductor que la sorprendió hasta ella—. ¿Quieres?
—Sería menos arriesgado que negara lo evidente —admitió con la mirada clavada en sus ojos.
Sus armas fueron cayendo al suelo una a una hasta dejar un montón de cuchillos, pistolas y estrellas ninja.
—Dame tu vestido. Voy a lavarlo.
—Yo...
De pronto estaba frente a ella y la obligó a ponerse en pie para bajarle la cremallera del vestido. Cuando Josephina quiso darse cuenta, ya le había bajado el vestido hasta la cintura y luego hasta los pies.
Estaba tan cerca y tan desnudo, que no podía controlar su propia excitación, ni los latidos de su corazón, ni los escalofríos que le recorrían la piel, pidiéndole más. Empeza-

ron a temblarle las piernas. Su... su... su tatuaje era cada vez más grande porque una de las alas de la mariposa estaba dibujada sobre el...

«De verdad me voy a morir», pensó Josephina.

Creció y se hizo más ancha y más dura, y la dejó maravillada.

−Dios −gimió.

−Sal del vestido, preciosa.

«Sí».

Tuvo que apoyarse en él para no perder el equilibrio. El contacto con su cuerpo la dejó boquiabierta. Estaba tan caliente que casi quemaba y Josephina se dio cuenta de que le gustaba que la quemara. Tenía los brazos muy duros y sin embargo eran suaves como la seda.

Él la miró con la respiración tan agitada como la de ella. Con el mismo deseo y con muchas otras cosas que Josephina ni siquiera identificaba.

−Yo... tú... −susurró. «Haz algo».

Él parpadeó y meneó la cabeza. Después se dio media vuelta, se metió en la ducha y echó la cortina, privándola del paisaje. Josephina oyó un golpe, como si Kane se hubiera caído. También lo oyó maldecir.

−¿Kane?

−Sí, Campanilla.

−Gracias −no era eso lo que había pensado decir, pero por el momento tendría que bastar−. Por todo. Lo digo en serio.

Otro golpe, esa vez parecía haberle dado un puñetazo a la pared.

−No debería haberte dejado sola.

−Te recuerdo que fui yo la que salió huyendo −le dijo al notar el modo en que se estaba censurando a sí mismo−. Además, no puedes estar conmigo en todo momento.

−¿Te apuestas algo?

«No me tientes».

−Dime, ¿en cuántas luchas has participado?

–¿Es que no aparece en tus libros?
–No. Eres muy bueno.
–Tú también lo serás. Voy a entrenarte.
–¿De verdad?
–Claro.
–Si se entera algún hombre de aquí, se burlarán de ti.
–¿Por qué?
–Porque se supone que las mujeres no deben aprender a luchar y los hombres que las enseñan son condenados al ostracismo.
–Qué absurdo.
Totalmente de acuerdo. En el reino de los fae se suponía que los hombres eran los protectores de las mujeres, pero, tal y como había demostrado Leopold, a menudo la protección era relegada a un segundo lugar, por detrás de la codicia y el sexo.
–¿No te preocupa que te rechacen?
–Sería una bendición.
Josephina se quedó pensando unos segundos.
–Tengo que hacerte una pregunta.
–Adelante.
–¿De verdad vas a casarte con Synda? –en contra de lo que tenía planeado, su tono de voz denotó las ansias que tenía al respecto.
Y en lugar de responder, Kane se puso a silbar.
Quizá fuera respuesta suficiente.
Josephina sintió en el estómago un pozo de decepción, frustración y rabia. Estaba en lo cierto. No pensaba cambiar de planes, sintiese lo que sintiese.
–En días como estos me gustaría poder escribir a uno de esos consultorios de hogar. He manchado de sangre el vestido de mi chica –murmuró–. ¿Debería ponerle bicarbonato o vinagre?
«El vestido de mi chica», había dicho. Su chica.
«¡Ahhh! No puedes tener más de una, Kane». Habría deseado gritarle.

Cuando Kane cerró el grifo y salió de la ducha, Josephina se fijó en que no había vapor, ¿por qué? No pudo plantearse más preguntas porque el cerebro se le quedó paralizado al verlo de nuevo desnudo frente a sus ojos, solo que esa vez además brillaba. El pelo le goteaba sobre la cara y la marca del dragón del pecho ya no estaba roja, sino negra. Se enrolló una toalla a la cintura, lo que tapó la mariposa... y otras cosas.

Lo observó mientras tendía su vestido en la barra de las cortinas.

–Necesito algo que ponerme. Tengo que irme ya a cumplir con mis obligaciones –«y a alejarme de ti antes de que me olvide de que no me gusta compartir».

–Yo me encargaré de esas obligaciones. Tú te quedas aquí a descansar.

–No puedo quedarme aquí y tú no puedes hacer mis tareas.

–Estoy deseando ver cómo intentas impedírmelo. Será mejor que me hagas una lista de lo que tienes que hacer.

Muy bien. Los opulens se reirían de él y hasta los sirvientes harían bromas a su costa. Al menos serviría para poder estar un tiempo lejos de él, unos momentos de tranquilidad. Empezaba a detestar las emociones que despertaba en ella. Su intensidad.

Elaboró la larguísima lista mientras él se vestía y volvía a colocarse todas las armas. Después se acercó a ella, completamente vestido de negro con la ropa que le había proporcionado el rey y con un aspecto sencillamente exquisito a pesar de haberse tapado el cuerpo. Josephina le dio el papel.

–¿De verdad haces todo esto? –le preguntó después de leer la lista de tareas.

–Casi todos los días, sí.

Kane la leyó por segunda vez.

–Debería matar a tu padre y a tu hermano ahora mismo.

–¿Y pasar el resto de tu vida huyendo de los fae que te perseguirían eternamente?

−Eso no me preocupa −aseguró y parecía sincero.
−Pues debería. Sé que Tiberius te ha dado muchas libertades y probablemente pienses que todo mi pueblo es una ridiculez, pero aún no los has visto preparados para una venganza de sangre.
−Sigue sin preocuparme.
Josephina se puso las manos en las caderas y lo miró fijamente.
−Si los fae quieren matarte y no consiguen encontrarte, encontrarán a tus amigos más cercanos y los torturarán para obligarte a salir del escondite. Les dará igual que sean los famosos Señores del Inframundo.
−¿Y si ya estoy muerto?
−Entonces lo harán por diversión.

Capítulo 20

En solo unos segundos, Kane había cerrado con llave la puerta de su dormitorio dejando dentro a Campanilla y al resto del mundo fuera. Los remordimientos amenazaban con arrastrarlo hacia un pozo oscuro de vergüenza, lo cual era ridículo. En realidad estaba haciéndole un favor. Necesitaba descansar y él necesitaba asegurarse de que estaba protegida y a salvo y, por mucho que la hubiese encerrado como si estuviese prisionera, era la mejor manera de garantizar ambas cosas. Quizá algún día hasta se lo agradeciera.

Tratando de controlar la sensación de urgencia, Kane reunió a un grupo de sirvientes y repartió unas cuantas órdenes. Todos ellos se dispusieron a realizar los veintinueve puntos que componían la lista de tareas de Campanilla; plancharon las cortinas, frotaron los suelos, sacaron brillo a las barandillas y limpiaron el cuarto de baño de la reina.

El propósito de esa última tarea era únicamente humillar a Campanilla, estaba seguro. Kane ya había visto el modo en que la reina miraba a Campanilla, el rencor que había en sus ojos azules y no era muy difícil adivinar por qué. Campanilla era la prueba viviente de que el rey la había engañado y la reina Penelope se vengaba como podía. Pero eso iba a acabar ese mismo día. Campanilla no volvería a servir a un solo miembro de la familia real.

Ahora estaba a su cuidado y solo lo serviría a él, a nadie más.

Kane sonrió. Campanilla habría protestado de haber podido oír lo que pensaba.

Después de hablar con uno de los guardias se había enterado de que Synda, su otra responsabilidad, había decidido salir a pasear otra vez por el jardín sin protección alguna y a pesar de la presencia de los fénix.

Apenas puso un pie en el exterior, se levantó una fuerte ráfaga de viento que movió un azadón que había en el suelo y le golpeó la pierna. Al no ver a la princesa en los jardines, se adentró en el bosque, pero después de una hora, no había conseguido encontrar ninguna huella que indicara que Synda, o Petra, estaban allí. Se imaginaba que Synda habría conocido a alguien, se habría acostado con él y habría vuelto al palacio. En cuanto a Petra... no estaba seguro, pero tenía la impresión de que no era de las que se rendían fácilmente.

Así pues, volvió al palacio sin haber conseguido nada excepto sentirse frustrado.

Desastre soltó una carcajada de maniaco.

Ya en el interior del palacio, recorrió los pasillos, observando y escuchando entre las sombras, lo que se había convertido en una especie de ritual nocturno. Le gustaba comprobar que todo el mundo estaba donde se suponía que debían estar, sin meterse en problemas, ni planeando hacer daño alguno a Campanilla. Vio al rey al fondo de un pasillo, llevando a su nueva amante hacia sus habitaciones, sin poder ocultar su impaciencia, pues ya tenía las manos bajo el vestido de la muchacha, que lo animó a seguir, pero sin la menor expresión en la voz. Como si estuviera muerta.

En cuanto desaparecieron tras una puerta, Kane continuó con su recorrido. Synda estaba ahora en su habitación, jugando al strip póquer con Rojo, Verde y Negro. Era un alivio saber al menos que había vuelto. ¿Dónde estaría Blanca? En la sala de billar descubrió a un Leopold sorprendentemente recuperado, jugando con tres doncellas humanas. Las tres tenían el cabello largo y negro. Como Campanilla.

Kane se acercó más a la puerta. «No puedo matarlo sin ocasionar problemas a Campanilla», se lamentó.

–Has fallado –le dijo Leopold a la que tenía el taco–. Ahora tendrás que pagar la multa.

–Encantada –respondió la chica con una seductora sonrisa.

El príncipe se acercó a ella y la besó apasionadamente mientras las demás los miraban y se reían.

Kane había oído los rumores que decían que el rey había despreciado a Leopold desde que había nacido y sin embargo adoraba a Synda, la hija mayor y más problemática. Lo que Kane no sabía era el motivo de esa diferencia de trato.

–... ha debido de expulsar de nuestro reino al ejército fénix –oyó decir a un guardia que pasaba.

Ni él ni su colega vieron a Kane entre las sombras.

–Cobardes –espetó el otro.

En la siguiente habitación, un grupo de sirvientes estaba limpiando y ordenando una sala de estar en la que todo el mobiliario era rosa.

–... igualita que su madre.

–¡Desde luego! He oído que duerme en la habitación de él.

Se oyó un suspiro de ensoñación.

–A mí me encantaría dormir en su habitación.

Estaban hablando de Campanilla, insinuaban que era su... Ni siquiera podía pensarlo sin sentir ganas de matar a alguien. De la manera más dolorosa. Se apartó de la puerta de esa habitación y, al darse la vuelta, se chocó con Blanca.

–¿Estás siguiéndome? –le preguntó.

Ella se encogió de hombros, sin negarlo.

Kane hizo amago de pasar de largo, pero ella lo agarró

de la muñeca. Mientras que Desastre ronroneaba de placer, él apartó la mano para cortar el contacto físico lo más rápido posible.

—Me tienes confundida, Kane, y no me gusta sentir confusión.

—Eso no es problema mío.

En ese momento apareció William, que salía de los aposentos de la reina con una sonrisa en los labios. Al verlo, Blanca salió corriendo.

—No tardes, querido —le decía desde dentro la reina, sin sospechar que tenían público.

—Como si algo pudiera alejarme mucho tiempo de ti, amorcito —respondió el guerrero.

Kane se detuvo y esperó con los puños cerrados.

—¿Qué crees que estás haciendo?

La sonrisa de William desapareció de inmediato.

—¿Además de aguantarme las ganas de vomitar? Estoy recabando información. ¿Por qué? ¿Pensabas que te estaba traicionando?

—¿No me dirás que es una locura pensar algo así? Los dos sabemos que una vez apuñalaste a Lucien.

—Ay, lo recuerdo —murmuró el guerrero, sonriendo de nuevo—. Pero tú no estás intentando robarme como hizo Lucien. Por cierto, yo no hago estas cosas gratis. Me debes una.

Kane se relajó un poco, pero no del todo.

—¿Qué has averiguado?

—Te lo diré cuando esté seguro de que estás solo. No quiero que nadie pueda oírnos y piense que de verdad me gusta ayudar a mis amigos.

William lo llevó hasta el final del pasillo y, tras doblar la esquina, se apoyó en la pared y abrió un pasadizo secreto que Kane aún no había descubierto. El lugar estaba iluminado con antorchas y había una estrecha escalera por la que bajaron.

—Bueno —comenzó a decir por fin el guerrero—, el rey se

ha enterado hace poco de que nuestro buen amigo Paris se acuesta con Sienna, la nueva reina de los Titanes. También sabe que Strider y Sabin están con dos arpías y que a Lucien le cortó las pelotas Anarquía. Teme a tu familia y quiere formar parte de ella a toda costa.

—Vaya, gracias por las viejas noticias.

Pero lo cierto era que, tras escuchar todos esos datos, se preguntó hasta dónde llegaría el deseo del rey. ¿Hasta el punto de reconocer su parentesco con Campanilla y permitirle a él que se casara con ella en lugar de con Synda?

Casarse con Campanilla, pensó. Campanilla convertida en su esposa.

Suya. Para siempre.

La felicidad lo invadió por dentro, inundándolo de una cálida sensación.

«¡No!», exclamó Desastre y se resquebrajó el suelo bajo los pies de Kane. «¡La mataré!».

Kane tropezó y se golpeó las rodillas. ¿Podría someter a Campanilla a los ataques de ira de Desastre, para siempre?

No, no podía.

¿Y podía casarse con Synda?

Quizá debiera llamar a sus amigos. No tenía duda de que acudirían. Sienna estaba al frente de una legión de soldados inmortales. Las arpías podrían aplastar a cualquier ejército con las manos atadas a la espalda. Anarquía era capaz de destruir el mundo entero sin dejar de reírse. Podrían entrar en guerra con los fae y él podría liberar a Campanilla sin tener que casarse con nadie.

Pero, ¿y si salía herido alguien a quien quería? ¿Cómo podría vivir consigo mismo después de eso? Habría demostrado una vez más que era un completo fracaso, incapaz de conseguir nada por sí mismo.

No. Le quedaba muy poco orgullo, pero no recurriría a sus amigos a menos que fuera estrictamente necesario.

—Muy bien, has pasado de la excitación, al enfado y

después al abatimiento en menos de tres segundos –adivinó William, poniendo fin a sus elucubraciones–. Es muy entretenido y halagador, siempre he sabido que te gustaba, pero ahora quiero que me lo cuentes. ¿Cuál es el plan?

–Me encantaría saberlo.

–Bueno, pues decídelo porque cuanto antes lo hagas, antes podremos marcharnos. Si tengo que comérselo a la reina una vez más.... –se estremeció–. No me malinterpretes, normalmente es uno de mis pasatiempos preferido, pero se me ha congelado la lengua.

–¿Es que piensas que no estoy tratando de tomar una decisión? –replicó Kane.

El problema era que cualquiera de los caminos que eligiera tendría terribles consecuencias y estaba cansado de cambiar de opinión una y otra vez.

–No creo que quieras saber lo que pienso.

–Tienes razón. Cuando no estás pensando en acostarte con alguien, estás pensando en buscar a alguien con quien acostarte.

–Me gusta que me conozcas tanto. Por cierto, la reina y la princesa han organizado no sé qué juegos en el jardín para mañana y sé que tu Campanilla tiene algo que ver en alguno. Te sugeriría que te pasaras por allí.

Seguro que era otro intento de humillar a la sirvienta Josephina. Si volvía a oír que alguien la llamaba así, explotaría.

–Lo haré. Tú hazme el favor de mantener a tus hijos alejados de mi camino. Dijeron que eran mis ayudantes, solo para estar cerca de Campanilla.

–Sí, bueno, eso fue idea mía. Les gustó lo que les hizo y quieren que vuelva a hacerlo.

Kane agarró a William por la pechera y lo empujó contra la pared, apretándole el cuello.

–¿Fue idea tuya?

–¿Así me lo agradeces? Te he hecho un favor. Deberías alegrarte de tener al enemigo al alcance. Yo me alegraría.

Kane fue soltándolo gradualmente.

–Si intentan llevársela, los mataré –quizá lo hiciera de todos modos.

–¿Es que te has dado un golpe en la cabeza? Ya sé que no pueden llevársela. Por eso les advertí de cómo eran con sus mujeres los Señores del Inframundo. Bueno, aquí termina nuestra pequeña charla –anunció al tiempo que le señalaba una puerta–. Por ahí saldrás al pasillo de tu habitación.

Kane salió de allí sin decir nada más. Por suerte no había ningún guardia en la zona, así que se libró de tener que esconderse. Todo el mundo creía que estaba en su dormitorio, con su amante.

Entró lo más sigilosamente posible mientras se preguntaba si Campanilla estaría enfadada con él. No le gustaba que se enfadara; quería que estuviese relajada y feliz.

La encontró en la cama, tapada por completo. Caminó hasta ella de puntillas y con una increíble sensación de ternura en el pecho. Una vez junto al colchón, retiró las sábanas, impaciente por ver su rostro. Pero lo que vio fue... una almohada doblada.

Mientras intentaba pensar qué significaba aquello: ¿lo habría hecho ella o se la habría llevado alguien? ¿Estaría bien? Oyó que algo se movía detrás de él. Vio una sombra por el rabillo del ojo y un trozo de cristal que se levantaba hacia él. Kane se dio media vuelta y agarró a su atacante.

Lo primero que notó fue la delicadeza de su estructura ósea y luego el aroma a romero y menta. Después tocó una piel cálida y suave. Se dio cuenta de que era Campanilla cuando ya la había tirado sobre la cama y la vio botar en el colchón. El jarrón de cristal con el que había intentado golpearle se rompió en mil pedazos, varios de los cuales se le clavaron a Kane en distintas partes del cuerpo.

Se puso en pie y la miró.

–Podría haberte matado.

–Así habrías cumplido la primera promesa que me hiciste –le respondió ella, lanzándole puñales con la mirada.

Unos puñales que se le clavaron en el corazón. Siempre sentía una especie de dolor cuando estaba cerca de ella, pero aquello era diferente porque lo sintió en todas las células de su cuerpo, destrozándolo por dentro.

–¿Es eso lo que quieres todavía? ¿Quieres morir?

–¡Ahora mismo preferiría que te murieras tú! –replicó, hecha una furia.

–¿De verdad? –le preguntó en voz baja.

La vio respirar hondo y olvidarse del enfado.

–No, no. Siento habértelo dicho. Pero la verdad es que creo que necesitas aprender una lección. ¡Me has dejado encerrada! ¡Tú... tú... ahhhh! No se me ocurre un insulto lo bastante fuerte.

–Te he hecho un favor. Cualquiera que te hubiera visto con mi ropa, habría visto confirmado lo que ya cree todo el mundo.

–¿Qué es lo que creen?

Kane arqueó una ceja.

–¡Lo sabía! No solo piensan que soy de tu propiedad, ¡piensan que soy tu furcia! –golpeó el colchón con ambos puños hasta que recuperó la calma–. En realidad no importa, no habría importado porque no me habría visto nadie. Me habría escabullido hasta mi habitación y me habría quedado allí.

–Campanilla, no eres precisamente una mujer que pase desapercibida.

–¡No digas tonterías! Llevo toda la vida pasando desapercibida.

–No creo que Leopold esté de acuerdo.

–Bueno, pero ahora está de baja, ¿verdad?

–Pues no. De hecho, parece completamente recuperado –Kane se sentó al borde de la cama e intentó no sentirse afectado por su proximidad, pero, como de costumbre, no lo consiguió–. No me digas que estás enfadada por lo que le hice a tu hermano.

—No, me siento agradecida. Lo que ocurre es que tenía...

—Cosas que hacer. Lo sé. Se las he encomendado a otros.

—¿Les dijiste a otros sirvientes que hicieran mis tareas y te obedecieron? —no pudo disimular su incredulidad.

—Sí —respondió para luego añadir con sequedad—: Hay gente que me teme.

La vio mover ligeramente los labios como si fuera a sonreír y le pareció el gesto más bello que había visto en su vida.

—¿Estás diciéndome que debería temerte?

—No, Campanilla. Jamás tendrás motivo para temerme —le agarró las muñecas, consciente del peligro de lo que iba a hacer—. Veamos lo que eres capaz de hacer con estas manos.

Ella intentó soltarse.

—No. Podría hacerte daño.

—Entonces te alegrarás.

—No, en absoluto.

—No lo digas como si lo lamentaras —le quitó un guante y luego el otro.

Se dio cuenta entonces de que era la primera vez que le veía las manos. Deberían haber sido suaves, pero estaban llenas de magulladuras y cicatrices. Y, a pesar de llevar siempre guantes, tenía las palmas llenas de callos y las uñas rotas.

Volvió a intentar soltarse y él volvió a impedírselo.

—Deja de mirarlas —le pidió, incómoda.

—¿Por qué? Me gustan.

—Sí, claro, son preciosas.

—Claro que lo son. En realidad son mucho más que eso —y era cierto porque aquellas manos eran el símbolo del trabajo duro y de esa fuerza que muy pocos poseían. Le besó los nudillos antes de darse cuenta de quizá debería haber esperado hasta saber si le robaría las fuerzas.

Ella lo miró con los ojos muy abiertos.

—Tócame —le ordenó después de soltarla.

—Tú... ¿confías en que no te robe la fuerza aunque solo sea para escapar de tu habitación?

—Sí.

—Pero, ¿por qué? Acabo de intentar romperte la cabeza con un jarrón. ¿Y si te robo la energía accidentalmente? ¿Qué pasaría entonces?

Kane se encogió de hombros.

—Ocurrirá lo que tenga que ocurrir. Pero tenemos que saber a qué nos enfrentamos.

Pero ella negó con la cabeza con determinación.

—No pienso ponerte en peligro.

¿Sabría lo que significaba para él oírle decir esas palabras?

—O me tocas o te dejo encerrada y me voy a buscar a Synda. Seguro que a ella no le importa...

Al oír eso, Campanilla soltó un grito de frustración, se puso de rodillas de un salto y le agarró la cara con las dos manos.

—Eres un cretino y te mereces cualquier cosa que te pase.

Kane sintió ganas de reír, pero no podía hacerlo. Por fin sentía sus manos, su calor, lo único que tenía que hacer era echarse hacia delante y la tendría debajo. No tardaría ni dos segundos en desnudarla y otros dos en desnudarse él.

Otro más en zambullirse dentro de ella.

En ese momento comenzó a moverse el cuadro que había colgado sobre el cabecero y le cayó encima.

—¿Estás bien? —le preguntó Campanilla.

Desastre soltó una retahíla de maldiciones más fuertes que nunca.

—Sí.

—¿Seguro?

—Sí —repitió—. Ahora no puedes parar.

Ella bajó las manos, aliviada. Pero el alivio no duró mucho. Kane se quitó la camiseta.

—¿Qué haces? —le preguntó ella, con la mirada clavada en su pecho.

—Veamos ahora qué pasa cuando estás distraída.

—¿Qué? ¡No! Vuelve a ponerte la camisa. Estás... estás... muy sexy —dijo por fin con un suspiro—. Quiero decir que...

—No puedes retirarlo —le dijo, sonriendo al tiempo que le agarraba las manos y se las ponía en el pecho. La sensación era increíble, tanto que no pudo evitar gemir. Ella también lo hizo—. ¿Preparada para el siguiente paso?

—¿Hay más?

—Mucho más.

Debería resistirse, pero no iba a hacerlo. Cada segundo que estaba con ella se convertía en una tortura a la que solo podía poner fin de una manera. Allí, envuelto en su aroma y viendo el deseo que había en sus ojos, sabía que encontraría la cura.

«Mía».

Bajó la cabeza lentamente, saboreando cada momento antes de rozarle los labios con los suyos. Ella abrió la boca de inmediato, aceptando su presencia, y él sacó la lengua. Su sabor lo embriagó tanto como su aroma y dejó de pensar por completo. Se apoderó de él la necesidad que tanto tiempo llevaba negando. Estaba desesperado y hambriento.

Guiado por el instinto, se inclinó sobre ella y ella se dejó tumbar, tal y como había imaginado. En esa posición, no había una parte de su cuerpo que no estuviese en contacto con el de ella.

—Kane —susurró.

—Campanilla.

La besó con más ímpetu, con más ansias, y esa vez no aparecieron los malos recuerdos, ni hubo dolor alguno. Aunque tampoco le habría importado que lo hubiera. Pero lo cierto era que ella borraba la oscuridad de su vida y de su mente y lo inundaba de luz y placer. De belleza.

«Mía. Es toda mía».

Habían empezado aquello por algo... ¿Por qué?

Sintió sus manos en la espalda, provocándole un sinfín de escalofríos de placer. Ah, sí, sus manos.

—Has debido de levantar una especie de barrera mental porque no me estás quitando las fuerzas.

—Asegúrate bien —mientras hablaba, abrió las piernas para él, proporcionándole un hogar para su sexo.

La deseaba tanto, que no pudo por menos que dejarse caer en ese hogar, apretándose contra ella y gimiendo de placer. Era perfecto. No podía quedarse quieto y, sin darse cuenta, empezó a moverse, buscando.

Ella gimió también, pero Kane se recordó a sí mismo que era inocente, que nunca antes lo había hecho. Tenía que tener mucho cuidado.

Pero no fue muy cuidadoso al tocarle los pechos, o cuando metió la mano entre los dos cuerpo para tocarla. Porque ella no parecía querer cautela, más bien se había entregado a la pasión con todas sus ganas y gritaba de placer. Así pues, Kane se convirtió en el animal ansioso que realmente era.

Le mordió el cuello y ella se estremeció al tiempo que gritaba:

—¡Sí!

La obedeció porque todo el cuerpo le pedía que la hiciera disfrutar como se merecía. Esa mujer... estaba hecha para él, solo para él.

Ella arqueó la espalda mientras le pasaba las manos por la espalda, clavándole las uñas de vez en cuando y le apretaba las caderas con sus rodillas. Y luego... bajó la mano hasta su sexo y lo agarró.

—¿Está bien así? —le preguntó.

—Mejor que bien.

Debería poner fin a lo que estaba ocurriendo antes de que no hubiera marcha atrás.

Pero no podía hacerlo.

Llevaba tanto tiempo deseándolo, que preferiría morir a privarse de aquello.

—Por favor —susurró ella—. Quiero más.

—Sí —le levantó la falda con dedos temblorosos. Tenía que desnudarla y demostrar que era suya, que le pertenecía y que nadie podría separarlos jamás.

Cuando por fin la tuvo casi desnuda, se dio cuenta de que no podía apartar los ojos de ella, de tanta perfección y tanta belleza.

Solo quedaban las braguitas.

Desastre hizo temblar las paredes de la habitación y quizá todo el palacio. Se movieron los muebles. Pero Kane estaba demasiado inmerso en ella para prestar atención.

«¿Vas a hacerla tuya y luego a casarte con su hermana?».

La pregunta apareció en su mente cuando ya creía haberse deshecho de su conciencia. La echó a un lado. Iba a asegurarse de que disfrutara tanto que jamás se arrepentiría de aquello, nunca...

«Sufriría la vergüenza y la culpa».

La idea era demasiado desgarradora como para no hacer caso. Como si de pronto le hubieran pegado una bofetada que le hubiera obligado a volver a la realidad, Kane supo que no podía hacerlo. No mientras hubiera tanto por decir y por pensar.

Todo su cuerpo protestó cuando se separó de ella y le devolvió el vestido.

La frustración le hizo pegar un puñetazo al cabecero de la cama.

—¿Kane? ¿Qué ocurre? —le preguntó ella, confusa y asustada.

—Lo siento. No quería asustarte.

Por lo menos habían pasado los temblores. Desastre había recuperado la calma.

—¿Te he robado la fuerza sin darme cuenta?

—No —se tumbó a su lado, mirándola—. El demonio ha empezado a protestar.

—Quiero irme a mi habitación –anunció ella con voz fría.

—No. Vas a dormir aquí y no es negociable.

—Tú no decides lo que es negociable y lo que no –le aclaró con fuerza.

—Pero puedo atarte a la cama si se te pasa por la cabeza la idea de marcharte.

Campanilla cerró los ojos para ocultar la angustia que sentía.

—¡No sabes cuánto me confundes! Estás loco de pasión por mí y de pronto te apartas. No debería haberte besado, lo reconozco. Está claro que la situación no ha cambiado; si acaso ha empeorado. Te pregunté si pensabas casarte con Synda y no me contestaste.

En otras circunstancias, si pensase casarse con la princesa por algo que no fuera salvar a Campanilla, le habría dado la razón.

—Pensaba que sería necesario hacerlo –y seguía siendo una opción, pero en ese momento, teniendo aún su sabor en los labios, supo que jamás podría hacerlo–. Pero me equivocaba.

Tendría que encontrar otra solución.

Uno de los trozos de madera del cuadro que había caído sobre el dosel de la cama cayó de repente y se le metió en el ojo. Se le escapó un grito de dolor, pero enseguida consiguió sacarse la diminuta astilla.

Lo peor era el odio que sentía hacia Desastre.

—¿Hay algo de lo que estés seguro?

De que estaba harto de fingir, de tantos recuerdos y temores y... de todo excepto de ella.

—Estoy seguro de que necesitamos descansar un poco –antes de que Desastre le hiciese daño a ella–. Seguiremos hablando más tarde.

Capítulo 21

−¿A qué no sabes una cosa? Ya es más tarde.
Kane miró a su alrededor. Josephina estaba de pie junto a la cama, envuelta en la misma bruma blanca que había visto aquella noche en el callejón junto al club.
−¿Has vuelto a proyectarte en mi mente?
Pero si estaba a su lado en la cama, ¿no?
Estiró la mano y, efectivamente, su cuerpo caliente le acarició.
−¿Te molestaría si fuera así? −levantó la barbilla tratando de parecer altiva, pero solo resultó encantadora.
−Si me molestara, ya te habría tumbado sobre mis rodillas.
En sus ojos apareció un brillo pícaro.
−¿Serías capaz de darme un azote?
−¿De verdad quieres retarme?
Ella levantó las manos y dio un paso atrás con fingida inocencia.
−No, no. Yo jamás haría algo así.
Kane se echó a reír con una sensación de despreocupación que lo dejó asombrado.
−¿Por qué no hablas conmigo en persona?
−Por tres motivos. Porque soy muy impaciente, porque nuestros cuerpos están exhaustos y porque Desastre no puede hacerme daño aquí.

–A eso se le llama dejar lo más importante para el final –reconoció con una sonrisa–. ¿A quién más has invadido de esta manera?

–A mi madre –reconoció ella con tristeza–. Antes de que me concediera el don para siempre, se lo quité sin querer unas cuantas veces.

–¿Por qué no lo utilizas más?

–Porque en este reino no hay nadie con quien quiera hablar, ni nadie que quiera hablar conmigo.

«Otra vez me rompes el corazón».

–No invadas a nadie más –no le gustaba la idea de que estableciera con otro una conexión tan íntima.

Pero ella le sacó la lengua.

–Lo que tú digas, papá.

–Cuidado, para un tipo como yo, eso podría ser una invitación.

La vio abrir la boca y pensó, o quizá esperó, que iba a lanzarle una verdadera invitación, pero al final solo dijo:

–¿Kane?

Sintió un escalofrío como si lo hubiera acariciado.

–Sí.

–Hay algo que quiero preguntarte, pero es bastante personal.

–Puedes preguntarme lo que quieres –aseguró él a pesar del temor que sentía.

–¿Por qué una mariposa?

Vaya, eso era fácil. Kane se puso en pie... pero sin darse cuenta se dejó el cuerpo.

–¿Qué ha pasado?

–Creo que acabas de proyectar tu imagen. Como hago yo.

–¿Cómo lo he hecho?

–No lo sé.

¿Acaso entre ellos había una unión profunda que hacía que Kane adquiriese las habilidades de ella? ¿O acaso le había dejado una parte de sí misma cuando le había quitado a Desastre?

Alargó la mano y recorrió con los dedos la curva del ala de la mariposa que asomaba bajo la cinturilla del pantalón.

–Así, puedo sentirte.

La erección fue instantánea.

–Y yo a ti –susurró él.

–La mariposa... –le recordó con un escalofrío.

Cierto.

–Entre mis amigos y yo tenemos muchas teorías y todas distintas.

–Cuéntame la tuya –le rozó el ombligo con los nudillos.

Kane tuvo que reprimir las ganas de agarrarle la mano y bajársela un poco más.

–Dentro de la crisálida, el gusano se divide en un conjunto de células que vuelven a unirse después para formar un ser completamente distinto y la criatura sale transformada en mariposa. Antes yo era un guerrero, luego llegó el demonio y me deshice para luego transformarme en otra cosa, algo oscuro y retorcido.

Ella buscó su mirada.

–Pero el demonio y tú no sois el mismo ser. Soy dos cosas separadas.

–Aún no, pero lo seremos –le dijo, incapaz de ocultarle la decisión que había tomado. Pero antes de que pudiera hacerle más preguntas, Kane le ofreció una mano.

–¿Qué? –preguntó ella, confundida.

–Agárrala.

Pasaron unos segundos antes de que entrelazara sus dedos con los de él.

Kane guardó silencio, pero comenzó a caminar lentamente por la habitación. Ella le siguió el ritmo, dejando que la bruma bailara a su alrededor, envolviéndolos en una agradable tranquilidad.

–¿Cómo funciona este don tuyo? Te proyectas en mi mente, pero, ¿además controlas todo lo que veo?

–La mayor parte, sí.

–Demuéstramelo.

—¿Qué te gustaría ver?
—Lo mejor que tengas.
Ella le dedicó una mirada de satisfacción.
—Prepárate para quedarte maravillado —dijo antes de frotarse las manos y cerrar los ojos.

Apenas un instante después aparecieron ante los ojos de Kane un montón de árboles frondosos que llenaron la habitación. En una de las ramas se materializó un híbrido de perro y mono que le tiró una manzana a la cabeza.

Kane se agachó, pero no consiguió esquivarla del todo. La fruta le cayó en el hombro y Campanilla se echó a reír.

—Te has metido en un buen lío —la avisó.

—Madre mía, no. ¿Vas a darme esos azotes? —dijo fingiendo estar asustada justo en el momento en que le caía otra manzana en el hombro—. ¿O acaso el fiero guerrero me va a regañar?

Kane respondió con un gruñido tan falso como su miedo.

Ella siguió riéndose mientras huía corriendo.

—Antes tendrás que agarrarme.

Esa risa. A pesar de lo mucho que deseaba besarla y acariciarla, deseaba aún más oírla reír. Salió corriendo tras ella, la persiguió entre los árboles, cruzándose con más animales de su invención. El gato-ciervo, la ardilla-avispa, el elefante-cebra. A punto estuvo de alcanzarla, pero volvió a escapársele sin dejar de reír. Él también se rio.

No sabía si habían atravesado las paredes o seguían aún en la habitación y tampoco le importaba. Kane jamás se había comportado como un niño porque nunca lo había sido. Había llegado al mundo ya formado y desarrollado, como un vehículo diseñado para la guerra y la venganza. Más tarde, después de la caja de Pandora, se había convertido en vehículo del mal y las semanas que había pasado en el infierno no habían hecho sino aumentar la oscuridad que llevaba dentro. Hasta que llegó Campanilla a su vida, no había sido otra cosa; no había conocido la luz.

Cuando por fin la agarró, ella estaba temblando de la risa y volvió a escaparse.

—Pobre Kane —le dijo de lejos, intentando disimular los jadeos de cansancio—. ¿Demasiado viejo para seguirle el ritmo a una joven fae?

Kane aceleró el paso, movió las piernas y los brazos tan a prisa como le daba el cuerpo, hasta que la tenía al alcance de la mano. Campanilla soltó una sonora carcajada cuando la agarró por la cintura y la levantó del suelo para darle la vuelta.

—¿Ahora crees que soy demasiado viejo? —le preguntó Kane.

—Tienes miles de años; claro que eres demasiado viejo.

—Sí, pero, ¿crees que soy demasiado viejo para ti?

—Nadie es demasiado viejo para mí.

Ahora era Kane el que soltaba una carcajada.

—Eres una extraña combinación de inocencia y provocación.

En los ojos de Josephina apareció de pronto cierta inseguridad.

—¿Demasiado extraña para ti? —le preguntó, dubitativa.

—Eres perfecta para mí —confesó Kane mientras pensaba que no le sería difícil acostumbrarse a aquello.

Lástima que no fuera a durar.

La dejó en el suelo y la miró mientras se preguntaba si volvería a sentir aquel dolor. Sabía que Desastre no se había rendido, así que, ¿por qué no actuaba?

—Gracias, Campanilla —le dijo.

—¿Por qué?

—Por ser tú.

Kane se despertó lentamente, su mente fue adaptándose gradualmente a la realidad hasta notar algo suave y cálido pegado a él. También se dio cuenta de que no había tenido ninguna pesadilla y que había dormido y descansado de verdad. El olor a romero lo envolvía. Abrió los ojos y observó a la responsable de tanta paz. Mientras la mirada se dibujó una sonrisa en su rostro.

Aquello era lo que deseaba. Una bella mujer a la que admiraba, respetaba y deseaba estaba acurrucada contra su pecho y con una pierna sobre sus caderas.

Sus rasgos parecían asombrosamente relajados y en sus mejillas había un ligero tono rosado. No sabía cómo acababa siempre entre sus brazos, pero le habría encantado descubrirlo.

Le apartó el pelo de la cara, ella suspiró y se humedeció los labios. Unos labios que él también había saboreado la noche anterior.

Unos labios que deseaba volver a besar...

Se inclinó hacia ella con la intención de hacerlo, pero se quedó helado en cuanto descubrió lo que iba a hacer de manera instintiva. El día anterior se había detenido porque sabía que Campanilla se odiaría a sí misma si se acostaba con un hombre que estaba comprometido con otra.

Pero desde aquello había descubierto algo. No podía casarse con Synda. Ni por el mejor motivo del mundo.

Iba a estar con Campanilla.

Quizá se arrepintiera después y seguro que ella lo haría. Un buen hombre se alejaría de ella de inmediato.

Pero él no era un buen hombre.

Se acercó los pocos milímetros que le faltaban y, en el momento en que la rozó, salió de sus labios un gemido. Sus labios... tan suaves. Las mujeres del club le habían pedido que las besara, pero él no había querido hacerlo y hasta le había dado asco pensarlo. Sin embargo con Campanilla las cosas eran muy distintas. Con ella quería compartir más de lo que había compartido con ninguna otra mujer... y lo iba a hacer.

Ella abrió los ojos y lo miró. Kane esperó a que se desvaneciera su confusión.

—¿Más? —dijo, preguntándoselo y pidiéndoselo al mismo tiempo porque el deseo le inundaba las venas.

Ella arqueó la espalda y se frotó contra él con delicia.

—Por supuesto.

Kane volvió a besarla, le metió la lengua en la boca y ella gimió de nuevo. Estaba ya perdido, inmerso en un lugar donde lo único que importaba era el placer. Al principio trató de ser delicado y ella se mostró insegura, quizá por lo temprano que era, pero cuanto más la besaba, más a fondo le permitía llegar y poseer su boca. Y cuando más la poseía, más se pegaba ella a su cuerpo.

La cama empezó a temblar y Kane oyó un rugido en su cabeza.

Coló una mano por debajo de su camisa y se la puso en el pecho. Al oír su siguiente gemido supo que tenía permiso para acariciarlo libremente y no se hizo esperar.

—¿Te gusta que te toque así?

—Sí.

—Puedo hacer algo más —bajó la mano por su estómago y siguió hasta llegar a la cara interna de los muslos—. ¿Quieres que lo haga?

—Por favor.

Parecía incapaz de pronunciar más de dos palabras seguidas; quizá porque estaba demasiado concentrada en sentir.

—Quiero quitarte la ropa. Hasta la última prenda.

—Síí.

Le desgarró la camisa y así pudo poner la boca donde antes había tenido la mano. Mientras la chupaba, se bajó la cremallera del pantalón y, entonces, por fin...

—Espera —le dijo ella—. Quizá deberíamos pensarlo.

No iba a protestar.

—Ya lo pensaremos más tarde.

—Pero... no estoy segura... puede que sea un error.

Entonces oyó unos pasos al otro lado de la puerta y alguien que silbaba.

No. No podía ser. Otra vez. No. Precisamente cuando iba a saber el motivo por el que Campanilla pensaba que podría ser un error.

Llamaron a la puerta.

–Oye, guerrero. Es hora de salir al jardín –anunció William–. No querrás hacer esperar a la reina. Ya ha enviado un guardia en busca de tu Campanilla.

Kane gruñó.

–Vete.

Primero hubo una pausa y luego una risotada.

–¿Llego en un mal momento?

–No pasa nada –dijo Campanilla, aunque sin demasiada certeza–. Si la reina quiere que salga al jardín, es que ha preparado un partido de críquet. Tengo que ir.

Odiaba a William.

La cama dejó de temblar.

–Vístete –le dijo a Campanilla–. Voy contigo.

–Es muy sencillo –explicó la reina con su arrogancia habitual–. La sirvienta Josephina pondrá las piernas...

–Ese ya no es su título –gruñó Kane, sobresaltando a Josephina.

La reina se quedó pálida.

–Bueno, tendrá que ponerse con las piernas abiertas –corrigió–, y los demás tendremos que pasar la pelota por debajo con la ayuda del mazo.

A Josephina le ardían las mejillas mientras agarraba a Kane de la muñeca para que no atacara a la reina. Lo soltó con la intención de colocarse tal y como había explicado.

Esa vez fue él el que la agarró para detenerla.

–Josephina no va a hacer nada semejante –espetó Kane.

La reina resopló, sorprendida e indignada.

–Si quiere, traeré al rey para que sea él el que decida –propuso él después de una acalorada discusión sobre lo que Josephina debía o no debía hacer–. La chica es mía y soy yo el que decide qué debe hacer.

Penelope buscó a William con la mirada.

–No merece la pena discutir –sentenció el guerrero–. Dale lo que te pide y luego yo haré lo mismo contigo.

En su voz había una curiosa mezcla de aburrimiento y coqueteo.

–Está bien –se resignó la reina, no se sabía si por temor a que tuviera que resolverlo el rey o por impaciencia por obtener lo que William le ofrecía–. Jugaremos sin la sirvienta... quiero decir, sin la chica.

–Mejor así –concluyó Kane y luego le dio una palmada en el trasero a Josephina antes de unirse al resto de jugadores.

Ella tuvo que hacer un esfuerzo para no reírse.

«La próxima vez me defenderé yo sola». Una vez, Kane le había dicho que era muy valiente y sabía que él no mentía, así que ya iba siendo hora de que actuase como tal. Sabía que habría repercusiones, castigos que en otro tiempo había temido más que a nada en el mundo. Pero no quería seguir siendo una esclava, no era esa su misión en la vida y no iba a seguir tolerándolo.

Tenía que ser ella la que tomara las decisiones sobre su vida.

A pocos minutos del comienzo del juego, Synda lanzó su pelota demasiado lejos y se quedó mirándola mientras se mordisqueaba el labio.

–¿Me ayudas, Señor Kane? Yo no tengo fuerza suficiente para mandarla tan lejos.

¿Estaba... coqueteando?

Kane se detuvo un instante antes de acudir a su lado.

Sí, estaba coqueteando.

Synda parpadeó ante él y se pavoneó mientras él le colocaba las manos sobre el mazo. Josephina trató de controlar la rabia que le provocaba ver al guerrero, su guerrero, tan cerca de la princesa.

—Esto es muy aburrido –le dijo William a la reina sin preocuparse por que Josephina pudiera oírlo–. ¿Por qué no subes a tu habitación y me esperas allí? Iré dentro de unos minutos para que nadie sospeche y podremos jugar a algo mucho más apasionante.

—Pues... –la reina miró a su hija tratando de decidir y finalmente asintió.

—Buena chica.

Se alejó prácticamente corriendo y sin despedirse de nadie.

¿Aquellos dos eran amantes?

Josephina sabía que la reina había metido otros hombres en su cama, todos ellos habían muerto después a manos del rey, aunque Tiberius nunca había admitido que lo hiciera por eso.

Pobre William. Tampoco él sobreviviría.

El guerrero se acercó a Josephina como si no tuviera ninguna preocupación en el mundo.

—El que seas amigo de Kane no te salvará –le advirtió ella–. Si el rey se entera de lo que estás haciendo con la reina, te matará.

—¿Intentas salvarme, mujer? –le preguntó con una enorme sonrisa–. ¡Qué gesto tan encantador! Pero pierdes el tiempo. Tu padre no puede hacerme nada.

—¿Por qué no lo desafías entonces?

—¿Y quitarle protagonismo a Kane?

Josephina meneó la cabeza.

—Excusas.

William se encogió de hombros.

—Por cierto, tu madrastra es el peor polvo que he echado. En serio, me he acostado con mujeres muertas que tenían más vida que ella.

Eso era mucho más de lo que habría querido saber, por eso se tapó los oídos con las manos.

Pero William la obligó a bajar las manos y escucharlo.

—Estoy distrayéndola y resulta que funciona.

—¿Por qué no distraes también a la princesa?

—Porque solo tengo un gran Willy y en estos momentos lo tiene acaparado la reina.

Una sonora carcajada de Synda atrajo la atención de Josephina. La princesa estaba apretada contra Kane, con los brazos alrededor de su cuello y mirándolo como si esperara que la besara. Kane estaba rígido, pero tampoco trataba de apartarla. Josephina cerró los puños. Si se le ocurría besarla... no sabía lo que haría. No habría castigo suficiente.

—Kane lleva dentro mucha oscuridad, no sé si lo sabes —le explicó William—. Tú le haces bien, lo reconozco, pero si no tienes intención de quedarte con él hasta que desaparezca del todo esa oscuridad, deberías apartarte ahora. Los dos estaríais mejor.

Josephina puso la espalda recta y clavó la mirada en los ojos de William.

—¿Por qué no te apartas tú? Lo estoy intentando, pero eso no significa que pueda hacer lo que quiera con quien quiera y cuando quiera.

—Y yo que te consideraba una chica inteligente. Kane no siente deseo alguno por la princesa.

—Lo sé, ya me lo ha dicho, pero es capaz de casarse con ella si piensa que es la mejor alternativa.

¿Y si no lo hacía? ¿Y si la elegía a ella en lugar de a Synda, como había dado a entender esa misma mañana? ¿Qué pasaría entonces?

Muy sencillo: sería la guerra.

William arrancó una rosa de un rosal y se la puso a Josephina detrás de la oreja.

—Me sorprende que te lo haya contado, pero no puedes enfadarte con él por el plan que ha ideado. El único motivo por el que se casaría con semejante niñata sería para salvarte a ti. Pero, con un poco de suerte, no será necesario que lo haga.

Pero eso no quería decir que no fuera a hacerlo.

—¿Intentas ayudarle a estar conmigo, o impedírselo?

William hizo caso omiso a su pregunta.

—Escucha bien. Kane ha sufrido cosas que habrían matado a muchas personas. Él cree que estoy a su lado para apartarlo de Blanca, pero no es así. Intento ayudarlo a curarse. Puedo decirte que no va a ser fácil que estéis juntos.

¿Se referiría a lo que había sufrido en el infierno?

—Sé lo que ha sufrido —le informó.

—¿Te lo contó él? —le preguntó William, levantándole la barbilla con un dedo para obligarla a mirarlo.

—Una parte, pero también lo vi poco después de que ocurriera.

—Increíble. Te lo contó y dejó que siguieras viva después —se encogió de hombros y finalmente le aconsejó—: Dale tiempo. Acabará encontrando la mejor solución y podréis vivir felices para siempre. Seguro que a mí me parecerá repugnante.

¿Darle tiempo? Debía de estar bromeando.

—Mañana es el baile y pasado la boda. ¿Cuánto tiempo crees que debería darle? —¿cómo había podido ser tan egoísta de poner a Kane en semejante situación? Sus opciones eran casarse con su insoportable hermana solo para salvarla a ella, o casarse con ella y tener que vivir con el derramamiento de sangre que eso provocaría.

William sonrió, pero no había ni rastro de amabilidad en el gesto.

—¿Tienes intención de salir corriendo si las cosas no salen como quieres, Campanilla? Si yo fuera tú, me lo pensaría mejor. Kane acabaría encontrándote y, puede que él no te castigara, pero puedes estar segura de que yo sí lo haría, de maneras que solo has visto en historias de terror. No me gusta que me ocasionen molestias y no me gusta ver sufrir a mis amigos. Si se unen ambas cosas, me temo que me pongo un poco violento.

—Ahórrate las amenazas. No voy a... —una repentina nube de humo la hizo toser. Al mirar a su alrededor vio un matorral en llamas.

Y oyó maldecir a Kane.

–La fénix está por aquí.

Kane miró a William un instante antes de echar a correr, pero volvió a detenerse cuando apenas había dado unos pasos. Volvió a mirar al guerrero, que seguía teniendo la mano en la barbilla de Josephina. Echó a correr de nuevo... pero en la dirección opuesta, directo hacia ellos dos.

Se lanzó sobre William, gritando:

–¡Yo soy el único que puede tocarla!

Capítulo 22

Tenía que controlarse.

Kane había atacado a su único aliado solo por tocar a Campanilla y, al hacerlo, había permitido huir a una enemiga mortal.

Ahora Campanilla no estaba por ninguna parte. Había echado a correr hacia el castillo mientras él se peleaba con William y desde entonces no había sido capaz de encontrarla. No había tenido más remedio que dormir solo, aunque tampoco había dormido mucho. Sin ella a su lado, le había sido imposible relajarse.

Por la mañana el palacio era un frenesí de actividad. Los sirvientes iban corriendo de un lado a otro, limpiando y moviendo los muebles para colocar tres mesas enormes.

Kane agarró a una de las doncellas y le preguntó:

–¿Dónde está Josephina?

La muchacha lo miró con una sonrisa en los labios, encantada de que le estuviera prestando atención.

–La última vez que la he visto estaba en la cocina, Señor Kane. Si quiere, voy a buscarla. Haré cualquier cosa que usted me pida –se acercó un poco más a él–. Cualquier cosa.

«Mía», dijo Desastre.

–Gracias, pero iré yo –cuando llegó a la cocina le dijeron que acababa de salir.

Agarró un cuenco de cristal y lo apretó tanto que lo hizo añicos. No quería que Campanilla estuviese trabajando, la quería en algún lugar seguro donde no pudiera pasarle nada. Quería besarla y terminar lo que habían empezado el día anterior por la mañana. Entonces, cuando estuviera tranquilo, satisfecho por fin, podría decidir qué debía hacer.

Al salir de la cocina se topó con Synda.

—¡Señor Kane!

«Mía», gritó Desastre.

La sonrisa no duró mucho en el rostro de la princesa.

—Dime que no te vas a poner esa ropa tan horrible para ir al baile.

Llevaba la ropa con la que había llegado a Séduire, solo que ahora estaba limpia.

—¿Cancelarás el baile si te digo que sí?

Synda le dio una palmadita en la mejilla que le hizo retroceder hasta quedar fuera de su alcance.

—Estás tan mono cuando esperas que ocurra lo peor, pero mucho más si vas bien vestido, así que cámbiate o me pondré muy triste —dicho eso, se marchó.

Kane no dedicó un segundo más a Synda. Mientras Campanilla lo evitaba, quizá lo mejor fuera ocuparse personalmente del problema de la fénix. Salió del castillo y se adentró en el bosque, donde no tardó en comprobar que, afortunadamente, Petra sí que había dejado huellas esa vez. Aunque eran unas huellas llamativamente obvias, pensó Kane, frunciendo el ceño. ¿Acaso quería que la capturaran?

Sí, estaba claro que era eso lo que quería.

Él mismo había hecho algo parecido hacía tiempo. Había dejado huellas para que su enemigo lo encontrara y lo llevara hasta el campamento. Una vez allí, había sembrado el caos y la destrucción.

—... sufrirás por lo que ha hecho tu gente —dijo entonces una voz masculina.

Detrás de unos matorrales encontró a cuatro soldados fae que estaban tratando de inmovilizar a Petra en el suelo, atándole las manos a la espalda. La fénix forcejeaba con ellos, pero era evidente que no le estaba poniendo muchas ganas.

—Soltadla y apartaos —ordenó Kane apuntando su pistola a la cabeza de Petra.

Los hombres lo miraron, confundidos, y la fénix maldijo.

—Pero, Señor Kane, los demás fénix han salido huyendo. Cuando vuelvan podremos utilizar a esta para amenazarlos —le explicó el más bajo de los soldados.

Kane les enseñó los dientes.

—He dicho que la soltéis.

Los cuatro se apartaron inmediatamente de ella.

—¡Siempre lo estropeas todo! —protestó la fénix, ya en pie.

«Mía», susurró Desastre.

«Cállate».

—Vamos a solucionar esto de una vez —anunció Kane—. Tú y yo. El que gane se queda con la chica.

Petra se quedó inmóvil, observándolo con curiosidad.

—¿Lucharías con una chica?

—Haría algo mucho peor.

—Mátame y solo conseguirás hacerme más fuerte —aseguró ella, regodeándose—. Renaceré de mis cenizas y te convertiré en mi esclavo.

—Puede que sí o puede que no.

Petra se quedó pálida al recordar que ningún fénix tenía asegurada la eternidad. En algún momento, todos ellos morían para siempre.

—Si te soy sincero —le dijo Kane—. En realidad no quiero matarte, solo quiero que vuelvas con tu gente. Tengo entendido que tu rey quiere... hablar contigo.

El temor se reflejó en su rostro y Kane sonrió al tiempo que apretaba el gatillo. Primero una vez y luego otra. La fénix cayó al suelo gritando de dolor y de asombro. Empezó a manarle sangre de ambos muslos.

–Por si acaso –dijo Kane–, haré lo que tengo que hacer.

–Yo también –respondió ella antes de agarrar a uno de los atónitos soldados. En cuanto lo tocó con los dedos, el soldado ardió en llamas, retorciéndose en medio de su agonía. Kane perdió de vista a la chica mientras intentaba apagar el fuego que estaba consumiendo al pobre hombre. Cuando por fin desaparecieron las llamas, también Petra había desaparecido.

La buscó durante una hora... dos y hasta seis, impulsado por el empeño de encontrarla y acabar de una vez por todas con el problema. Vio el rastro de sangre, pero nada más. Se había escondido muy bien.

Llegó al palacio con un estado de ánimo lóbrego y pesimista que no hizo sino empeorar al acordarse del baile de compromiso. Campanilla estaría sirviendo a los invitados. Aún con «esa ropa tan horrible», Kane se escabulló por los pasadizos secretos del palacio y luego ocupó un rincón oscuro del salón, aunque antes se sirvió un vaso de whisky.

El salón de baile estaba engalanado con adornos de diamantes tan grandes como su puño y columnas en forma de dragón. Los hombres fae iban ataviados con unos trajes que tenían tantos lazos y encajes que resultaban femeninos. Mientras que las mujeres lucían unos enormes vestidos, casi tan grandes como los ridículos peinados en forma de animal que se habían hecho en el cabello. El ambiente era una mezcla de época victoriana y *Los juegos del hambre* en el País de las maravillas, pero solo para adultos. Los hombres daban de comer a las mujeres con las manos para después probar los manjares de sus bocas. En la pista de baile, los cuerpos se frotaban y las manos acariciaban incluso por debajo de la ropa.

Kane observó a Synda mientras iba de un grupo a otro, bebiendo champán y riendo alegremente. El rey había abandonado el trono y estaba «obsequiando» a todos los presentes con un baile. Leopold se encontraba en la entrada, recibiendo a los invitados según llegaban. La reina estaba en un sofá al fondo del salón, con diez amigos sentados a sus pies, disfrutando de la fiesta.

William había conseguido que invitaran a sus estúpidos hijos y ahora estaban sentados en el rincón de enfrente. Observaban a Kane, intentando intimidarlo, pero lo único que conseguían era irritarlo.

Prefirió no hacerles caso y buscar a Campanilla. Tenía que estar por...

Allí mismo. Acababa de entrar en la sala.

Se quedó sin aliento nada más verla. Llevaba la melena recogida en un sencillo moño, pero se le habían escapado varios mechones que le caían sobre el rostro y le daban un aspecto cautivador, maravilloso...

Estaba... perfecta.

Kane apuró el whisky que le quedaba y dejó el vaso en una maceta antes de echar a andar con la mirada clavada en ella. Llevaba el uniforme que él le había comprado y, aunque pareciera increíble, eclipsaba a todas las demás mujeres de la sala.

Tenía una bandeja en la que estaba poniendo los vasos vacíos, pero no dejaba de mirar a su alrededor como si estuviera buscando a alguien. ¿A él?

De pronto se le puso delante una mujer y Kane tuvo que detenerse en seco.

–Es usted, Señor Kane –dijo entre risillas y después le pasó la mano por el pecho–. Estaba deseando conocerlo.

Kane se mordió la lengua para no decirle ninguna grosería, pero le apartó las manos.

Apenas había dado dos pasos cuando se le echaron encima varias chicas, como lobos arrinconando a su presa.

–Sácame a bailar, Señor Kane. Por favor.

–Ven conmigo al balcón. Tengo un regalo que quiero que desenvuelvas... yo.

—Mi marido va a pasar la noche con su amante, así que me encantaría que me hicieras compañía.

—Lo único que estaría dispuesto a hacer es daros una paliza por abordar a un desconocido —les dijo a todas ellas—. Estamos en mi baile de compromiso, ¿os parece bien intentar seducirme?

Igual de bien que estaba que él fuera tras Campanilla, seguramente.

Qué más daba.

Echó a un lado a las acosadoras y por fin llegó hasta Campanilla. La tensión disminuyó al estar junto a ella.

—¿Necesitas ayuda?

Ella le dedicó una fugaz mirada.

—Se supone que no deberías hablar conmigo —le temblaban las manos.

—¿Cuándo he hecho yo lo que se suponía que debía hacer?

—Eso es cierto. Ahora vete.

Desastre estaba encantado con la actitud de Campanilla.

Mientras que Kane empezaba a irritarse.

—¿Por qué te comportas así?

—¿Qué haces aquí todavía?

—Tú me deseas, Campanilla. No finjas que no es así.

—¿Qué es lo que quieres, que te regale el oído?

Intentó alejarse de él, pero Kane la fue acorralando hasta llevarla lejos de la multitud.

—¿Qué haces? Para. No voy a hacerte ningún cumplido.

—Lo que quiero de ti no son cumplidos, Campanilla, sino información. ¿Por qué me rehúyes?

Ella se llevó la mano a la frente, meneando la cabeza.

—¡Porque sí! Porque no puedo darte lo que quieres.

Por Synda. Porque aún no había roto el compromiso, ni anulado la boda. El sentimiento de culpa le impidió seguir mirándola a los ojos. Fue entonces cuando vio que Rojo iba directo hacia ellos y supo que Verde y Negro no tardarían en seguir el mismo camino. Agarró a Campanilla del brazo y se metió con ella en el pasadizo secreto por el que había llegado hasta el salón.

Nadie podía haberlos visto entrar porque la muerte estaba situada en un rincón oscuro, detrás de unas plantas.

—¿Qué haces? Tengo que trabajar.

Al otro lado de la puerta había un espejo unidireccional que les permitía ver lo que ocurría en el baile sin que nadie los viera a ellos.

—¿Ves a los guerreros que están justo donde estábamos nosotros hace unos segundos? —le señaló—. Los de la taberna.

—Sí —gruñó Campanilla.

—Quieren raptarte para que los ayudes a librarse de la guerra, el hambre y la muerte que llevan dentro.

—Más enemigos —murmuró—. ¡Genial! —se dio media vuelta y lo miró fijamente, con los ojos llenos de furia—. ¿Sabes lo que significa eso?

—Sí. Soy un desastre —le recordó fríamente—. Claro que lo sé.

Campanilla se quedó mirándolo un buen rato y lo que vio en su rostro, fuera lo que fuera, la calmó.

—No me refería a eso.

—Pero es cierto.

—Lo que quería decir es que son más problemas. Más peligros para ti.

—Y para ti —dio un paso hacia ella y ella retrocedió otro, pero la pared le impidió seguir alejándose.

Kane se inclinó sobre ella y apoyó la frente sobre la suya porque necesitaba sentirla tanto como respirar.

Ella cerró los ojos como si le doliera.

—¿Cómo lo haces, Kane? —susurró.

—¿El qué?

—Hacer que te desee a pesar de todo.

Aquellas palabras bastaron para que Kane estrellara la boca contra la de ella y, aunque Campanilla no abrió los labios, ya podía sentir su sabor.

«Mía», pensó.

«¡No! Jamás», espetó Desastre.

No habría hecho caso al demonio de ninguna de las maneras, pero cuando Campanilla por fin abrió los labios, Kane se olvidó de golpe del monstruo que llevaba dentro.

Ella dejó de fingir que podía o quería resistirse a él y gimió dulcemente al tiempo que le echaba los brazos alrededor del cuello y lo besaba con el ansia de una hambrienta.

Kane intentó ir más despacio, pero fue ella la que empezó a frotarse contra él, olvidándose de sus inhibiciones y dejándose llevar por las sensaciones. Se mordieron los labios el uno al otro y se convirtieron en dos animales primitivos que se devoraban.

Él le tocó el pecho sin demasiada delicadeza, pero, una vez más, a ella no pareció importarle. Con la otra mano le agarró las muñecas y le puso los brazos encima de la cabeza.

Ella arqueó la espalda, apretándose contra él.

—¿Más?

—Por favor —gimió ella.

—Me encanta oírte decir eso.

Con la sangre ardiéndole en las venas, Kane le levantó el vestido y llevó la mano justo al centro de su cuerpo. Después la agarró de las nalgas para que pudiera echarle las piernas alrededor de la cintura. Encontró cierto alivio, pero sobre todo más deseo, al apretar la erección contra ella.

—¡Ay! —gritó ella de pronto al tiempo que intentaba apartarlo.

Kane la dejó rápidamente en el suelo, preocupado.

Una de las antorchas le había prendido fuego a la manga del vestido.

Una vez apagadas las llamas, Kane se alejó de ella para que no le pasara nada más, pues sabía que Desastre seguiría actuando si se empeñaba en terminar lo que había empezado.

Pero no siempre sería así, se recordó a sí mismo.

Ella suspiró con tristeza.

–Creo que esto demuestra que no deberíamos hacerlo.

–Estamos hechos el uno para el otro y lo sabes.

–¿Es que no has visto lo que acaba de pasar?

–¿Has pensado en mí en algún momento del día? –le preguntó él porque necesitaba que reconociera lo que ambos sentían a pesar de todo–. ¿Has deseado que estuviera a tu lado?

–Más veces de las que me habría gustado.

–Yo también he pensado en ti.

–¿Por qué? –susurró, bajando la cabeza, pero sin dejar de mirarlo–. ¿Por qué pensamos el uno en el otro? Sería mucho mejor si nos olvidáramos de todo esto.

–Yo lo he intentado, pero no puedo –la miró fijamente–. Quiero casarme contigo –añadió.

Ella cerró los ojos un instante, parecía a punto de echarse a llorar. Después volvió a mirarlo y fue hasta él con determinación. Le puso las manos en los hombros. Kane se puso en tensión por miedo a que Desastre le hiciera daño, pero no la disuadió. La deseaba tanto que agradecía cualquier mínimo contacto con ella.

–Me gustan tus besos –le dijo–. Me gustan mucho.

–Gustar se queda corto para describir lo que yo siento cuando me besas.

–Y me gusta que me toques. Me gusta la bestia gruñona en la que te transformas a veces –le temblaba la barbilla–. Por eso me duele tanto decirte que... no. Yo... no quiero casarme contigo.

Kane se apartó como si acabara de pegarle una bofetada.

–¿Porque te ha atacado el demonio? –le preguntó con un hilo de voz–. No siempre será así. Voy a matarlo.

–Podría mentirte y decirte que es por eso. Podría decirte que quiero a otro, pero la verdad es que no puedes ayudarme. Al menos sin resultar herido.

Era como si le hubieran dado una patada en la boca del

estómago. Ella también dudaba de él, igual que sus amigos. No confiaba en sus fuerzas.

Desastre se reía, encantado y tranquilo.

—Quiero que te vayas de Séduire —afirmó, aunque con la voz temblorosa—. Esta misma noche. Ahora mismo.

Kane sabía bien lo que era sufrir o al menos eso creía. Pero de pronto se dio cuenta de lo equivocado que estaba y supo lo que era realmente el dolor. El que lo rechazara la mujer que deseaba.

Pero tenía mucha práctica en disimular sus sentimientos y echó mano de ella.

—Muy bien —dijo con aparente frialdad—. No te molestaré más —se dio media vuelta y salió del pasadizo.

Ya en medio del salón, se encontró con William.

—¿Qué ocurre? —le preguntó el guerrero nada más mirarlo a la cara.

—No es asunto tuyo —respondió—. Limítate a asegurarte de que tus hijos no se acercan a Campanilla. Yo no estaré aquí para protegerla.

—Creía que ya habíamos hablado de eso. Es tuya y no voy a dejar que...

—No, no es mía —lo interrumpió bruscamente—. Asegúrate también de que tampoco se acerquen a mí porque, como lo hagan, no respondo de lo que haga.

Se alejó de William y agarró la primera copa que encontró, luego otra y otra más. Bailó con Synda y con sus amigas. Todas ellas lo manosearon mientras él se aguantaba las ganas de vomitar una y otra vez. Después volvió a bailar con Synda ante la mirada de aprobación del rey.

—Tengo que hacerte mío, Señor Kane —le susurró Synda al oído—. Déjame que lo haga, por favor. No te arrepentirás. Haré lo que me pidas.

Abrió la boca para rechazarla, pero entonces se encontró con la mirada de Campanilla, que lo observaba mientras limpiaba una mesa, y dijo:

—Está bien, vamos.

Capítulo 23

Reino de Sangre y Sombras

Torin estaba tecleando con tal fuerza que rompió el teclado del ordenador. Otra vez. Lo tiró a un lado y sacó otro de la caja de repuestos.

Estaba habiendo altercados en todos los rincones del mundo. La gente se peleaba, provocaba disturbios y saqueos sin motivo alguno. Cameo y Viola seguían sin aparecer y no había conseguido encontrar una pista que pudiera ayudarlo a descubrir su paradero. Quién sabía dónde estaban y en qué estado.

No sabía qué dotes defensivas tendría Viola, pero Cameo era una guerrera en cuerpo y alma, por lo que sabría cuidar de sí misma. Torin la había visto luchar y era muy buena, aunque no infalible.

Un ruido le hizo girar la silla rápidamente, empuñando la pistola que siempre tenía en el regazo.

Se encontró con una joven que levantó las manos en señal de inocencia y lo miró con la cara completamente pálida.

–¿Quién eres y cómo has entrado aquí? –le preguntó.

Tenía el pelo sucio, pero se intuía que en algún momento había sido rubio. Ahora lo llevaba enmarañado y lleno de nudos que le caían hasta media espalda. Cubría su cuerpo, excesivamente delgado, un camisón manchado y roto que arrastraba por el suelo.

—Eres Torin, ¿verdad?
—Para ti soy la muerte si no contestas a mis preguntas.
—No puedo decirte cómo me llamo y me he transportado —respondió sin levantar la voz más allá de un susurro.
—Entonces te llamaré Loca, porque solo un loco se atrevería a presentarse aquí sin invitación.

La muchacha asintió sin que su rostro reflejara emoción alguna.

—Llámame como quieras.
—¿Qué haces aquí?
—¿Puedo bajar ya las manos? —le preguntó, de nuevo sin responder.
—No.
—Es que me tiemblan y no puedo... no tengo fuerzas suficiente... —bajó los brazos lentamente como si le pesaran una tonelada—. Lo siento. No me dispares, por favor. No quiero morir así.
—Tienes suerte de que no quiera manchar la habitación de sangre —Torin bajó también la pistola, se la dejó apoyada en el muslo, asegurándose de que apuntaba al estómago de la chica—. No me gusta, pero si es necesario, lo soportaré. Es la última vez que te lo pregunto. ¿A qué has venido?

La joven se apretaba el camisón con nerviosismo.

—Cronos vino a verme hace varias semanas y me dijo que debía dedicarte veinticuatro horas de mi tiempo.

Aquello no le gustaba nada. Le recordó a todas las noches que había pasado en la carretera con sus amigos, cuando ellos se habían llevado mujeres a pasar la noche... y él jamás. Las parejas siempre habían intentado no hacer ruido, pero nunca lo conseguían.

«Te deseo», había oído susurrar a aquellas mujeres. «Te necesito».

Aquella chica...

Por fin comprendió lo que decía. Cronos había sido el rey de los Titanes. Sienna, la chica de Paris, lo había matado y había quedado al mando del reino titán, situado en los cielos. Pero poco antes de su muerte, Cronos había llegado a un acuerdo con Torin. A cambio de proteger la Llave de Todo, una reliquia espiritual con la que su dueño sería capaz de abrir cualquier cerrojo o cerradura, Torin tendría la oportunidad de pasar todo un día con una mujer a la que podría tocar sin causar una epidemia.

Y parecía que el trato seguía en pie a pesar de que el rey hubiese muerto.

Eso explicaría que la Vara Cortadora no lo hubiese tragado. No podía hacerlo por la Llave. Fue un descubrimiento sorprendente, pero no tanto como el hecho de saber que podría tocar a una mujer.

Se le quedó la boca seca mientras la observaba detenidamente, fijándose en todos los pequeños detalles. A pesar de su aspecto desaliñado, se veía que era una mujer bella; de una belleza discreta y sutil. Tenía los ojos castaños y grandes... cargados de oscuros secretos. Su labio superior era más carnoso que el inferior y con forma de corazón.

Tenía las manos sucias y llenas de costras, y un moretón en el cuello que no era un chupetón porque era demasiado largo y fino y se extendía hasta perderse bajo el camisón.

Estaba allí de pie, completamente inmóvil, dejando que la mirara cuanto quisiera. No apartaba la vista de la pared, lo cual era curioso porque hacía falta ser muy valiente para presentarse allí y sin embargo ahora no era capaz de mirarlo a la cara.

«Tócala», pensó.

–¿Quién eres? –le preguntó Torin con mucha más suavidad–. Necesito saberlo, por favor.

–Ya te lo he dicho. No te voy a decir mi nombre.

¿Por qué? ¿Qué motivo podría tener para ocultárselo?

–¿Me dirás por qué hablas susurrando? –le preguntó entonces, susurrando también.

Se le sonrojaron las mejillas.

–Mi voz es así. No puedo hablar de otra forma.

¿Por qué? ¿Cuántas más veces se plantearía la misma pregunta?

–¿Podría... sentarme? –le pidió ella.

Torin recorrió la habitación con la vista. Habían entrado allí tan pocas personas. Tenía la ropa sucia tirada por el suelo, la cama sin hacer y botellas de cerveza vacías por todas partes.

Se puso en pie de un salto y se puso a recoger la ropa, a tirar las botellas a la basura y hasta hizo la cama.

–Sí –respondió–. Siéntate. ¿Tienes hambre? ¿O sed?

La joven decidió sentarse en el suelo en lugar de en cualquiera de las sillas o en la cama.

–Pues... sí –respondió.

Torin no quería dejarla allí sola, así que hizo algo que no había hecho nunca antes. Sacó el teléfono y llamó a Reyes, guardián del Dolor.

–Tráeme un par de sándwiches y patatas fritas. Y bizcocho y refresco. Y cualquier otra cosa que tengamos. ¿De acuerdo?

–Me alegro de que hayas llamado –le dijo el guerrero–. Danika ha...

–Date prisa –dijo y colgó antes de que Reyes pudiera responder.

–¿Tienes criados? –le preguntó la chica, mirándolo por fin.

A Torin le temblaban las manos. Vaya. No podría tocarla con las manos sudorosas.

–No, tengo amigos –le señaló la cama con una mano temblorosa–. ¿No preferirías sentarte en un sitio más cómodo?

–Aquí estoy bien. Estoy muy sucia. Debo de oler...

–Querida, estás como estás.

La muchacha bajó la vista hasta sus manos, de nuevo apretando la tela del camisón.

–Me han dicho que eres Enfermedad.

–No, solo lo llevo dentro –y quería sacar al demonio de

dentro de su cuerpo, tanto que hasta había pasado algún tiempo con los ángeles. Más bien con los Enviados, dirigidos por el frío Zacharel. Había aprendido que los demonios podían entrar en un cuerpo, adueñarse de él y producir una toxina horrible que destruía al dueño de dicho cuerpo desde dentro. El miedo hacía más fuerte a la toxina, y por tanto al demonio, y la alegría la debilitaba.

Pero él nunca había tenido ningún motivo para sentir alegría. Hasta ahora.

–¿Por qué estás en esas condiciones? –le preguntó amablemente.

–Preferiría no hablar de eso tampoco.

Demasiados secretos.

–¿Cómo consiguió Cronos que aceptaras el trato?

–Preferiría no...

–Olvídalo. Ya entiendo –no iban a intercambiar ningún tipo de información personal. A Torin no le gustaba que fuera así, pero tampoco iba a presionar porque ella podría volver a transportarse mentalmente y no podría seguirla–. Sé que sabes mi nombre y lo del demonio, pero, ¿sabes algo más de mí?

La joven se paró a pensar un momento y luego meneó la cabeza.

–Bueno, espero que ya te hayas dado cuenta de que no voy a hacerte ningún daño –a pesar de las amenazas.

Llamaron a la puerta.

–La comida.

Tras la puerta apareció un malhumorado Reyes con una bolsa de comida en una mano y un pequeño cuadro en la otra.

–Gracias, tío. Te debo una. Déjalo todo en el suelo.

–¿Qué ocurre? –preguntó Reyes–. Tú nunca... –examinó la habitación por instinto de guerrero y fue entonces cuando vio a la muchacha–. ¿Tienes una mujer aquí dentro?

Torin apretó los dientes.

—No es lo que crees.

Reyes lo miró fijamente, con gesto de súplica.

—Torin, amigo. Cameo y Viola han desaparecido, no necesitamos una epidemia además.

—No la he tocado, pero aunque lo hubiera hecho, no tendrías que preocuparte. Es inmune.

—Esto está muy bien, pero de todas maneras podría convertirse en portadora, ¿verdad? Deja que la acompañe hasta la puerta de la fortaleza antes de que pase nada. Está...

—Está bien —¿podría convertirse en portadora? Cronos no había dicho nada.

—Pero está en peligro.

—Confía en mí, ¿de acuerdo? —Torin se agachó y recogió las bolsas.

—Espera —Reyes le dio el cuadro, obligándolo a agarrarlo.

Torin lo agarró a regañadientes porque no quería saber el futuro. Si su vida iba a ser una condena sin fin, prefería no saberlo.

—Danika lo pintó anoche y pensé que te parecería interesante. Creo que deberías echarle un vistazo. Confía en mí —el guerrero se dio media vuelta y salió de allí a toda prisa, sin duda para informar a los demás de lo que estaba ocurriendo.

¡Chismosos!

Tras cerrar la puerta, Torin miró a la chica, que miraba las bolsas de comida sin pestañear.

¿Cuánto tiempo hacía que no comía?

Dejó el cuadro boca abajo, de manera que no se viera lo que había pintado. Ya lo vería algún día, pero no ese. Llevaba una eternidad esperando aquello.

Preparó el festín ante la muchacha, que tardó unos segundos en reaccionar porque estaba demasiado ensimismada viendo todo lo que tenía delante.

Por fin alargó una mano temblorosa y agarró uno de los sándwiches. Cerró los ojos con el primer mordisco y masticó muy despacio, como si quisiera deleitarse en todos los sabores. Después, impulsada por una necesidad incontrolable, atacó a la comida con abandono.

—Despacio —le aconsejó Torin—. No quiero que te pongas mala.

Pero ella siguió como si él no hubiera hablado, devorando hasta la última miga y bebiéndose hasta la última gota del refresco. Torin se limitó a observar, fascinado. Y muy enfadado porque estaba claro que la habían estado matando de hambre.

—¿Dónde vives? —le preguntó, aunque lo que quería saber era quién era el responsable de semejante inanición.

—No quiero hablar de eso.

—Al menos dime si tienes más de dieciocho años —parecía tan joven.

—No, lo siento. Tengo diecisiete.

Aquello fue una dura decepción.

Ella se puso una mano en el vientre, abrió los ojos de par en par y soltó un pequeño gemido de dolor.

—¿Has comido demasiado, o demasiado rápido?

Se puso en pie de un salto.

—¿El baño?

—Ahí.

Se metió corriendo al aseo y Torin fue tras ella. Cuando se inclinó sobre el inodoro, hizo algo que jamás había hecho aunque siempre llevaba guantes, como en esos momentos. Le agarró el pelo y se lo retiró de la cara para que no se manchara.

Cuando terminó, la soltó y se retiró.

—¿Por qué no te das una ducha? Aquí tienes todo lo que necesitas, incluso ropa limpia —tenía mudas por todas partes para no correr el riesgo de dejar su piel al aire y que alguien lo tocara accidentalmente.

Ninguna mujer se había puesto nunca su ropa, pero le gustó la idea.

«Solo tiene diecisiete años y tú no eres un asaltacunas».

Estúpido Cronos, mira que buscarle una chica demasiado joven como para poder tocarla.

Al menos por el momento.

Seguía en el suelo, hecha un ovillo y sin levantar la mirada hacia él.

—Cuando te sientas un poco mejor, puedes intentar volver a comer.

—Sí.

—¿Necesitas que te ayude?

—No, no —repitió.

Menos mal porque no habría sabido qué hacer.

—Hablaremos cuando termines, ¿de acuerdo? —cerró la puerta y la encerró dentro.

Pasaron varios minutos hasta que se empezó a oír el grifo de la ducha. Después, mientras esperaba, Torin se puso a caminar de un lado a otro de la habitación. Veinticuatro horas, había dicho. Era el tiempo del que disponía para estar con ella, lo cual no era mucho.

Quería preguntarle cuándo cumpliría los dieciocho. Quería arrodillarse y rezar por que fuera durante el tiempo que iban a pasar juntos.

Seguro que no se convertiría en portadora de su enfermedad. Cronos no le habría enviado una portadora. En cuanto fuera adulta, podría tocarla. No tenía por qué ser nada sexual; bastaba con que se dieran la mano.

Solo para sentir la piel de otra persona, la suavidad, esa sensación de conexión y la certeza física de que no estaba solo.

Solo con imaginárselo, se le escapó un gemido.

Salió un buen rato más tarde, envuelta en una nube de vapor. Mojado, se le veía el pelo más oscuro, casi marrón. Se lo había cepillado y se le había rizado. Con la cara limpia se podía ver que tenía la piel perfecta: pálida y suave como la porcelana. Impecable.

Se había puesto su ropa, que le quedaba muy ancha.

—Gracias —susurró.

–De nada.

La vio cambiar de postura con incomodidad y sin atreverse todavía a mirarlo.

–Sé que dispongo de veinticuatro horas contigo, pero preferiría no pasarlas todas seguidas, sino una hora al día durante veinticuatro días. ¿Te parece bien? –en ese tiempo podría ganarse su confianza y conseguir que hablara y se relajara. Que se alegrara de verlo y, si tenía suerte, querría seguir viéndolo después.

Ella lo miró sorprendida.

–Pero yo pensaba que...

–¿Qué?

–No importa –se mordió el labio inferior y asintió–. Las condiciones lo permiten, así que, sí, prefiero una hora al día durante veinticuatro días.

Torin notó que le temblaban las rodillas.

–Gracias.

Ella asintió de nuevo.

–Hasta mañana –y desapareció.

Capítulo 24

Josephina metió a toda prisa en una bolsa sus exiguas pertenencias. Un poco de dinero que había ahorrado, una muda de ropa y el relicario de su madre, que nunca se ponía por miedo a que alguien se lo quitara.

Kane no se había marchado y aquel era el día de su boda, así que Josephina no pensaba quedarse para verlo. Quizá él siguiera adelante con ello, quizá no. Tenía la impresión de que se pasaría el resto de su vida preguntándose... y llorando por ello.

Cerró la bolsa con un nudo tan fuerte como el que tenía en el estómago. Las lágrimas le nublaban los ojos. ¡Malditas lágrimas! Últimamente lloraba muy a menudo. Desde que había conocido a Kane.

«No debería haberlo besado esa última vez».

Pero se había dejado llevar por el placer de las emociones desenfrenadas que él le provocaba; por el calor, por la necesidad... por todo. El pasado había desaparecido por un momento. Se había olvidado por completo del deseo de morir. Kane se había convertido en su mundo y habría querido que nadie la encontrara jamás.

Él también había querido quedarse con ella. Pero... Sí, ese pero lo había estropeado todo. Había otra opción. Estar con él y arriesgarse a provocar la ira del rey o perderlo y protegerlo. Había llegado a la conclusión de que protegerlo a él era más importante que el deseo, pero por muy poco. Quizá algún día hasta le diera las gracias. Qué demonios, si ya estaba feliz sin ella. Se había marchado del baile con Synda, y ella no había vuelto a verlo desde entonces. No tenía ni idea de lo que había sido de la pareja, pero los rumores afirmaban que Kane había pasado la noche en el dormitorio de la princesa.

Una de las lágrimas le cayó por la mejilla, pero se la secó con el dorso de la mano.

Estaba sola en el ala del palacio dedicado al servicio, así que se acercó a una de las ventanas que daba a la entrada y miró discretamente.

Había una larga hilera de carruajes en el camino, dentro de ellos habría otros tantos opulens, ansiosos por cruzar las puertas del palacio porque ya no quedaba nada para la hora fijada para la boda.

Era el mejor momento para escapar porque los criados estaban ocupados abajo, los reyes distraídos y los guardias tendrían toda su atención puesta en vigilar que no se acercara ningún fénix.

–No puedo creerlo –dijo una voz a su espalda–. ¿De verdad vas a huir de mí?

Josephina se dio media vuelta y se encontró cara a cara con un furioso Kane. No iba vestido para una boda. De hecho, tenía un aspecto... desarreglado, con una camiseta arrugada y unos pantalones rasgados en varios lugares. Tenía los ojos rojos y el rostro en tensión.

–¿Por qué no estás en el reino de los humanos o, mejor aún, preparándote para tu boda? –le preguntó, llena de odio hacia él y hacia sí misma.

–¿Tan impaciente estás por verme casado?

Josephina levantó la cabeza con dignidad para no dejarle ver el torbellino de emociones que tenía dentro.

–Te has acostado con la princesa, ¿verdad? Creo que tienes impaciencia de sobra para los dos.

La expresión del rostro de Kane se suavizó y le dio un

aspecto más juvenil y optimista, tan encantador que a Josephina le dolía verlo.

–¿Detecto ciertos celos por tu parte, Campanilla?

–¡Por supuesto que no! ¡Me da exactamente lo mismo lo que hagas ni con qué zorra lo hagas!

«Mentira». Josephina odiaba las mentiras. ¿Qué le ocurría? Desde que conocía a Kane, no solo se había convertido en una llorona, también era una bruja.

La suavidad desapareció de inmediato del rostro de Kane, que la miró fijamente.

–Muy bien. Pues sí, me he acostado con ella y también me había acostado con muchas otras antes de llegar siquiera a Séduire. Pero, ¿sabes una cosa? Synda ha sido la mejor con la que he estado.

Aquellas palabras fueron como un puñetazo en la boca del estómago, un golpe tan bajo que Josephina no sabía si podría recuperarse algún día. La humillación hizo que le ardieran las mejillas, unida quizá a la decepción y al enfado. ¡Cómo había podido decirle algo así! ¡Cómo había podido ir de sus besos a la cama de Synda, y luego encima jactarse de ello!

De pronto la furia ensombreció cualquier otro sentimiento.

–Enhorabuena –le dijo con la mayor sequedad posible–. Ya eres, oficialmente, como el resto de hombres del reino –le había salvado la vida y él a ella, las circunstancias no les habían permitido convertirse en amantes, pero podrían haber sido amigos, que era lo que Josephina había querido desde el comienzo. Pero ahora él acababa de encargarse de que tal amistad nunca fuera posible–. Ojalá no te hubiera conocido nunca.

Esa vez nada cambió en el rostro de Kane, pero cuando habló, lo hizo en voz baja y en un tono lleno de resentimiento.

–Lástima. Pero la única culpable de ello eres tú. Deberías haberme dejado en el infierno.

—No te preocupes. Eso es precisamente lo que estoy a punto de hacer —intentó pasar de largo.

Pero él se movió, bloqueándole el paso.

—No vas a ir a ninguna parte. Anoche Synda se metió en un lío y le han asignado otro castigo.

Josephina se quedó paralizada.

—¿Qué hizo?

—¿Qué más da?

Seguro que tenía algo que ver con él.

—Te van a azotar.

—No, no, no —eso quería decir que el rey estaría buscándola. Josephina conocía al rey y sabía que no dudaría en retrasar la boda para asegurarse de que la situación quedaba solucionada antes de dejar a Synda, y por tanto a Josephina, al cuidado de otro hombre. Y si se enteraba de que había intentado escapar... Se alejó dos pasos de Kane—. ¿Cómo has podido hacerme esto?

—Yo no quería que ocurriera, Campanilla.

—¡No me llames así! ¡No tienes ningún derecho a llamarme esa cursilería después de haberme estropeado mi única oportunidad de ser libre!

—¿Quieres ser libre? —su tono de voz aumentaba con cada palabra—. Yo te ayudaré a serlo ahora mismo y después me iré del reino. Pero no te preocupes, que no me iré contigo, así que no temas que no sea capaz de protegerte —alargó el brazo con la intención de agarrarla.

Ella se apartó de inmediato.

—No tengo ninguna duda de que puedas protegerme, estúpido, pero no quiero que te hagan daño por intentarlo. Y lo harán si haces esto, porque no dejarán de perseguirte jamás.

—Es evidente que tú estabas dispuesta a correr el riesgo de que te persiguieran —le dijo con algo menos de ímpetu—. Permíteme que yo también elija lo que quiero hacer.

Al oír eso... no supo qué responder.

—He pensado mucho en esto, tanto que estaba a punto

de estallarme la cabeza, pero esta mañana por fin he ideado un plan y no pienso renunciar a él. Sé que no te va a gustar, pero sinceramente, no me importa. No quiero que sigas aquí y no puedo seguir soportando al demonio. Tengo que salir de aquí y matarlo o acabaré haciendo daño a alguien, quizá incluso a ti. Otra vez.

Estaba divagando sin darle la información relevante.

–No puedes...

–Claro que puedo –respondió al tiempo que la agarraba antes de que Josephina pudiera reaccionar. Se la echó al hombro a pesar de sus patadas y manotazos–. Todas las mujeres que conozco se echan en mis brazos, todas menos tú. Tú no dejas de luchar contra mí.

–¡Nunca dejaré de hacerlo!

–Y probablemente sea buena idea –le respondió mientras la llevaba por unos pasadizos secretos que no debería conocer y que los condujeron hasta el exterior–. ¿Por qué sigues llevando guantes si ya puedes controlar tu don?

–Pero tengo unas manos muy feas –la gente había empezado a mirar demasiado.

–Escúchame. Créeme. Tus manos no son feas.

Sintió el olor a hierba recién cortada y a flores, y el murmullo de voces... voces que de pronto se convertían en silencio. Fue entonces cuando se dio cuenta y se quedó completamente inmóvil. Kane no se estaba escabullendo; estaba caminando entre los invitados de la boda. ¿Cómo podía...? Hacía falta tener mucho valor para hacer algo así... ¡o ser muy estúpido!

–Le dije que me casaría con su hija y voy a hacerlo –le gritó Kane al rey–. Eso no va a cambiar, pero quiero a esta hija.

¡Qué! ¿Casarse... con Josephina? ¿A pesar de las discusiones? No, no podía ser.

–Esto puede acabar de dos maneras. Puede emparentar con mi familia dándome por esposa a Josephina... o lo mataré aquí y ahora. Usted elije.

Pero... pero...

«No se lo voy a permitir. Tengo que poner fin a todo esto».

—No —dijo Leopold con un gruñido—. No puedes...

—Elija la segunda opción —lo interrumpió un hombre entre risotadas—. Así podré volver a aprovechar mi extremidad más lasciva.

Josephina giró la cabeza justo en el momento en que William, Rojo, Negro, Blanca y Verde subían al enorme cenador donde la familia real aguardaba a los novios. Los cinco guerreros iban pertrechados para la batalla; con espadas, pistolas y puñales por todas partes. ¡Y tras ellos había más hombres! Hombres que Josephina reconoció por los libros ilustrados que habían encargado los escribientes.

No podía creerlo. Los Señores del Inframundo estaban allí. E iban aún más armados que William y los suyos. Ahí estaba Lucien, el marcado, el oscuro Reyes, el feroz Sabin y el irreverente Strider.

—Hola —dijo Josephina, con el corazón acelerado, mientras saludaba a Lucien con la mano—. No puedo creer que esté pasando esto. Llevo toda la vida soñando con este día.

Estaba muy pálido y tenía grandes bolsas bajo los ojos. Tenía aspecto de llevar varios siglos sin dormir.

—¿Con tu boda? —le preguntó el guerrero.

—No, no voy a casarme. Soñaba con conoceros.

—Está bien, cálmate —le dijo Kane en voz baja—. Y sí que vas a casarte.

—Kane...

Pero él siguió hablando.

—No quería ayuda, pero me di cuenta de que la necesitaba. No había otra solución. Pero tú no te fíes de Los Jinetes del Apocalipsis. Solo me ayudan para poder estar más cerca de ti.

—William, querido —dijo la reina, sin poder ocultar su sorpresa—. ¿Qué estás haciendo? Tú tienes que protegerme a mí.

El rey no tardó en reaccionar.

—¿Querido? ¿Llamas querido a otro?

—Callaos los dos —espetó William sin un ápice de su habitual sentido del humor—. Ya habéis hablado suficiente.

La reina abrió la boca y volvió a cerrarla sin decir nada.

Leopold dio un paso adelante, pero Rojo lo agarró del cuello y lo empujó hacia atrás. Un segundo después, le había puesto un cuchillo en la garganta y el príncipe gritaba de dolor mientras la sangre le manchaba la camisa. Intentó hablar, pero el arma se lo impedía.

—¿Y qué pasa conmigo? —Synda llegó corriendo, con el vestido aún sin abrochar del todo y el velo a punto de caérsele.

—Calla, mujer —respondió Kane de inmediato—. Si dices una más de tus crueles tonterías, te cortaré la lengua. Te lo juro.

Synda se detuvo en seco, muda de sorpresa. Nunca antes la habían rechazado... o al menos nadie lo había hecho desde hacía mucho tiempo. En sus ojos se reflejaron el dolor y el asombro, y Josephina casi sintió lástima por ella. Casi. Porque estaba demasiado ocupada intentando asimilar lo que estaba ocurriendo. Kane acababa de poner a la princesa en su sitio.

Los ojos de Synda se tiñeron de rojo mientras se abría paso entre los invitados, tirándolos de sus asientos.

—Así no se hacen las cosas, Kane —dijo el rey—. Deberíamos...

—Elija —le gritó Kane—. No le he pedido que haga ningún comentario.

Se hizo un silencio ensordecedor durante el que todas las miradas se centraron en Tiberius.

—Muy bien —dijo por fin el rey entre dientes.

—Buena elección —Kane dejó a Josephina en el suelo y la miró.

—¿Debería inclinarme ante tus amigos? —le preguntó ella para disimular su nerviosismo.

Kane se inclinó hacia ella hasta rozarle la nariz con la suya.

–Vas a decir que sí. Pienses lo que pienses de mí, en estos momentos es tu mejor opción.

Josephina se sintió aturdida.

–No puedo permitir que lo hagas –tenía que decirle algo más, pero... ¿qué? No lo recordaba.

–A ti no voy a darte elección –Kane se giró hacia el hombre que iba a oficiar la ceremonia–. ¿A qué espera? Empiece.

El cura obedeció, pero Josephina no oyó ni una palabra de lo que dijo. No podía dejar de pensar. No podía casarse con el guerrero que se había acostado con su hermanastra la noche anterior. No podía dejar que provocase una guerra eterna. No podía unirse a él, entregarse por completo, vestida con el uniforme de doncella, más fea que nunca.

Aunque fuera el hombre más increíble que había conocido... aunque el cuerpo le pidiera a gritos que dijera «¡Sí!».

Pero, ¿podría Kane serle fiel?

¿Acaso la deseaba, o simplemente intentaba protegerla porque sentía que se lo debía?

Miró a sus amigos. ¿Qué habrían pensado de ella al verla? La habían visto echada sobre el hombro de Kane como un saco de patatas, así que seguramente no se habrían llevado muy buena imagen.

–En realidad soy maravillosa –murmuró.

–Lo sé –respondió Kane–. Ya me lo habías dicho, pero ahora responde al cura.

–Lo haré, en cuanto me digas qué me ha preguntado.

En los ojos de Kane apareció el mismo brillo rojo que había visto en los de Synda.

–Tú di que sí.

En ese momento se resquebrajó una de las vigas del techo del cenador y cayó al suelo. Kane fue muy rápido al tirar de ella y apartarla del peligro.

–Dilo –le ordenó.

–Lo diré si la pregunta era si Kane me saca de quicio. Entonces sí, claro que lo hace.
–Dime otra vez la respuesta a esa pregunta –le exigió Kane, aunque no parecía ofendido.
–Sí –repitió Josephina y volvió a mirar a los Señores.
Él asintió, satisfecho.
Lucien le guiñó un ojo y ella no pudo evitar esbozar la sonrisa más grande que pudo. Reyes asintió, Strider levantó un pulgar en señal de aprobación y Sabin siguió mirando con cara de pocos amigos. Quería gustar a los amigos de Kane, aunque en aquellos momentos a ella no le gustara Kane.
–Esto es una equivocación –susurró, aunque lo que querría haberle dicho era «¡Sí!»–. No deberíamos hacerlo. Paremos antes de que sea demasiado tarde.
Él le apretó la mano con tanta fuerza que la hizo gemir, pero ni aun así, aflojó. A continuación le puso un anillo en el dedo y Josephina sintió el peso del metal y de la enorme piedra que brillaba en el centro. Una piedra que no reconoció, de un color que estaba entre el rojo de un rubí y el azul de un zafiro.
–Ya es demasiado tarde. No te quites eso jamás, ¿entendido? –le dijo Kane.
¿Demasiado tarde? Entonces... estaban... no podía ser.
Se quedó inmóvil, con los ojos muy abiertos y asintió.
–Y aquí está el anillo del novio –dijo William, al tiempo que le daba a Josephina una sencilla alianza que parecía vibrar y estaba extrañamente caliente.
Pero era su mano la que temblaba al agarrarla y ponérsela a Kane.
–Ya está –dijo él con evidente satisfacción.
Josephina no pudo hacer otra cosa que asentir, aturdida.
Un grito desgarró el silencio.
No era Synda. Sino... ¿la fénix?
No había duda. Un rincón del jardín comenzó a arder.
Kane se echó a Josephina al hombro.

—Otra vez no —protestó ella.

—Yo la llevo —se ofreció Lucien—. Cuidaré de ella, te doy mi palabra.

—Cambio de planes —dijo Kane—. Se viene conmigo, al menos por ahora. Protege a los demás y gracias por venir, amigo —dicho eso, echó a correr.

—¿Cómo piensas salir del reino? —le preguntó Josephina sin poder parar de toser por culpa del humo que lo inundaba todo.

Solo unos pocos privilegiados tenían la llave que abría paso al reino de los humanos y Kane no era uno de ellos porque no era fae. Josephina había planeado robarle la llave a Leopold, pero ahora ya era imposible hacerlo.

—Así —Kane se sacó un guante del bolsillo y en él... una llave—. Antes de que me lo preguntes, la he robado y no, no me avergüenzo y no voy a devolverla.

—No voy a regañarte, tonto, más bien felicitarte. Pero, ¿sabes utilizarla?

—Sí —respondió mientras aceleraba el paso.

Josephina esperaba que los siguiera algún guardia, a pesar de lo que hubiera dicho su padre, y esperaba que algún invitado los adelantara, desesperados por escapar de las llamas.

Kane levantó el guante y lo movió en el aire, dibujando una puerta. Una parte del paisaje desaparecía por donde él pasaba la mano, dejando un agujero negro.

—Piensa dónde quieres ir y da un paso adelante —le explicó Josephina, aunque él afirmaba saber lo que tenía que hacer.

Kane se adentró en la oscuridad y de repente salieron del reino de los fae y entraron al de los seres humanos. Aparecieron enormes edificios por todas partes y gente que recorría las estrechas aceras a toda velocidad. El olor a café, a humo de coches e incluso a orina inundaba el aire.

—Cierra la puerta —le pidió Josephina y él obedeció con un movimiento de la mano.

La dejó en el suelo, la agarró de la mano y tiró de ella.

–Vamos. Aunque la puerta esté cerrada, quiero alejarte tanto como pueda.

–¿Dónde estamos?

–En Nueva York. Quiero que te confundas entre la multitud.

Debería habérselo imaginado, pensó Josephina, que ya había estado allí y sabía que no había otro lugar igual.

–¿Y tus amigos? –le preguntó.

–Sabrán arreglárselas.

–¿Pensabas dejarme a su cargo?

–Durante un tiempo, sí.

¿Un tiempo? ¿Cuánto era eso? Quizá fuera mejor no saberlo.

Estuvieron horas caminando y, cuanto más andaban, más gente había en las calles. En otras circunstancias le habría molestado tanto gentío, pero tenía la cabeza demasiado ocupada con otras cosas. Había salido del reino fae, estaba con Kane, no sabía si era su esposa... ¿habían llegado a terminar la ceremonia? Porque no se habían besado.

Seguramente no importaba. Lo importante era que, por lo menos durante un tiempo, estaría a salvo de su familia. No tendría que preocuparse por que la castigaran, no tendría que preocuparse por que el rey la encontrara, al menos durante unos días porque Tiberius necesitaría tiempo para idear una estrategia con la que luchar contra un hombre como Kane.

Por primera vez en su vida, Josephina era libre.

Aquello le hizo sentir una enorme alegría, acompañada por un deseo incontenible de vivir de verdad. Quería hacer todas las cosas que siempre había creído imposibles; enamorarse, casarse y... un momento. Ya estaba casada. Quizá. Tendría que hablar con Kane. Seguramente él no había dicho sus votos. Se merecía una bofetada por no haber prestado atención. Quizá había prometido convertirse en su esclava.

Eso tampoco importaba. Ahora que era libre, todo había cambiado. Ya había decidido que no iba a seguir tolerando que abusaran de ella, pero ahora además sabía que tampoco iba a seguir siendo prisionera del miedo. Tenía el futuro ante ella y se iba a lanzar a él con todas sus fuerzas.

Kane le lanzó una rápida mirada y luego una un poco más detenida. Dejó de caminar y siguió mirándola con los ojos muy abiertos.

–¿Qué? –le preguntó Josephina, a punto de chocar con él.

–Estás sonriendo –había en su voz un tono de absoluto respeto que nunca le había oído.

–¿Sí? –Josephina se llevó los dedos a la boca y, efectivamente, estaba sonriendo.

Por segunda vez en lo que iba de día, Kane suavizó el gesto.

–Estás contenta y te sienta muy bien –un segundo después, se le sonrojaron las mejillas y apartó la vista de ella–. Vamos. Hace días que no duermo y estoy agotado. Necesitamos encontrar un sitio en el que alojarnos.

Capítulo 25

Nueva York

Esposa.
La palabra llevaba horas resonando en la mente de Kane. Se puso a jugar con el anillo que le había dado William, una sencilla sortija de oro que debería haber estado fría, pero que sin embargo casi le quemaba. No comprendía por qué.
Esposa.
Tenía una esposa. Una mujer que estaría unida a él para siempre. De verdad era suya y él de ella. No solo por instinto, también por ley. La idea le causó un intenso efecto. Se sintió más posesivo que nunca. Campanilla era suya.
El deseo y la necesidad se unieron en una mezcla explosiva que le hacía arder. La deseaba tanto que le dolía.
Pero por fin la tendría.
Le tembló la mano mientras le quitaba un mechón de pelo de la cara. La vio abrir los ojos y se encontró de pronto inmerso en la profundidad de su mirada azul.
Nada más llegar a la habitación del hotel, Kane se había tumbado y la había apretado contra su cuerpo. Ella no había protestado. Había dejado la luz encendida, que la bañaba de una luz dorada. Estaba tumbada hacia él, mirándolo, con el cabello desparramado por la almohada.
Debería haberla dejado en manos de Lucien, tal como

había planeado. Su amigo la habría llevado al Reino de Sangre y Sombras y él podría haberse concentrado en encontrar la manera de matar al demonio. Pero la llegada de la fénix lo había cambiado todo. Desde ese momento había querido, y necesitado, tener cerca a Campanilla para poder protegerla.

Aunque ella no hubiese querido casarse con él.

Ahora ya estaba hecho y ella no podía hacer nada al respecto.

–Soy tu marido –le dijo, casi con enfado, pero sin apartar la mano.

–Es posible.

–¿Cómo que es posible?

Ella se pasó la yema del dedo por los labios, como si estuviese recordando algo... o quizá lo anhelara.

–Bueno, no recuerdo exactamente los votos que intercambiamos.

–Tú aceptaste ser mi esposa y yo acepté ser tu marido. Con eso basta. Ya está, no hay vuelta atrás.

–Podríamos... no sé... podríamos conseguir una anulación. Los dos hemos estado prisioneros, Kane y yo no pienso ser tu nueva jaula.

–Tú no eres mi jaula. Tú lo eres todo –con una velocidad de movimientos que normalmente reservaba para el campo de batalla, la agarró de la nuca y la atrajo hacia sí. La suavidad de su cuerpo chocó contra la dureza del de él, que tuvo que apretar los dientes para no gemir de placer–. Nada de anulaciones, ni de divorcio. Lo único que nos separará será la muerte.

En los ojos de Campanilla apareció un brillo de esperanza que enseguida dejó paso a la desconfianza.

–¿Vas a estar con otras mujeres mientras estemos juntos?

–No –y era cierto–. No me acosté con Synda. No debería haberte mentido y no volveré a hacerlo, por nada del mundo. Me hizo daño lo que me dijiste y por eso te mentí.

Josephina se quedó callada, como si no se atreviera a creer que estuviera diciendo la verdad.

—¿En serio? —clavó la mirada en él—. Es muy sucio por tu parte.

—Lo sé. Pero no tanto como lo habría sido que me acostara con ella de verdad —añadió, con la esperanza de que estuviera de acuerdo.

Ella asintió lentamente.

—Eso es cierto.

Se había quedado tan destrozado cuando lo había rechazado, que había querido escapar del baile como fuera y había aprovechado la primera oportunidad que se le había presentado, aunque en ningún momento se le había pasado por la cabeza la idea de acostarse con Synda.

—La metí en la cama y luego me pasé la mayor parte de la noche sentado en el sofá que había en la habitación de al lado, para asegurarme de que no se metiera en ningún lío. Pero debió de salir por un pasadizo que yo no conocía y se acostó con Rojo en el jardín.

Campanilla metió la mano en el diminuto hueco que quedaba entre ambos cuerpos y le pasó los dedos por el pecho, donde le habían dejado la marca del dragón. El placer fue increíble... pero no suficiente. Se puso una de sus piernas alrededor de la cintura para estar lo más cerca posible de ella, aunque aún estuviesen vestidos.

Apenas podía respirar, pero no podría hacer nada hasta que no le contase toda la verdad sobre sí mismo. Ya había cometido bastantes errores con ella como para cometer otro. Sabía que iba a perjudicar a la imagen que tenía de él, pero aun así estarían juntos esa noche. Kane quería consumar el matrimonio y, si alguna vez reaccionaba mal a algo que ella hiciera, no quería que se preocupara o pensara que era por su culpa.

—Las otras mujeres que mencioné... eso sí era verdad. Estuve con ellas antes de encontrarte. Pensé que acostándome con ellas conseguiría olvidar lo que ocurrió en el infierno, que me olvidaría por fin de esa sensación de impotencia, pero solo conseguí sentirme peor. Los recuerdos me invadían y... vomitaba después de estar con cada una de ellas.

—Dios, Kane —susurró ella al tiempo que le acariciaba la cara—. Lo siento mucho.

No lo juzgó, solo mostró compasión. En otro tiempo había creído detestar la compasión porque la consideraba pariente cercana de la lástima. Pero en aquel momento no pensó eso.

—Tú haces que desee cosas que creía que no volvería a desear —acercó la cara a su cuello—. Quiero estar contigo, Campanilla —quería todo lo que ella pudiera darle.

—Yo... yo también quiero estar contigo. Quiero borrar todos esos malos recuerdos y sustituirlos por otros buenos. Quiero serlo todo para ti —le confesó en voz baja—. Lo que te dije en el baile, en el pasadizo secreto... lo dije en serio, Kane. Yo creo en ti, de verdad. Eres la persona más fuerte y valiente que he conocido en mi vida, pero no soportaría que por mi culpa te vieras inmerso en otra guerra.

Cualquier rastro de dolor desapareció al oír aquellas palabras.

«Guerra». Desastre se echó a reír. «Yo le daré guerra. Me aseguraré de que le rompas el corazón antes de matarla».

Kane no iba a romperle el corazón. Ni permitiría que nadie le hiciera daño... jamás.

—Hay cosas por las que merece la pena luchar, Campanilla, y voy a demostrártelo. Dame un minuto.

Se levantó de la cama y recorrió toda la habitación retirando las lámparas y los cuadros de las paredes, lo metió todo en el baño y cerró la puerta con llave. La luz de la luna bañaba la habitación cuando volvió a la cama junto a ella.

Campanilla se acurrucó junto a él.

Por fin iba a hacerla suya.

–Te deseo –le dijo.

Hubo una breve pausa antes de que ella asintiera.

–Date la vuelta.

Esa vez no dudó, obedeció de inmediato.

–Quiero darte todo lo que necesites –le dijo ella–, igual que tú eres todo lo que yo necesito.

El corazón que Kane creía ya insalvable se estremeció al oír aquello.

–Ya me lo das.

Empezó a desabrocharle el uniforme. A medida que la prenda se iba abriendo, se le iban acostumbrando los ojos a la oscuridad y podía ver la sencilla ropa interior que llevaba debajo. Era todo pureza e inocencia.

Y toda suya.

–Ahora ponte boca arriba.

De nuevo ella obedeció sin titubear.

Le bajó el vestido lentamente hasta quitárselo por los pies. Después la liberó también de la ropa interior, de los guantes y del anillo, dejándola por fin completamente desnuda. Deliciosamente desnuda.

La observó detenidamente. Ella permaneció inmóvil, dejando que mirara cuanto quisiera. Su cuerpo parecía diseñado para él, pensó Kane, maravillado; se ajustaba a la perfección a sus gustos. Lozano, pero esbelto, maduro, pero maravillosamente inocente. Aquella mujer lo volvía loco.

Era perfecta.

–Espera, dame el anillo –le pidió, intentando recuperar la alianza.

Pero él la alejó de su alcance.

–No hasta que me prometas que no vas a volver a ponerte los guantes.

–No sé por qué le das tanta importancia, pero de acuerdo.

–Vamos a ser lo que se conoce por una pareja empalagosa. No quiero tocar cuero, sino tu piel.

Ella lo miró en silencio unos segundos y luego sonrió levemente al decir:

–Te lo prometo.

Volvió a ponerle el anillo y ella volvió a sonreír, pero esa vez de un modo mucho más seductor.

–Ahora te toca a ti quitarte algo. Es lo justo.

–Por nada del mundo querría ser injusto –se quitó la ropa con impaciencia mientras Campanilla lo observaba con el mismo deseo con el que la había mirado él a ella.

A Kane le habría gustado concederle tanto tiempo como el que había disfrutado él, pero ya no podía aguantar la necesidad. Se tumbó sobre ella y sintió la auténtica agonía de estar tan cerca de ella sin estar dentro.

«Tengo que zambullirme en ella».

–Separa las piernas –le pidió y ella obedeció.

De pronto la sintió, notó el roce húmedo de la parte más íntima de su cuerpo, sin barreras, y la sensación estuvo a punto de hacerle perder la cabeza.

–Ay, Kane. Es... es... –le clavó las uñas en la espalda al tiempo que levantaba la pelvis hacia él.

La cama comenzó a temblar mientras se besaban.

Él gimió de placer. Ella gritó.

–Qué demonio tan tonto –susurró, encantada–. En realidad así es mucho mejor. Ah... no pares, Kane. Por favor, no pares.

Desastre los maldijo a gritos. La cama dejó de temblar.

Kane volvió a besarla aún con más fuerza. Había tenido la intención de ir despacio, con suavidad, pero... era imposible. Y tampoco ella parecía querer ir despacio.

Se abrió a él de inmediato, reclamando su presencia. Kane se bebió sus gemidos de placer. Siguió besándola mientras recorría su cuerpo con las manos: los pechos, el vientre, entre las piernas.

Se oyó algo que se rompía y se sintió olor a yeso. La pared estaba dando cuenta de la furia del demonio.

Campanilla se sobresaltó.

—Olvídate de él —le dijo Kane al tiempo que le ponía una mano en las nalgas y la levantaba hacia sí, de modo que entre ellos no quedaba ni un milímetro de separación.

Ella hundió las manos en su pelo y tiró de él.

—Ya lo he olvidado. Pero dame más.

—Claro —volvió a su boca con la misma ferocidad de antes; devorándola, mordisqueándola y chupándola. Con pasión y con éxtasis.

—Yo también quiero tocarte.

—Hazlo.

Campanilla recorrió su cuerpo hasta que por fin le agarró el miembro, lo que debería haberle preocupado, pero estaba tan contento de estar con ella que no sintió la menor reserva. El pasado desapareció de su mente. Solo existía Campanilla, el placer y la luz. Allí, en sus brazos, aceptado y necesitado, empezaron por fin a curarse sus heridas y sintió que la fuerza le llenaba los huesos y los músculos. Lo que sentía por ella era tan intenso que jamás podría volver a negarlo.

—Me gusta —gimió ella.

—Me alegro.

—Pero quiero... más —gimió de nuevo—. Haz lo que tengas que hacer.

—Enseguida —se hizo con el control de la situación, fascinado por ella.

«Mía, es toda mía y puedo estar con ella tantas veces como desee».

Hizo todo lo que estaba en su mano para prepararla para la invasión. Con las manos y con la boca, sintió su sabor en la garganta. Era dulce como la miel. La acarició y ella gimió una y otra vez.

Al mismo tiempo la chupaba y la lamía, primero despacio y luego más y más rápido. Sin dejar de susurrarle cosas al oído.

—Voy a... está pasando algo...

—Déjate llevar, preciosa. Yo estoy aquí.

El placer estalló dentro de ella, la hizo estremecerse y gritar y, cuando volvió a la realidad unos minutos después, Kane empezó de nuevo.

–Ha sido... ha sido –dijo jadeando.

–La próxima vez estaré yo dentro y será aún mejor.

–Sí –respondió a modo de plegaria–. Por favor. Si no... no sé qué... necesito volver a sentirlo... por favor.

Sí. No podía esperar más. Era toda suya.

Kane se puso un preservativo y se colocó entre sus muslos, abiertos e impacientes. Lo único que le impedía adentrarse en ella de inmediato era el temor de hacerle daño.

–Al principio te va a doler un poco –le explicó–. Yo no puedo hacer nada para impedirlo, pero verás que luego va mejorando. Te lo prometo. No me moveré hasta que tú me lo digas.

–Hazlo ya, por favor. La espera también duele.

Se sumergió en ella suavemente, incapaz de contenerse por más tiempo. Ella gritó con una mezcla de placer y dolor.

«Mía. Ahora de verdad es mía».

Se quedó inmóvil tal y como le había prometido. Estaba empapado en sudor y el corazón le latía a toda velocidad. Pero resistió la presión.

–¿Quieres que... me salga? –le preguntó con un hilo de voz mientras pedía al cielo que respondiera que no.

–¡No! ¡Vamos! Haz de una vez lo que necesito.

A punto estuvo Kane de echarse a reír.

Se retiró ligeramente para después zambullirse de verdad y empezar a moverse. La poseyó por completo, desenfrenadamente, y a ella le gustó porque le pedía más y más.

–Es increíble –susurró Kane. Le dijo cuánto la deseaba y ella respondió con gemidos de placer–. No me cansaré nunca de esto.

–Kane.

–Campanilla. Mi Campanilla.

Aceleró aún más el ritmo y, al oír que salía de su boca un grito agudo que anunciaba su clímax, el placer lo invadió también a él. Rugió como un animal satisfecho.

Cuando dejó de estremecerse, se derrumbó sobre ella. Vacío y saciado.

Maravillado.

—Ha sido... ha sido —dijo ella, jadeando.

—Increíble —terminó de decir Kane al tiempo que se tumbaba a su lado para no aplastarla—. Igual que tú.

Ella le besó el cuello.

—No me extraña que lo hicieras tantas veces.

Seguía sin juzgarlo, ni condenarlo. No había otra mujer igual.

—Preciosa, nunca he experimentado nada parecido a esto.

Ella se acurrucó contra su pecho, satisfecha como una gatita.

—¿Esposo?

Vaya, qué bien sonaba.

—¿Sí, esposa?

—¿Por qué no lo hacemos otra vez?

El amanecer encontró a Josephina de nuevo acurrucada entre los brazos de Kane. No había dormido ni un minuto, había estado demasiado ocupada admirándolo y disfrutando del momento. El hombre al que todas deseaban la deseaba a ella. El hombre que no soportaba que nadie lo tocara, deseaba sus caricias y ahora la abrazaba como si no soportara la idea de soltarla. Como si fuera importante para él.

De pronto le pareció que la vida era maravillosa.

Y el hombre que tenía a su lado también era maravilloso. Había vivido las cosas más horribles que se podían imaginar, cosas que aún le dolían y que quizá le dolieran siempre, pero a su lado había encontrado un poco de paz. Josephina se pasaría el resto de su vida cuidándolo.

Sintió una extraña vibración en la mejilla.

−¿Qué es...?

−Es el anillo −respondió Kane con la voz ronca por el sueño−. Lleva toda la noche vibrando y ardiendo.

−Eso no es normal.

−No sé. Parece ser que William es una especie de coleccionista y este lo cambió por una bolsa de caramelos. Pero no me preguntes dónde porque no lo sé.

−Mmm, caramelos −murmuró ella.

Él se echó a reír.

−Tú cambiarías tu sortija por unos caramelos, ¿verdad? Olvídalo. Mejor no me lo digas. Será mejor que te la pegue al dedo con un buen pegamento.

Josephina levantó la mano para observar la joya a la luz del día.

−Aunque es enorme, no me la quitaré −porque era un símbolo de su unión.

−¿Tienes hambre, esposa? −le preguntó él al tiempo que le daba un suave beso en la sien, un beso dulce, casi infantil.

«Esposa». Era la palabra más maravillosa del mundo.

−La verdad es que me muero de hambre, esposo.

No, esa era aún más maravillosa. No se cansaría de decirla.

−Yo también, pero creo que no hablamos de lo mismo.

−¿Tú no estás hablando de sexo?

Kane soltó una carcajada.

−Sí, pero será mejor que dejemos que tu cuerpo se recupere antes de saciar dicho apetito por cuarta vez −la abrazó un instante antes de levantarse de la cama−. Tápate esas maravillosas curvas, mujer, porque voy a llevarte a comer algo a la cafetería de al lado.

−Sí, señor.

Al sentarse en la cama se dio cuenta de que aún le dolía el cuerpo y el corazón... bueno, su corazón aún tenía que tranquilizarse. Jamás había imaginado vivir algo así.

Kane recogió su ropa y sus armas antes de meterse en

el baño, desnudo y descalzo, con el pelo alborotado y más sexy que nunca. Se duchó con la puerta abierta y salió poco después, envuelto en una nube de vapor y vestido con la misma ropa que había recogido del suelo.

–Te toca.

La tensión había desaparecido por completo de su rostro.

Josephina se levantó de la cama y pasó junto a él, desnuda.

Se lavó los dientes, se duchó y volvió a ponerse aquel maldito uniforme.

–Preferiría vestirme con unas cortinas –protestó al salir del cuarto de baño.

–Después de comer iremos de compras.

Unos minutos después estaban sentados en una agradable cafetería de estilo retro.

–¿Tienes dinero para pagar el desayuno? –le preguntó Kane mientras miraba la carta.

–No –se había dejado la bolsa en Séduire.

–Entonces tendrás que buscar la manera de devolverme el favor porque aquí la comida no es gratis.

–Oye, que ahora estamos casados y eso significa que todo lo tuyo es mío.

Kane esbozó una tenue sonrisa.

–¿Entonces ya te crees que estemos casados?

–Antes contéstame a una pregunta –le pidió, con la intención de provocarlo igual que había hecho él–. ¿Es cierto que estás forrado? Porque siempre he oído que sí, pero quiero asegurarme antes de reconocer que estoy unida a ti de por vida.

–Estoy más que forrado. Torin podría convertir en millonario a cualquiera.

–Sabía que tenía que haber una razón para que me gustara. Entonces sí, ya me creo que estamos casados. Tu dinero y yo somos uno.

Kane dejó de contener la sonrisa y se echó a reír.

«Me estoy enamorando de este hombre».

En ese momento se acercó la camarera.

—¿Puedo tomar nota de...? —miró a Kane y se quedó muda—. Hola, soy Claudia, pero mis amigos me llaman Claude.

Kane cambió de postura con incomodidad. Apenas había empezado a decir lo que querían comer cuando empezó a temblar todo el edificio y se cayó al suelo el bote de kétchup que había en la mesa. Los cristales saltaron por todas partes y algunos se le clavaron en el brazo a Josephina.

Kane maldijo entre dientes.

—Vamos —se puso en pie y agarró a Josephina de la mano—. Tenemos que irnos.

—¿Es Desastre? —le preguntó.

—Sí.

—Espera —le dijo la camarera.

Kane echó a andar. En el momento en que salieron a la calle, chocaron dos coches delante de ellos y salió por los aires un trozo de chapa de uno de los vehículos. Si Kane no hubiese tirado de ella, el metal habría decapitado a Josephina, pero lo que ocurrió fue que se estrelló contra la ventana de la cafetería.

Los coches empezaron a pitar, la gente gritaba y se oían cristales rotos.

—¿Qué necesitas? —le preguntó Josephina al sentir la tensión de Kane—. ¿Cómo puedo ayudarte?

La llevó hasta el hotel sin decir nada.

—¿Kane?

Siguió en silencio mientras se metían en el ascensor y subían al primer piso para después meterse por fin en la habitación.

—Dime algo, por favor, Kane.

—Quiero que te quedes aquí —le dijo con voz grave y sin mirarla a los ojos—. Si sales, lo lamentarás. No abras la puerta a nadie —entonces sacó una pistola y se la mostró—. ¿Sabes utilizar esto?

–No. Está prohibido que las mujeres fae aprendan a defenderse.

Kane apretó los labios.

–Debería haber empezado a entrenarte como te prometí, siento no haberlo hecho. Pero no te preocupes. La pistola está cargada y lleva silenciador. Solo tienes que apuntar y apretar el gatillo –dejó el arma sobre la mesita de noche.

A Josephina le temblaban las manos.

–¿Adónde vas?

Hubo un momento de silencio.

–A alimentar al demonio para que deje de intentar hacerte daño. Al menos durante un tiempo.

Capítulo 26

Josephina deambulaba de un extremo a otro de la enorme cama que había compartido con su marido hacía solo una hora. El cambio que había sufrido Kane la había dejado en estado de shock; en solo unos segundos había pasado de estar afable y seductor a comportarse como un grosero. Había visto en sus ojos una terrible combinación de culpa, desprecio por sí mismo y vergüenza.

¿Cómo pensaba alimentar al demonio? Si se ponía en peligro...

Apenas podía respirar, pero se tumbó en la cama y cerró los ojos. Hasta entonces solo se había proyectado a la mente de otra persona; nunca había intentado ver el mundo a través de los ojos de otro. Pero tenía que probar.

Kane la necesitaba, aunque seguramente él no lo supiera. Si descubría dónde estaba, podría ir en su ayuda. Iba a demostrarle que ya no tenía por qué luchar solo contra el mal.

–Quieres un desastre, pues yo te daré un desastre –murmuró Kane.

«Quiero matar a la chica», fue la respuesta del demonio. «Eso es lo quiero».

–Pues eso no vas a conseguirlo –antes moriría él. Pero eso tampoco serviría de nada, claro.

Tenía que alejarse de Campanilla lo suficiente para que el demonio no pudiese alcanzarla. Pero, ¿adónde podía ir?

No, no era él el que tenía que irse. Era ella la que debía marcharse. Llamaría a Lucien y le pediría que fuera a buscarla para llevarla a la fortaleza del Reino de Sangre y Sombras, tal y como había planeado en un principio. Kane no se acercaría a ella y así estaría a salvo.

El demonio estaría contento.

Apretó la alianza con fuerza. Muy pronto aquel trozo de metal sería su única conexión con Campanilla. Le pegó un puñetazo a la pared que tenía al lado. No debería haber intentado llevar una vida normal con ella. No hasta que el demonio estuviese muerto.

Desastre rugió dentro de su cabeza.

Al dar la vuelta a la esquina se rompió una enorme cristalera de un edificio, la gente se puso a gritar, alejándose del mar de cristales rotos.

—¿Qué haces ahora? —le preguntó a la criatura—. Voy a darte lo que quieres.

«Mientras planeas mi muerte. Puede que haya llegado el momento de que te mate yo a ti y así me libero».

—Te volverás loco.

«¿Acaso no lo estoy ya?».

No iba a perder los nervios.

Un coche se estrelló contra una farola, al tratar de esquivarlo, un ciclista se dio contra el bordillo de la acera y salió volando hasta aterrizar sobre Kane.

Él siguió caminando mientras apretaba los dientes.

—Estás haciendo daño a inocentes.

«Lo sé. ¿A que es genial?».

—Deja de hacerlo.

«Negociemos. No intentaré matarte a ti, ni a los demás, si...».

—¿Si qué?

«¿Ves a esa mujer de ahí? La quiero. Consíguemela».

Al otro lado de la calle había una mujer atractiva observando el caos que se había desencadenado a pocos metros.

—No —respondió Kane.

Entonces se rompió una tubería de agua y salió un chorro del centro de la calle que hizo chocar a dos coches.

—No —repitió Kane, secándose la cara.

Un pájaro negro cayó en picado del cielo y se estrelló contra el pecho de Kane antes de desplomarse en el suelo. Kane se agachó a ver si podía hacer algo, pero el animal murió antes de que pudiera siquiera tocarlo.

«La chica. Dame a la chica».

Kane cerró los ojos un momento. Sabía perfectamente lo que quería el demonio. Quería que engañase a su mujer, que traicionase la confianza que acababan de forjar y destruyera así cualquier esperanza de futuro. Después, cuando Lucien se la llevara, la distancia que los separaría no sería solo física; sería mental y emocional. Entonces ya no importaría si Desastre moría o no porque el daño estaría hecho y Kane habría arruinado su vida para siempre.

¿Qué mayor catástrofe que esa podía imaginar?

«No puedo», pensó Kane. «No voy a hacerlo».

Pero cuando vio caer un enorme cartel publicitario y la gente tuvo que salir corriendo para que no los aplastara, la palabra «apocalipsis» retumbó en su mente y de pronto se encontró caminando hacia la mujer.

«Puede que tu fae no se entere», le dijo Desastre con euforia. «Puede ser nuestro pequeño secreto».

No. Los secretos no existían, la verdad siempre acababa sabiéndose. Pero sobre todo, jamás le ocultaría algo así a Campanilla.

En un rincón de su mente sintió de pronto otra presencia, algo mucho más suave y delicado, una presencia dulce e inocente. Alguien que olía a romero y a menta.

¿Campanilla? Miró a su alrededor, buscándola, pero no halló ni rastro de ella. Debían de ser los remordimientos. O quizá fuera cosa de Desastre.

—No voy a hacer lo que quieres —dijo.

«Besa a esa mujer y dejaré en paz a tu Josephina».

Campanilla estaría a salvo.

—Señora —dijo, con la bilis quemándole la boca del estómago.

La mujer lo miró con temor.

—¿Qué está pasando?

—La calle está muy peligrosa. ¿Qué le parece si la llevo a un lugar más seguro?

Se rompió la ventana que tenían detrás. La mujer se lanzó a sus brazos.

«Manos por todas partes... bocas... Sin poder hacer nada...».

Los recuerdos lo invadieron de golpe. Mientras luchaba contra la necesidad de apartarla de su lado, de alejarse del pasado, la soltó tan suavemente como pudo.

«¡BÉSALA!».

Tenía la frente empapada en sudor. A su espalda, se derrumbó el tejado de un edificio.

Parecía... el apocalipsis.

La impaciencia se unió al pánico.

—Júralo —le ordenó a Desastre—. Jura que dejarás en paz a Campanilla.

—¿A quién? —le preguntó la mujer.

«Lo juro».

Antes de poder convencerse a sí mismo de no hacerlo, Kane se inclinó sobre la mujer y la besó. Ella se puso rígida, pero no lo apartó; las ganas de vomitar lo obligaron a separarse de ella.

En un abrir y cerrar de ojos, la otra presencia lo abandonó.

Desastre se echó a reír a carcajadas.

«Te he mentido, por supuesto. No sé cómo eres tan tonto de creerme».

Kane pegó otro puñetazo a la pared y le dio igual que el impacto le rompiera los nudillos. Debería haberlo imaginado. El demonio haría cualquier cosa para estropear su relación... y seguramente lo había conseguido. «Y yo lo he ayudado». Dio otro puñetazo a la pared.

–¿Está... está bien? –le preguntó la mujer, asustada.

–Te estaba buscando –dijo una voz masculina.

El poder que transmitía aquella voz sobresaltó a Kane. Y también a Desastre, que se escondió, atemorizado, en un rincón de su mente. Al darse la vuelta, Kane se encontró con la mirada de un Enviado. No conocía personalmente a aquel guerrero, pero reconoció la cresta verde, los rasgos asiáticos, la túnica blanca inmaculada y, claro, las enormes alas blancas y doradas que se desplegaban por encima de sus fuertes hombros hasta tocar el suelo.

–¿Quién eres y qué estás haciendo aquí?

Kane no tenía nada en contra de los Enviados, de verdad. Habían ayudado a su amigo Amun, guardián de los Secretos, en el peor momento de su vida. Estaban entrenando a la mujer de Paris para que pudiera sacar a los Titanes de la oscuridad. Y no habían matado a Aeron, al menos no para siempre, cuando se había casado con un miembro de su familia. Pero aquel no era buen momento.

–Oye, ¿con quién hablas? –le preguntó la mujer.

–Soy Malcolm –respondió el guerrero como si la mujer no estuviese allí–. He venido a ver qué tal estás. Sabíamos que estabas en el infierno, pero oímos que habías escapado. Me pidieron que te encontrara y comprobara que de verdad estabas vivo y bien.

–Estoy vivo –pero ni mucho menos bien–. ¿Eso es todo?

–Bueno –dijo la mujer–. Me da igual que puedas salvarme del fin del mundo. Me largo de aquí.

Kane oyó unos pasos, pero no apartó la mirada del Enviado en ningún momento.

Malcolm se cruzó de brazos.

–No, eso no es todo. Seis demonios mataron a Deidad, nuestro rey, y ahora esos mismos demonios están en la tierra, tratando de poseer al mayor número posible de seres humanos. Si estás bien, debes ayudarnos a encontrarlos.

Había oído lo de la muerte del rey y sabía que había habido ciertos cambios en la cúpula de los cielos.

—Ahora mismo no puedo ayudaros, lo siento. Si miras a tu alrededor, te darás cuenta de que ya tengo suficientes problemas.

Hubo un momento de silencio.

—Acabo de estar en el reino de los fae, donde te has casado, ¿no es cierto?

—Sí —Kane levantó la mano para mostrarle la alianza—. ¿Y qué?

—Que la mujer a la que estabas besando era humana —el guerrero apartó la vista un instante, pero volvió a mirar el anillo como si hubiera visto algo extraño—. ¿De dónde has sacado eso?

—¿Qué más te da? —espetó Kane con nerviosismo.

El gesto del guerrero se ensombreció de golpe.

—¿Qué haces aquí, sin tu mujer?

«Arruinar mi vida». Kane cerró los ojos un instante, deseoso de huir de una realidad muy dolorosa.

—No voy a hablar de eso contigo.

El guerrero se mordió el labio mientras miraba el anillo, luego a Kane y después otra vez al anillo.

—Me lo imagino. Llevas dentro a Desastre y estás tratando de alimentarlo para que se calme.

—¿Para qué preguntas si ya lo sabes? —oírlo en voz alta resultaba muy irritante.

—Quería saber si tú también lo sabías.

—Ahora que ya lo sabes, me largo.

Malcolm lo miró, echando la cabeza a un lado.

—¿Piensas matar al demonio?

—Sí.

—Morirás tú también.

—Puede que no. Aeron llevaba dentro el demonio de la Ira y ahora sigue vivo y libre.

–A Aeron le dieron un cuerpo nuevo.

–Entonces que me lo den a mí también –dijo Kane. Quizá había una tienda en algún lugar.

–No es así como funciona.

–Escucha. El demonio ya me abandonó una vez... –cuando lo absorbió Campanilla–, y no me pasó nada.

–Estuviste solo muy poco tiempo.

¿Cómo sabía él eso?

–Sí, ¿y qué?

–Pues que la criatura te dejó vacío, por lo que habrías acabado muriendo.

Era absurdo no creer lo que decía porque los Enviados no podían mentir, así que Kane se pasó la mano por la cara con frustración.

–Explícate.

–Piensa en un vaso lleno de aceite; si se vuelca el vaso, el aceite se derrama hasta que el vaso queda vacío.

El cuerpo de Kane era el vaso.

–Un hombre no puede vivir vacío –Malcolm hizo una pausa antes de preguntarle–. ¿Odias a tu esposa?

Se acabó la camaradería.

–Cuidado, guerrero –le advirtió Kane, preparado para atacar–. No dudaré en matarte.

–Me lo tomaré como un no. Pero, si no odias a tu mujer, ¿por qué has besado a otra mujer para calmar al demonio? No era necesario.

Kane se llevó la mano al puñal. ¿Cómo se atrevía aquel cretino a...? De pronto reparó en lo que había dicho. «No era necesario», había dicho.

–¿Qué quieres decir con que no era necesario?

–Vosotros, los Señores del Inframundo, lleváis tanto tiempo conviviendo con el mal que habéis acabado aceptándolo. Habéis dejado de luchar contra él.

–Yo lucho día tras día.

–¿De verdad?

–Te repito que tengas cuidado con lo que dices.

Pero Malcolm no se dejó intimidar.

—Si alimentas algo, se hace más fuerte —dijo, con la mirada clavada en el anillo de Kane—. Si lo matas de hambre, acaba muriendo.

—Ahora me has despistado.

—¿Siempre eres tan obtuso?

—¿Y tú eres siempre tan grosero?

—Sí.

Los Enviados y su sinceridad.

—Alimento al demonio para calmarlo porque está poniendo en peligro a mi mujer.

—No, lo que pone en peligro a tu mujer es precisamente que alimentes al demonio.

—No comprendo lo que dices. Explícate mejor —estaba dispuesto a hacer cualquier cosa con tal de acabar el día junto a Campanilla—. Si no alimento al demonio, se pondrá como loco.

Malcolm volvió a cruzarse de brazos.

—¿Y qué? Cuando privas de comida a tu cuerpo, te suenan las tripas. El demonio es igual. Si tiene hambre, protesta, pero si no le haces caso, cada vez tendrá menos fuerza para protestar.

—Podría matarlo —dedujo Kane—. Puedo matarlo de hambre.

—Exacto.

—Pero entonces me quedaría vacío.

—Sí, eso también.

Y se mataría a sí mismo.

Triste, pero cierto. Para proteger a Campanilla, debía morir y, si moría, no podría vengarse de Desastre. ¿Cómo podría hacerlo? Los dos acabarían igual.

No había manera de encontrar un final feliz.

Deseaba protestar. Tenía que haber otra manera, algo que le permitiera vivir con su mujer para siempre y ver morir a Desastre. Pero al ver el modo en que lo miraba el Enviado, tuvo la certeza de que no la había. Preferiría morir sabiendo al menos que Campanilla estaría bien, a vivir sabiendo que estaba poniéndola en peligro.

Ella era más importante para él que... que ninguna otra cosa. Más incluso que la venganza.

–Tengo que irme –anunció, con el corazón acelerado. Pero se detuvo a solo unos pasos al recordar algo–. No puedo ayudarte con esos demonios, pero sé que uno de vuestros amigos ha desaparecido –dijo, acordándose de lo que le había oído decir a Taliyah sobre Thane, otro de los Enviados–. He oído que apareció en uno de los campamentos de los fénix. El que tiene un rey nuevo. Tengo entendido que lo tienen prisionero.

A Malcolm se le iluminaron los ojos.

Kane volvió a ponerse en marcha, decidido a hacerlo. Mataría de hambre al demonio y después moriría también él. No sabía cuánto tiempo necesitaría para hacerlo. Lo mejor sería llamar a Lucien para que se llevara a Campanilla cuanto antes, antes de que Desastre protestara por falta de alimento. Pero, hasta que llegara su amigo, quería pasar cada segundo con ella. La necesitaba a su lado para poder morir con una sonrisa en los labios.

Capítulo 27

Apenas vio entrar a Kane en la habitación del hotel, Josephina le tiró una almohada a la cabeza. Él se detuvo, así que le tiró otra.

–¡Sinvergüenza! –le gritó–. ¡Eres una rata despreciable!

Después de cerrar la puerta, la miró y levantó los brazos con gesto de inocencia, como si no fuera un mentiroso que la había traicionado el día después de la boda.

–Campanilla, soy yo.

–¡Lo sé! –Josephina se quitó la alianza y se la tiró. La monstruosa joya le dio en el pecho antes de caer al suelo. Estaba tan furiosa que agarró la pistola que él le había dado y le apuntó al mismo lugar donde le había dado la sortija. Le temblaban las manos–. No quería hacerlo para salvarte, pero tú insististe en que me casara contigo.

El gesto de Kane se oscureció.

—¿Piensas matarme para librarte de mí? –le preguntó suavemente.

Y le rompió el corazón.

Tenía el pelo alborotado, los ojos inyectados en sangre y la piel pálida. Era obvio que el placer que le había dado aquella rubia lo había dejado seco. Tenía la ropa hecha girones. ¿Acaso había sido sexo duro? La idea le revolvió el estómago.

–¡Sí! Te he visto con esa mujer –le gritó–. Te he visto

besarla... después de haberte acostado conmigo y haberme prometido que me serías fiel –solo unas horas antes habría dicho que habían hecho el amor.

Pero nunca más.

–Te colaste en mi mente –dedujo, hablándole ahora con extrema frialdad.

–Sí –reconoció con dignidad. Al principio se había sentido orgullosa de poder hacerlo. Jamás había tenido con nadie la conexión que tenía con Kane, por eso podía hacer ese tipo de cosas. Pero entonces se había fijado en la rubia que tenía delante, a la que no podía dejar de mirar a la boca.

Y Josephina había tenido ganas de morir.

¡Y de matar!

–Campanilla.

–¡No me llames así! No soy tu Campanilla. Ya no.

–Deja la pistola y te explicaré todo lo que ha ocurrido.

–No quiero saber los detalles.

–Dame una oportunidad. Por favor.

–Ya lo hice y me has traicionado en cuanto has podido.

–Ha sido horrible, te lo prometo. Desastre deseaba a esa mujer, yo no. Estaba destrozándolo todo, yo solo quería calmarlo. Me prometió que te dejaría en paz si besaba a esa mujer.

Josephina no había oído a Desastre mientras había estado en su mente, pero sí que había oído a Kane diciendo: «Júralo. Jura que dejarás en paz a Campanilla».

Empezaron a desbordársele las lágrimas que se le habían agolpado en los ojos.

–¿Qué harías en la situación opuesta, si me vieras besar a un completo desconocido, solo para salvarte?

Kane la miró fijamente.

–Lo haría pedazos –se acercó a ella paso a paso–. He cometido un error imperdonable. Pero te prometo que no habría hecho nada más.

–Eso no importa. Me has hecho daño.

—No volveré a hacerlo, te doy mi palabra —un paso más—. Después apareció un Enviado y...

—¿Un Enviado? ¡Quédate donde estás!

Kane se detuvo en seco, frunciendo el ceño.

—Los Enviados son guerreros alados que tienen la misión de luchar contra el mal. Son como ángeles, pero... no lo son. Me ha dicho que no alimente a Desastre, haga lo que haga, y que acabará dejándote en paz —dio otro paso hacia ella.

—¡He dicho que no te muevas!

No obedeció, sino que siguió andando más aprisa. El instinto la hizo reaccionar y apretó el gatillo. El retroceso la empujó hacia atrás, salió humo del cañón y el horror la dejó paralizada.

Kane estaba delante de ella solo un segundo después. Le quitó la pistola de la mano y la tiró sobre la cama. Aún no había dejado de dar botes cuando sintió encima su peso.

—Tenemos que hacer algo con tu puntería.

—¡Suéltame! —Josephina luchaba con todas sus fuerzas, pegándole puñetazos en el pecho y en la cara, sin que él intentara rechazar los golpes ni una sola vez.

—Lo siento —le dijo—. Lo siento mucho. No quería hacerlo y me odio por haberlo hecho. Odiaba a esa mujer. Me ha revuelto el estómago. Pero no veía otra opción. Ahora sé que debería haber hecho algo, cualquier otra cosa.

—¡Quítate! ¡Suéltame!

—No puedo. No sé cuánto tiempo vamos a poder estar juntos y quiero aprovechar hasta el último segundo.

Josephina se quedó quieta el tiempo suficiente para lanzarle una mirada de furia.

—¿Tienes idea de lo que es ver a tu marido besar a otra mujer?

El silencio se impregnó de vergüenza.

Un silencio que la volvió aún más loca y la hizo explotar de nuevo. Volvió a pegarle hasta que le dolían las manos y los pulmones de respirar de manera forzada... hasta que no pudo hacer otra cosa que derrumbarse sobre el colchón y llorar desesperadamente por la confianza que él había traicionado.

Kane se puso a su lado y la estrechó entre sus brazos. Le acarició el pelo y siguió abrazándola. Josephina detestaba aquella sensación... porque le encantaba.

Por fin remitieron los sollozos. Tenía los ojos hinchados y la nariz congestionada. Estaba completamente exhausta, pero aun así intentó incorporarse.

—No quiero...

—Déjame que te abrace —le pidió él—. Por favor.

Josephina se relajó porque no podía hacer otra cosa. Estaba aturdida.

Sintió su mano en el cuello y le pareció notar que... ¿estaba temblando?

—Te he hecho daño y te he faltado al respeto. Lo siento mucho, Campanilla. No sabes cuánto. He sido un imbécil.

No iba a responder. No iba a hacerlo. Pero entonces las palabras salieron de su boca por voluntad propia.

—¿Por qué la elegiste a ella? —le preguntó porque aquella mujer era todo lo que ella no era: rubia, delicada como los miembros de la familia real fae, de manos suaves y piel pálida.

—No la elegí yo —le dijo Kane, hundiendo el rostro en su cuello—. La escogió Desastre.

Eso no debería haber hecho que se sintiera mejor, pero lo hizo.

—Sé que lo sientes, Kane. De verdad lo sé. Te creo cuando dices que no la deseabas. Pero no puedo hacerlo. Yo no puedo vivir así, preguntándome siempre qué tendrás que hacer con otras mujeres para satisfacer al demonio.

—Voy a matarlo de hambre. No voy a volver a hacer nada para satisfacerlo.

—Eso lo dices ahora, pero, ¿qué pasará cuando su hambre sea insoportable? ¿Cómo puedo confiar en ti?

—¿Qué intentas decirme? —le preguntó él, con un hilo de voz.

Josephina respiró hondo antes de decírselo.

—No tenía ni idea de que fuera tan celosa, pero lo soy y no creo que vaya a cambiar. Tampoco creo que vaya a poder olvidar lo que he visto. Así que... me marcho, Kane. No quiero estar contigo.

Josephina sintió un líquido caliente en el cuello, como si... como si... Kane estuviese llorando.

—No me dejes, por favor. Te necesito. Te juro que te compensaré. No volveré a mirar a otra mujer, Campanilla, antes prefiero arrancarme los ojos —la apretó contra sí—. Por favor, por favor, te necesito. Sin ti, mi vida es un infierno.

La suya lo era en aquel momento... por él.

—Te prometo que no tendrás que aguantarme mucho tiempo. Por favor, Campanilla.

Le besó el cuello y luego la mandíbula, después detrás de la oreja y la mejilla y la frente, los ojos y la nariz. Josephina intentó recordar lo que había dicho. Le había oído decir algo que no le había gustado, algo sobre no tener que aguantarlo... Ay, madre... Sintió su lengua en los labios y los abrió de manera automática. Su cuerpo ansiaba lo que solo él podía darle. Al sentir el sabor de su lengua se dio cuenta de que sabía salado... Había llorado porque no soportaba la idea de estar sin ella.

El deseo despertó en su interior, invadiéndolo, traicionándola. Intentó no moverse, permanecer inmóvil, pero cuanto más la besaba, más gemía sin darse cuenta, y más se frotaba contra él, pidiéndole más.

Mientras ella luchaba contra la reacción de su cuerpo, él le quitaba la ropa y luego hacía lo mismo con la suya, pero sin dejar de besarla en ningún momento, sin darle un momento para pensar; solo podía sentir. La dejaba sin respiración, pero le daba su propio aire, lo que quería decir que sin él no podría respirar. Ni tampoco querría hacerlo.

Piel contra piel. Calor contra calor. Él estaba excitado y la observaba atentamente, analizando sus reacciones y planificando el siguiente paso. Sus manos la tocaban y su boca seguía el rastro que dejaban.

—Déjame que te demuestre lo importante que eres para mí —le suplicó mientras se colocaba sobre el centro de su cuerpo—. Déjame que te haga el amor.

—Es... está bien —consiguió decir—. Por última vez.

Entonces Kane la miró a los ojos y ella vio tanto dolor en los suyos que se le estremeció el alma. Habría querido borrar esas últimas palabras, pero su propio dolor le impidió hacerlo.

—Volveré a ganarme tu confianza, Campanilla. Y querrás quedarte conmigo.

Se puso un preservativo y se sumergió en ella.

Josephina gritó de placer al tiempo que subía la pelvis.

Estuvo un buen rato sin moverse, limitándose a llenarla y a hacer que ella lo deseara hasta la desesperación. Le latían los pechos y el sexo por la necesidad. Le ardía la piel. Su cuerpo era un campo de batalla y él era el soldado que pretendía conquistarlo.

—Kane —gimió—. Quiero... necesito...

—A mí, Campanilla. Me necesitas a mí —se salió de ella casi por completo, pero solo para volver a zambullirse después más a fondo y llevarla hasta las estrellas—. Quiero dártelo todo.

Josephina se despertó poco a poco, fue tomando conciencia gradualmente del charco cálido en el que se encontraba. ¿Qué?

Abrió los ojos. Vio las paredes empapeladas. Estaba en la habitación del hotel. Kane estaba detrás de ella, abrazándola como si temiera que pudiera escaparse. Debían de haberse quedado dormidos después de hacer el am... después del sexo. ¿Cuántas horas habían pasado?

Se sentó en la cama y miró a su espo... al hombre que tenía al lado. El pánico la invadió.

—Kane, estás sangrando —tenía una herida abierta en el hombro y era tan grande que se le veía el músculo, e incluso el hueso.

—¿Qué ocurre? —le preguntó, adormilado.

—Estás sangrando. Los dos creímos que no te había dado cuando te disparé, pero está claro que nos equivocamos porque estás sangrando.

Por fin abrió los ojos él también y esbozó una sonrisa.

—Has pasado toda la noche conmigo.

—Escúchame. Estás herido. Te he disparado.

—No, tú fallaste, pero Desastre consiguió sacar la bala de la pared y darle otra oportunidad. Por suerte, entró y salió. ¿Te has enterado de que has pasado toda la noche conmigo?

—¿Has recibido un disparo mientras yo dormía y no me has despertado?

—Necesitabas descansar. No quería molestarte.

¿Cómo podía mostrarse tan tranquilo mientras se desangraba? Josephina fue corriendo al baño a buscar agua y unas toallas. Al volver, lo encontró recostado sobre los almohadones; era la viva imagen de la satisfacción masculina. Le limpió la herida lo mejor que pudo y le aplicó presión para parar la hemorragia.

—Deberías habérmelo dicho —le regañó.

—Estaba muy a gusto y no quería estropearlo.

—Sí, bueno. Siento haber intentado matarte —le dijo con un suspiro.

—No lo sientas. Me lo merecía.

—No, eso no es cierto —cortó un trozo de sábana que estaba limpio y le vendó el hombro con él—. Lo que hiciste con esa mujer, Kane...

—Lo sé, Campanilla —reconoció con tristeza.

—Sé que lo hiciste por mí, pero aun así duele.

—No volverá a ocurrir, te lo juro. Da igual lo que diga o

haga Desastre. Tú eres la única mujer que deseo, la única con la que estaré –hizo una pausa–. ¿Te quedarás conmigo?

Seguía doliéndole mucho lo que había hecho. Kane la había elegido entre todas las demás. Por fin le importaba a alguien además de a su madre. Había dejado de ser insignificante. Una sirvienta, una esclava de sangre, se había convertido en la envidia de todas las mujeres fae y probablemente de muchos hombres. Pero, ¿quién tendría envidia a una cornuda?

Kane decía que no volvería a hacerlo, como habían dicho miles de hombres a miles de mujeres a lo largo de los años.

Quizá la noche anterior podría haberse alejado de él, pero lo que había hecho el demonio con la intención de hacerle daño, había suavizado su furia y su dolor. Al ver a Kane bañado en sangre y darse cuenta de lo cerca que había estado de perderlo...

«No estoy preparada para perderlo».

Cuando el demonio volviera a actuar, volverían a hablar de ello. Pero hasta entonces...

–Me quedo, sí.

Capítulo 28

Después de que Campanilla y él repusieran fuerzas con hamburguesas y patatas fritas, Kane dedicó el resto del día a enseñarle a hacer frente a cualquier amenaza con puños, cuchillos y balas. No le sorprendió descubrir lo rápido que aprendía, tenía un talento natural que ya había demostrado al conseguir escapar del infierno por sus propios medios y sin preparación alguna. Escuchaba con atención, practicaba con ahínco y la fuerza que le faltaba, la compensaba con velocidad y astucia.

Kane se alegró enormemente porque quería que estuviese bien preparada para vivir sin él.

¿Cuánto tiempo necesitaría para matar de hambre a Desastre?

«Cambiarás de opinión», vaticinó el demonio, pero ya no se reía.

Desastre no podía imaginar lo que era pasar hambre porque nunca lo había experimentado; de hecho, aún estaba saciado, a juzgar por el dolor que seguía habiendo en los ojos de Campanilla. Sí, Desastre había disfrutado de un buen festín. Pero su saciedad no duraría porque Kane no iba a permitirlo. No iba a seguir siendo tan tonto de caer en comportamientos que despreciaba solo porque el demonio se lo pidiese. Campanilla iba a ver lo mejor de sí mismo, nada más que lo mejor.

Cuando consideró que era suficiente para el primer día de entrenamiento, puso fin a las lecciones y la mandó a la ducha.

–Tenemos que irnos de aquí –le explicó–. No quiero estar mucho tiempo en el mismo lugar.

–De acuerdo –respondió ella, empapada en sudor.

A pesar de lo mucho que lo deseaba, Kane no se atrevió a meterse en la ducha con ella sin haber sido invitado.

Apareció pocos minutos después, envuelta en una toalla que cubría la mayor parte de su pequeño cuerpo y con el pelo tan negro como la noche.

–Te toca –le dijo, abriéndole la puerta del cuarto de baño.

Kane se dio toda la prisa que pudo porque temía que Campanilla intentara marcharse, pero al salir la encontró de pie delante de la cama, con un aspecto sorprendente y fabuloso. Llevaba puesto un corpiño de cuero negro y una faldita de vuelo con encajes.

–¿De dónde has sacado esa ropa? –le preguntó mientras se maldecía a sí mismo por no haberla llevado de compras como le había prometido.

–Ha aparecido un tipo con alas y una cresta verde, me ha dado una bolsa, me ha guiñado un ojo y ha vuelto a desaparecer.

Malcolm, el Enviado, pensó Kane con cierta rabia.

–Deberías haberme llamado –en cuanto se dio cuenta del tono cortante en el que estaba hablando, apretó los labios e intentó controlarse. Campanilla estaba todavía muy frágil, así que tenía que andarse con cuidado.

–No me ha dado tiempo –respondió ella, frunciendo el ceño.

Al menos no le había gritado. Cuando volvió a hablarle, lo hizo con mucha más suavidad:

–La próxima vez, si aparece alguien, sea quien sea, aunque desaparezca muy rápido o pienses que es mi mejor amigo, avísame, por favor. Por si fuera necesario intervenir

Campanilla asintió levemente.

–Gracias.

Cuando vio que iba a quitarse la toalla para vestirse, ella se dio media vuelta y Kane sintió una profunda tristeza. Solo esperaba que la tensión no durara mucho tiempo.

–Debemos irnos –anunció cuando se hubo vestido–. Nos espera un largo camino.

–¿Dónde vamos?

–Siempre has querido conocer personalmente a los Señores del Inframundo y quiero...

–¿Soltarme? –lo interrumpió bruscamente.

–No. Voy a quedarme contigo.

Lo primero que hizo Kane al salir a la calle fue buscar cualquier cosa sospechosa, pero al ver que estaba todo tranquilo, echaron a andar y llamó a Lucien. Le saltó el contestador, así que probó suerte con Torin.

–¿Qué? –respondió su amigo con una brusquedad que no era propia de él.

–Estoy en Manhattan y necesito que Lucien venga a buscarnos –puesto que se podía transportar de un lugar a otro con solo pensarlo–. A mi mujer y a mí.

Se detuvieron en un puesto de cafés y pidieron dos.

–¿Tu esposa? –preguntó Torin, asombrado.

–¿Es que no te lo han contado? Lucien, Reyes, Strider y Sabin estuvieron en la boda.

–Han estado muy ocupados intentando encontrar a Viola y a Cameo.

–¿Cameo? –se puso en tensión–. ¿Qué le ha pasado?

–Lo mismo que a Viola. Tocó la Vara Cortadora y desapareció.

La preocupación se apoderó de él de inmediato.

–¿Y qué habéis hecho?

–Anya habló con un tipo que conoció en prisión –le dijo Torin–. Fue uno de los que hicieron la vara y le ha asegurado que siguen vivas. Solo que están atrapadas.

Al oír eso respiró aliviado.

–Háblame de tu chica.
–Se llama Campanilla...
–Josephina –lo corrigió ella a gritos.
–... es mitad fae, hija del rey de los fae. Espera a verla, es la mujer más hermosa del mundo. Pero tiene tantos enemigos como nosotros.
–Oye, tampoco tengo tantos –protestó la aludida–. Y solo uno es por culpa mía. Aunque en realidad, también lo de la fénix es culpa tuya. Pero gracias por decir que soy hermosa.
Kane puso leche y azúcar a los cafés y le dio uno a Campanilla. Aún recordaba cómo había mirado la cafetera durante el desayuno con la familia real.
La vio beber y saborear el líquido con verdadero deleite, y se le encogió el pecho.
–... dónde y cuándo –estaba diciéndole Torin.
–Perdona, ¿qué has dicho?
–Que dejes de babear por ella y me digas dónde y cuándo quieres que te recoja Lucien –repitió el guerrero.
–Dentro de dos horas, en el antiguo apartamento de Sabin.
–Eso está hecho.
Después de colgar, guardó el teléfono en uno de los bolsillos de la falda de Campanilla, aprovechando la ocasión para tocarla.
–Guárdamelo –le pidió.
–¿Crees que les caeré bien a tus amigos? –le preguntó ella–. Los que conocí en la boda me vieron en mi peor momento.
–¿Ese era tu peor momento? Preciosa, para mucha gente sería el mejor. Mis amigos te van a adorar –si no era así, les daría una paliza–. Y te protegerán con sus propias vidas.
–¿Y si piensan que no soy buena para ti?
–Imposible. Eres perfecta para mí. Además, espera a conocer a sus mujeres. ¿O has leído algo sobre ellas?

Campanilla meneó la cabeza.

–Aún no se ha publicado nada sobre vuestras últimas aventuras.

Resultaba humillante que no se hubieran dado cuenta de que los espiaban.

–Verás, Sabin y Strider están con dos arpías sanguinarias. Lucien está prometido con Anarquía; las tres son bastante molestas porque está todo el rato robándome las armas, pero también son fabulosas... igual que tú.

En los labios de Josephina apareció una sonrisa, pequeña, pero sonrisa al fin y al cabo.

–Gracias.

Aquella sonrisa le alegró el alma a Kane.

–¿Quieres comprar algo antes de que nos vayamos? Tenía pensado comprar ropa, pero también podemos comprar zapatos, joyas, lo que quieras –si tenía que comprar su cariño, lo haría, por patético que pareciera. Solo quería verla feliz.

–No. De verdad.

De pronto sintió que el anillo de bodas empezaba a vibrar con más intensidad. Lo levantó a la luz y se dio cuenta por primera vez que el centro era como una pantalla, donde pudo ver a Rojo abriéndose paso entre la multitud.

Kane levantó la mirada y lo vio de verdad, acercándose a él. El anillo... ¿lo había avisado?

–¿Pasa algo? –le preguntó Campanilla.

–Sí, nos han encontrado –la agarró de la mano, tiró los dos cafés a la basura y echó a andar mientras sacaba un cuchillo.

–¿Quién?

–Uno de los hijos de William –probablemente estarían todos allí porque aquellos cuatro eran como hormigas: nunca iban solos.

Había llegado el momento de matarlos. Ya les había advertido lo que les ocurriría si iban tras Campanilla. Los había avisado por cortesía hacia William, pero eso había sido su última cortesía. No le habían hecho caso y ahora iban a pagarlo.

–Voy a esconderte en una tienda, ¿de acuerdo? Yo tengo que hablar con los chicos y no quiero que...

–¡Kane! –Campanilla desapareció de su vista.

No, no fue ella la que desapareció, sino él. De pronto ya no estaba corriendo por la calle con su mujer, sino de pie en un estrecho pasillo, envuelto en una neblina blanca. De sus labios salió un grito ensordecedor al ver que no había ni rastro de Campanilla.

Palpó la niebla y descubrió... solo más niebla. Miró el anillo, no había reflejo alguno. Empezó a sentir pánico. ¿Dónde estaba? ¿Qué había pasado? No había muchos seres capaces de transportar a alguien sin siquiera tocarlo; solo la realeza de los Titanes y los Griegos y también...

Las Moiras, pensó con horror. Habían utilizado sus poderes para sacarlo de Nueva York y llevarlo a su hogar, en el nivel más bajo de los cielos.

De pronto reconoció el lugar y se dio cuenta de que conocía el camino sin necesidad de ver las paredes formadas con hilos tejidos. Esos hilos adquirían vida y aparecían en ellos escenas de su vida, del pasado, del presente y quizá incluso del futuro, pero no quiso pararse a comprobarlo.

Se aseguró de respirar lo menos posible porque el aire estaba impregnado de una droga que lo volvería dócil y le haría seguir cualquier recomendación. Campanilla pensaba que era así cómo las Moiras se aseguraban de que ocurriera todo lo que vaticinaban; que en realidad no predecían el futuro, sino que engañaban a sus víctimas hasta conseguir que hicieran lo que ellas dijeran.

«Conmigo no lo conseguirán». Nunca más.

Llegó al final del pasillo y entró en la habitación de los telares. Cada una de las tres brujas se encontraba ante un telar, con el pelo blanco cayéndoles sobre los hombros.

Klotho tenía las manos llenas de manchas y sacaba los hilos de la madeja.

Lachesis tenía los dedos retorcidos y era la que tejía dichos hilos.

Atropos no tenía pupilas en los ojos y era la que cortaba los hilos.

—Devolvedme a donde estaba —la última vez que Kane había estado allí les había mostrado todo el respeto del mundo, sin apenas mirarlas. Pero ahora se atrevía a dar órdenes.

—Has tomado una decisión errónea —dijo Klotho.

—Muy errónea —recalcó Lachesis.

—Y las malas decisiones dan lugar a malos resultados —añadió Atropos sin ninguna emoción—. Deberías haberte casado con la otra.

No, no iba a creer lo que decían. Campanilla era suya y él de ella. No quería estar con ninguna otra... ni iba a hacerlo.

—Aún hay tiempo para cambiar de camino —aseguró Klotho.

—Claro que lo hay —reiteró Lachesis.

—Es la única manera en la que podrás sobrevivir al dolor —añadió Atropos.

Kane dio un paso adelante con la intención de atemorizarlas.

—Devolvedme donde estaba.

Klotho frunció el ceño.

—Nos estás estropeando el tapiz, guerrero. Las escenas que estás creando no son tan coloridas como las que nosotras teníamos pensadas.

¿Habían predicho el futuro por los colores que aportarían al tapiz? ¡Era inconcebible!

Kane asestó una puñalada a los hilos que tenía más cerca. Las tres brujas gritaron con horror.

—O volvéis a dejarme con mi mujer, o lo próximo que corte serán vuestras gargantas.

—¡No serías capaz! —dijo la del medio.

—Si habéis visto mi pasado y conocéis algo de mi futuro, sabréis que soy capaz de eso y de mucho más –dio un paso hacia ella.

Josephina se había quedado sola en medio de Nueva York. Por un momento sintió que se tambaleaba, pero en cuanto se recuperó del shock miró a su alrededor. ¿Qué había pasado con Kane?

Intentó no dejarse llevar por el pánico. Solo veía gente que iba de un lado a otro a toda prisa.

–¡Kane! –gritó.

Una mujer que pasaba junto a ella se volvió a mirarla como si estuviera loca.

–¡Kane! –gritó de nuevo, pero no hubo respuesta.

¿La había... abandonado? ¿Habría decidido que era demasiado difícil?

–Alguien ha debido transportarlo –dijo alguien a su espalda–. Es perfecto. Estábamos buscándote, mujer.

Se dio la vuelta e intentó no chillar al ver a Rojo, el guapo caballero capaz de transformarse en el monstruo que la había invadido.

«Primera regla», recordó haberle oído decir a Kane. «Haz como si no pasara nada».

–No sé por qué. No quiero tener nada que ver con vosotros.

–Nosotros, por el contrario, queremos pasar un poco de tiempo contigo.

–Es recomiendo que lo penséis bien. Muerdo.

Entonces aparecieron sus dos hermanos, uno a cada lado, y los tres la miraron con fascinación.

Los humanos seguían pasando por su lado sin apenas prestarles atención.

–Sé lo que queréis y no voy a hacerlo. El don solo funciona si doy mi consentimiento.

–No creo que nos suponga ningún problema conseguir dicho consentimiento –Rojo esbozó una sonrisa.

Si esperaba intimidarla con eso, lo había conseguido. Jamás había visto una sonrisa tan fría como aquella.

«Segunda regla. No tengas miedo de enseñar tus armas. A veces el miedo basta para librarse de alguien».

–Estoy dispuesta a luchar –dijo, orgullosa de no haberse echado a temblar. Sacó el cuchillo que le había dado Kane. ¿Dónde estaría?

–Perderás –auguró Rojo–. Pero no te preocupes. Tendremos cuidado.

Negro y Verde asintieron.

El miedo estuvo a punto de hacerla tambalear.

Los tres dieron un paso hacia ella.

Kane apareció en el punto exacto donde había desaparecido. Pero Campanilla ya no estaba allí. Fue corriendo al apartamento de Sabin, sin dejar de mirar a todos lados en ningún momento, buscándola con desesperación. Cada segundo que pasaba aumentaba su agonía. Al llegar allí, Lucien estaba ya esperándolo.

–¿Dónde está la chica?

–No lo sé –Kane se pasó una mano por el pelo–. Tengo que encontrarla.

Los Jinetes del Apocalipsis no se atreverían a matarla, de eso estaba segura, pero quizá deseara morir cuando terminaran con ella. En ese mismo instante podría estar sufriendo y la idea de que fuera así era una tortura.

–Llama a Torin –le ordenó a su amigo–. Necesito saber qué ha pasado y no me importa en cuantas bases de datos tenga que colarse para averiguarlo.

Capítulo 29

Reino de Sangre y Sombras

Torin no tardó mucho en encontrar el vídeo que le había pedido Lucien para Kane. Después de enviárselo, dio la vuelta a la silla.

Primero miró el cuadro que seguía junto a la pared. Aún no lo había visto.

Después miró a la mujer que estaba sentada al borde de la cama.

Aún no había resuelto el misterio de su nombre, aunque había ido a verlo todos los días, tal y como había prometido. Torin no había querido presionarla para que estuviera más relajada y le había permitido que lo observara mientras investigaba la Vara Cortadora, tratando de buscar respuestas sobre Cameo y Viola; así había ido conociendo sus costumbres y sus gestos. Le había dado de comer y había dejado que paseara por todos los rincones de la habitación.

¿Cómo podría romper aquella coraza?

—Eres muy bueno con tus amigos —le dijo ella.

—Ellos también son muy buenos conmigo.

—Los quieres.

—Mucho.

Se comió la fresa que él le había dado y se chupó los dedos.

—Yo tengo una amiga —un momento de silencio—. La echo de menos.

Por fin. Por fin un poco de información personal. «Tranquilo. No la presiones».

—¿Se ha... ido?

—No. La veo todos los días y hablo con ella, pero siempre hay alguien observándonos y escuchando, por lo que no podemos hablar libremente.

—¿Quién os observa? —le preguntó, cautelosamente.

—Los demás.

Eso no aclaraba nada, pero era un comienzo.

—Los demás os escuchan a tu amiga y a ti... —adoptó una postura aparentemente relajada para no parecer impaciente—. ¿Cómo se llama?

—Probablemente sea mejor que no sepas su nombre —respondió ella—. Pero te diré el mío.

—Sí, por favor.

—Me llamo... Mari.

La emoción de saber por fin su nombre estuvo a punto de hacerle pegar un bote.

—¿De dónde eres, Mari?

—De... del pasado.

—No comprendo.

—Cronos me encerró en una de sus residencias y no sé cuánto tiempo pasó hasta que pusieron a mi amiga en la celda de enfrente. No puedo visitarla, ni ella a mí. Solo podemos hablar a través de las rejas.

Torin repasó todo lo que había observado en ella y lo comparó con lo que veía en esos momentos. Siempre aparecía con el pelo enmarañado y la cara manchada a pesar de las veces que se duchaba allí. Pero el temor había ido desapareciendo de su mirada y ya no estaba tan demacrada, gracias a todo lo que comía cuando estaba con él.

—Cronos murió —le dijo—. No tienes por qué regresar. Puedes quedarte aquí sin ningún temor.

—Sigues sin entenderlo. Estamos atrapadas allí, atadas

de algún modo. No tenemos comida, ni agua, y aun así hemos podido sobrevivir... aunque no sé cómo. Cronos debió de hacernos algo.

Claro. Había maneras de mantener alimentados a los prisioneros sin darles de comer. Métodos que convertían a los prisioneros en unos seres dóciles y débiles.

—Hemos intentado escapar por un túnel, pero no lo hemos conseguido. Puedo transportarme para venir a verte porque Cronos me dio permiso para hacerlo antes de morir, pero no puede salir nadie más, ni siquiera transportándose con la mente.

Torin seguía sin comprender qué quería decir eso de que era del pasado. ¿Habría viajado en el tiempo? ¿O sería una inmortal que Cronos habría encontrado en otra época y desde entonces la había tenido prisionera?

—Deberías habérmelo dicho antes —le dijo, tratando de seguir hablando con suavidad.

—No te conocía. No sabía lo que... lo que quería de todo esto.

—Yo puedo ayudarte. Las residencias de Cronos ahora pertenecen a una de nuestras amigas, Sienna Blackstone, que también tiene ahora los poderes del rey titán —la mayoría, al menos—. Si le dices todo lo que sabes de la casa, ella podrá encontrarla y liberaros a tu amiga y a ti.

La esperanza le iluminó el rostro.

—¿De verdad?

—Sí —«así podrás quedarte conmigo».

—No sé qué decir —se puso en pie con la mano en el pecho.

—Puedes darme las gracias —por el momento bastaría con eso.

—Gracias, gracias y mil gracias —le dijo con una enorme sonrisa en los labios.

—De nada —Torin se levantó también—. Voy a llamar a Sienna —la nueva reina de los Titanes repartía su tiempo entre prepararse con los Enviados y buscar a los Innombrables, unos monstruos que habían quedado en libertad–. Vendrá a conocerte y podremos empezar a buscar. ¿De acuerdo? –le tendió una mano.

Ella miró la mano cubierta con un guante, luego a sus ojos y después otra vez al guante. Se lo quitó lentamente y él... la dejó hacerlo. Después observó aquella mano a la que hacía décadas que no le daba el sol y tragó saliva.

–¿Mari?

–De acuerdo –le puso la mano sobre la de él y entrelazó los dedos con los suyos.

El cuerpo de Torin reaccionó de inmediato, como si estuviera preparándose para el sexo más salvaje. Se le estremeció la piel y le ardió la sangre.

«Necesito más».

Cameo iba de un lado a otro del despacho. Era extraño. Podía ver todos los rincones de la habitación, pero no podía pasar por todas partes.

Cada vez que se acercaba a las estanterías, experimentaba una intensa sensación de vértigo y cuando quería darse cuenta, se encontraba en el otro extremo del despacho.

Era lo mismo que le había ocurrido a Lazarus, aunque en su caso había sido solo una vez. Después había dejado de intentarlo; ahora estaba apoyado en la pared, observándola con gesto sarcástico.

–¿Sigue ahí ese tipo? –le preguntó Cameo–. Por cierto, no me has dicho quién es.

–Sí, sigue ahí. Pero en realidad es más un monstruo que un hombre. Prefiero no decirte su nombre.

¿Por qué?

–¿Qué hace?

–Observarte.

La idea la hizo enfurecer.

–¿Por qué no puedo verlo? ¿Por qué no puedo llegar a él? –¿dónde estaba Viola? ¿Qué había sido de ella? ¿Seguiría atrapada en la Vara?–. Me hiciste creer que tendría que participar en una peligrosa batalla.

–Me equivoqué. Ya ocurrió una vez.

–Bueno, pues deja de holgazanear y ayúdame a encontrar una solución.

–No. Comprendo que el monstruo se lo pase tan bien. Es muy divertido verte utilizar los mismos métodos una y otra vez y fracasar de la misma manera solo para intentar alcanzarlo.

Estaba muy furiosa.

–Espero que te ahogues con tu propia lengua.

–¿Para qué, para poder sacármela con la tuya?

–¿Estás coqueteando conmigo?

–Vaya –dijo mirando a un punto en el vacío–. La pequeña guerrera no distingue entre una pregunta lógica y un coqueteo.

¿Estaría hablando con la bestia invisible, con su supuesto enemigo?

Cameo se acercó a la pared en la que estaba apoyado y se sentó junto a él.

–Lo cierto es que eres bastante atractiva, pero tienes que mejorar tu voz.

–¿Tú te atreves a insultarme? Me acuerdo de ti, sabes. Hace unos meses estuviste en los Juegos de las arpías con Strider y Sabin. Eres el acompañante de la arpía que estaba al mando.

En sus ojos se encendió un pequeño fuego... de verdad.

–Yo no soy el acompañante de nadie.

Parecía que había encontrado un punto débil.

–Me pregunto qué diría tu acompañante al respecto. Se llama Juliette, ¿verdad?

Lo vio resoplar por la nariz, lo que daba cuenta de su furia.

–Cuando salga de este despacho, cosa que haré, estará tan muerta que no podrá decir nada.

–¿Piensas matarla?

—Sí —así de simple—. Una vez elegí la muerte antes que a ella y volveré a hacerlo, solo que esta vez lo haré al revés.

—Puede que te mate yo antes y le regale a ella tu cabeza —respondió Cameo amablemente.

—Puede que yo te corte la lengua y le haga un favor al mundo.

—Puede que yo te destripe, solo para reírme un rato.

—Puede que te mate a puñaladas y así me haga un favor a mí mismo.

«¡Basta!», pensó Cameo al tiempo que se ponía en pie de un salto.

—¿Quieres hacerlo, guerrero? Porque yo estoy preparada.

Lazarus se levantó también.

—No creo que quieras provocarme, pequeña, porque perderás.

Se acercó a él hasta rozarle el pecho.

—No estoy de acuerdo. En ninguna de las dos cosas.

—Entonces haz lo que tengas que hacer y yo haré lo mismo —dijo sin dejarse intimidar.

Lo único que tenía que hacer era no actuar como él esperaba, así le sorprendería.

Como si estuvieran en la escuela, le pegó un empujón que lo tiró contra la pared y lo dejó mudo de asombro.

Cameo se acercó al lugar que había ocupado él y de pronto se encontró al aire libre, rodeada de árboles y de una suave brisa. Los pájaros cantaban junto a un riachuelo y el cielo estaba soleado, sereno y perfecto.

—¿Qué me has hecho? —quiso saber Lazarus, saliendo de entre las sombras de los árboles.

—¿Yo? Te empujé contra la pared. Supongo que te pasaste al otro lado y yo te seguí.

Él miró a su alrededor, analizando el lugar.

—Creo que estamos entre dos dimensiones —murmuró como si estuviera hablando consigo mismo—. Eso significaría que la Vara nos lanzó a otra dimensión, el despacho estaba en otra y esto es una tercera dimensión.

Era la primera vez que oía hablar de distintas dimensiones.

–¿Podrías explicarme qué quieres decir con eso?

–Existen dos mundos, el natural y el espiritual, y entre ambos hay distintas dimensiones; espacios de vida que se encuentran entre lo natural y lo espiritual.

El temor le encogió el corazón.

–¿Qué implica eso para nosotros?

La miró fijamente mientras le decía:

–Que no podremos volver a casa.

Capítulo 30

Nueva York

La furia de Kane no parecía tener fin. Una cámara había grabado el secuestro de Campanilla, lo que le había permitido ver cómo la habían acorralado Rojo, Negro y Verde. Ella se había defendido tal y como él le había enseñado, incluso había logrado darle un buen puñetazo en el ojo a Rojo, pero no había podido con la fuerza de los tres inmortales, que la habían dejado sin sentido y se la habían llevado de allí sin dejar rastro.

«Debería haberlos matado cuando tuve oportunidad de hacerlo».

Kane no dejaba de dar vueltas en la cama de aquel triste motel. Necesitaba relajarse y concentrarse. Había pensado intentar llamarla utilizando ese extraño vínculo que los unía y pedirle que se proyectase en su mente para poder hablar con ella y preguntarle dónde estaba.

Se obligó a cerrar los ojos.

Lucien se había negado a dejarlo solo, así que ahora dormía plácidamente en la cama de al lado, con Anya, que no había querido pasar la noche sin él. En realidad lo que ocurría era que Lucien no podía vivir sin ella ni siquiera unas horas. Era asqueroso.

«Eso es precisamente lo que siento yo por Campanilla».
Desastre se echó a reír.

«Es una pena que no vayas a volver a verla».

El demonio estaba de magnífico humor, alimentado por las sombrías emociones de Kane, que no había imaginado que su tristeza pudiera darle tanta fuerza al monstruo que llevaba dentro.

—Campanilla —gritó Kane en su interior—. Campanilla, te necesito.

Pero no hubo respuesta.

Probó con otra táctica.

—Campanilla. Josephina. ¡Esposa! Tienes cinco minutos para aparecer. Si no lo haces, la próxima vez te tumbaré sobre mis rodillas.

Nada.

—Uno, dos. Lo digo en serio. Tres, cuatro. Última oportunidad para salvarte de...

La niebla lo inundó todo y de pronto apareció Campanilla frente a él.

—¡No vas a tumbarme encima de tus rodillas, troglodita!

Todo su cuerpo gritó de alegría. Había funcionado.

—¿Estás bien? —le preguntó—. ¿Te han hecho daño los guerreros? —no parecía herida y la ropa que le había dado Malcolm seguía en perfecto estado.

No parecía que Lucien y Anya lo hubiesen oído.

—Estoy bien —aseguró ella—. La verdad es que los chicos están siendo muy amables conmigo, se esfuerzan en mimarme para convencerme de que me quede a vivir con ellos para siempre y, creo, los convierta a los tres en mis maridos —miró a Kane de arriba abajo—. ¿Y tú? Has dicho que me necesitabas. ¿Qué te ocurre?

—Que no te tengo a mi lado. ¿Cómo que me has oído? ¿Entonces por qué no has respondido de inmediato?

En realidad sabía la respuesta, porque seguía enfadada con él.

—Ya no estoy indefensa —anunció ella, a punto de echarse a llorar—. Estoy afrontando las cosas.

—Lo sé, Campanilla. Pero te echo de menos. Quiero que

estés a mi lado todos los días de mi vida porque sin ti no soy nada. Déjame que vaya a buscarte.

Josephina miró a Kane mientras sus maravillosas palabras le retumbaban en la mente. «Sin ti no soy nada». Ya era hora de perdonarlo por el beso. Tenía que desterrar la amargura que intentaba echar raíces en su corazón porque corría el peligro de pasar así el resto de su vida. Kane había hecho lo que había hecho por desesperación y con ganas de protegerla. Le había prometido que no volvería a hacerlo y ella lo creía.

Kane quería arreglar las cosas, pero hasta el momento, ella no le había dado oportunidad de hacerlo. La había llamado, había conseguido comunicarse con ella a través de ese conducto que, sin ellos saberlo, había conectado sus mentes. Se había emocionado al oír su voz, pero no había querido dejarse llevar por la necesidad de responderle. Al menos de inmediato.

No había querido que la viera así. Derrotada. Al contrario que los fae, Kane apreciaba la fuerza de las mujeres y ella había querido demostrarle lo fuerte que era liberándose a sí misma.

Después de ver lo que había conseguido, no se le ocurriría besar a otra nunca más.

Pero al paso que iba, quizá nunca volviese a ser libre.

Tenía que tomar algunas decisiones. O creía que Kane seguiría deseándola pasase lo que pasase, o se separaba de él. O lo perdonaba y se quedaba a su lado, o seguía resentida con él... y sola. Si no podía confiar en él y perdonarlo, pero de todos modos se quedaba con él, seguiría castigándolo y sabía que tal comportamiento podía tener un efecto brutal en una persona.

–Kane –dijo.
Él apartó la vista.
–Sí, Campanilla.

Debía de pensar que quería rechazarlo.

–Proyéctate en mi mente.

Un segundo después, lo tenía delante, mirándola con los ojos llenos de esperanza. Josephina le echó los brazos al cuello y se aferró a él.

–Me alegro mucho de que me hayas llamado.

–¿De verdad? –le preguntó él, hundiendo la cara en su cuello.

–Sí –los ojos de Josephina volvieron a llenarse de lágrimas, pero esa vez lloraba de alegría–. ¿Puedo preguntarte algo?

–Claro. Lo que quieras. Siempre que quieras.

Aquella ternura le rompía el corazón.

–¿Me habrías elegido de entre todas las mujeres si no te hubieras visto obligado a casarte conmigo?

–Sí –respondió Kane sin dudarlo–. Nadie me obligó a hacerlo, Campanilla. Te deseaba y habría encontrado la manera de tenerte. Tu padre solo me puso las cosas más fáciles.

Josephina esbozó una ligera sonrisa de manera inconsciente

–Entonces... crees que soy especial.

–La persona más especial del mundo.

Aquello la hizo reír.

–Sé que en ese momento no fue lo que pareció, pero yo te habría elegido a ti de entre todos los hombres.

–¿Por encima de Torin y de Paris?

–Desde luego. Tú eres, sin lugar a dudas, el hombre más sexy que se ha creado jamás. Lo que ocurre es que no quería que te arrepintieras de lo que estabas haciendo.

–Nunca me arrepentiré de estar contigo –la besó con más dulzura que pasión, pero la pasión también estaba ahí, siempre estaba ahí–. Yo también quiero darte las gracias porque siempre he sido el guerrero al que dejaban atrás; mis amigos no quieran tener que enfrentarse a los problemas que ocasiona Desastre y no los culpo por ello. Sin embargo es muy agradable sentir que alguien quiera estar contigo.

Josephina entendía bien su dolor. Quizá las circunstancias fueran distintas, pero el resultado era el mismo: una profunda sensación de rechazo. Seguramente él también llevaba toda la vida anhelando que lo aceptaran. Seguramente había soñado con poder ayudar a sus amigos y había acabado herido y frustrado cuando no apreciaban sus magníficas dotes para la batalla.

–No podría encontrar a alguien mejor que luchara por mí –reconoció ella.

Él le regaló otro beso.

–Eres un tesoro. Espero que lo sepas.

Josephina lo miró, maravillada. Aquel cumplido no había tenido que decírselo ella misma y era el más dulce que había escuchado en toda su vida.

–¿Dónde fuiste cuando huíamos de los hermanos diabólicos?

–Las Moiras reclamaron mi presencia.

–Ah –«no, no»–. ¿Qué ha ocurrido?

–He hecho lo que tenía que hacer y puede que las brujas tarden unos cuantos años en recuperarse –le explicó él con frialdad– ¿Dónde están los hermanos? ¿Dónde te tienen prisionera?

–No lo sé –admitió Josephina.

–¿Qué recuerdas haber visto?

–Recuerdo que estábamos en la calle, aparecieron ellos y luego... nada más hasta que me desperté dentro de una tienda de campaña. No sé qué hay ahí fuera y no puedo mirar porque estoy atada.

Kane enarcó una ceja.

–¿Crees que es su manera de cortejarte?

–Me ataron porque le tiré a la cara a Verde una comida que habían preparado especialmente para mí. No sé... Hace calor y huele a pachuli. Hay cuatro lechos de pieles en el suelo y me parece que se oyen gritos.

El rostro de Kane se ensombreció al oír aquello.
–Ya sé dónde estás. Estaré ahí antes del amanecer.

Tenía que volver al infierno.

En cuanto desapareció la niebla, llevándose consigo a Campanilla, Kane dejó de proyectar su imagen y se levantó de la cama. Le temblaban las piernas y tenía el estómago revuelto.

Manos por todas partes... bocas... Sin poder hacer nada...

Un latigazo en las piernas. Un cuchillo en el vientre.

Una respiración caliente rozándole las heridas... besándolo...

El pánico amenazaba con bloquearlo. No iba a permitirlo. Tenía que hacerlo, reaccionase como reaccionase su cuerpo. No podía abandonar a Campanilla en el infierno. No iba a abandonarla. Sabía las cosas que ocurrían allí. Vaya si lo sabía. Tuvo que salir corriendo al baño a soltar todo lo que llevaba en el estómago.

Se lavó la boca y miró la imagen atormentada que le devolvía el espejo. Las siervas podrían hacerse con Campanilla y torturarla. Si eso ocurría, sí que no querría seguir viviendo; no volvería a sonreír o a reír nunca más. Kane no concebía la vida sin su sonrisa. Había jurado protegerla y ahora ella lo necesitaba, así que iría en su busca aunque para ello tuviera que enfrentarse a su peor pesadilla.

Se acercó a la cama para despertar a Lucien.

–Necesito que me transportes... al infierno –le pidió a su amigo.

Le repitió la descripción que le había dado Campanilla, tratando de no volver a vomitar. Su amigo no hizo preguntas. Se puso en pie, apretó a Anya contra sí y le pasó un brazo por los hombros a Kane. Antes solo podía transportar a una persona, pero los poderes de Lucien estaban aumentando.

Kane intentó no pensar en la de veces que se había jurado a sí mismo que preferiría morir a regresar allí. Pero estaba dispuesto a hacer lo que fuera necesario por Campanilla.

Lucien los transportó a los tres a la entrada rocosa, desde donde se oían ya los gritos de agonía que inundaban el aire caliente y con olor a azufre. Desastre ronroneaba de contento porque notaba la proximidad de sus siervas.

Kane sintió ganas de zafarse de su amigo mientras volvían a invadirle sus peores recuerdos; imágenes de dolor y sufrimiento que ahora le parecían aún más terribles porque las veía en blanco y negro... excepto el rojo de la sangre que manaba de sus numerosas heridas.

Se adentraron más y más en la cueva. Y más...

La siguiente vez que Lucien se detuvo, Kane tuvo que agacharse y vomitar la poca bilis que le quedaba dentro. Su amigo no lo soltó, quizá sabía que, si lo hacía, Kane saldría huyendo.

—Solo queda un poco, creo —le dijo Lucien y volvió a transportarlos.

—Puedo hacerlo —quizá.

Por fin se detuvieron en lo alto de un acantilado.

Kane reconoció de inmediato aquel intenso olor a pachuli.

Se asomó a ver aquella tierra llena de rocas puntiagudas y suciedad. Había algunos árboles, pero no eran más que troncos retorcidos y sin vida. En el centro estaba la tienda de campaña que había mencionado Campanilla, era grande y de color carne; Kane recordaba que los hermanos habían despellejado a mucha gente para hacerla.

Campanilla estaba allí dentro, atada a un poste y sin poder hacer nada.

La furia mitigó un poco las náuseas. Los tres hermanos estaban reunidos alrededor del fuego, asando malvaviscos con total relajación, pensando quizá cuál era la mejor manera de cortejar a Campanilla.

«Mi Campanilla. Nadie va a cortejarla excepto yo».

–¿Qué estáis haciendo aquí? –les dijo una voz conocida.

Kane se dio la vuelta, cuchillo en mano, y se encontró cara a cara con William.

–¡Mi adorado Willy! –exclamó Anya, entusiasmada–. ¡No sabes cuánto te he echado de menos!

–Pues yo a ti nada, niñata.

–Claro que sí.

–Claro que no.

Se pusieron a pelearse a bofetadas.

En otras circunstancias, Kane se habría divertido con la escena, pero en aquel momento solo le puso nervioso.

–Ya está bien –les dijo Lucien y puso fin a aquella ridícula pelea de gatas.

–Voy a matar a tus hijos –le advirtió Kane. E iba a hacerlo rápido para salir de allí cuanto antes.

–Es curioso que lo digas porque soy yo el que va a matarlos –anunció William–. Se atrevieron a abandonarme en Séduire, dándome por muerto mientras la fénix quemaba los jardines del rey, que decretó que tu Campanilla tendría que pagar por ello; al parecer siempre tiene la culpa de todo. El caso es que va a enviar todo un ejército en su busca.

Kane observó el área, ideando ya la mejor manera de atacar a los Jinetes.

–Pues lo siento por él, pero ahora es mía, no suya –dijo en tono distraído.

Si descendía por el acantilado, no tardarían en verlo y en abandonar sus puestos para luchar contra él. Entonces Lucien podría transportarse al interior de la tienda y llevarse a Campanilla.

–Está convencido de que ya te habrás cansado de ella –le explicó William–. Cree que incluso le darás las gracias por llevársela.

Eso era porque Tiberius creía que Campanilla no valía nada.

Alguien tenía que darle un par de lecciones.

—Olvídate de la fae. ¿Dónde está Blanca? —le preguntó Kane. Si era necesario, lucharía también con ella.

—Ayudó a sus hermanos a tenderme la emboscada, pero al menos luego volvió a atenderme —le contó William—. Así que por eso solo sufrirá un pequeño castigo.

Una vez William le había impuesto un pequeño castigo a un Cazador. El hombre había acabado mordiéndose las muñecas para intentar escapar del dolor al que le sometía el guerrero.

—Por cierto —añadió William—. ¿Has notado algo raro en tu anillo de bodas? Siempre he oído que tenía poderes extraños, pero nunca quise poner en peligro mi valiosa vida poniéndomelo.

—¿Y decidiste poner en peligro la mía mejor? —siguió observando el campamento. Si los hermanos decidían no enfrentarse a él, tendrían tiempo de sobra para llegar hasta Campanilla antes de que Lucien pudiera llevársela de allí.

Era un peligro que tendría que correr.

—Claro, no soy tan tonto.

—El anillo me avisa cuando hay algún enemigo cerca.

—¿Qué? —le preguntó el guerrero—. Devuélvemelo.

Kane no le hizo caso.

—Yo me encargo de los Jinetes. Lucien, tú ocúpate de Campanilla.

—¿Y yo? —preguntó Anya.

—Tú puedes animarnos —dijo Kane, consciente de que Lucien jamás le perdonaría que le ocurriera algo a su amada.

—Espera un momento —intervino William—. Si conozco a mis chicos como creo que los conozco, habrán atado a Campanilla con cadenas especiales que Lucien no podrá romper y, por lo tanto, no podrá llevársela de allí. Necesitará una llave.

Una pequeña complicación, pero nada insalvable.

—¿Tienes tú esa llave?

—Sí –respondió William escuetamente.

Kane se frotó la nuca con la mano.

—Dame la llave y te daré el anillo.

—Esperaba que dijeras eso. Tardaré un rato, así que hasta luego –dijo William con una sonrisa antes de desaparecer.

Pero Kane no tenía intención de esperar «un rato» sin hacer nada, especialmente sabiendo que Campanilla estaba tan cerca.

—Nuevo plan. Vosotros dos os quedáis aquí y, cuando vuelva William, vais a liberar a Campanilla. Yo voy a sacar de aquí a los hermanos.

No esperó a que respondieran. Tampoco perdió el tiempo en descender lentamente por el acantilado; se colocó en el borde y saltó. Cayó... y cayó... hasta caer de pie. El impacto le rompió las espinillas, pero le dio igual, tenía la adrenalina demasiado alta como para sentirlo. Apenas frunció el ceño ligeramente.

Al verlo, los tres hermanos se pusieron en pie de un salto, pero no echaron a correr.

—Debo reconocer que te esperaba mucho antes –dijo Rojo sin inmutarse.

—Estás en nuestro territorio –le advirtió Negro–. No deberías haber entrado.

Verde se frotó las manos con alegría.

—Campanilla es mía y no voy a compartirla.

Kane y los tres Jinetes se encontraron en el centro de la explanada. Enseguida los envolvió una bruma negra. Kane estaba preparado con un cuchillo y un hacha. Los otros tres esquivaron los golpes antes de lanzarse sobre él con sus garras. Quizá lo alcanzaron. Quizá no. Kane seguía sin sentir nada más que su determinación y su furia.

Miró a Rojo y sonrió, pero le lanzó el hacha a Negro.

Negro no estaba preparado, por lo que no tuvo tiempo de reaccionar. El metal del arma le abrió la garganta, cortándole la tráquea. Cayó al suelo y allí se quedó.

Rojo rugió con toda su ira. Verde le enseñó los dientes. Kane sacó un segundo cuchillo y se lanzó al ataque con más vigor. No dejó de moverse en ningún momento; atacando, esquivando, volviendo a atacar, haciéndoles trizas a los dos.

–Te voy a matar –gruñó Rojo al tiempo que le golpeaba los tobillos.

Kane cayó al suelo, pero rodó rápidamente antes de que cualquiera de ellos pudiera acabar con él.

Volvió a la carga contra ellos, cada vez con más fuerza. Pero Verde respondió al ataque con un puñetazo que debió de romperle el cráneo.

Estuvo a punto de perder la conciencia, pero no dejó que eso lo frenara. Estiró la pierna lo suficiente para barrer a Verde y, antes de que ninguno de los dos pudiera reaccionar, se puso en pie y saltó sobre Rojo.

Los guerreros también se recuperaron con rapidez y volvieron a atacarlo. Por fin consiguió darle un puñetazo en el pecho a Verde que lo tiró al suelo y, apenas se había incorporado, le asestó otro en la mandíbula, seguido de una patada. Esa vez el guerrero se derrumbó y Kane pudo romperle el cuello.

No pudo volver a levantarse. Ya iban dos.

Rojo le saltó sobre la espalda, le echó los brazos alrededor del cuello y trató de hacerle lo que él acababa de hacerle a su hermano, justo lo que esperaba Kane, que aprovechó el momento para clavarle un cuchillo en el costado, directo al riñón.

El guerrero se alejó tambaleándose, pero Kane le lanzó un segundo cuchillo que se le clavó en el muslo. Cayó de rodillas. Decidido a acabar con él de una vez por todas, Kane le pegó una patada en la cara con la que lo tiró de espaldas, momento en el que le clavó dos cuchillos en los hombros que lo dejaron clavado al suelo.

Oyó el grito de Desastre dentro de su cabeza y, un segundo más tarde, una roca que caía por el precipicio hacia él. Se apartó rápidamente de la trayectoria de la piedra. Rojo no tuvo tanta suerte.

La bruma negra se disipó enseguida. Kane estaba hecho pedazos, desesperado, pero también impaciente. Miró a su alrededor y deseó encontrarse en cualquier otro lugar que no fuera aquel. Ahora que había terminado la pelea, el pánico volvía a apoderarse de él. Tenía que salir de allí cuanto antes. ¿Dónde estaba Campanilla? Pero antes de nada, tenía que respirar. ¿Por qué no podía respirar?

Se llevó la mano al cuello, pero no encontró nada que impidiera el paso del aire. Fue entonces cuando vio a Lucien, Anya, William y Campanilla sentados alrededor del fuego. Se quedó inmóvil. Campanilla tenía el pelo brillante, la cara limpia y la ropa en perfectas condiciones. Estaba bien. Sintió una mezcla de alivio y alegría que bastó para espantar el pánico, abrirle los pulmones y permitirle respirar de nuevo.

William miró a sus hijos, aún tendidos en el suelo.

—No están muertos. Solo mueren si alguien los decapita.

Kane se acercó a ellos con la intención de hacer justo eso.

—No —lo interrumpió William—, he cambiado de opinión. Han aprendido la lección y no volverán a acercarse a tu mujer. Yo me aseguraré de ello.

Muy bien. Kane tampoco necesitaba verlos muertos, solo estar seguro de que Campanilla estaría a salvo de ellos.

La miró fijamente.

Ella se puso en pie y se limpió las manos en las piernas. ¿Estaba nerviosa? ¿O asustada de él? No debía de tener buen aspecto completamente cubierto de sangre.

—Kane —dijo.

Dio un paso hacia ella.

—Estás libre. Qué rápido.

—Sí —confirmó William—. Me equivoqué sobre las cadenas. Anya la soltó sin ningún problema. Quién iba a imaginarlo.

–La habían atado con una simple cuerda –explicó Anya–. A mí también me ha sorprendido.

Lo que quería decir que William había intentado engañarlo para recuperar el anillo. Eso tampoco le importó a Kane, que no podía apartar la mirada de Campanilla mientras se acercaba a él. Un segundo después se fundieron en un abrazo.

–Te dije que llegaría antes del amanecer –le susurró.

–Gracias.

–De nada –ahora podía llevársela de allí. No quería pasar un instante más entre aquellos muros–. Tenemos que...

–Desastre –gritó una voz de mujer a lo lejos–. ¡Está aquí desastre!

—¿Dónde? ¿Dónde está? ¡Lo quiero para mí sola!

Kane sintió cómo se le tensaba hasta el último músculo del cuerpo. Las siervas habían sentido su presencia. Las mismas siervas que le habían... ¡NO! Volvió a sentir la bilis en la garganta. Aquellas criaturas querían atarlo y arrancarle la ropa. Querían tocarlo, morderlo y robarle su semilla.

«Y lo harán», anunció Desastre riéndose. «Lo harán una y otra vez».

«Voy a vomitar».

–Es hora de irse –William se sacó una pistola de la cinturilla del pantalón–. Yo solo puedo transportarme a mí mismo. Tú te encargas de los demás, Lucien.

Lucien asintió antes de llevarse a Anya a pesar de sus protestas. Apareció unos segundos después y se llevó también a Campanilla y a Kane, temblando como una hoja a punto de caer. Lo último que vio fue a William corriendo hacia ellos, riéndose. Cuando volvió a abrir los ojos estaba entre los muros de la fortaleza a la que jamás pensó que podría regresar, otra vez incapaz de respirar.

Capítulo 31

Reino de Sangre y Sombras

Josephina trató de ver tanto cuanto pudo mientras Kane la llevaba por un pasillo y luego por una escalera de la fortaleza.

–Casi no me creo que esté en tu casa. Es el sueño de cualquier mujer fae.

Le llamaron la atención los retratos que había en las paredes. En cada uno de ellos había un Señor del Inframundo en cueros, pero con el sexo tapado por algún objeto femenino como un lazo, un osito de peluche, un trozo de encaje. Luego estaban los retratos de aquella delicada rubia que sería el ideal de belleza de los fae.

–Es guapa –comentó, intentando no compararse con aquella belleza–. ¿Es pareja de alguno de tus amigos?

–No.

Le sorprendió la sequedad con que respondió Kane. Se fijó en que tenía la espalda rígida y caminaba como a tirones.

–¿Estás bien, Kane?

No le hizo caso alguno, como tampoco se lo hizo a la gente con la que se cruzaban.

–¿Eres tú de verdad? –le dijo un tipo de pelo negro y ojos violetas.

Josephina enseguida lo reconoció como el famoso guardián de la Violencia. Lo tenía lo bastante cerca como para poder tocarlo. Llevaba un bebé en brazos. Madre mía, ¿tenía una hija? ¿Por qué no se habría hecho pública tan jugosa noticia?

Kane siguió de largo sin decir nada.

–Encantada de conocerte –dijo ella–. Soy Josephina y me encanta...

Kane tiró de ella sin dejar que terminara lo que estaba diciendo. Al dar la vuelta a la esquina, salió Strider de una habitación.

–¿Qué hacéis aquí? Pensé que estaríais de luna de miel.

–Me alegro de volver a verte –le dijo Josephina.

Junto a Strider había una pelirroja bajita que le dio un codazo en el estómago.

–¿Qué he hecho ahora, amor? –le preguntó él con gesto de inocencia.

–¿Tu amigo se casa y ni siquiera te molestas en decírmelo?

–Oye, no estarán por aquí Paris y Torin, ¿verdad? –le preguntó Josephina a Strider–. Si los viera, podría darme un ataque al corazón, pero merecería...

Kane se colocó detrás de ella y le tapó la boca.

–Ya basta.

Se detuvo frente a una puerta, que pronto comprobó que era de un dormitorio, donde entraron y él cerró la puerta a su espalda. Josephina lo observó todo, absolutamente maravillada. Era una estancia muy amplia, con paredes de piedra y suelos de mármol. Los muebles eran antiguos pero elegantes. No había cuadros de ningún tipo, ni tampoco ningún otro detalle personal.

–Tengo que... –empezó a decir Kane, luego hizo una pausa y se pasó la mano por la cara–. Tengo... que irme –consiguió terminar sin mirarla.

Josephina se volvió para mirarlo de lleno.

–¿Vas a dejarme aquí?

–Pero volveré –se apresuró a añadir–. Y te presentaré a todo el mundo. Haré lo que desees.

–Tú eres lo que deseo.

Ya no era la chica pasiva que había conocido. Había vivido muchas cosas desde entonces, muchas cosas a las que habían sobrevivido. Josephina había decidido luchar por sus derechos y estaba dispuesta a luchar por lo que quería, aunque tuviese que enfrentarse con el propio Kane.

–¿Qué ocurre, Kane? ¿Qué te pasa? No me apartes. Esta vez no.

–Tengo la cabeza hecha un lío –respondió, angustiado–. Esas semanas que estuve en el infierno... los demonios...

–Lo siento. Debería haberme dado cuenta –eliminó la distancia que los separaba y le puso las manos en el pecho, donde pudo sentir los latidos acelerados de su corazón. El infierno le había hecho recordar todo lo que había sufrido allí y aun así había ido en su busca. Era un hombre increíble. «Mi hombre»–. Déjame que te ayude, por favor.

–Yo... sí. Está bien –la tomó en brazos y la llevó hasta la cama, donde se tumbó a su lado.

–Habla. Suelta todo el veneno que llevas dentro.

Pasó un minuto. Y luego otro.

–No sé si lo sabes –comenzó a decir por fin–, pero una mujer puede hacer que el cuerpo de un hombre se excite aunque dicho hombre no sienta la menor atracción por ella. Por eso, mientras estaba en el infierno, miles de siervas me... hicieron cosas. Fue mucho peor de lo que te he contado. Una tras otra, tenía sus manos y sus bocas por todas partes, intentando robarme mi semilla porque querían tener hijos míos y no me dejaban en paz. Y mientras Desastre no dejaba de reírse ni un momento. Igual que se ríe ahora, porque disfruta con mi dolor y mi humillación.

–Ay, Kane –su pobre Kane–. No te atormentes por ello. La culpa es de Desastre y de las siervas.

–Pero yo podría haber luchado más.

–¿Tú crees? –le preguntó Josephina–. Eres más fuerte que ningún otro hombre que yo conozca.

–No es cierto –respondió, meneando la cabeza.

–Claro que lo es. Hoy mismo lo has demostrado. A pesar de todo lo que has sufrido, viniste a buscarme al infierno.

Sintió que el corazón se le detenía un instante.

–Sí, ¿verdad? Pero... cuando oí que se acercaban los demonios, tuve ganas de vomitar y me sentí un cobarde. Debería haberme enfrentado a ellos y haberlos destruido. Algún día lo haré, pero hoy solo quería salir corriendo.

Josephina se daba cuenta de que esas ganas de huir suponían una vergüenza para su alma de guerrero.

–La cobardía no tiene nada que ver con lo que se siente, sino con cómo se actúa y, a pesar de todo, tú actuaste como un valiente y en ese momento tenías otras cosas en que pensar aparte de la venganza. Estabas intentando protegerme. Sabías de lo que son capaces las siervas y supongo que querías alejarme de ellas cuanto pudieras. ¿Es así?

Solo dudó un instante antes de admitir.

–Sí –después se puso de lado en la cama y hundió la cara en el cuello de Josephina.

Ella sintió algo cálido y húmedo... ¿una lágrima? La rodeó con los brazos y la apretó con fuerza. Las lágrimas siguieron cayendo una a una, cada vez más seguidas, hasta que Kane estaba llorando con desesperación, con unos sollozos desgarradores.

Josephina lo abrazaba y le pasaba la mano por la cabeza con ternura. ¿Cuánto tiempo habría estado conteniendo esas lágrimas? ¿Cuánto tiempo llevaban abiertas aquellas heridas?

Poco después se calmó y se apartó un poco de ella, lo justo para que no tuviera que cargar con su peso.

–Lo siento –dijo con un hilo de voz.

–¿Por qué?

–Acabo de comportarme como una mu... como un niño.

–Llorar no es de niños, tonto, ni tampoco algo exclusivo de las mujeres. Estabas sufriendo y tienes todo el derecho del mundo a reaccionar.

Le pasó la mano por la mejilla.

–Eres muy sabia

–Es verdad que soy inteligente, sí.

Él se echó a reír, pero solo un instante antes de volver a ponerse serio.

–No lo consiguieron, sabes. No dejé embarazada a ninguna de las siervas.

Josephina se alegró de ello porque sabía que Kane no habría soportado tener esa clase de vínculo con el Inframundo.

Lo miró y se olvidó de pronto de lo que iba a decir.

–No es justo. Cuando yo lloro, acabo pareciendo una vieja a la que le hubieran pegado una paliza. Tú sin embargo estás más guapo que nunca.

Kane sonrió lentamente.

–¿Te parezco guapo?

–Creo que ya te dije que para mí eres la encarnación de la belleza –le dijo mientras le quitaba la camisa.

–No, me dijiste que era sexy, que no es lo mismo. No me quejo, pero... ¿qué estás haciendo?

–¿Te acuerdas cuando te dije que quería borrar todos tus malos recuerdos y sustituirlos por buenos? Bueno, pues voy a empezar ahora mismo –lo siguiente que le quitó fueron las botas y luego los pantalones y la ropa interior.

Una vez completamente desnudo, lo observó descaradamente. Lo cierto era que decir que era guapo y sexy era quedarse muy corto. Era fuerte, tenía la piel bronceada y perfecta, con el adorno de la mariposa sobre la cadera.

Recorrió los bordes de las alas.

–Este dibujo siempre me atrae la atención.

–A veces el mal va envuelto en belleza.

Muy cierto.

–Estás deseando librarte de ello. De él.

–Es lo que más deseo en el mundo.

–Entonces encontraremos la manera de hacerlo –le besó suavemente en los labios, con dulzura–. Juntos podemos

hacer todo lo que nos propongamos. Ahora agárrate al cabecero de la cama.
 —Campanilla... —comenzó a decir.
 —No voy a hacer nada que no te guste. Te lo prometo.
 —No lo dudo.
 Estiró los brazos e hizo lo que ella le pedía. La siguiente vez que lo besó, él lo aceptó sin reservas, respondiendo con la misma pasión, que crecía con cada nuevo beso. Entre ellos siempre había mucha pasión, pero en esos momentos, Kane la besaba con una intensidad y un respeto que hacía pensar que ella era lo más importante de su vida. Que siempre iba a desearla y a necesitarla, que no soportaba la idea de estar sin ella.

Josephina se tomó todo el tiempo del mundo para saborear y explorar hasta el último rincón de su cuerpo, aprendiendo a hacerle disfrutar con las indicaciones que él le daba, adorándolo y buscando en cada momento el más mínimo indicio de tensión o de incomodidad. Pero Kane parecía completamente entregado a la fuerza del deseo.

—Campanilla, tienes que parar porque estoy a punto de... Yo también quiero tocarte y hacerte cosas —le dijo con la voz rasgada—. Quiero hacerte mía.

Josephina se dio cuenta que no solo quería hacerlo, sino que lo necesitaba. Antes de que pudiera darse cuenta, había perdido el control y se lo había entregado a él, pero no le importó. Quizá Kane nunca pudiera cederle todo el control y tampoco pasaba nada, porque para ella era un placer ver lo que hacía con su cuerpo.

—Soy toda tuya —le dijo—, puedes hacer lo que quieras conmigo.

Un segundo después tenía puesto el preservativo y la había agarrado por la cintura. La levantó y se metió dentro de ella, llenándola por completo. Josephina se aferró a él y se dejó llevar por la pasión más maravillosa que había experimentado.

Kane estaba asilvestrado, indómito, pero también tenía

muchísima dulzura. Porque, a la vez que la poseía, se entregaba también a ella y le daba cuanto tenía. Y, cuando el dolor se hizo incontrolable, Josephina solo pudo echar la cabeza hacia atrás y dejarse arrastrar. Lo oyó rugir mientras se zambullía aún más en ella, llevándola hasta alturas jamás imaginadas.

Después, aún jadeando, se derrumbaron el uno en brazos del otro.

—No me dejes nunca —le pidió él, dándole un beso en la sien.

—No lo haré —le prometió ella.

—Sé que no está bien, pero te necesito a mi lado.

—¿Por qué no está bien?

Kane se aclaró la garganta.

—Sé una manera de hacerlo.

Josephina tardó unos segundos en darse cuenta de que había vuelto a otro tema de conversación.

—¿De matarlo de hambre?

Él asintió.

—Puede que las cosas se pongan un poco difíciles y que estés mejor sin mí, pero...

Ahora entendía por qué había dicho que no estaba bien que la necesitara a su lado.

—No voy a ir a ninguna parte sin ti —le aclaró ella.

Él cerró los ojos, como si quisiera saborear aquellas palabras.

—No, no vas a ir a ningún lado sin mí.

Kane se apoyó en el umbral de la puerta y sonrió mientras veía a Campanilla con las demás mujeres de la fortaleza. Le había presentado a todo el mundo esa misma mañana, pero ya parecía una más de la familia.

Solo había pedido tres autógrafos.

Todo el mundo estaba tan ocupado tratando de averiguar qué les había ocurrido a Cameo y a Viola, que se habían olvidado de comer o de dormir. Necesitaban un descanso, una distracción, y Campanilla les estaba proporcionando ambas cosas.

Las mujeres la adoraban y no dejaban de adularla. Quizá fuera porque él les había advertido que mataría a cualquiera que le hiciera el menor daño, pero no lo creía. Más bien pensaba que era por la dulzura que desprendía, por el modo en que se le iluminaba la cara cuando sonreía. Cuando hablaba salía por sus labios la sabiduría de varias vidas. Siempre incluía a todo el mundo en la conversación y no mostraba parcialidad alguna ante nadie. Para ella todo el mundo era especial.

–Cuéntanos cómo se vive en el palacio de los fae –le pidió Ashlyn mientras acunaba a su hija.

Kane sabía que debería marcharse. Debería contarles a sus amigos el trato que había hecho con Taliyah; seguramente ellos querrían matarlo por haberle ofrecido la fortaleza. Lo mejor sería decírselo ahora que Campanilla estaba distraída. Se giró hacia el lugar donde estaban los guerreros.

–Ahora mismo en Séduire –oyó decir a Campanilla–, soy la mujer más envidiada porque me he casado con el famoso guardián del Desastre.

Oyó el orgullo que había en su voz y no pudo evitar volverse a mirarla. Lo vio también en sus ojos y se le llenó el corazón de alegría. Sus amigos podían esperar.

–Quiero que me cuentes cuando Kane le dio una lección al lascivo de tu hermano –le pidió Anya–. ¡Seguro que se te cayeron las bragas! A mí se me habrían caído, si las llevara.

La esposa de Amun, Haidee, meneó la cabeza.

–Perdónala, es que está un poco loca.

–No, estoy muy loca –matizó la propia Anya como si fuera un cumplido y seguramente para ella lo era–. Deberían haberme encerrado hace siglos. Espera... ¡sí que me encerraron!

–Calla, Anarquía, Josephina iba a decirnos si Kane es tan bueno en la cama como yo creo –dijo Gwen, la mujer de Sabin.

–Estoy casi segura de que no era eso lo que iba a decir –aclaró Campanilla.

–Claro que sí –dijo Kaia, pareja de Strider–. Pero antes te voy a regalar uno de mis cambios de imagen. Strider me ha contado que tu familia te trataba fatal y creo que la mejor manera de vengarse, aparte de matarlos, es hacer que se mueran de envidia.

La esposa de Paris, Sienna, chascó los dedos y aparecieron un montón de vestidos y un completo maletín de maquillaje.

–¡Que empiece el cambio!

–Tengo entendido que has estado bastante tiempo con William –le dijo Gilly, la protegida de William–. ¿Te fijaste en la clase de mujeres que... conoce?

–Mis pobres oídos –protestó Anya–. No quiero oír nada de eso.

–Debería mataros a todos mientras dormís –dijo entonces Scarlet–. Así dejaría de preocuparme por perder a mis amigos... porque ya no tendría amigos –era la guardiana de las Pesadillas, esposa de Gideon y no había nadie que diera más miedo que ella. Mucha gente salía huyendo al verla.

Pero Campanilla no.

–Ni se te ocurra acercarte a Kane, o tendré que matarte yo a ti –le advirtió.

–¿Qué me dices de William? –insistió Gilly.

–Puede acercarse a él cuanto quiera –respondió Campanilla.

–No, ¿qué me dices de sus mujeres?

–¿Puedo irme ya a mi habitación? –las interrumpió Legion, hija adoptiva de Aeron. Era una muchacha pálida y retraída que, al igual que Kane, había pasado algún tiempo en el infierno.

Ese mismo día, Kane había ido a verla a su habitación.

La había encontrado hecha un ovillo en un rincón, haciendo dibujos en las paredes. Dibujaba a Galen, el que había sido el segundo al mando de los Cazadores y que ahora estaba en poder de Sienna.

Galen había intentado una vez esclavizar a la pobre muchacha.

–Legion –le había dicho Kane y la había visto ponerse en tensión. Tenía el cuerpo de una actriz porno, pero en ese momento parecía apenas una niña.

–Odio ese nombre –le había dicho ella sin mirarlo–. No pienso volver a responder a él.

–¿Cómo quieres que te llame?

–De cualquier otra manera.

–Está bien. Entonces te llamaré Honey.

–Como quieras. Quiero estar sola.

–Solo quería que supieras que he estado donde tú estuviste y he pasado por lo mismo que tú, así que, si alguna vez quieres hablar de ello con alguien que te entienda, puedes recurrir a mí. No te curará, pero... hará que te sientas mejor.

Volviendo al salón en el que estaban todas las mujeres, Olivia, la esposa de Aeron, le pasó un brazo por los hombros a Legion... Honey y le dijo:

–No te vayas todavía. Por favor.

Honey se puso en tensión, pero asintió.

–Bueno –Campanilla las miró a una a una como si no pudiera creer que realmente estuviera con ellas... y que la hubieran aceptado–. Voy a responder vuestras preguntas una a una. Primero, el palacio de los fae es enorme y lleno de lujos, pero la gente que vive en él es un asco.

–Creo que deberíamos hacerles una visita algún día –propuso Kaia con sarcasmo.

–Desde luego –asintió Gwen.

–En segundo lugar, no voy a contaros ni un solo detalle de lo que hacemos en la cama Kane y yo. Solo os voy a decir que es maravilloso. Seguramente soy la mujer más satisfecha que hay en la fortaleza, si no en el mundo.

–¡De eso nada! ¡Soy yo! –protestó Anya.

–¡No, yo! –respondió Kaia.

–En tercer lugar, estaría muy bien hacerme ese cambio de imagen, gracias. Cuarto, William... sí. Estuvo con una rubia muy cruel, la reina, que además es mi madrastra. Lo siento.

Gilly asintió con tristeza.

–Con una mujer casada –murmuró–. No es el hombre que yo creía.

Campanilla le agarró la mano y se la estrechó. Era un gesto de consuelo y comprensión, pero de pronto se dio cuenta de que no llevaba puestos los guantes y la retiró bruscamente.

–Lo siento, no debería haberte tocado. No... espera, sí que puedo. Kane tenía razón.

Kane sonrió, lleno de orgullo.

«¡La odio! ¡Las odio a todas!». Desastre le golpeaba la cabeza por dentro, rugiendo y gritando.

Se explotó una bombilla y se resquebrajó el suelo de mármol.

«Ya está», pensó, luchando contra el temor. «Empieza a tener hambre».

Todos los ojos se volvieron hacia él, que apretó los dientes y asintió para decirles que era justo lo que pensaban.

Entonces sintió una mano en el hombro.

–¿Estás preparado?

–William –dijo, sorprendido de ver al guerrero–. ¿Qué haces aquí?

–¿Así es como me recibes después de todo lo que he hecho por ti? Gracias, tío.

Kane levantó el brazo y le dio un puñetazo en la nariz.

–No, así es como te recibo.

William sonrió con sentido del humor.

–Mucho mejor.

–La próxima vez que intentes engañarme, no me bastará con un puñetazo.

—No lo dudo.

Una vez solucionado eso...

—La última vez que te vi, te disponías a luchar con las siervas. ¿Cómo terminó?

—En una matanza. Puedes estar seguro de que recibieron su merecido, así que, me debes una —les tiró un beso a las damas y se dirigió a la biblioteca. Solo se volvió a mirar a Gilly una vez.

Kane lo siguió, pero también se volvió a mirar a Campanilla antes. Ella le dedicó una sonrisa dulce y hermosa que le hizo sonreír también.

—No te debo nada —le dijo a William.

No sabía si alegrarse de que sus enemigos hubiesen muerto o molesto por no haber podido vengarse personalmente.

Más bien molesto.

—Dime, ¿de dónde sacaste mi anillo? —le preguntó, solo para provocarlo.

El guerrero clavó en él una dura mirada.

—Dirás mi anillo.

—Eso he dicho. Mi anillo.

William se detuvo un instante y se encogió de hombros.

—Está bien. Quédatelo. Se lo robé a una mujer con la que me acosté antes de matarla. ¿Qué? ¿Por qué me miras así? Da igual. Seguramente esté maldito y solo te esté transmitiendo una falsa sensación de calma.

En ese momento explotó otra bombilla y salieron varias llamas disparadas hacia Kane. Entró a la biblioteca en silencio, William cerró la puerta con cerrojo, por si las mujeres trataban de interrumpirlos. Kane miró a todos los presentes. Lucien, Sabin, Strider, Amun, Paris, Gideon, Aeron, Reyes, Maddox y Torin, situado en el rincón más lejos de la puerta. Hacía semanas que no estaban todos juntos.

Unidos tenían una fuerza que pocos se atreverían a menospreciar.

—Así que tu chica tiene problemas, ¿verdad? —le dijo

Strider–. William nos ha contado lo que pretende hacer su padre.

–¿Qué podemos hacer para ayudar? –preguntó Sabin.

Querían ayudarlo. Sabin no quería controlar la situación, ni pretendía abandonar a Kane, sino que comprendía que quisiese contribuir a liberar a su mujer. Eso lo ayudó a relajarse un poco...

Hasta que estalló otra bombilla.

–Antes tengo que ser sincero con vosotros –anunció–. Necesito que nos vayamos todos de la fortaleza dentro de menos de tres meses, sin hacer preguntas.

–¿Qué?

–¿Por qué?

–¿Qué ocurre?

Sin preguntas, pensó meneando la cabeza. Era inútil.

–Hice un trato con alguien a cambio de que me diera la información que necesitaba para encontrar a Campanilla y le prometí la fortaleza.

–¿A quién? –quiso saber Sabin.

–No es asunto vuestro. Solo necesito que os vayáis de aquí.

Hubo protestas, como era de esperar, pero cualquiera de ellos habría hecho lo mismo por su mujer y todos lo sabían. Al final se irían sin poner problemas.

Después de eso, Kane les explicó el plan que había ideado para luchar contra el rey de los fae y los demás lo aprobaron sin dudarlo. Era un plan peligroso que requería de esfuerzo, pero era la manera más rápida de demostrarle al rey y a todos los fae lo valiosa que era Campanilla.

Solo entonces comprendería Tiberius que Kane no iba a renunciar a ella y que no serviría de nada que intentara recuperarla. Jamás volvería a ser una esclava de sangre.

Una vez explicado todo, Sabin se frotó la barbilla con gesto pensativo.

–¿Dolerá?

–No –respondió Kane.

—¿Y causará algún daño duradero? —preguntó Reyes.
—No.
—¿Estás seguro?
—Sí.
—Ya cuentas conmigo —declaró Strider, encogiéndose de hombros—. Ahora solo tienes que conseguir la aprobación de Kaia.

Kane asintió, pues esperaba algo así.
—Lo haré.

William lo miró, poniéndose una mano sobre el pecho.
—Es un plan tan retorcido que es como si lo hubiera ideado yo. Estoy impresionado.

Kane hizo caso omiso al comentario, pero lo cierto era que en aquel momento se sentía mejor de lo que se había sentido desde hacía mucho tiempo, incluso mientras se resquebrajaba la pared que tenía al lado, a punto de caérsele encima. Se sentía... libre. Liberado del pasado, del dolor, de los recuerdos y del odio.

Campanilla había hecho algo increíble la noche anterior; quizá había calmado a la bestia que llevaba dentro. O quizá había cerrado sus heridas.

Ahora quería hacerle algo parecido él a ella.
—Saldremos por la mañana —anunció.

Capítulo 32

Kane dejó a Campanilla durmiendo en la habitación y se dirigió a la de Reyes y Danika.

–Vete –le gritó su amigo, que parecía estar sin aliento.

No había mucha duda de lo que estaba ocurriendo al otro lado de la puerta.

–Tengo que hablar con Danika y no me voy a mover de aquí hasta que lo haga.

Se oyeron unos pasos y enseguida apareció Reyes con cara de pocos amigos, sin camisa, con los pantalones desabrochados y el pelo alborotado.

–Estás tentando tu suerte.

–Y estoy seguro de que Lucien me encuentra adorable –contestó Kane antes de dirigirse a Danika, que se acercaba a la puerta poniéndose una bata–. ¿Qué puedes decirme del cuadro?

–Me costó bastante la imagen de la mujer. Al principio vi a una castaña que podría ser Josephina, pero no estoy del todo segura y después vi a la mujer de pelo claro que pinté al final.

Nada más verla por primera vez, Campanilla había cambiado de aspecto un par de veces, pero ya no tenía el don de la fénix.

–Las Moiras me dijeron que tenía dos posibles mujeres. William pensó que una de ellas era su hija, Blanca, y yo pensé que la otra era la hermanastra de Campanilla, Synda. Los dos son rubias.

Danika se quedó pensando un momento y suspiró.

—Deberías enseñarle el cuadro a Josephina. Si es su cuerpo...

—No lo es.

—... ella lo reconocería.

—No lo hará —había besado y acariciado cada milímetro de ese cuerpo—. Conozco su cuerpo mejor que ella.

Danika volvió a suspirar.

—Te creo. El caso es que en ese cuadro hay algo extraño; nunca antes me ha costado identificar a alguien y nunca me he equivocado.

—Campanilla está bien —se lo decía a sí mismo, no a Danika—. No voy a dejar que le pase nada —aunque su plan implicara echársela a los leones—. ¿No puedes decirme nada más?

—No, lo siento.

—Entonces se acabó la conversación —zanjó Reyes antes de cerrarle la puerta en las narices.

Josephina miró a Kane entre jadeos. Él sudaba y jadeaba tanto como ella.

—¿Qué tal ha estado? —le preguntó.

—Fatal —sus párpados ocultaron la belleza de sus ojos castaños—. El peor.

A veces no le gustaba que fuera tan sincero.

—Lo siento.

—Haces bien en sentirlo.

—La próxima vez lo haré mejor.

—Lo creeré cuando lo vea.

—Te estás ganando una bofetada.

Kane se echó a reír y Josephina se lo quitó de encima de un empujón. Llevaban horas entrenando y estaba cansada. La noche anterior no había pegado ojo, ni siquiera después de que Kane le hiciera el amor y la hubiera dejado agotada, pero no dejaba de dar vueltas a la cabeza, tratando de pensar cualquier posible defecto que pudiera tener el plan de Kane. La única lucha en la que había participado se había librado en el infierno, pero en aquel momento contaba con los poderes de la fénix y solo había tenido que quemar todo lo que se acercaba a ella. Ahora no tenía esa ventaja.

–Tienes que utilizar todas las armas que tengas a tu alcance: una piedra del suelo, las rodillas, lo que sea. No tengas miedo a tirarte al suelo y ensuciarte, ni de hacer algún daño irreparable a tu enemigo. Si tiene su cara cerca como tenías ahora la mía, sácale los ojos, o rómpele la nariz de un puñetazo.

Josephina puso los brazos en jarras.

–No quería hacerte nada de eso, por eso has podido conmigo tantas veces.

–¿Solo por eso?

¡Ahhh! Josephina se quitó la zapatilla de deporte y se la tiró a la cara, pero le dio en el hombro.

–No está mal –reconoció, mostrándose orgulloso por primera vez en lo que iba de día–. Debe de ser una costumbre familiar.

–¿Quieres que te tire el otro?

–Lo que quiero es estar seguro de que podrás hacer frente a cualquier adversario. No sé qué haría si te pasara algo, Campanilla.

Eso lo comprendía. Sabía que el plan iba a ponerla en peligro y que él estaría preocupado.

Ella también lo estaba, pero no iba a dejar que eso le impidiera hacerlo. «Nunca había sido tan fuerte como ahora. Conozco los riesgos y estoy dispuesta a afrontarlos. Merezco vivir y amar. Y voy a hacerlo».

–Kane –le dijo al tiempo que iba hacia él–. No me has dejado otra opción que hacer esto.

Le dio un puñetazo en la cara que hizo que le dolieran

los nudillos y el brazo. Al volver a poner recta la cabeza, Kane la miró con la boca sangrando y una sonrisa.

–Esa es mi chica. Buen golpe.

En ese momento llamaron a la puerta.

–Estamos preparados –anunció Sabin.

A Kane se le borró la sonrisa de inmediato.

–Bajaremos en quince minutos.

Agarró a Josephina de la mano, la llevó al baño, la desnudó, luego se desnudó él y se metieron juntos en la ducha. Unos minutos después, volvían a jardear.

–Solo tenemos unos minutos –le advirtió Josephina.

–No necesito más.

–¿De verdad? –pero las otras veces habían estado horas–. ¿Y crees que disfrutaré? Verás, me encanta estar contigo, pero también quiero terminar.

–Mi misión es asegurarme de que lo hagas –declaró antes de ponerse un preservativo y ponerla contra la pared. Un segundo después estaba dentro de ella y... la volvió loca. Se movía de un modo, rápido, pero preciso, y la besaba con una desesperación irrefutable.

–Podría matarte en solo unos segundos –le advirtió.

Él gimió de placer.

–Dime más.

–Ni siquiera sabrías lo que había pasado. Estarías bien y de pronto estarías muerto.

Aquello lo volvió loco; hizo que perdiera el control por completo. Josephina dejó de pensar por completo mientras él la poseía; era demasiado placer, demasiado... «Sí, sí, sí...».

–¡Kane! –gritó al sentir que su cuerpo se abría en dos gracias al hombre que tenía entre los brazos.

Le mordió el cuello mientras lo sentía estremecerse dentro de ella. Por un momento... una eternidad, cerró los ojos y solo vio chispas. Estaba completamente entregada al placer.

Cuando volvió a abrirlos, lo encontró sonriendo.

—Te lo dije —era todo satisfacción masculina.

La bañera comenzó a temblar bajo sus pies. Kane se resbaló y tuvo que agarrarse a la barra de la cortina de ducha. Ella estaba protegida de los fragmentos de loza porque aún tenía las piernas alrededor de su cintura, pero Kane sufrió numerosos cortes de los que empezó a manar la sangre.

—Todo esto pasará —le aseguró Josephina.

—Lo sé —la sacó de entre los restos de la bañera.

Después de vestirse a toda prisa, bajaron al salón donde los esperaban todos. Las mujeres habían formado una fila.

—Esto no me gusta —murmuró Josephina.

—Confía en mí —le pidió Kane—. Tu familia no estará preparada para esto.

Tenía que hacer todo lo que fuera necesario para derrotarlos y asegurarse de que nunca más se les pasara por la cabeza volver a abusar de ella.

—¿Estáis seguras de que queréis hacerlo? —les preguntó a las mujeres.

Todas ellas iban a prestarle sus poderes. Todas excepto Scarlet, que estaba poseída por un demonios, Ashlyn, que estaba dando de mamar a sus pequeños, y Danika porque las visiones que tenía sobre el futuro podrían ser una distracción.

Las mujeres se cuadraron de hombros y levantaron bien la cabeza.

—De acuerdo —Josephina se acercó a Gwen, pero no llegó a tocarla—. Última oportunidad para echarse atrás —le dijo, sin poder dejar de temblar—. Cuando termine os sentiréis muy débiles y podríais estar así unas horas o quizá unas semanas.

—No me preocupa un poco de debilidad. Sé muy bien lo que es tener un padre así.

—Es hija de Galen, guardián de la Esperanza y de los Celos —le explicó Kane, a su lado para ofrecerle apoyo moral—. Pero no es la clase de Esperanza que crees, sino esa que nos hace albergar falsas esperanzas que siempre se ven frustradas. Nada que ver con la esperanza de verdad que tú me diste a mí.

Y la que él le había dado a ella.

Josephina creyó que iba a derretirse.

—Vamos, quítame la fuerza —le pidió Gwen—. Te vendrán bien mi fuerza y mi velocidad.

Sabin le puso las manos en los hombros a su mujer.

—Pero asegúrate de no hacerle daño.

Josephina miró a aquella mujer tan delicada y se preguntó dónde escondería esa fuerza increíble de la que hablaba.

—Tendré mucho cuidado —le prometió al tiempo que la agarraba de las muñecas—. Gracias por lo que haces. No sé cómo podré pagártelo.

—Ya se me ocurrirá algo.

Cerró los ojos y apretó el interruptor mental que se encargaba de abrirle los poros y absorber la fuerza de otros cuerpos.

Enseguida sintió la energía de Gwen en las venas y fue como si hubiera metido los dedos en un enchufe. Cuando la soltó, la pobre cayó en los brazos de su marido.

Kane no le dio tiempo a interesarse por la muchacha, sino que enseguida la condujo hasta Kaia.

—Yo soy mitad fénix, así que cuando estoy enfadada, lo incendio todo —le explicó la siguiente de la fila.

En cuanto la tocó Josephina volvió a sentir la misma energía, pero también una sensación de calor, un calor tan intenso que creyó que iba a entrar en combustión. Era algo que ya había experimentado con la otra fénix.

Con Anya sintió como si la hubiera invadido un viento poderoso.

Con Haidee, lo que sintió fue un frío helador.

La siguiente era Gilly.

—Me toca.

Pero William se interpuso.

—No vas a hacerlo, pequeña –le dijo antes de dirigirse a Josephina–. Es humana.

—Pero ser humano no es un sinónimo de debilidad –replicó Gilly, pero al ver el gesto de obstinación de William, no pudo sino resoplar de frustración–. Algún día te voy a demostrar lo fuerte que soy, idiota.

Él se encogió de hombros como si no le importara, pero el brillo que se le vía en los ojos decía lo contrario.

—En realidad creo que no puedo con más –advirtió Josephina.

Jamás se había sentido tan fuerte, tan invencible. Tenía la impresión de ir a explotar en cualquier momento. No podía quedarse quieta ni un segundo más.

—¿Qué haces? –le preguntó Kane al verla en movimiento.

—Correr –tenía mucho calor... y mucho frío... mucho de todo. Se sentía capaz de hacer frente a cualquier enemigo, de conquistar el mundo sin romperse siquiera una uña, pensó con una risotada de maníaca–. ¿Están todas bien? Espero que estén perfectamente –hablaba a toda velocidad, tan rápido como se movía.

—Estamos preparados –le dijo Kane a William.

El guerrero apartó la mirada de la adolescente solo lo necesario para decirle:

—Un segundo –y volvió a mirarla fijamente–. Espérame en tu habitación. Cuando llegue hablaremos de lo de demostrar lo fuerte que eres.

—Deja de decirme lo que tengo que hacer. No eres mi padre.

—¿Cuántas veces tengo que decirte que no tengo ningún interés en ser tu padre? –le dijo, levantando la voz por primera vez desde que Josephina lo conocía–. Solo quiero evitar que te pase nada y voy a hacer lo que sea necesario para asegurarme de ello, incluso herir tus sentimientos.

Todos los presentes observaban la discusión sin disimular su asombro.

Gilly salió de la habitación con las mejillas rojas de rabia.

William no apartó la vista de ella hasta que desapareció, después se pasó la mano por el pelo y miró a los demás con el rostro carente de emoción.

—Vamos —les dijo mientras se sacaba de los bolsillos algo que parecía chicle, unos pequeños objetos que, al soltarlos, se quedaron flotando en el aire.

Mientras lo miraba, William abrió una puerta que conducía a Séduire. Allí ya era de noche, la hora de las fiestas, así que toda la corte estaría reunida en la sala del trono. La luna estaba en el cielo, pero apenas era una pequeña tajada roja en la oscuridad del cielo. El camino hasta el castillo estaba iluminado por antorchas.

—Quizá deberíamos pensárnoslo mejor —le dijo a Kane, muy nerviosa.

—Nada de pensar.

Bueno, al menos trataría de entretenerlo un poco.

—¿Qué ha pasado con tu llave?

—Parece ser que a los que no somos fae, se nos rompe y ya no se puede utilizar más —le explicó Kane.

—Está bien, estoy preparada —si no lo estaba, no lo estaría nunca.

—¿No se te olvida algo? —le dijo Kane, agarrándola de la muñeca.

—¿Qué..? Ah, sí. Perdona —ella también le agarró la mano y, sin darse cuenta, le hizo daño. Tenía que intentar controlar toda aquella fuerza si no quería romperle los huesos—. Perdona otra vez.

Él sonrió.

—No te preocupes y haz lo que tienes que hacer.

Echaron a andar hacia el reino fae.

—Te doy treinta minutos y luego iré —anunció William.

—No hace falta —le aseguró Kane.

El resto de Señores se quedaban en la fortaleza para cuidar de sus mujeres.

–Hasta dentro de media hora –insistió William como si Kane no hubiera dicho nada.
–Te he dicho que no.
–Entonces serán veinticinco minutos.
–Pesado –farfulló Kane.
En cuanto cruzaron la puerta se encontraron entre los calcinados restos del jardín de su padre, donde aún había humo en el aire.

Josephina tenía el corazón en la garganta. ¿Y si lo hacía tan mal como lo había hecho durante la mayor parte de su entrenamiento? ¿Y si hacían daño a Kane? Jamás podría perdonárselo a sí misma.

«Sí, pero, ¿y si lo consigues?».

Por el rabillo del ojo creyó ver al guerrero de las alas doradas y blancas, el que le había llevado la ropa al hotel. Pero... no podía ser. Eso significaría que la había seguido.

Lo buscó en la oscuridad, pero no volvió a verlo.

–Por aquí –dijo Kane.

La condujo hacia el palacio, tapándola con su propio cuerpo cada vez que se acercaba un soldado. Por fin llegaron a la puerta de uno de los pasadizos secretos sin que nadie los hubiera visto.

Ya dentro, fue ella la que lo guio. Subieron una escalera, recorrieron un pasillo, luego otro y otra escalera, otro pasillo. Iban tan deprisa que no tuvo tiempo de pensar hasta llegar a su destino.

Cuando se detuvieron tenía el corazón a punto de escapársele por la boca. Vio la sala del trono a través del espejo unidireccional; estaba tan llena de gente como esperaba.

–¿Preparada? –le preguntó Kane.

No. Sí. Más le valía estarlo.

–Sí.

–Vas a hacerlo muy bien, preciosa. Tienes toda mi confianza.

Ahora tenía que convencerse a sí misma. Josephina abrió la puerta y entró con la cabeza bien alta.

Las dos muchachas que la vieron primero se quedaron boquiabiertas. Josephina siguió avanzando seguida por Kane; la multitud se apartaba a su paso y muy pronto se encontró ante la familia real, todos sentados en sus respectivos tronos.

Leopold se puso en pie al verla. Synda la saludó con la mano y sonrió como si no fuera la misma persona que le había arruinado la boda. La reina frunció el ceño.

—Vaya, vaya —dijo el rey, frotándose la mandíbula—. Habéis vuelto —dijo con satisfacción antes de dirigirse solo a Kane—. ¿Ya te has cansado de ella?

Kane le pasó el brazo por la cintura y le dio un beso en la sien.

—Jamás me cansaré de ella. La elegí aquel día, la elijo ahora y la elegiré también mañana o cualquier otro día.

Josephina no pudo evitar estremecerse al oír aquellas palabras mientras se oían todo tipo de rumores y la gente la miraba con asombro. Todas aquellas personas se habían pasado la vida sin mirarla siquiera, faltándole al respeto y riéndose de su sufrimiento. Nunca nadie le había ofrecido ayuda, pero ahora la miraban con envidia.

En un solo instante, Kane había sido capaz de contrarrestar todos aquellos años de rechazos; había dado valía a la mujer que nadie había querido. Aquel hombre... no era ningún desastre. Era su salvador.

«Y es todo mío».

El rey Tiberius frunció el ceño también.

—¿Entonces a qué has venido?

«Hazlo de una vez. Acaba con esto».

—Oyó que me estaba buscando —respondió Josephina—. Llegué a la conclusión de que prefería ahorrarte el esfuerzo y solucionar las cosas.

—¿Quieres solucionar las cosas? —el rey le hizo una indicación para que se acercara—. Entonces inclínate ante mí, pídeme disculpas por haberme destrozado el jardín y acata la sentencia a la que te voy a condenar.

—¿Qué es lo que he hecho mal para recibir tal sentencia? —le preguntó, levantando bien la cabeza.

Hubo un momento de silencio.

—Igual que tu madre, todo.

La furia acabó con cualquier reparo que hubiera podido tener sobre lo que iba a hacer.

De pronto se dio cuenta de que el rey la culpaba a ella de la muerte de su madre; siempre la había hecho responsable de que ella lo hubiera rechazado. Y siempre lo haría.

¿Acaso la había amado de verdad, a su manera?

—Me gustaría acercarme a usted, sí —se apartó de Kane, pero tuvo que echar manos de toda su nueva fuerza para no pasarle la mano por el pelo una última vez antes de cambiar Séduire para siempre. Antes de cambiar también ella para siempre.

Ya frente al trono, el guardia se apartó para permitir que se acercara aún más. Entonces se inclinó ante el rey con absoluta sumisión.

—Majestad —dijo.

—Baja más.

Aquellas dos palabras apagaron para siempre el último resquicio de esperanza de que por fin su padre mostrara un poco de compasión hacia ella.

—¿Qué te parece esto? —en un abrir y cerrar de ojos, lo agarró del cuello y lo levantó del trono—. ¿Por qué no mejor te inclinas tú ante mí?

Capítulo 33

Reino de Sangre y Sombras

Torin iba de un lado a otro de la habitación, completamente frenético. Mari había llegado unos minutos antes y se había desvanecido. Estaba enferma. Gravemente enferma.

Y la culpa la tenía él.

Jamás debería haberla tocado, no debería haberle permitido que le quitara el guante.

Estaba tan preocupado por ella que apenas podía pensar con claridad. Estaba en la cama, tosiendo sangre.

Descargó la ira que sentía dándole un puñetazo a la pared.

—¿Por qué no me dijiste que te haría enfermar si te tocaba?

—Porque tenía que... morir.

—¿Tenías que morir? —fue hasta ella—. ¿Y creíste que me parecería bien ser el responsable de tu muerte? —¿cómo iba a poder seguir viviendo consigo mismo sabiendo que había matado a otro inocente más?

—No te preocupes. No habrá ninguna epidemia. Solo... yo.

Sí, sabía que Mari solo podía salir de su celda para entrar allí, pero eso no le hacía sentir mejor. Cerró la puerta con cerrojo para asegurarse de que no entrara nadie sin avisar.

—Deberías habérmelo dicho —le dijo con la voz desgarrada por el sufrimiento—. Así podría haber elegido qué quería hacer.

—Lo siento. Yo... no quería morir, pero... no podía hacer otra cosa. Cronos dijo que... mi amiga quedaría... libre.

También había dicho que Torin no podría hacer enfermar a la mujer que él le enviase y estaba claro que había mentido.

—El rey de los Titanes está muerto. Tu amiga no va a ser libre.

—Las promesas se cumplen... incluso después de la muerte.

Lo cierto era que a él, Cronos no le había hecho ninguna promesa.

—En cuanto yo muera... —siguió diciendo Mari, tosiendo después de cada palabra—, ella será libre.

Estaba sacrificando su vida por su amiga. Torin comprendía lo que estaba haciendo, pero eso no hacía que fuera más fácil de soportar. Volvió a su lado y la miró a los ojos. Tenía la piel blanca como un fantasma, se le transparentaban las venas y tenía los labios agrietados. La última vez que había ido a verlo Torin la había visto sana y feliz solo veinticuatro horas más tarde estaba... así.

La muerte llamaba a su puerta y faltaba muy poco para que ella le abriera. Quizá aquel día, quizá el siguiente. Lo que estaba claro era que sería pronto. No había manera de salvarla.

No, pensó Torin de pronto. Tenía que intentarlo. Tenía que hacer algo, lo que fuera. No había podido ayudar a Cameo, ni a Viola, pero quizá pudiera ayudarla a ella.

Empapó un paño con agua fría y se lo puso en la frente. Llevaba los guantes puestos, así que no tuvo miedo de tocarla. Nunca había tocado dos veces a ningún ser humano y no sabía lo que le ocurriría a Mari si volvía a rozarle la piel por segunda vez. Seguramente empeorara.

Fue a imprimir la lista que había elaborado con todas

las medicinas que podrían ayudar a los humanos si alguna vez propagaba una epidemia. Después llamó a Lucien.

–Necesito que te transportes al mundo de los humanos y me traigas unas cuantas cosas de una farmacia –le dijo uno a uno los nombres de los medicamentos.

–No voy a separarme de Anya, Tor. Ahora me necesita.

–Pondré una cámara en su habitación y me aseguraré de que nadie se acerca a ella, te lo juro. Pero tienes que hacer lo que te pido, por favor –colgó el teléfono y miró a Mari–. Escúchame. Tienes que luchar y no dejarte morir. Hay otras maneras de salvar a tu amiga. Sienna llegó a la fortaleza esta misma mañana. Tienes que darle una oportunidad.

Mari lo miró con lágrimas en los ojos.

–Por favor –le pidió Torin.

Ella asintió de manera casi imperceptible.

–Hay gente que ha sobrevivido a esto –no muchos, pero algunos sí, aunque nadie que hubiera tenido contacto directo con él–. Tú también puedes hacerlo –tenía que hacerlo. No podría soportar otra muerte más.

Llamaron a la puerta.

–Deja lo que te he pedido y vete –dijo, sabiendo que era Lucien el que estaba al otro lado.

–¿Qué ocurre? –preguntó su amigo.

–Confía en mí –le pidió mientras Mari tosía.

Hubo un momento de tenso silencio.

–Reyes me dijo que tenías ahí una chica. ¿Está enferma? ¿Las medicinas son para ella? –Lucien hablaba con voz tranquila, pero firme.

–Deja las cosas y vete –insistió Torin.

Vio algo por el rabillo del ojo y, al girarse, vio a Lucien dejando una bolsa en el suelo. El guerrero había entrado a la habitación y tenía la vista clavada en la chica.

–Dijiste que era inmune.

–Me equivoqué. Ahora vete, no quiero que te conviertas en portador.

—Deberías habérmelo dicho —la mirada de su amigo era como un puñal clavado en el pecho—. Tengo que llevarme a todo el mundo de aquí, sobre todo a las mujeres y a los niños.

Sí, eso también debería haberlo pensado. ¿Cómo podía haber sido tan tonto?

—Necesito que Sienna me ayude a liberar a otra chica. Está en una de las prisiones de Cronos. Dile que la busque, por favor.

—¿Qué vas a hacer con esta otra? —le preguntó Lucien.

—No te preocupes por nosotros.

Lucien se pasó la mano por la cara con preocupación.

—No puedo creer que hayas hecho esto. Creí que habías aprendido algo.

—No es... culpa suya —dijo Mari con un hilo de voz.

—Claro que es culpa mía —espetó Torin.

Lucien parecía a punto de agarrar en brazos a la muchacha y llevársela de allí, pero lo que hizo fue alejarse.

—Llámame si me necesitas —dijo antes de desaparecer.

Mientras esperaba a que le hicieran efecto los medicamentos, se le ocurrió una idea. No se paró a pensar el peligro que implicaba para él. Sacó una bolsa del armario, la llenó de armas y de todo lo que pensó que podría necesitar, se tapó el pelo y la frente con un pañuelo y la cara con una máscara de esquiar. Después les escribió una nota a sus amigos e hizo algo que había esperado no tener que volver a hacer.

Miró el cuadro de Danika, seguro de que vería aquel momento, aquella tragedia o, quizá, el resultado.

En la imagen aparecía él recostado en un sofá de cuero negro, con una copa en una mano y un puro en la otra, en ninguna de las dos llevaba guantes y estaba sonriendo, algo que no había hecho hacía mucho tiempo. A su alrededor había mucha gente. La sorpresa le hizo dar un paso atrás porque Danika nunca le había mostrado un final feliz.

Feliz.

Podía ser feliz.

La tos de Mari atrajo su atención de nuevo, pero entonces la miró con esperanzas.

Quizá pudiera sobrevivir.

–Cuando tengas que volver a tu celda, quiero que me agarres y que me lleves contigo. ¿Podrás hacerlo? Tengo toda la piel tapada, así que no te rozaré en ningún momento, ni haré que te pongas peor.

–¿Por qué?

–No voy a dejarte sola en esa celda. Sé que tienes que volver y no puedo impedirlo, así que lo único que puedo hacer es ir contigo. Así podré atenderte y quizá consiga que te recuperes.

–Pero tú... no podrás... irte después.

–No importa. Sienna nos encontrará.

Respondió entre toses.

–Podemos... probar.

Se tumbó a su lado y apretó la cara contra su pecho. Podía sentir su calor. Se abrazó a ella, entrelazando las piernas con las suyas.

Aquello era algo nuevo para él. Jamás había estado así con nadie y le avergonzaba reconocer que le gustó, a pesar de las circunstancias. Nunca había estado tan cerca de una mujer. Mientras, ella se moría.

–Estoy aquí contigo –le dijo.

–Vamos allá.

Un segundo después, todo desapareció a su alrededor y apareció un mundo nuevo.

Había funcionado.

Estaban en una pequeña celda con paredes de piedra y sin ventanas. Apenas había luz y todo estaba muy húmedo. No había cama, ni mantas, pero hacía frío.

Oyó gemir a Mari.

El suelo estaba muy duro, así que sacó la ropa que llevaba en la bolsa y trató de hacerle un pequeño colchón donde estuviera más cómoda.

–¿Mari? –dijo una voz suave, al otro lado del pasillo–. ¿Has vuelto ya?

Mari solo pudo responder tosiendo.

–¿Estás bien? –preguntó la otra muchacha, preocupada–. ¿Quién hay ahí contigo? Veo una sombra muy grande.

–Me llamo Torin –dijo él–. Mari está enferma y he venido a ayudarla.

La muchacha maldijo abiertamente.

–La has tocado –lo acusó–. Y se va a morir.

–No –aseguró Torin–. No voy a dejar que muera.

–Más te vale porque si muere, encontraré la manera de salir de aquí y acabaré contigo y con todos aquellos que te importen.

Cameo empezaba a perder la paciencia. Apartó otro matorral, aunque ya tenía la piel llena de arañazos, los pies hinchados y, probablemente, el pelo lleno de bichos.

Había estado tan cerca de la caja de Pandora y sin embargo ahora estaba tan lejos.

–Quiero salir de esta dimensión, igual que ayer.

–Estoy buscando la puerta –Lazarus apartó una rama de su camino–. ¿A qué viene tanta impaciencia?

–Es posible que una chica que conozco esté también atrapada en otra dimensión y quiero encontrarla. Pero sí, soy impaciente –lo adelantó. Él soltó la rama y se echó a reír cuando le dio en la cara. Cameo se volvió hacia él y le apuntó con el dedo–. Como vuelvas a hacer eso, te voy a cortar las pelotas y las voy a colgar con mis otros trofeos.

–Estupendo. Te prefiero enfadada; tienes una voz insoportable cuando te quejas.

–Yo nunca me quejo –murmuró ella, caminando de nuevo–. Soy una guerrera fuerte e imbatible. Además, es de mala educación que señales mi único defecto.

–¿El único? –Lazarus le soltó otra rama en la cara–. Uy, ha sido sin querer.

—Después de cortarte las pelotas, te voy a atar a una silla y te obligaré a oírme cantar.
—Eso sí que me da miedo —dijo él, riéndose—. La verdad es que eres muy divertida.
¿Divertida?
—Es la primera vez que alguien me dice eso.
—Aun así es cierto. A diferencia de otras mujeres que han intentado convertirme en su esclavo, cosa que más vale no intentes si no quieres ver mi verdadero lado oscuro... no eres de las que hace daño a un hombre inocente.
—Tú no eres ningún inocente.
—¿Acaso te he hecho algo?
—No —admitió a su pesar.
—Entonces para ti, soy inocente —Lazarus la miró fijamente—. Eres diminuta y sin embargo te consideras feroz.
—¡Porque lo soy! —y, si no lo necesitara tanto, se lo habría demostrado.
—Por supuesto —le dio la razón antes de volverse a girar para continuar andando.

Cameo lo miró, segura de que no lo decía en serio. Se había quitado la camisa y le caían gotas de sudor por la espalda. Tenía la piel maravillosamente bronceada y llena de tatuajes que...
—¿Alguna vez te ríes? —le preguntó él, distrayéndola.
—Por lo que me han dicho, sí.
—¿No lo recuerdas?
—No.

De pronto se oyó un fuerte rugido detrás de ellos. Lazarus se detuvo de golpe y se volvió a mirar. Sin darse cuenta, Cameo chocó contra él y se encontró de repente entre sus brazos. Era tan fuerte. Y tan atractivo. «No debería gustarme», pensó. «Debería ser inmune a sus encantos. Llevo siglos rodeada de hombres como él».

—No te muevas, ni hagas ruido —le susurró.

Bueno, quizá no fueran como él. Sus amigos se lo habrían pedido amablemente, en lugar de ordenárselo.

Cameo también escuchó atentamente y miró a su alrededor, pero solo oyó el rumor del viento.

—Corre —le ordenó él.

—¿Qué es? —le preguntó mientras corría a su lado.

—No creo que quieras saberlo.

Tras ellos apareció una terrible criatura con cuerpo de perro salvaje y cabeza de dragón. Tenía alas y unas largas fauces.

Cameo jamás había visto nada parecido.

—Se está acercando —y ella era la que estaba más cerca, así que le serviría de primer plato.

—Yo también —Lazarus aceleró el paso—. He encontrado la puerta.

Dos pasos más y saltó por los aires arrastrando a Cameo consigo. Ella esperaba aterrizar contra las hojas de un árbol, pero solo sintió el aire frío en la cara. Luego desapareció el bosque y apareció un paisaje completamente nuevo.

Cayó sobre el frío suelo de metal y, cuando se puso en pie y miró a su alrededor, casi deseó no haber abandonado el bosque.

Capítulo 34

Séduire

Leopold se apartó, Synda animó la escena y la reina trató de huir caminando hacia atrás como un cangrejo. Josephina se echó a su padre al hombro y, a pesar de su corpulencia, era como si llevara una pluma. Después lo lanzó por el suelo como si estuviera en una bolera; el rey era la bola y los asistentes a los que derribó antes de chocar contra la pared eran los bolos.

Se puso en pie y la miró con la mirada desencajada por la furia.

–Tú... tú...

–Sí, yo.

Kane recorrió el salón cerrando todas las puertas y encerrando dentro a todo el mundo. Después miró a Josephina y sonrió con orgullo antes de señalarle con la mirada lo que había detrás de ella.

Josephina vio el regimiento de guardias que se acercaban y se le disparó la adrenalina. En el momento que los sintió al lado, comenzó a moverse frenéticamente; rompió narices, pegó rodillazos en las partes íntimas y muchos puñetazos. Tal y como le había enseñado Kane. Deberían haberle dolido las manos, pero no sintió nada.

Nadie conseguía agarrarla porque se movía demasiado rápido.

Los hombres fueron cayendo a su alrededor y, cuando ya no quedó ninguno en pie, pasó por encima de los cuerpos para enfrentarse de nuevo a su padre.

Mientras la reina y Leopold aporreaban las puertas con la esperanza de que se abrieran y Synda se escondía detrás de uno de los tronos, Tiberius la observaba, esperando.

—No vas a conseguir nada —le dijo su padre.

—Ya veremos —se limitó a decirle antes de apartar todos los cuerpos de una vez para dejarse el campo libre.

Los opulens exclamaron, atemorizados. Kane los tenía arrinconados, pero el suelo estaba agrietándose y las antorchas le prendían el pelo una y otra vez.

«Tengo que darme prisa», pensó Josephina con la mirada clavada en su objetivo y los pies en marcha.

—¿Cómo haces eso? —le preguntó Tiberius.

—No eres el único capaz de sacar provecho a los poderes.

Le lanzó un puñetazo, pero él se agachó y Josephina acabó atravesando una puerta. Antes de que pudiera retirar la mano, el rey le pegó una patada en el estómago que la tiró al suelo.

El grito de furia de Kane hizo temblar las paredes.

Ella levantó la mano en la que se le habían clavado algunas astillas de la puerta, con el gesto le decía que aguantase, que tenía la situación bajo control.

Tiberius se chascó los nudillos y sonrió. Josephina respondió con otra sonrisa que bastó para borrar la de él.

—No voy a tener piedad contigo —le advirtió él.

—Nunca la has tenido —le respondió antes de lanzarle otro puñetazo.

Josephina sintió el golpe en la mano, sin embargo no pudo darle porque el rey había levantado un escudo mágico a su alrededor.

—Son invencible —presumió, altanero.

¡No! No había llegado tan lejos para fracasar. Tenía que haber una manera de llegar a él.

Golpeó la barrera con los dos puños. Era muy sólida. El rey seguía riéndose a carcajadas y dentro de ella aumentaba la furia, le quemaba en las venas. Empezó a sentir el sudor empapándole la frente. El calor era insoportable. Debía de estar a punto de derretirse.

—Pobre Josephina —se burló Tiberius—. Aún no te has dado cuenta de que no puedes ganar.

Sintió unos brazos que la agarraban y luego el olor húmedo de la mazmorra y supo que el culpable era Leopold.

—No puedo permitir que lo hagas —le dijo al oído.

—Tampoco puedes pararme —echó la cabeza hacia atrás y le golpeó la nariz con tal fuerza que no tuvo más remedio que soltarla. Se dio la vuelta y le dio un puñetazo que lo lanzó hasta el trono donde estaba escondida Synda.

Leopold quedó tendido en el suelo, inmóvil y con varios huesos rotos. Tenía una mancha en mitad del pecho como si lo hubiera... quemado.

Josephina volvió a mirar hacia el rey y recibió un golpe en la mandíbula. Entonces sí sintió dolor. Debía de estar perdiendo los nuevos poderes. Cayó al suelo y Tiberius volvió a golpearla, esa vez en el estómago.

Se quedó sin aire.

—¿Te rindes ya? —le preguntó él—. Nadie puede conmigo.

Ella se llevó la mano a la cara, cubierta de sangre y se dio cuenta de que uno de los anillos del rey le había abierto la mejilla.

Buscó a Kane con la mirada y lo encontró peleando contra los guardias que quedaban, que respondían con todo tipo de armas.

—Yo no soy nadie —le dijo a su padre al tiempo que se levantaba.

Fue hacia él y, al llegar al escudo, él lo atravesó sin problema para darle una patada, pero ella volvió a la carga.

—Ríndete, Josephina. No puedes ganar. Me he enfrentado a adversarios mucho más duros que tú, mucho más fuertes, mucho más rápidos y mucho más listos. Tú eres débil. No vales nada.

–¡No es cierto! Claro que valgo –la furia estalló por fin dentro de ella y empezaron a salir llamas.

El fuego abrió un agujero en el escudo lo bastante grande como para su puño.

Tiberius se quedó pálido.

–¿Cómo has...?

Josephina lo golpeó una y otra vez, tan rápido que no le dio tiempo a agacharse. Le rompió la nariz, le arrancó un par de dientes y le dislocó la mandíbula. La sangre saltaba por todas partes y se mezclaba con el fuego.

–Eso es por mi madre –le dijo sin dejar de pegarle–. Esto por Kane. Esto por mí. Esto por ser tan cruel. Y eso... otra vez por mi madre.

Le fallaron las rodillas y, cuando llegó al suelo, ya había perdido el conocimiento.

Debería haberse puesto eufórica, pero lo que sintió fue una tristeza insoportable, una tristeza que no la frenó a seguir cumpliendo su misión.

Agarró al rey del pelo y lo llevó hasta donde estaba Leopold. Después miró a su alrededor en busca de la reina... hasta que la encontró. Seguía golpeando las puertas, desesperada por escapar.

Solo tuvo que cerrar los puños y golpearla. Cayó al suelo y no volvió a levantarse.

William apareció entonces junto al cuerpo y, tras él, Rojo, Verde, Negro y Blanca, completamente recuperados.

–Parece que llegamos justo a tiempo, chicos –dijo el guerrero, sonriente.

Los cinco se metieron en la batalla de inmediato.

–¡No! –gritó Josephina al verlos desenfundar las espadas.

Pero no atacaron a Kane, sino a la gente que lo atacaba a él.

Esa vez no apareció la neblina negra que solía acompañar a los Jinetes, quizá no fuera necesaria. Los hermanos tampoco se transformaron en monstruos y, solo unos minutos después de haberse unido a la pelea, William y los suyos habían hecho que la multitud se retirara, atemorizada.

—Sabía que nos necesitabas —William le dio una palmadita en el hombro a Kane.

—Ya había derrotado a los soldados y estaba a punto de dar el golpe final —aseguró Kane.

—Lo que tú digas —respondió William en tono burlón.

En lugar de seguir discutiendo, Kane fue junto a Josephina, le puso una mano en la barbilla y le examinó la herida.

—Te va a dejar una buena cicatriz.

—Sí —a diferencia de los que eran del todo mortales, ella llevaba sus heridas de por vida—. Pero seguiré pareciéndote hermosa.

—Mucho más que eso. Exquisita —le dio un beso suave y tierno—. Estoy muy orgulloso de ti.

—Y yo de ti.

Negro se echó a la reina al hombro y agarró a Synda por la cintura.

—Me llevo a estas dos —anunció—. Merezco alguna recompensa por haber jurado que no volvería a tocar a Kane ni a su mujer —le dijo a su padre.

—Esa promesa te ha salvado de la muerte —le recordó William—. Esa es tu recompensa, así que ahora lleva a esas dos a las mazmorras —le ordenó.

Kane sonrió, mirando a Josephina.

—Tengo que decirle un par de cosas a tu padre. ¿Estás bien?

—Sí.

—Enseguida vuelvo.

Después de darle otro beso, Kane agarró al príncipe y al rey y salió tras Negro, que no se molestó en abrir la puerta sino que la derribó utilizando a la reina como ariete.

Josephina se volvió hacia la gente que la observaba, expectante y furiosa.

—Ya habéis visto de lo que soy capaz —dijo y, mientras hablaba, notaba cómo iba perdiendo la fuerza y, unos segundos después, tuvo que sentarse en el trono del rey para disimular que apenas se tenía en pie—. Y ya habéis visto a mis amigos...

De pronto vio bajar una sombra del techo y posarse sobre los hombros de Blanca, que no tuvo tiempo de reaccionar. Su cabeza rodó por el suelo... sin el cuerpo.

Josephina gritó con todas sus fuerzas.

El cuerpo cayó sin vida, pero la sangre manaba del cuello mientras la responsable aterrizaba y la miraba sonriendo.

—Te dije que te arrepentirías de lo que me hiciste —le dijo la fénix sin dejar de sonreír.

Al darse cuenta de lo que le había ocurrido a su hermana, Rojo cayó al suelo de rodillas.

Verde soltó un chillido que hizo temblar las paredes y William se llevó la mano al corazón.

Pero Josephina aún no había visto lo peor.

El cuerpo de Blanca se oscureció de repente, se empezó a agrietar y se rompió en miles de pedazos diminutos a los que le salieron patas. Aquellos bichos horripilantes lo inundaron todo; paredes, techo y hasta la piel de los asistentes.

Se oyeron gritos de terror mientras la gente corría de un lado a otro y golpeaba las puertas con desesperación. Debía de haber alguien con una llave porque se abrió una puerta de acceso a otro reino y algunos de los fae pudieron escapar, pero también lo hicieron algunos bichos.

En medio del caos, la fénix se acercó a Josephina.

—Tú eres la única culpable de todo esto —le dijo—. Bueno, tú y tu hombre, que ha hecho enfadar a las Moiras. Parece ser que cambió el destino de las Moiras y ellas decidieron hacer lo mismo con el de él y estuvieron encantadas de utilizarme para castigarlo. ¿Y qué mejor manera de castigarlo que acabar con su querida esposa?

—Kane no tiene nada que ver con todo esto. Esto es entre tú y yo.

—Las Moiras me han soltado en tu vida en el momento perfecto. Tú no tienes a tu protector y a mí no me queda paciencia. Esta batalla ya se ha retrasado demasiado.

La fénix se lanzó sobre ella.

Pero Josephina se apartó justo a tiempo, dejándose llevar por el instinto. Pero necesitaba tocarla, aunque le doliera.

Así que la siguiente vez que la atacó, se dejó alcanzar por sus garras y aprovechó para absorber parte de su fuerza. La fénix no debió de notarlo porque se lanzó de nuevo al ataque y, a pesar de estar sangrando por el brazo y por la pierna, Josephina pudo robarle un poco más de fuerza.

Mientras ella se recuperaba la fénix se debilitaba.

Al darse cuenta de lo que estaba ocurriendo, su enemiga se apartó de ella.

—¡Te atreves a intentar robarme otra vez!

—¿Intentarlo? —preguntó Josephina, forzando una carcajada.

El siguiente ataque sí que lo esquivó y lo hizo con una rapidez impresionante.

—Veo que has estado entrenando —dijo la fénix lanzando llamas con las manos.

Formó un círculo de fuego cuyas llamas llegaron hasta el techo y lo llenaron todo de humo. Los gritos habían remitido, pero todos aquellos que siguieran allí estaban en peligro. Josephina se dio cuenta de que había dejado a aquella gente sin rey y, por lo tanto, eran su responsabilidad. Debía protegerlos.

—Está bien —dijo—. Vamos a acabar con esto de una vez por todas.

Se lanzó al ataque y dio tantos golpes como los que recibió. Cuando la fénix tropezó con una de las grietas que había dejado Kane, Josephina aprovechó para ponerle la zancadilla y, en cuanto cayó al suelo, le apretó el brazo y absorbió más energía.

La fénix intentó ponerse en pie, pero no tenía fuerzas suficientes.

—Te voy a matar —dijo, casi sin voz.

Consciente de que debía actuar aun a riesgo de su propia vida, Josephina se lanzó sobre ella. Cayeron las dos al suelo y, aunque la fénix sufrió la mayor parte del impacto, ella también lo notó. Medio mareada, se sentó sobre ella y la agarró del cuello. Le robó más y más energía mientras la fénix intentaba tirarla sin éxito.

—¡Campanilla! —oyó gritar a Kane antes de verlo aparecer entre las llamas.

Se agachó junto a ella, sin preocuparse por el fuego que le quemaba los brazos y la cara. No se entretuvo en hacer preguntas, le pegó un puñetazo a la fénix que la dejó inconsciente.

Josephina se alejó, repleta de energía y de calor.

Kane sacó a la fénix del círculo de fuego.

—Toda tuya, William.

—Tengo que apagar el fuego —anunció Josephina en medio de un torbellino de emociones; alivio, dolor, tristeza, alegría, miedo...

—Deja que yo...

—No. Debo hacerlo yo —lo interrumpió porque realmente sentía una extraña conexión con aquellas llamas—. Quiere que lo haga yo.

Apenas se acercó, las llamas se inclinaron hacia ella. Josephina sintió que se le abrían los poros como si fuera a absorber energía de otra persona y las llamas entraron de algún modo en su cuerpo.

—Dime que estás bien —le pidió Kane, tomándola en sus brazos. Se estremeció como si se hubiera quemado, pero no la soltó.

—Estoy... perfectamente. ¿Y tú?

—También.

Josephina miró a su alrededor. Había cuerpos por todas partes. La mayoría estaban muertos, otros se retorcían de dolor. William, Rojo, Verde y Negro habían desaparecido... igual que la fénix.

—¿Qué ha pasado? —le preguntó Kane—. Cuando he entrado, William y Rojo estaban fuera de sí. William me ha pedido que le diera a la fénix.

Josephina le contó lo mejor que pudo lo que le había ocurrido a Blanca y no pudo contener las lágrimas al ver que Kane la soltaba y caía de rodillas al suelo.

—Ha sido culpa mía —dijo—. Han sido mis decisiones lo que la ha matado. Yo he provocado su muerte y toda esta destrucción... en este reino y en otro. Esto es un apocalipsis y yo soy el causante.

Josephina se arrodilló frente a él.

—No, la culpa la tienen las Moiras. Ellas fueron las que enviaron a la fénix.

—Por mí. Porque yo no cumplí con lo que habían predicho y porque las ataqué en su propia casa.

—No, Kane. La única razón por la vino la fénix fue para vengarse de mí. Si quieres culpar a alguien además de las Moiras, cúlpame a mí.

—No —dijo, meneando la cabeza—. A ti no. Lo que trajo aquí a Petra fue el odio que sentía y su obstinación.

—Entonces la culpa no es tuya.

Kane la miró fijamente.

—Ni tuya.

—De acuerdo —le dijo, poniéndole la mano en la rodilla—. Las culpables de todo esto son las Moiras y Petra.

Vio la angustia reflejada en su rostro y supo que quería darle la razón, pero le costaba hacerlo porque llevaba mucho tiempo atormentándose por las predicciones de las Moiras y había asumido que sería el único culpable de lo que ocurriera.

—Hay que hacer algo —anunció—. Tenemos que controlar el peligro de algún modo.

—Creo que los Señores del Inframundo podrán hacerlo.
—Tienes razón –dijo él.
—Como siempre –si había alguien capaz de luchar contra aquel nuevo peligro, eran los Señores.

Kane le dio un beso en los labios y, aunque en sus ojos seguía habiendo mucho dolor, también había una gran determinación.

—Tengo la sensación de que acabas de manipularme.
—¿Yo? –preguntó con gesto inocente–. Jamás.
—No cambies nunca, Campanilla.

Capítulo 35

Josephina y Kane pasaron el resto de la noche comprobando la seguridad del palacio. Los bichos se habían propagado por todo el reino y sus habitantes habían empezado a luchar los unos contra los otros por cualquier tontería mientras intentaban escalar el muro del palacio para llegar hasta Josephina.

Cuando por fin consiguieron calmar a todo el mundo y atender a los heridos, estaba tan cansada que apenas podía mantenerse en pie. Había visto tanta sangre y tanta violencia.

Kane la tomó en brazos y la llevó a su antiguo dormitorio.

–Siento mucho lo que te dijo tu padre. No es cierto, supongo que lo sabes.

–Sí, ahora lo sé.

–Nunca se dio cuenta de tu valía, pero eso no es culpa tuya, sino suya –dijo, utilizando el mismo argumento que había utilizado ella con él–. Ahora necesitas descansar –añadió con un beso.

–No.

–Tengo que limpiarte las heridas y no quiero que te duela.

–Puedo soportar el dolor.

–Pues no tendrías por qué tener que hacerlo –la dejó en el suelo y le puso una mano en la arteria del cuello.

–No se te ocurra... –no pudo terminar la frase.

Cuando volvió en sí, Kane seguía a su lado y estaba hablando por teléfono.

–Ya sabes tanto como yo –decía–. Lo siento mucho, pero me gustaría mucho que vinierais. Las cosas están igual en los dos reinos, así que el peligro es el mismo.

–Kane –le dijo ella.

Él colgó el teléfono y la miró. Había mucha culpa en sus ojos.

–Estaba hablando con Lucien. No hay ni rastro de William y de sus hijos. Los bichos han llegado al reino de los seres humanos y nadie sabe exactamente qué daño pueden ocasionar.

Se acercó a ella al tiempo que se quitaba la camisa.

–Las puertas están cerradas y los soldados de confianza están haciendo guardia. ¿Estás enfadada conmigo? –le preguntó mientras le desabrochaba la ropa también a ella.

–Sí.

–¿Entonces quieres que pare?

–No –el enfado nunca podría ser más intenso que el deseo que sentía por él.

Se tumbó lentamente sobre ella, dejando que sintiera el calor de su piel y sin apartar la mirada de sus ojos ni un instante.

–Kane, tengo que confesarte algo. Creo que... te amo –le dijo–. ¿Qué te parece?

Lo vio cerrar los ojos con absoluto placer.

–No sé cómo explicarte lo feliz que me hace la idea de que me ames, pero quiero que estés segura. Sé que no está bien, pero...

–¿Cómo que no está bien? Estamos casados.

La miró solo un instante antes de besarle el cuello con la intención, sin duda, de distraerla y hacerle olvidar la pregunta que le había hecho. Pero no iba a... ¡ah!

Su boca, y su lengua, fueron bajando por el cuello y siguieron hasta llegar a sus pechos mientras le quitaba el resto de la ropa. Una vez desnuda, pudo acariciarla por todas partes y recordarle el poder que tenía sobre ella, un poder que demostraba haciéndole sentir un placer que jamás habría creído posible.

–Soy toda tuya –le dijo cuando sintió su boca entre las piernas.

Al oírlo, él subió y volvió a besarla en los labios, pero sin un ápice de dulzura; ahora era todo pasión y deseo.

–Y yo soy tuyo –dijo entre besos. Un segundo después estaba dentro de ella.

–Te amo –le dijo ella sin dudarlo.
–¿Estás segura?
–Completamente.
–Otra vez.
–Te amo.

Aquellas palabras eran como combustible para él, que parecía poseído por la necesidad. No tardaron en fundirse en un solo grito de placer.

Pero apenas se derrumbó encima de ella, volvió a mirarla con deseo y le pidió más. Ella estuvo encantada de dárselo.

–He encontrado un vestido para ti –le dijo Kane mucho después–. ¿Te lo pondrías para mí?

–Claro –respondió ella, saciada de placer.

–Estupendo. Nos vemos en el salón del trono dentro de una hora –le dijo antes de salir de la habitación.

Fue entonces cuando Josephina se dio cuenta de que él no le había declarado su amor, pero no tenía la menor duda de que la amaba. Lo sabía.

Pero quería oírselo decir. «Tendré que encargarme de hacérselo confesar».

Sobre la silla encontró un precioso vestido de noche confeccionado con una delicadísima tela azul. Ni siquiera Synda se había puesto nunca algo tan exquisito. Josephina se dio una ducha y luego se vistió con manos temblorosas.

El único fallo de su imagen era la herida de la mejilla.

Después de dejarla sin sentido, Kane se la había cosido y le había puesto un discreto vendaje, pero seguía notándosele mucho.

No vio ningún guardia ni ningún sirviente cuando salió de la habitación. Solo habían encerrado a los dirigentes y a la familia real; el resto del ejército y de los trabajadores del palacio le había jurado fidelidad a Josephina.

Encontró a Kane esperándola junto a la puerta del salón del trono. Se había cambiado de ropa para ponerse una impecable camisa blanca y unos pantalones negros. Llevaba el pelo perfectamente peinado y las heridas que había recibido durante la batalla ya habían empezado a curársele.

Sonrió al verla y fue una sonrisa llena de luz.

–Estás preciosa.

–Gracias. Pero, ¿por qué...?

Abrió la puertas del salón.

–Hoy es tu coronación y tu boda.

Allí estaban el resto de miembros de la clase alta, atados de pies y manos y mirándola como si quisieran lanzársele a la yugular, pero en completo silencio. ¿Los habría amenazado Kane?

Josephina volvió a mirarlo.

–Espera. ¿Has dicho boda? Pero si ya estamos casados.

–Pero no fue una ceremonia digna de recordar con cariño. Así que he decidido celebrar otra –le ofreció el brazo–. ¿Preparada?

Ella lo aceptó con una mano temblorosa mientras se decía a sí misma que debía de amarla para hacer lo que estaba haciendo.

Fue en ese momento cuando vio que... «me he casado con un hombre maravilloso». Allí estaba Maddox con la hermosa Ashlyn, aunque sin los niños. También estaba Lucien con la vivaz Anya. Reyes con Danika y la joven Gilly a su lado. Sabin con la pequeña Gwen. Aeron con la angelical Olivia. Gideon con la feroz Scarlet. Amun con la resplandeciente Haidee. Strider con Kaia. Y Paris, sin la poderosa Sienna.

Todos ellos la saludaron y le sonrieron. La alegría derribó el muro que había levantado siendo niña y la inundó por completo.

—No te preocupes por los opulens —le dijo Kane—. Nos viene bien que conozcan tan bien mi pasado porque saben de lo que soy capaz cuando me enfado.

—Pero me odian.

—Acabarán adorándote. No podrán evitarlo —entonces la miró, le tomó el rostro entre las manos y le dijo—. Yo, Kane, prometo cuidarte todos los días de mi vida. Prometo tener siempre en cuenta todo lo que necesites y hacerte cumplidos siempre que tenga ocasión. Prometo hacerte sonreír por lo menos una vez al día y prometo ser tuyo y solo tuyo para siempre.

Estaba ocurriendo de verdad, pensó sin apenas poder creerlo.

—Yo, Josephina... Campanilla Aisling, prometo cuidarte todos los días de mi vida. Prometo hacer frente a todos los desastres que provoque tu demonio y valorar siempre tu fuerza. Siempre serás el primero al que llamaré cuando decida entrar en guerra —miró a sus amigos y les sacó la lengua, todos ellos sonrieron—. Ahora y siempre, te pertenezco en cuerpo y alma.

Kane se inclinó a besarla, pero no con la dulzura que ella imaginaba, sino con una pasión arrolladora que la llenó de deseo y provocó los aplausos de los asistentes, unos aplausos que los obligaron a volver a la realidad.

—¿Sigues estando segura de lo que sientes? —le preguntó, mirándola a los ojos.

—Totalmente.

—Genial porque tú eres mi destino, Campanilla. Lo eres todo para mí —apoyó la nariz sobre la de ella—. Es increíble, pero lo que siento por ti ha dejado sin fuerzas al demonio. Parece dormido.

Josephina sintió que el corazón se le llenaba de júbilo. Por fin era libre. Los dos eran libres.

–Kane, es maravilloso.

–Sí –dijo, aunque sonrió con cierta tristeza antes de apartarse.

Alguien ocupó su sitio y le puso algo muy pesado sobre la cabeza. A punto estuvo de protestar antes de darse cuenta de lo que era. Ahora cargaba con la corona real, símbolo del poder que tenía sobre toda aquella gente.

No era lo bastante fuerte, ni lo bastante inteligente. ¿Y si se equivocaba? ¿Y si tomaba una mala decisión? Se le revolvió el estómago y sintió ganas de salir corriendo. No estaba hecha para semejante responsabilidad y no estaba segura de poder con ello.

–Vuestra reina –anunció Kane.

Pero debía hacerlo.

Kane se detuvo un momento a pensar en todo lo positivo y olvidarse de lo negativo. Se había enamorado. Se había casado con la mujer más maravillosa del mundo y la había ayudado a ocupar el puesto que le correspondía.

Había derrotado por fin a Desastre, que no tardaría en morir. Y poco después, lo seguiría él.

Danika se había equivocado por primera vez. Su cuadro no iba a suponer ningún problema. Si la rubia era Blanca, cosa que él creía, ya estaba muerta. Eso significaba que las Moiras también se habían equivocado, tal y como había vaticinado Campanilla. Blanca no iba a acabar con el hombre que provocaría el apocalipsis, no iba a acabar con nadie.

Las decisiones que habían tomado habían cambiado el curso de los acontecimientos y de sus vidas. Pero no quería pensar en nada de eso en aquel momento, solo quería pensar en Campanilla. Le había hecho el amor dos veces sin preservativo, así que quizá ya estuviera embarazada.

Deseaba tanto tener hijos con ella... También deseaba estar ahí para verlos crecer, pero eso era otro sueño imposible.

Tenía que asegurarse de que estuviera preparada para cualquier cosa. Para todo.

A pesar del miedo que reflejaban sus ojos, allí sentada en el trono, Kane estaba seguro de que Campanilla sería una magnífica reina porque por fin empezaba a darse cuenta de lo mucho que valía.

Anya y las demás se acercaron a hablar con ella, mientras que los guerreros lo rodeaban a él.

–Mi reina es mejor que la tuya –bromeó Paris, dándole un puñetazo en el brazo.

Kane meneó la cabeza.

–No hay una reina mejor que la mía –aseguró él a pesar de lo mucho que apreciaba y respetaba a Sienna.

La nueva reina de los Titanes estaba haciendo mucho por su pueblo y en aquellos instantes estaba ayudando también a Torin, pero no era Campanilla.

–¿Quieres apostar?

–Claro –respondió Kane.

–El que pierda tendrá que ir a la boda de Anya con un vestido.

«Para entonces estaré muerto», pensó, pero aceptó el reto.

–Te vas a quedar aquí, ¿verdad? –le preguntó Maddox.

Todos se quedaron en silencio, a la espera de su respuesta.

–Sí. A Campanilla la necesitan aquí y yo voy a ayudarla en cuanto pueda –iba a ser lo último que hacía.

Detestaba ir a dejarla sola frente a una guerra que él había ayudado a provocar. Odiaba tener que abandonar también a sus amigos, pero se dijo a sí mismo que todos estarían mejor sin él, aunque eso no iba a hacer que resultara más fácil.

–La familia es lo primero –dijo Reyes.

–Gracias por entenderlo.

–Para eso están los amigos –añadió Strider–. Pero déjame una habitación libre para cuando venga a visitarte.

–Puede que vengamos todos ahora que nos vamos a quedar sin casa –le recordó Sabin.

Kane abrazó a todos y cada uno de los guerreros mientras lamentaba que Cameo y Torin no estuvieran allí. Incluso sintió que no estuviera Viola.

Sabía que las encontrarían a las dos sanas y salvas y, fuera lo que fuera lo que le estaba ocurriendo a Torin, también se resolvería.

Al volver a mirar a Campanilla, vio detrás de ella a Malcolm, el Enviado de pelo verde estaba escuchando la conversación de las mujeres y ninguna de ellas parecía haberse dado cuenta.

Por lo visto había querido que Campanilla lo viera en la habitación del hotel y que ahora fuera él el que se enterara de su presencia. ¿Qué pretendía?

–¡Tú! –le gritó Kane con furia–. ¿Qué crees que estás haciendo aquí?

Malcolm lo miró a los ojos y desapareció.

–No te voy a preguntar con quién hablabas –le advirtió Maddox–. Me voy a ir porque Ashlyn y yo tenemos que volver con los niños. Los hemos dejado al cuidado de Lysander y más le vale haberlo hecho bien si no quiere morir.

Lysander era uno de los siete líderes de los siete ejércitos de Enviados. Estaba casado con Bianka, que era la hermana gemela de Kaia. Quizá Zacharel hubiese enviado a Malcolm, su soldado, para proteger a Campanilla.

«Quizá debería haber sido más amable con él».

–Os voy a echar de menos, chicos.

–Si alguna vez necesitas algo, solo tienes que llamarnos –le recordó Sabin.

–Te avisaremos en cuanto encontremos la caja de Pandora –le aseguró Reyes.

Kane llevaba siglos buscando la caja, por lo que era muy duro asumir que no estaría vivo cuando por fin la encontraran. Pero prefería deshacerse de Desastre ahora que estaba demasiado débil para luchar.

Los hombres fueron a buscar a sus respectivas mujeres y Lucien los transportó de dos en dos. Ya sin sus amigos, Kane fue junto a su esposa.

–Ya eres oficialmente la persona más poderosa del reino.

–No, eres tú, el nuevo rey.

¿Él? No, él solo era su hombre, con eso le bastaba.

–El reino es tuyo. Esta es tu gente y siempre tendrás la última palabra.

Ella lo miró, aterrorizada.

–No sé si sabré hacerlo –susurró.

–Dime que eso no lo dice la misma mujer que ha puesto a los antiguos reyes donde debían estar, en las mazmorras.

–Pero lo hice con ayuda –lo rebatió–. La tuya y la de las chicas que me cedieron sus fuerzas, y la de William y sus hijos –le tembló la barbilla–. No podría haberlo hecho sola.

Deseaba decirle que nunca tendría que hacer nada sola, pero no podía hacerlo.

–Puedes hacerlo, Campanilla. Yo creo en ti.

–Yo también creo en mí misma... a veces.

–Vas a ver como cada vez crees más a menudo en ti misma.

–¿Estás seguro?

–Desde luego.

–Porque me quieres –le dijo–. Sé que me amas, aunque no me lo hayas dicho.

–Campanilla, soy todo tuyo. No hay nada en este mundo que no haría por ti. Te amo tanto que apenas puedo pensar. Estoy obsesionado contigo. Te respeto, te admiro y muchas otras cosas para las que no tengo palabras.

–Pues acabas de explicarlo bastante bien –le dijo, con

los ojos llenos de lágrimas–. Y es lo más bonito que me han dicho en toda mi vida.

–Porque siempre has estado rodeada de imbéciles.

–Ay, Kane... No debería dejar que renunciaras a tu vida por mí. Debería obligarte a volver a tu casa. Por fin llevo las riendas de mi vida y tú deberías poder llevar las de la tuya.

–Las tengo –colocó una mano en cada reposabrazos del trono y se inclinó hacia ella–. Mi lugar está a tu lado. Te he elegido a ti y siempre te elegiré. Pero intenta obligarme a que me vaya. Adelante, inténtalo –la retó.

Ella lo miró a los ojos con gesto resplandeciente.

–Gracias.

–Ya te lo he dicho. Aquí me tienes, todos los días de mi vida.

Capítulo 36

Kane observaba de pie junto al trono cómo Campanilla resolvía las disputas que enfrentaban a los opulens y a los pobres por igual. Se había adaptado bastante bien a su nueva posición, haciendo frente a algunos disturbios e incluso a un intento de asesinato.

Kane y la guardia que ahora estaba a sus órdenes habían sofocado los disturbios y habían matado al hombre que había intentado matar a la nueva reina. No había tenido una muerte fácil... porque Kane no se lo había permitido.

Se había corrido la voz de las hazañas que había llevado a cabo Campanilla el día que había derrocado a su padre y eso le había granjeado más fama y apoyos. A pocas semanas de su ascenso al trono, la gente empezaba a darse cuenta de lo mucho que valía.

La vio cambiar de postura en el trono y pensó que estaba preciosa con aquel vestido de seda rosa adornado con rosas de terciopelo rojo alrededor de la cintura, las mismas rosas que le adornaban el pelo y hacían que pareciera que acabara de salir de un bosque.

—Contadme vuestro problema —les dijo a los siguientes, una pareja de mujeres opulens.

—No —dijo la mujer—. No eres más que una sirvienta, por mucho que te hayas casado con un Señor del Inframundo. No pienso acatar tus decisiones.

No era la primera vez que alguien le decía algo así, pero en aquel momento, Kane decidió asegurarse de que fuera la última. Apenas había dado un paso cuando Campanilla levantó una mano, se puso en pie con elegancia y bajó los escalones que la separaban de la airada mujer.

Nadie podría haberse dado cuenta de su temor excepto él, que la conocía mejor que nadie y la observaba con más atención. Estaba nerviosa y enfadada, triste, pero resuelta a hacer lo que debía hacer.

Los guardias la siguieron de cerca. Sabían que si le ocurría algo a la reina estando ellos de servicio, morirían. Kane también deseaba seguirla para protegerla, pero se contuvo de hacerlo para no dañar su credibilidad.

Además, debía saber si podría sobrevivir sin él.

Cada día que pasaba, Desastre estaba un poco más débil y había algo más claro para Kane: se acercaba su final.

Campanilla levantó la mano y le agarró la cara a la mujer, que se quedó pálida. Abrió la boca y luego volvió a cerrarla sin decir nada. Después cayó al suelo, inconsciente.

—No soy una sirvienta —dijo en voz alta—. Soy la reina y exijo obediencia.

Salió del salón mirando al frente. Kane la siguió y ninguno de los dos dijo ni palabra hasta que estuvieron en el dormitorio, a puerta cerrada.

—No debería haber hecho eso —se lamentó ella—. Estaba enfadada y me he excedido; podría haberle hecho daño.

—La has dejado con vida y le has dado una buena lección, lo que es mucho más de lo que se merecía —mucho más de lo que habría hecho él, pensó.

—Pero lo único que he conseguido es que me tenga miedo y eso no es lo que quiero. Era lo que quería mi padre, pero yo no —empezó a ir de un lado a otro de la habitación, frotándose las manos—. Debería haber hecho lo mismo que hice con los otros, mandarla a su casa sin resolver su problema; otro día habría vuelto dispuesta a escuchar a cualquiera que pudiera ayudarla. Incluso a mí.

—Puede que tengas razón —reconoció Kane.

Ella se detuvo y lo miró a los ojos.

—Un momento, ¿no vas a defenderme?

Trató de no sonreír.

—No seas tan dura contigo misma. Todo esto es nuevo para ti y, aun así, lo estás haciendo muy bien, mucho mejor de lo que lo haría yo. Si fuera la reina, los condenaría a todos a muerte.

—Pero serías una reina muy sexy. Sé que lo dices solo para ser amable.

—Preciosa, ¿desde cuándo hago yo algo para ser amable?

Campanilla se quedó pensando un momento y luego asintió.

—Eso es cierto. Eres el hombre más grosero que conozco y probablemente yo pasaré a la historia como la reina loca, pero maravillosa, solo por estar contigo.

«No te rías», se dijo.

—Eres una listilla —dijo, yendo hacia ella—. Te voy a hacer pagar por ello.

Ella empezó a correr alrededor de la cama.

—¡Kane!

—No podrás huir de mí.

—Pero puedo intentarlo.

La persecución acabó con los dos llorando de la risa, tirados en el suelo, con las piernas entrelazadas. Dejaron de reírse con el primer beso.

—Kane —susurró ella.

—Campanilla de mi vida. Te deseo.

—Aquí me tienes. Date prisa.

—No, quiero saborearte bien —se tomó su tiempo para desnudarla, disfrutando plenamente de cada milímetro de piel que quedaba a la vista, de cada curva y cada cicatriz.

Recorrió su cuerpo a besos mientras ella lo tocaba como si hubiera nacido para hacerlo.

Jamás podría cansarse de ella.

Y jamás la olvidaría, ni siquiera muerto.

En cierto modo, habían crecido juntos. Se habían conocido en un momento de profunda oscuridad para ambos, un momento en el que carecían de esperanza y estaban superados por el miedo. Pero juntos habían salido de las profundidades del infierno y habían encontrado motivos para reír. Habían dejado atrás el odio y se habían entregado al amor. Y nada de eso los había debilitado, sino que los había hecho más fuertes.

Kane no quería ni imaginar lo que habría sido de él si no hubiese vuelto a buscarla. Desastre había intentado impedírselo y también las Moiras, pero dentro de él había algo más fuerte que aquellos seres. El amor. Un amor imparable.

Le separó las piernas y se metió en ella porque aquel era su sitio. Comenzó a moverse lentamente y fue subiendo el ritmo hasta hacer que ella también se entregara por completo al placer y a la pasión del momento, arrastrándolo consigo hacia una maravillosa liberación.

No habría sabido decir cuánto tiempo pasó antes de tener las fuerzas necesarias para llevarla a la cama, solo sabía que no podía apartarse de ella. Necesitaba tocarla y, sabiendo que no le quedaba mucho tiempo para hacerlo, quiso aprovecharlo al máximo.

—¿Aún me quieres? —le preguntó después, estrechándola en sus brazos.

—Claro.

—Yo a ti también te quiero —le dio un beso en la frente—. Con toda mi alma —añadió, pero ella ya estaba dormida.

Se vistió y salió al pasillo con la intención de volver al salón del trono, pero en ese momento apareció Malcolm.

—¿Vas a decirme de una vez lo que pasa y por qué no dejas de aparecer?

—No quiero hacerlo, pero me temo que tendré que hacerlo —admitió el Enviado, encogiéndose de hombros—. Pero antes dime por qué eres tan infeliz.

—¿Infeliz?
—Sí.
No tuvo valor para negarlo.
—¿Qué más te da a ti?
—Eso ya te lo diré.
Finalmente lo admitió.
—No quiero tener que dejar a mi mujer. Volvería a cómo estaba antes con Desastre, pero tampoco quiero que el demonio le haga daño.
—Ese es el dilema al que os enfrentáis los poseídos. Pero quizá yo pueda hacer que sea más fácil.
—¿Qué quieres decir? –le preguntó Kane, con curiosidad.
«Nunca podrás librarte de mí», le advirtió Desastre, empeñado en no perecer.
Kane apretó los puños.
—Voy a matar a Desastre de una vez por todas –le dijo Malcolm–. El problema es que eso...
—Me matará a mí también –adivinó con tristeza.
—Pero al menos tu espíritu seguirá vivo.
—Lo mismo que ocurriría sin tu ayuda.
—Sí, pero sin mi espada de fuego, el mal del demonio seguiría dentro de ti y cuando muriera, también tu espíritu acabaría en el infierno.
Pasaría la eternidad atrapado entre demonios. Kane sintió ganas de vomitar, la cabeza le daba vueltas.
—A mi amigo Baden lo decapitaron estando poseído y acabó en otro reino.
—Sí, un reino situado en un pasillo del infierno. Los que están allí aún no lo saben, pero lo sabrán porque los muros son cada vez más estrechos.
Kane se pasó una mano por el pelo. Pobre Baden.
—Si lo hago –continuó diciendo Malcolm–. Podrían echarme de los cielos por matar a un hombre.
—En realidad no soy un hombre.
—Algo parecido.

—¿Qué es lo que quieres a cambio?
—Tu anillo de bodas.
—¿Mi anillo?
El Enviado asintió una sola vez.
—Eso he dicho. Recuerda que Desastre está a punto de lanzar su último ataque y, aunque está débil, no morirá fácilmente. Tengo la impresión de que el caos que provocó en Nueva York parecerá un juego de niños.
Y Campanilla estaría en medio.
—¿Entonces te interesa el trato? —le preguntó Malcolm—. Tú me das el anillo y yo os mato a ti y a tu demonio antes de que vuelva a actuar.
Si se negaba, Campanilla podría perder el reino en medio del caos que provocaría Desastre.
¿Realmente tenía elección?
—Concédeme una noche más con mi esposa. Después me reuniré contigo en el jardín, al amanecer.
—Trato hecho.

Josephina perdió la cuenta de las veces que Kane le hizo el amor aquella noche antes de quedarse dormida. No lo rechazó ni una sola vez porque el deseo que sentía por él era insaciable y... porque sabía lo que estaba planeando.

La conexión que había entre ellos era tan intensa que ya no necesitaba ni proyectar su imagen para saber lo que le pasaba por la cabeza. La última vez había oído la conversación que había tenido con el Enviado.

Lo cierto era que no imaginaba hasta qué punto deseaba Kane ver morir a Desastre. Hasta el punto de estar dispuesto a morir él también.

Se le llenaron los ojos de lágrimas al pensarlo. ¿Acaso no se daba cuenta de que ella estaría perdida sin él? Volvería a estar como al principio, deseando morir.

«No puedo permitir que lo haga».

Pero más de lo que deseaba estar a su lado, deseaba

verlo feliz y saber que tenía la vida que siempre había querido.

Tendría que elegir una de las dos cosas y eso quería decir que tendría que dejarlo marchar.

El corazón le dio un vuelco al pensarlo. No, no tenía por qué hacerlo, pensó de pronto. Aún podía salvarlo y liberarlo para siempre entregando otra vida a cambio.

La suya.

Había pasado la mayor parte de su existencia pagando por las faltas de otros. Durante las últimas semanas había hecho lo que había hecho para asegurarse de que no volviera a ocurrir. Había elaborado un plan, había luchado y había vencido. Pero ahora tenía la posibilidad de acabar para siempre con el sufrimiento de Kane.

Si ella absorbía al demonio y se reunía con el Enviado...

Podría recibir el último golpe y salvaría a Kane.

Sería ella la que moriría. En otro tiempo se había resignado a afrontar dicho destino, sin embargo ahora le repugnaba la idea. Pero estaba dispuesta a hacerlo por Kane. Haría lo que se suponía que debía hacer un esclavo de sangre y aceptaría de buen grado el castigo que le correspondía a otro.

Kane merecía tener la oportunidad de convertirse en el hombre que siempre había deseado ser. Él sería mucho mejor rey y sabía que lo haría aunque ella no estuviese a su lado. Era demasiado honrado como para no hacerlo.

Así pues, se puso en pie y se vistió sigilosamente. Bajó hasta las mazmorras utilizando los pasadizos secretos que tanto le gustaban a su padre.

Después de examinar todos y cada uno de los casos de los prisioneros de su padre, y de descubrir que todos ellos estaban allí solo por no ceder a los caprichos del monarca, los había puesto en libertad y había tratado de compensarlos con un dinero que los ayudara a recuperar su vida.

Ahora el prisionero que ocupaba la primera celda era

precisamente el antiguo rey. Tenía la ropa sucia y rasgada y el pelo alborotado.

—Tú —dijo al verla—. Déjame salir inmediatamente.

—No —respondió ella—. Aún estoy intentando subsanar todo el mal que le hiciste a tu pueblo.

—Esa gente me pertenece y puedo hacer lo que se me antoje con ellos.

—No, ya no.

—¿Has venido aquí para intentar comprar mi amor? ¿Pretendes conseguir que te quiera a cambio de devolverme lo que me has quitado?

Josephina se rio con una profunda tristeza.

—Hace mucho tiempo que perdí la esperanza de que me quisieras. No he venido a devolverte nada.

—En cualquier caso, ha sido un error —Tiberius sacó las manos entre las rejas y la agarró del cuello.

Josephina podría haber evitado el contacto, pero no había querido hacerlo. Mientras él le apretaba el cuello, le puso las manos en las muñecas y le robó todos sus poderes y su fuerza. Cuando por fin lo soltó, lo vio caer al suelo.

—Muchas gracias —le dijo, llena de energía—. A eso es a lo que había venido. Mañana ya no estaré viva, pero espero que mis poderes mueran conmigo y te dejaré tan indefenso como la gente a la que tanto daño has hecho.

Mientras Tiberius gritaba de rabia, Josephina fue en busca de la reina y le dijo lo que siempre había querido que supiera.

—Sé que me odias porque era un símbolo de la infidelidad de tu marido.

La antigua reina no se atrevía a mirarla, así que siguió hablando:

—Yo solo era una niña inocente y asustada que necesitaba que la quisieran. Mi madre también fue víctima de las circunstancias. Nadie podía decir que no al rey y tú lo sabías. Ella no quería estar con un hombre casado, pero en lugar de ayudarla a huir de sus atenciones, lo que hiciste fue castigarla.

Seguía sin decir nada, sin mirarla siquiera.

Josephina siempre había deseado en secreto que alguien le pidiera perdón, algo que sabía que nunca conseguiría, así que no iba a volver a perder el tiempo con eso.

A continuación fue a ver a Synda, que ya la había oído y la esperaba agarrada a las rejas de la celda.

—Suéltame, por favor —le suplicó la princesa.

Josephina abrió la boca para decirle todo el daño que le había hecho, todo lo que había tenido que soportar por su culpa, pero se detuvo antes de decir una sola palabra porque sabía que Synda la escucharía, pero no oiría nada. Asentiría, pero en realidad no habría comprendido nada. Le diría todo lo que quisiera oír solo para que la liberara y después se olvidaría de todo lo que hubiera prometido. Porque, a diferencia de Kane, Synda nunca había luchado contra el mal que llevaba dentro.

—Dejaré que sea Kane el que decida qué hacer contigo —decidió al tiempo que le ponía una mano en la mejilla a su hermana—. Necesitas ayuda. No sé quién eres sin ese demonio y es posible que tú tampoco lo sepas, pero deberías saber que puedes hacer frente a los caprichos de tu demonio.

—Lo sé —dijo Synda con los ojos llenos de lágrimas—. Pero no sé cómo hacerlo.

—Habla con Kane. Puede que al principio te odie, pero si eres sincera con él y realmente quieres que te ayude, lo hará. Adiós, Synda —dijo eso, la soltó y se dirigió a la siguiente celda.

La de su hermano. Leopold estaba sentado en un rincón, con las rodillas pegadas al pecho y la cabeza apoyada en la pared.

—Tienes buen aspecto —le dijo.

Josephina hizo caso omiso al cumplido.

—¿No vas a suplicarme que te suelte?

—¿Por qué iba a hacerlo? Por primera vez no temo que alguien me mate en cualquier momento.

—Vamos —Leopold había tenido la vida de privilegios que ella siempre había deseado.

—Es cierto, Josephina. Siempre esperaba que me mataran.

—No entiendo por qué... a menos que tratases a todas las mujeres como me tratabas a mí. Deberías haber sido mi amigo.

—Pero quería ser algo más.

—Eres mi hermano.

—No, no lo soy.

—Claro que lo eres —insistió, con rabia.

—¿Es que crees que eres la única hija ilegítima? ¿Piensas que el rey era el único que tenía amantes? Tiberius me dejó muy claro que yo no soy hijo suyo, solo de la reina, pero que me aceptaba porque necesitaba un heredero.

Ella... lo creyó. De pronto le encajaron muchas cosas: el desprecio que el rey siempre había mostrado hacia el príncipe, su poco parecido físico. ¿Cómo no se había dado cuenta antes?

—¿Por qué no me lo dijiste?

—Si alguien lo hubiese descubierto, me habrían matado —se rio con amargura—. Y si alguna de sus amantes hubiera tenido un hijo varón, también me habrían matado. Por eso me limitaba a vivir el día a día. Sabía que tú lo comprendías y pensé que era algo que nos unía.

Lo habría hecho, si Josephina lo hubiera sabido.

—Yo te habría guardado el secreto. Ojalá hubieras sido mi amigo. Yo necesitaba tu apoyo, no tu deseo.

—¿Te trata bien tu marido?

—Sí.

—¿Y te gusta?

—Lo amo.

La tristeza le ensombreció el gesto. Josephina lo miró unos segundos, pensando en lo que podría haber habido entre ellos. Podrían haber sido amigos, cómplices; podrían haberse dado el apoyo y el cariño que ambos necesitaban.

–Cuéntale a Kane lo que me has contado a mí. Estoy segura de que se apiadará de ti y puede que te deje vivir. La verdad es que me gustaría que por fin vivieras en paz.

Leopold sonrió con tristeza.

–Yo jamás te habría forzado a hacer nada. Solo quería demostrarte lo bien que nos habría ido juntos.

Quizá fuera muy ingenua, pero le creyó.

–Adiós, Leopold.

Lo oyó gritar mientras se alejaba; se había dado cuenta de que se estaba despidiendo para siempre. Pero siguió andando.

De vuelta en su habitación, se acercó a Kane y le quitó el anillo del dedo mientras dormía. Le acarició la frente porque no aguantaba las ganas de tocarlo una vez más y después le dio un beso en los labios. Como si hubiera oído el llanto desgarrador de sus entrañas, él abrió los ojos y le dijo.

–Vuelve a la cama, Campanilla. Déjame que te abrace.

–Duérmete, mi amor.

–Mmm.

Para asegurarse, le hizo lo mismo que le había hecho él a ella; le apretó la carótida hasta que perdió el conocimiento. Después le puso la mano en la muñeca y absorbió toda su oscuridad igual que había hecho aquel día en el bosque. Esa vez había sentido la fuerza arrasadora del demonio, pero ahora estaba demasiado débil para gritarle ninguna obscenidad. Apenas era un poco de peso que arrastrar sobre los hombros.

Soltó a Kane en cuanto estuvo segura de tener al demonio dentro porque no quería quitarle también las fuerzas.

Se le relajó la cara y lo vio sonreír con tanta paz que se le rompió el corazón. Debía de haber sentido de algún modo que por fin estaba solo.

Estaba claro que había tomado la decisión adecuada.

–Te amo –le susurró al tiempo que le besaba la frente–. No lo olvides nunca.

Capítulo 37

Kane se despertó sobresaltado al sentir que la luz inundaba la habitación.

Era de día.

Se levantó de un salto, esperando no haber despertado a Campanilla, pero entonces se dio cuenta de que no estaba en la cama. Se vistió a toda prisa, seguro de que la encontraría desayunando.

Seguramente era mejor así, pensó. Ya se había despedido de ella de la única manera que podía hacerlo y, si volvía a verla, corría el riesgo de cambiar de opinión. Podría venirse abajo y echarse a llorar. Si le decía la verdad, cosa que no podría negarle porque no podía negarle nada, ella intentaría impedírselo y quizá él se lo permitiera. Estaría dispuesto a cualquier cosa con tal de pasar un poco más de tiempo con ella.

Salió al jardín por los pasadizos para evitar a los guardias y al servicio. Fue entonces cuando notó que sentía un ardor en el torso y, al mirarse bajo la ropa, comprobó que el tatuaje de la mariposa estaba desapareciendo. ¿Sería por qué el demonio por fin estaba muriéndose?

Lo cierto era que sentía una extraña calma, teniendo en cuenta que estaba a punto de morir.

Al dar la vuelta a la esquina vio a Malcolm y a Campanilla y se quedó paralizado por el asombro.

–... el anillo que querías –decía Campanilla, poniéndole el anillo en la mano al guerrero.

–Me encantaría aceptarlo, pero yo había hecho el trato con Kane.

–Ahora tendrás que hacerlo conmigo. He absorbido su demonio y ahora soy yo la que lo lleva dentro.

El Enviado frunció el ceño.

–No tienes pinta de estar poseída.

–Porque está muy débil como para ocasionar problemas.

Kane no comprendía nada. Se llevó la mano al dedo y... no encontró nada. No tenía el anillo.

–Sin el demonio, Kane no tardará en morir de todos modos –le explicó Malcolm–. ¿Por qué habría de ayudarte a morir también?

–Él va a... ¡No! ¡No puedo creerlo!

–Pues me temo que es cierto.

–Pero... pero –se quedó inmóvil, como si apenas pudiera respirar–. Nunca ha podido disfrutar de la vida que quería; una vida sin Desastre. Quiero que sepa lo que es estar en paz antes de que muera.

–¿Estás dispuesta a sacrificar tu vida solo para darle tal oportunidad? Piénsatelo bien porque una vez que lo hagas, no habrá marcha atrás.

–Ya lo he pensado y quiero hacerlo.

Malcolm asintió.

–De acuerdo. Acepto el trato –abrió la mano y apareció en ella una espada de fuego.

En ese momento, Kane se dio cuenta de algo que le hizo estremecer. Campanilla le había quitado el anillo y el demonio, y estaba a punto de quitarle también el lugar. Iba a morir en su lugar solo para darle unos días, quizá algunas semanas, de libertad.

–¡No! –gritó Kane–. ¡No se te ocurra hacerlo!

Pero ya era demasiado tarde.

Malcolm ya había asestado el golpe. El fuego atravesó

el pecho de Campanilla y su grito de dolor le rompió el corazón.

—¡No! —gritó una y otra vez.

Vio caer al suelo a Campanilla y Malcolm desapareció de su lado. Kane corrió hasta ella y bramó con todas sus fuerzas.

Kane tomó el cuerpo de su mujer entre los brazos y la apretó contra su pecho durante una eternidad.

No había sangre por ninguna parte. La espada de fuego le había cauterizado la herida, sin dejar ni rastro del terrible dolor que había sufrido. Kane habría preferido mojarse con su sangre para tener el constante recuerdo de la terrible tragedia que había permitido que ocurriera. Las manchas le habrían recordado su error, su fracaso, todo.

Pero allí no había nada. Nada. Eso era todo lo que tenía.

Su esposa, su amor, se había ido. ¿Para qué? ¿Acaso no sabía que no podría encontrar la paz sin ella?

De pronto sintió la humedad de las lágrimas en la cara, corriendo como ríos de angustia. Se echó a llorar como un niño y no le importó quién pudiera verlo. Se acercaron varios guardias y algunos opulens que trataron de hablar con él, de enterarse de lo que había ocurrido, pero él los echó a gritos.

—¿Cómo has podido hacerlo? —le preguntó a Campanilla, pero en realidad ya sabía la respuesta. Lo había hecho porque lo amaba más que a su propia vida.

Le pasó la mano por el pelo... ¿rubio? Sí, tenía el pelo rubio. Hasta sus rasgos habían cambiado y ahora se parecía a Petra, lo que por un momento le hizo albergar la esperanza de que fuera la fénix la que había muerto y no su esposa. Pero entonces volvió a cambiar su aspecto y se encontró mirando a una mujer que no reconoció.

Cambió por tercera vez y fue entonces cuando asumió

que la mujer tenía entre los brazos era su Campanilla. Era la mujer rubia del cuadro y estaba muerta.

Al absorber los poderes de la fénix, había adquirido su capacidad de cambiar de aspecto, eso era todo.

Kane levantó la mirada al cielo y gritó con todas sus fuerzas.

Era libre, pero había pagado un precio demasiado alto por ello.

Deseaba matar a alguien, destrozar algo, y sin embargo no soportaba la idea de soltar a Campanilla, así que permaneció allí sentado hasta que el sol se ocultó tras las nubes y se puso a llover. Hasta que el día se transformó en noche.

Malcolm apareció a pocos metros, con la piel pálida y los labios apretados.

Kane gritó de nuevo.

—Sé que soy la última persona que deseas ver en estos momentos, pero debo decirte lo que he descubierto. Mi jefe me ha asegurado que podrás seguir viviendo sin tu demonio, tal y como esperaba tu mujer.

Kane apretó los puños con rabia.

—Pues tú no.

—Escúchame, guerrero.

—¿Cómo has podido matarla? Se supone que no puedes llevarte vidas humanas y ella era mitad humana.

—Dejé de verla así al llevar el demonio dentro.

—Pero eso no cambia las normas.

—No y voy a sufrir el castigo que me corresponde por ello —hizo una pausa, pero no había terminado—. Me equivoqué al pensar que te quedarías vacío. El amor había vuelto a llenarte y eso es lo que te ha salvado. Siento mucho que tu esposa haya muerto.

—Ya no importa —murmuró Kane al tiempo que sacaba dos cuchillos.

El Enviado respiró hondo.

—No creo que quieras luchar conmigo.

—Tienes razón, lo que quiero es matarte —se lanzó sobre

él con la intención de clavarle el cuchillo en el cuello, pero Malcolm desapareció y el cuchillo acabó en el tronco de un árbol.

—Tu mujer —dijo el Enviado en cuanto volvió a aparecer—. Está ardiendo.

Kane se dio media vuelta y, al verla envuelta en llamas, volvió a albergar esperanzas. Si había absorbido los poderes de Petra, podría renacer del fuego como hacían todos los fénix.

Pero, ¿y si Petra se enfrentaba a su muerte definitiva?

Kane observó con desesperación mientras las llamas consumían su cuerpo. Los pies, las rodillas, la cintura, los hombros... la cabeza. Hasta que no quedó nada.

Los restos empezaron a temblar y se amontonaron.

Entonces desaparecieron las llamas y no quedó nada excepto ese montón de cenizas.

Volvió a bramar al cielo y a golpear el suelo de rabia.

De pronto sintió una oleada de calor que lo obligó a ponerse en pie. Apareció otro fuego en las cenizas.

«Por favor», pensó. «Por favor».

Entonces surgió entre las llamas una forma femenina que quedó flotando en el fuego. Primero vio los rasgos de Campanilla, luego su pelo y su cuerpo. Y el corazón estuvo a punto de explotarle dentro del pecho.

Apenas abrió los ojos, las llamas desaparecieron y cayó desnuda al suelo.

Pero respiraba.

Kane acudió junto a ella, que le tendió una mano y lo miró.

—Estoy aquí —le dijo, con los ojos abiertos de par en par—. De verdad estoy aquí, Kane.

La estrechó en sus brazos, impaciente por tocarla y comprobar que era real.

—Nunca me había alegrado tanto de ver a alguien consumirse en el fuego —le dijo, apretándola contra sí—. Has renacido de tus cenizas, amor mío.

–Pero eso solo pueden hacerlo los fénix... –entonces lo comprendió–. ¡La fénix! Ella me pasó su poder.

–Sí –era un milagro. Un milagro provocado por las decisiones que había tomado, por el destino.

–William debió de matarla –explicó Malcolm–. Es la única manera de que hayas podido quedarte con su poder, lo que significa que ya no lo perderás. Ya no eres mitad humana, ahora eres completamente inmortal.

Kane se echó a llorar. Campanilla era inmortal. Sería suya para siempre.

–Gracias –le dijo a Campanilla, a Malcolm y a William–. Muchas gracias.

Malcolm miró al cielo y esbozó algo parecido a una sonrisa.

–Me dicen que el pequeño también ha renacido de las cenizas junto con su madre. Aunque solo tiene unos días, tiene un don especial y muy fuerte –y una vez les dio semejante noticia, se desvaneció en el aire.

Un niño.

Apenas podía creerlo. Puso la mano en el vientre de su mujer y la miró a los ojos. Ella se echó a reír, encantada.

–Un bebé, Kane.

–¿Estás contenta?

–Más de lo que jamás habría creído posible. Siempre pensé que mis poderes eran una bendición y una condena, pero ahora me doy cuenta de que solo son una bendición. Estoy viva y vamos a tener un hijo, un niño que será libre igual que tú. Porque el demonio ha muerto.

Kane hundió la cara en su cuello y respiró hondo.

–Lo que has hecho por mí... jamás podré pagártelo –se estremeció solo de pensar en el dolor que había sufrido por él–. No vuelvas a hacer nada parecido jamás. Te necesito y tenemos que estar juntos.

–Ahora y siempre.

Se apartó solo lo justo para mirarla a los ojos. Seguía teniendo la marca de la mejilla y la del pecho.

–Te hirieron antes de que fueras completamente inmortal, así que las marcas no desaparecerán nunca.

–¿Tan feas son? –preguntó tocándose la cicatriz del pecho.

–¿Feas? Son increíbles. Como tú. Son una prueba de tu valor y de tu amor por mí –la miró de arriba abajo antes de quitarse la camisa y taparla con ella. Después se quitó también los pantalones y se los puso.

Ella lo miró, sonriendo.

–Las mujeres van a babear cuando te vean en ropa interior.

–Pueden babear cuanto quieran, pero no tocarme.

–Porque eres mío –añadió ella–. Y yo soy tuya.

–Para siempre –dijo Kane.

–Para siempre –repitió ella.

–Quiero traer la paz a este reino antes de que nazca nuestro hijo –anunció–. Quiero encontrar a Cameo y a Viola y pagar la deuda que tengo con los Enviados, así que tendré que ayudarlos a encontrar a los demonios que mataron a su rey.

–Juntos, podremos hacerlo todo.

–Por el momento me basta con abrazarte y sentir el latido de tu corazón para estar seguro de que de verdad estás viva.

–Creo que en realidad lo que quieres es quitarme la ropa –le susurró, provocadora.

Kane volvió a besarla con más ímpetu.

–Sí, pero eso solo es el primer paso.

–¿Y cuál es el segundo?

–Ven conmigo y te lo demostraré.

Glosario de personajes y términos de los Señores del Inframundo

Aeron: Antiguo guardián la de Ira.
Amun: Guardián de los Secretos.
Anya: Diosa menor de la Anarquía; pareja de Lucien.
Arca: Diosa mensajera.
Ashlyn Darrow: Mujer humana con habilidad sobrenatural; esposa de Maddox.
Atropos: Una de las moiras.
Baden: Antiguo Señor del Inframundo, guardián de la Desconfianza (Muerto).
Bianka Skyhawk: Arpía, hermana de Gwen y consorte de Lysander.
Blanca: Una de los cuatro Jinetes del Apocalipsis. Conquista.
Caja de Pandora: hecha con los huesos de la diosa de la Opresión, albergaba los demonios y ahora está desaparecida.
Cameo: Guardiana de la Tristeza.
Capa de la Invisibilidad: Artefacto de los dioses, que tiene el poder de esconder a quien la lleva de los ojos de los demás.
Cazadores: Enemigos mortales de los Señores del Inframundo.
Cronos: Antiguo rey de los Titanes.
Danika Ford: Mujer humana; novia de Reyes, conocida como el Ojo que Todo lo Ve.
Deidad: Antiguo rey de los Enviados (muerto).
Enviados: Guerreros alados que luchan contra el mal.
Ever: Hija de Maddox y Ashlyn.
Fae: Raza de inmortales descendientes de los Titanes.
Fénix: Inmortales que renacen del fuego, descendientes de los Griegos.
Galen: Guardián de la Esperanza y de los Celos que fue el segundo al mando de los Cazadores.

Gideon: Señor del Inframundo, guardián de la Mentira.
Gilly: Mujer humana.
Glorika Aisling: Madre de Josephina.
Gorgon: Criatura inmortal capaz de convertir en piedra a cualquier ser vivo.
Griegos: Antiguos dirigentes del Olimpo antes de los Titanes.
Gwen Skyhawk: Arpía, hermana de Kaia, Bianka y Taliyah, esposa de Sabin.
Haidee: Antigua cazadora, esposa de Amun.
Jaula de la Coacción: Artefacto de los dioses que tiene el poder de esclavizar a todo aquel que está en su interior.
Josephina Aisling: Mitad humana, mitad fae. También se la conoce como Campanilla.
Juliette: Arpía.
Kaia Skyhawk: Mitad arpía, mitad fénix. Hermana de Gwen, Taliyah y Bianka, esposa de Strider.
Kane: Señor del Inframundo, guardián del Desastre.
Klotho: Una de las Moiras.
Lachesis: Una de las Koiras.
Lazarus: Guerrero inmortal, único hijo de Typhon y de una gorgona sin nombre.
Legion: Sirvienta demonio con cuerpo humano, hija adoptiva de Aeron y Olivia.
Leopold: Príncipe fae.
Lo Interminable: Portal de entrada al infierno.
Lucien: Uno de los dos líderes de los Señores del Inframundo. Guardián de la Muerte.
Lysander: Enviado de elite.
Llave que Todo lo Abre: Objeto espiritual con el que su propietario puede abrir cualquier cerradura.
Maddox: Señor del Inframundo, guardián de la Violencia.
Malcolm: Enviado, miembro del ejército de Zacharel.
Marigold: Mujer del pasado.
Moiras: Las tres Tejedoras del Destino. Mujeres inmor-

tales a las que también se las conoce como los Hados o las brujas.

Neeka: Arpía sorda, prisionera de los fénix.

Negro: Uno de los Jinetes del Apocalipsis. Hambre.

Ojo que Todo lo Ve: Humana que tiene el poder de ver lo que ocurre en el cielo y en el infierno, así como el pasado y el futuro. Danika Ford.

Olivia: Ángel, amada de Aeron.

Olimpo: Antigua ciudad de los dioses, conocida ahora como Titania.

Opulens: Miembros de la clase alta fae.

Paris: Guardián de la Promiscuidad, también se le conoce como Señor del Sexo.

Penelope: Reina de los fae.

Petra: Mujer fénix.

Princesa Fluffikans: demonio de Tasmania, mascota de Viola.

Reino de Sangre y Sombras: Lugar donde se encuentra la actual fortaleza de los Señores del Inframundo.

Reyes: Señor del Inframundo, guardián del Dolor.

Rojo: Uno de los cuatro Jinetes del Apocalipsis. Guerra.

Sabin: Uno de los dos líderes de los Señores del Inframundo, guardián de la Duda.

Scarlet: Guardiana de la Pesadillas, esposa de Gideon.

Séduire: Reino de los fae.

Señores del Inframundo: Guerreros de los dioses Griegos, viven exiliados y todos ellos llevan dentro uno de los demonios que había en la caja de Pandora.

Sienna Blackstone: Reina de los Titanes, amada de Paris.

Strider: Señor del Inframundo, guardián de la Derrota.

Synda: Princesa fae, guardiana de la Irresponsabilidad.

Tártaro: Prisión subterránea para inmortales.

Taliyah Skyhawk: Arpía, hermana de Bianka, Gwen y Kaia.

Tiberius: Rey de los fae.
Titania: La ciudad de los dioses, antes se llamaba Olimpo.
Titanes: Dirigentes de Titania, hijos de ángeles caídos y de humanos.
Torin: Señor del Inframundo, guardián de la Enfermedad.
Typhon: Criatura inmortal con cabeza de dragón y cuerpo de serpiente.
Urban: Hijo de Maddox y Ashlyn.
Vara Cortadora: Artefacto de los dioses que tiene el poder de separar el alma del cuerpo.
Verde: Uno de los cuatro Jinetes del Apocalipsis. Muerte.
Viola: Diosa menor, guardiana del Narcisismo.
William el Cachondo: Guerrero inmortal de orígenes inciertos; también se le conoce como el Derrite Bragas.
Zacharel: Enviado de élite; líder del ejército de la desgracia.
Zeus: Rey de los Griegos.

ÚLTIMOS TÍTULOS PUBLICADOS EN HQN

Tirando del anzuelo de Kristan Higgins

La seducción más oscura de Gena Showalter

Un momento en la vida de Sherryl Woods

Prohibida de Nicola Cornick

Sin culpa de Brenda Novak

En sus manos de Megan Hart

Eso que llaman amor de Susan Andersen

Preludio de un escándalo de Delilah Marvelle

Días de verano de Susan Mallery

La promesa de un beso de Sarah McCarty

Los colores del asesino de Heather Graham

Deshonrada de Julia Justiss

Un jardín de verano de Sherryl Woods

Al desnudo de Megan Hart

Noches de verano de Susan Mallery

Érase una vez un escándalo de Delilah Marvelle

www.ingramcontent.com/pod-product-compliance
Lightning Source LLC
LaVergne TN
LVHW030332070526
838199LV00067B/6248